冰川天女傳

上

天山系列

梁羽生 著

朗声图书 中山大學出版社 SUN YAT-SEN UNIVERSITY PRESS （·广州·）

图书在版编目（CIP）数据

冰川天女传 / 梁羽生著 .— 广州：中山大学出版社，2014.7
（梁羽生精品集）
ISBN 978-7-306-04892-9

Ⅰ. ①冰… Ⅱ. ①梁… Ⅲ. ①侠义小说—中国—当代 Ⅳ. ①I247.5

中国版本图书馆CIP数据核字(2014)第101540号

广东省版权局版权合同登记图字：19-2012-068号

朗聲圖書

冰川天女传 *Bing Chuan Tian Nv Zhuan*

封面题字：黄苗子　书名篆刻：张贻来

出 版 人　徐　劲
总 策 划　欧阳群
责任编辑　何　娴　曾育林
责任校对　林春光
内文插画　卢延光
封面设计　张　帆　广州壹品牌策划有限公司
出 版 社　中山大学出版社
电　　话　编辑部020-84111996，84111997，84113349，84110779　传真020-84036565
地　　址　广州市新港西路135号（邮政编码：510275）
网　　址　http://www.zsup.com.cn　E-mail:zdcbs@mail.sysu.edu.cn
发　　行　广州市朗声图书有限公司（电话：020-34297719）
印　　刷　广州市恒远彩印有限公司
规　　格　720mm×1020mm　1/16　45印张　639千字　插图35幅
版次印次　2014年7月第1版　2017年4月第2次印刷
总 定 价　116.00元（全二册）

目　录

第一回　神箭连飞　穿云惊小侠
飞刀一掷　劈果救佳人

“圣峰的冰川像天河倒挂，
你听那流冰浮动轻轻地响——
像是姑娘的巧手弹起了东不拉。
她在问那流浪的旅人：
你还要攀过几座冰山？经历几许风砂？
咿啦——
流浪的旅人呀，
草原的兀鹰也不能终日盘旋不下，
你们尽是走呀，走呀，走呀——
要走到哪年哪月，才肯停下你们的马？

姑娘呀，多谢你的好心好意，
只是我们没有办法回答。
你可曾见过荒漠开花？
你可曾见过冰川融化？
（你没有见过？没有见过！呀！）
那么流浪的旅人哪，
他也永不会停下！”

歌声杂着马铃，飘荡在藏边的草原，一群卖唱的流浪者正在草原经过。草原四望无边，喜马拉雅山绵延天际，晶莹的雪峰像一排排白玉雕成的擎天玉柱，从云霄中探出头来，倾听流浪者的哀弦凄诉。

草原上一个汉族少年也正在倾听这群流浪者的歌声，眼中隐有泪珠，潸然叹道："我和你们也是一样，你们浪迹天涯，我也不知何年何月才得重回故里!"

这少年姓陈，名唤天宇，本是江南苏州人氏，只因他父亲陈定基在朝为官，上章弹劾乾隆皇帝最宠爱的奸臣和珅，因而被贬西藏，做萨迦宗的宣慰使，远戍边疆，眨眼八载，他随父亲来时才只十岁，现在已是十八岁的少年了，他父亲日日与他谈说江南风物，因而他小小年纪，心中也充满乡思。

这群流浪者数约十余，其中有藏人，有维人，还有两个汉人，似乎是在旅途中拼凑而成，结队卖唱的。陈天宇目送他们缓缓经过，目光忽然停留在一个披着白纱的藏族少女身上，这少女杂在人群之中，有如鹤立鸡群，众人反复歌唱，只有她紧紧闭着嘴儿，一双明如秋水的眼睛凝望天际浮云，显出一派茫然的神色，任由马儿驮着她走，对同伴的歌声听而不闻，似是心中正在思量什么，又似是对一切都漠不关心，连整个世界都不存在似的。要不是她的眼珠还会闪动，陈天宇几乎怀疑马背上驮的乃是一尊石像。

陈天宇正在出神，忽听得头顶上一声鸦叫，抬头看时，猛地里弓弦疾响，其中一个汉人骤然一箭射来，听那利箭穿空的刺耳之声，竟是急劲之极!

陈天宇飘身一闪，反手一招，抄着箭尾，正待喝问，只听得噼啪一声，弓弦再响，这人用的竟是连珠箭法，前箭甫出，后箭即至，快如闪电，那乌鸦啼声顿止，从空中跌了下来。那汉子抱弓施礼，说道："我嫌这鸦声噪耳，所以把它射下，箭法不精，误惊了公子了。"陈天宇哼了一声道："要不是我懂得空手接箭之法，现在还能和你说话吗?你这箭是怎么射的?"那汉子赔笑说道："公子请你看看我这支箭，它是不能伤人的呀！我本来是射那乌鸦的，怪只怪我的箭法不精，教公子误会了。"陈天宇一看，那支箭没有箭镞，果然不是伤人的利箭。那汉子又抽出一支有箭镞的箭来，道："这才是伤人的利箭。"引弦一射，直上半空，待那箭掉头下落，铁弓一弯，霍地又是一箭，两支箭刚好在空中碰个正着，"嚓"的激起一点火星，一闪即灭。那汉子哈哈大笑，抱弓一揖，跨马赶上大队去了。

陈天宇怔怔出神，心中想道："这汉子箭法惊人，实是罕见。他刚才那箭明明是向我射来，怎说是失了准头。我与他素不相识，何以他要射我？既然射我，又何以用的是没有箭镞、不能伤人的箭，到底是何用意？"正百思不得其解，忽听得有人叫道："少爷！"一个年约十六七岁的书童，不知从什么地方悄悄地溜了出来，陈天宇吃了一惊，道："江南，你也在这里吗？怎么我没瞧见你？"

陈天宇的父亲因为久离江南，所以给书童起了这么一个名字，聊慰乡思。这书童与陈天宇年纪相若，平素玩在一起，甚是淘气，听得陈天宇问他，嘻嘻笑道："老爷叫我出来找你，那鸟汉射你，我躲在草里呢。嘻，少爷，我跟了你这许多年，竟不知道你有这么大的本事，一下子就把那支箭接着了！平时也没见你练过弓箭，喂，你教我行不行？"陈天宇面色一变，端容说道："江南，不准你说与老爷知道！你若将我今日接箭之事对人说了，我就撕你的皮！"江南见少爷说得甚是认真，伸伸舌头道："好，不说，不说！"心中暗暗奇怪：少爷有那么大的本事，为何却要瞒着老爷？

那书童跳跳蹦蹦，跑去捡地上的乌鸦，忽道："咦，这乌鸦没受半点伤竟然死了，这是怎么射的？"陈天宇吃了一惊，看那乌鸦果然毛羽完整，没半点伤，那支没镞箭掉在旁边，箭杆上也没沾半点血。心知这乌鸦之死，乃是受箭杆的激荡之力震伤内脏所致，心中惊道："这乌鸦飞在高空，给利箭射死不足为奇，给箭杆震死，那汉子的手劲内力可真是惊人。"

陈天宇闷闷不乐，随书童返家，回到家中，只见父亲正在客厅与老师谈话。他的老师姓萧名青峰，年约五旬，相貌清癯，三绺长须，背微佝偻，活像个科场失意的老儒。

萧青峰正是陈定基被贬那年请来的。那年陈定基方任御史，官场应酬甚多，无暇亲教儿子，有位朋友便荐了这位教书先生来，陈定基接谈之下，见这人学问果然不错，便聘用了。不久，陈定基就因上章弹劾和珅，被贬西藏，陈定基本来不好意思要他同赴边疆，却是他坚持同往，说是宾主相得，与其在中州落魄，不如同赴边荒。

陈定基感他意诚，待他有如家人。

陈天宇向父亲和老师请安过后，陈定基道：“宇儿，你到哪里去了这么久？以后可不准单独一人去玩。”江南插嘴道：“有一队卖唱的来了，今晚可能有戏看呢。”陈天宇横他一眼，江南说溜了嘴，忽道：“教书先生，你见多识广，可见过有人用没有箭镞的箭射乌鸦的么？”萧青峰道：“什么？”他面色突然变得惨白，陈定基慌道：“萧先生你怎么啦？”萧青峰道：“天时不正，敢情是感冒了。”陈定基道：“江南，扶先生进房歇息。”陈天宇道：“先生不舒服，你不准多话，扰他不安。”江南道：“知道啦。”偷偷向陈天宇扮了一个鬼脸，心道：“我又不说你接箭之事，你急什么？”

陈天宇心中极是奇怪，不明先生何以如此骇怕。只听得父亲说道：“以后你可不要单独去玩，没事最好留在家中。你知道吗？去年尼泊尔国的廓尔喀族入侵西藏，被我们天朝派兵打退，他们实不甘心，听说他们派遣刺客入来，要尽杀大清的官员，现在驻藏的官员，没有护卫陪着，谁都不敢随便走动。”陈天宇怒道：“真的？他们敢这样的大胆？”陈定基道：“这是福大帅总部传出来的，宁可信其有，不可信其无。”福大帅即福康安，有人说他是乾隆的私生子，事属无稽，难以入信。不过他是乾隆皇帝最宠爱的大将，却是事实，乾隆重视边疆，所以派福康安做驻藏大臣。总部设在西藏的首府拉萨。

陈天宇听了虽觉愤怒，却也不放在心上。这晚他父亲一早就叫他睡觉，他却翻来覆去地尽在想那群卖唱的流浪者，那个神箭惊人的射手已叫他猜不透，那神秘的藏族少女的影子更是留在脑中，挥之不去。只要一闭上眼，就仿佛如在眼前。那冰冷的目光，那石像般的脸孔，竟像是在黑暗中偷偷地瞧着他。忽听得远远传来一阵咚咚的鼓声，又是一阵铜钹声和喇叭声，声音单调之极，不论是敲、打、吹、拍，总是不紧不慢，音调节奏几乎毫无变化。陈天宇知道，这一定是那群流浪者在草原演出，他独自在黑夜之中，听这单调的毫无变化的音响，不觉有些毛骨悚然。

第二日一早，陈天宇刚刚睡醒，忽听得江南在外面说道：“喂，你信不信，我昨夜见了一个女鬼。哈，真的，不骗你，一个女鬼！”

冰川天女传 一九八五年香港文良兄邀画梁羽生先生之小说
余十一月开画之第五部著作于羊城野味斋

陈天宇的一家

陈天宇吃了一惊，只听得江南往下说道：“哈，那女鬼披着两条红绸，假发拖到腰间，戴着一个三角形的面具，又长又宽的舌头从口中耷拉出来，她还跳舞呢，转呀转的转得快极了，我瞧都瞧不清楚。哈，她腋下还插着两柄短刀，跳完了舞就大翻筋斗，那两柄刀明晃晃的，叫人见了惊心，可是她大翻筋斗，却一点也没受伤。后来她演完了，把假发一除，面具一拉，哈，你猜怎么样？美极啦，我所见过的藏族少女，没有一个比得上。只是面孔冰冷的，哈，还是像一个女鬼！”原来他是和看门的老王说话，说的是昨晚所看的戏，陈天宇一听，就知他准是说那个神秘的藏族少女。

看门的老王哼了一声，冷笑道：“你这小子皮痒啦，老爷吩咐我们不要随便外出，你却偷偷一个人溜去看戏。”江南哈哈一笑，怪声怪气地回道：“我一个人溜去看戏？哈，老王，你又猜错啦！你绝对料想不到，咱们的教书先生也溜去看啦，咦，说起来可比那女鬼还怪，咱们的先生哪——”刚说到这里，陈天宇已急急开门出来，立即喝道：“江南，你这多嘴的毛病几时才改？快进来替我收拾房间。”老王见少爷生气，悄悄走开，江南伸了伸舌头，走入陈天宇房中，做出一副受委屈的模样道：“少爷，你这两天怎么这样凶呵？”

陈天宇掩上房门，道：“你说，萧先生昨晚怎么样？”江南噗哧一笑，道：“原来是少爷想听故事。据我看啦，咱们的先生也是个大有本事的人，昨晚人挤得很，我挤了满身臭汗才挤了进去，给后面的人推呀碰呀，兀是立不住脚步，浮浮的，可咱们那位先生呀，你别瞧他那副弱不禁风的样子，他可站得很稳，那些人挤到他的身边，就像潮水般地两边分开，碰都没有碰着他。也不知他用的是什么法儿？我奇怪极啦，想过去问他，人又挤，那女鬼又上场了，我就没有过去。谁知看完了那场女鬼的戏，他已经不见了，有心来看戏嘛，怎么只看了一场就走，少爷，你说他可是不是一个怪人？”陈天宇面孔一板，道：“江南，萧先生的事，只准你说给我听，其他的人，不论是老王，甚至是老爷，都不准你说，你若说了，我就撕你的皮，不，我就再也不理你。”江南笑道：“你不理我比撕我的皮还难受，好少爷，你放心，这回我不再多嘴啦。”陈天宇与江南平素玩在一起，本来没有什么主仆之分，知道他的脾气，一说不理他，他就不敢再俏皮了。

陈天宇洗过了脸，吃了早点，江南又进来道："老爷叫你。"陈天宇心道："又叫我做什么？"出到厅堂，只见父亲面色沉暗，道："土司今天要见你，可不知有什么事情。这土司脾气极坏，连我们朝廷命官都不大放在眼里，我来了八年，也只见过他几面，今儿他却特别派人请我去吃饭，还指名请你一道去，你快快换衣服吧。"

陈天宇奇道："我又不认识他，为何他指名要我同去，我不去！"陈定基道："我在他的辖地为官，他是主，咱们是宾，宾主理应和好，何况咱们有许多事情还要仰仗于他，官场之中，家人子弟互相来往也属寻常，他既有请，怎能不去？你少闹少爷脾气！"陈天宇无奈，只好换了衣服，随父亲去拜访土司，宣慰使乃是文官，只有几十名护卫亲兵，陈定基挑来挑去，好半天才选出八名相貌魁梧勇武有力的兵丁作自己的随行卫士。

正待出门，忽听得门外马嘶，家丁进来报道："俄马登涅巴求见大人。"陈定基又惊又喜，道："真是俄马登涅巴吗？怎的只是他一人前来？""涅巴"乃是西藏的官衔，每一个土司下面分设四个涅巴，掌管军政民刑，权力甚大，每一涅巴出门之时，都是仆从如云，从无单独一人出现，是以陈定基有此一问。

陈天宇侍立一旁，只见那俄马登涅巴学着朝廷官员的走路姿势，双手反剪背后，踱着方步，走到自己的父亲跟前，恭恭敬敬地施了一礼，说道："本布可是赴土司之宴么？"（注："本布"乃是藏语的大官之意，也是对官员的一种尊称。）陈定基慌忙还礼，道："正是，不敢有劳涅巴来接。"心中大是奇怪：这俄马登涅巴平日气焰甚盛，何以今日对自己尊敬如斯！

俄马登眨眨眼睛，笑道："无事不登三宝殿，今日到来，实是求本布做一件好事。"陈定基本以为他是土司派来迎接自己的，闻言颇出意外，问道："何事？"俄马登道："昨日草原上来了一群卖唱的流浪汉，本布可知道么？"陈定基道："听家人说过。"俄马登道："原来他们乃是偷马贼，本领也真不错，居然偷了土司的五匹马，男的都逃跑了，只捉到一个少女。"陈天宇大吃一惊，心中想道："其他的人不知，那个用没镞箭射鸦的汉人可是大有本领之人，怎会做偷马贼，只怕其中还有内情。那少女该不会是那神秘的藏族女郎吧？"

只听得俄马登又道："本布在此多年，想必知道土司惩治盗贼的规矩。"陈天宇心中一凛，他也曾听父亲说过，土司惩治盗贼，手段最为残酷，先剜眼珠，后割双手，想起神秘少女那双明如秋水的眼睛，不觉全身颤抖。

陈定基也变了面色，只是土司的刑罚，自己可不便非议。那俄马登又道："我素来心慈，实是不忍见那女郎受此刑罚。求本布今日往见土司之时，代那少女说情。若然是要赎金的话，请你先付，我可以暗中还你。"俄马登此言一出，陈定基更是奇怪，心中想道："这俄马登素来贪吝出名，何以今日如此慷慨？难道和那少女有什么相干不成？"可是若然那少女是和俄马登有关系之人，她又怎会在草原卖唱？

俄马登见陈定基踌躇不决，大为焦急，搓手说道："本布大人，那位姑娘的性命就全悬在你的手上了。"陈定基慨然说道："救人一命，胜造七级浮屠，我自当尽力而为，若要赎金，我也还有少许官囊，不必涅巴破费，怕只怕土司未必允准。"俄马登喜道："有本布求情，土司必定准允，我告辞了，今日之事请千万不要在土司面前提起。"恭恭敬敬地又行了一礼，出门之时，忽然对陈天宇笑了一笑，神情甚是奇特。

陈天宇一待涅巴出门，立刻说道："爹，咱们快去！"陈定基不觉微微一笑，道："刚才你不是还不想去的吗？"陈天宇面上一红，只听得父亲已叫家人备马。

土司的庄院倚山建筑，高一层低一层，一层叠一层，从下面看起来宛如一座方形的城堡。陈定基一行人快马赶到，日头正在天中，刚好赶上中午的宴会。（西藏土司的宴会，惯于中午开始，饮至日落即散。）陈定基父子被引到花园的亭子，随从散在园中侍卫。亭中已摆设好一席酒席，陈定基父子刚刚坐定，只听得亭子下摆列两旁的藏兵大声报道："土司到！"

只见那土司年约五旬，鹰鼻虎额，双眼闪闪有光，令人不寒而栗，陈定基依照藏族礼仪献过“哈达”（白色的丝绢，在西藏是一种崇高尊贵的礼品），那土司笑眯眯地打量陈天宇，好半晌说道：“这位是令郎吗？真好相貌！”双手一拍，叫道：“带犯人来！”转过头来，又对陈定基笑道：“咱这个穷地方，没有什么东西可娱贵宾，请你看看我审犯人消遣消遣，哈，这个犯人可还真漂亮呢！”

这霎那间，陈天宇只觉血脉偾张，呼吸几乎窒息，只见两名藏兵扶着一名少女，缓缓走来，在亭子外边站定，那少女不是别人，正是昨日所见的那藏族少女。亭子下面已摆好刑具，其中包括两把宽刃的藏刀和两支可以利利落落把眼珠挖出来的小竹管，还有一个石圈，上面有两个半弧形的互不黏连的薄铁片，可不知是作什么用的。那少女对面前的刑具瞧也不瞧，脸上仍是一派漠然的神色，眼睛中还隐隐带有一种嘲弄的眼光，好像被审讯的不是她而是那个凶恶的土司。死亡的魔影，对于她也好似毫不足惧。但正是由于这种漠然的神色，园中恐怕只是除了土司之外，其他的人都感到毛骨悚然。

那土司哈哈一笑，指着刑具说道：“把这个石圈套在犯人头上，用小铁锤在铁片上轻轻一敲，犯人的眼睛便会凸了出来，哈，再用那两支小竹管轻轻一挖，这漂亮的犯人就要变成盲女啦！”把手一挥，正想喝令行刑，猛听得陈定基叫道：“等等，请等一等！”土司愕然起立，面向陈定基问道：“怎么？你们汉人胆小，不敢看行刑吗？”

陈定基忍着怒气，说道：“请问土司，他们偷了你几匹马？”土司道：“五匹最好的白马。”陈定基道：“我替她赔你十匹！”土司道：“她还想点火烧我的马厩。”陈定基道：“烧了没有？”土司道：“刚擦燃火石就给我们捉住了。”陈定基微微一笑，从身上摸出火石，道：“你瞧，我身上也带有这个东西！”土司哈哈大笑，知道陈定基的意思是说：既未纵火，只带有火石，焉能使入人以罪。

陈定基并不回避土司的目光，瞪着土司道：“怎么样，土司你是不是可以网开一面？”陈天宇屏着呼吸，望着土司，也望着父亲，这刹那间，他心中对父亲充满敬佩之情，父亲不再像平日那样畏首畏尾了，他挺腰直立，居然也像那少女一样，了无惧色。敢情他当年修本参劾和珅之时，也是这副凛然不可侵犯的神情。陈天宇在父亲的满头白发中看出了父亲壮年的豪气了。

土司微微一凛，心道："看不出这个衰弱的汉族文官，居然也有这副胆色。"笑道："本布替她求情，本该遵照，无奈我们祖宗的成法，实是难以更改。"陈天宇暗暗捏着藏在袖中的匕首，只要土司一喝令行刑，就先把他刺个透明窟窿。土司顿了一顿，又道："祖宗的成法不可改，本布的面子也该顾全。好吧，咱们但赌一赌这犯人的运气！"把手一挥，一员藏兵将一枚金色的苹果放在少女头上，土司又是哈哈大笑，回顾陈定基道："你们的飞刀使得如何？""嚓"的一声，将一柄解腕尖刀插在桌上，道："你们一刀飞去，若然将那一枚苹果刚好从当中劈成两半，那么马也不用赔，我立刻准她走。这飞刀劈果的办法，也是我们藏族的规矩。好，现在带这犯人在百步之外站好！"藏兵扶着女犯，走一步，念一个数字，念到一百，停了下来，那枚金色的苹果看来更小了。土司哈哈笑道："我准你或者你的随从，随便挑一个人来飞刀劈果！"

陈定基手无缚鸡之力，随从中也没有百步穿杨的人才，土司出这难题，分明是想有意羞辱汉人。陈定基勃然怒道："岂可将人命作为儿戏？"土司作藐视之状，呲牙一笑，道："既然你们不敢替她赌这运气，那么咱们还是早早行刑！"陈天宇双目炯炯放光，蓦然起立，问道："要是我一刀将这苹果劈为两半——"土司截着道："我就立刻把她放走！"陈天宇道："一言为定！"土司道："岂有虚言！"陈定基大吃一惊，叫道："宇儿，你做什么？"话声未了，只见陈天宇抓起尖刀，闪电般地甩手一掷，说时迟，那时快，只见少女头上那枚金色的苹果分成了两半，飞在半空。藏兵接在手中，叫道："刚好在当中分开，两边一般大小！"土司面色倏变，随即哈哈大笑，翘起拇指赞道："好一个飞刀绝技呀！"

陈定基兀如身置梦中，心中惊奇之极，儿子从来没有习过武技，十八年父子相依，竟然不知道他有这样的本领。

藏兵替那少女解开了缚在身上的牛筋索，那少女瞥了陈天宇一眼，便从两行排列着的刀剑丛中径走出去，仍然是那副漠然的神色，仍然是那副令人心底发寒的、冷森森的目光！她不发一言便走出去了，并没有向陈天宇道谢。

土司摇摇头道：“啧，这样漂亮的女犯人，真是便宜她了。”像是泄了气的皮球，气焰比适才减了许多。宾主坐定，陈定基正待向土司敬酒，土司又瞧了陈天宇一眼，忽又兴高采烈地吩咐侍从道：“请江玛古修出来。”

江玛古修是藏语中的小姐之意，陈定基心中奇道：“咦，他为什么叫女儿出来陪客？”

陈天宇这时才觉得手指发抖，想起刚才那飞刀一掷，实是危险之极，这还是他第一次在人前抖露本领，想不到一举奏功。“那少女是什么人？她真是偷马贼吗？她懂不懂武功？为什么她的脸上老是挂着那副奇特的神色？”陈天宇尽在想那神秘少女的事情，以至于并不知道土司叫他的女儿出来陪客。

忽听得环佩叮当声，一个戴着满身饰物的藏族少女，已是在他的面前出现，那藏女穿着一件湖水色的长袍，上身披了件蓝绒衣，腰间还缠了一缕轻纱，打扮得华贵极了，像盛开的夏日玫瑰，可不知怎的，却总是令人觉得有一股庸俗的味道。因为礼仪的关系，陈天宇也只好站起身来。

土司的女儿脸上堆着笑容，腰肢款摆，一步步地朝陈天宇走来。那土司的女儿走到他的面前，腰肢一弯，嘻嘻一笑，忽道：“你的鞋带松啦！”双手摸着他的牛皮统鞋，就替他结鞋带。

这举动大出陈天宇意外，竟弄不清楚她做什么，自己也不知道该怎么做才好。那土司的女儿替陈天宇结好鞋带，笑嘻嘻地站了起来，脸上现出一抹红晕，忸怩作态，把头别过一边，避开和陈天宇的目光相碰。陈天宇怔了一怔，只见父亲脸上露出一种奇特的表情，像是非常焦急，又像是有些欢喜，那土司哈哈大笑，叫道：“干杯，从此咱们是一家人啦！”

陈天宇猛然一醒，不觉大惊失色，原来西藏的风俗，少女替男子结鞋带，就是表示求婚的意思，若然那男子不加拒绝，这亲事就算结成了。原来这土司的女儿，平日喜欢在草原上骑马射箭，见过陈天宇几面，陈天宇可没留意她。土司的女儿长大了，应该是结婚的时候了，可是周围没有适合的男子，土司的女儿早就爱上了陈天宇的英俊，所以这次土司之宴，其实就是定亲之宴。

土司举起了一只高脚酒杯，对陈定基说道："这头亲事我满意极啦，亲家，咱们干了此杯！"陈定基搓着双手不知所措。陈天宇忽道："不，我不满意！"土司勃然作色，喝道："什么，我土司的女儿，你不满意！"土司的女儿嘤然哭出声来。

陈定基急道："小儿年幼无知，鲁莽失礼，土司休怪。"土司哈哈大笑，道："这才像句话，咄，小伙子，快与你未婚妻子干了此杯！"土司的女儿破涕为笑，将斟满酒的酒杯递到陈天宇面前，陈天宇手足无措，花园外一片喧哗，忽见一人披头散发，冲了进来，大声叫道："陈大人，不好了，祸事，祸事！"上气不接下气，陈定基道："有话慢说，什么祸事？"那人道："衙门被强盗放火烧了，死伤了许多许多人！"呛啷一声，陈定基酒杯落地，只见陈天宇已像旋风一般扑下亭子，抢了一匹快马，如飞出门。

土司大笑道："些些强盗，这也值得大惊小怪？江合涅巴，替我点一百名兵卒前往，将强盗都捉回来。哈，亲家本布，你有了我这个靠山，什么都不用害怕！"陈定基心急如焚，好容易待土司把话说完，也急忙奔下亭子，跨上坐骑，急急带护卫奔回，背后土司仍在哈哈大笑，高声说道："亲家本布，这里酒席未散，捉了强盗，立刻带你的儿子回来！"

陈天宇策马奔回，未到宣慰使衙门，已见一片火光，幸喜天色甚好，并不刮风，火势尚未大盛，陈天宇急急下马，但听得一片呻吟之声，强盗已不见了。

陈天宇忙脱下大衣，遮头挥舞，避开火舌，奔入衙中，只见尸横遍地，定睛看时，地上并无流血，竟像是给人用重手法震死的，有些未死的，在地上辗转呻吟，惨不忍睹，陈天宇大为吃惊，高声叫道："萧先生，萧先生！"乱尸堆中忽听得有人应道："萧先生和强盗都走啦！"陈天宇急急从尸堆之中将说话那人抓出，正是江南，陈天宇道："呀，谢谢天，你还未死？"江南伸伸舌头，道："那两个强盗也以为我死了，哈，其实我是装死骗过他们，若不是诈死，我就不能生啦！"在险死还生的危难之中，江南多嘴的脾气仍是未改。陈天宇急忙把他拖出衙门，道：“这是怎么回事？现在你说吧。”

江南道：“你们去了不久，那两个强盗就来啦！就是那两个卖唱的汉人，其中有一个就是昨天用箭射你的。你记不记得？”陈天宇道：“我记得！你快说下去！”江南道：“那两个强盗，一个拿着会喷火的筒子，火光射到哪里，哪里就烧起来，少爷，你见过这种怪东西吗？”陈天宇急道：“未见过，快说下去，不要多说闲话。”江南道：“另一个强盗提着一把大弓，快极啦，一碰见咱们护卫的兵士，就是那么迎头一下，只是那么一下，兵士们就哼也不哼躺下了，我不等他打我，就先躺下地去佯死。呵，这时候萧先生出来了，我躺在地下偷偷看他，可全不像平日的样子，腰板也挺直啦，鼓着一双眼睛，又大又圆，大声叫道：‘萧某在此，与这里的主人无关，咱们到后山去一决死生，今日总能如你们所愿，了结这十年公案！’”

后面尘头大起，马声嘶鸣，陈定基的卫士和土司的兵全赶来了，陈天宇道：“我到后山去找先生，只准你说给老爷一个人知道！”立刻上马，驰入后面山谷。

山谷险峻，坚冰积雪，怪石嶙峋，马也难行，陈天宇弃马登山，转过两道山坳，忽听得一阵叮叮当当之声，俨如奏乐，但那乐声杂乱，毫无章法，急促尖锐，令人听来意乱心烦。陈天宇登高下望，只见萧先生挥着一柄拂尘，在两个敌人围攻之下窜来窜去，那两个敌人一个提着一把大弓，拂尘拂在弓弦之上，就是一阵叮咚作响，另一个敌人手使七节软鞭，夭矫如龙，看样子是想夺取萧先生手中的拂尘，但那拂尘在鞭影之中挥舞自如，仍然是不断地拂在弓弦之上。

陈天宇高声叫道：“师父！”只听得一阵叮咚声响，萧青峰扬声说道：“宇儿，不要下来！”声音急促，似是显得有些气喘，陈天宇不由得吃了一惊，他虽然对于内功只是略窥门径，但听这声音，已知师父的内家真气，颇受损伤。

原来萧青峰乃是一位隐名大侠，具有绝顶武功，陈天宇的功夫就是他所传授。他曾一再地告诫陈天宇不准泄漏，说是若一泄漏，就恐有生命之险，故此陈天宇日间习文，晚上习武，就连陈定基也不知道。陈天宇是在师父来的第二年跟他习武的，前后七年，只知师父是青城派的高手，至于师父的身世，以及他为什么要离开中原，随自己一家远赴藏边等等情由，师父都不肯说，也不准多问。只说师徒遇合，乃是缘法，若然我身世泄露，这缘法也就尽啦。陈天宇为人诚朴，对师父敬爱之极，问过一次之后就不敢再问。

这时冰原上搏斗更烈，三个人跑马灯似的风车旋转，脚底的冰块不时发出碎裂的声响，若是常人，站着行走也恐有跌倒之虞，更不要说搏斗了。陈天宇看得心儿卜卜乱跳，心道："这一次我拼着受师父怪责，也不能听他的话了。"提了口气，走下山坡，他虽然知道这两人都是强敌，自己下去也只是送死，但却怎忍见师父已受围攻而自己却袖手旁观？

猛然间，忽见师父身形一晃，接着一声哗啦的冰块塌裂之声，师父似是脚底一滑，身向前倾，那对手霍地一鞭，疾如电闪，拦腰便扫，陈天宇骇叫之声尚未出口，便见一条黑影腾空飞起，接着是一声凄厉的尖叫，另一个人随着冰块滚下冰谷。那使弓的怒吼一声，弓弦疾弹，又是一阵叮咚密响，原来那条腾空飞起的黑影乃是萧青峰，他故意卖了个破绽，乘着那使鞭的汉子轻进之际，一个"窝心脚"将他踢下冰渊。

陈天宇吓出一身冷汗，忽听得又是一声急促的弓弦怪响，师父的拂尘飞散，一蓬轻柔若丝的尘尾，似是给敌人的弓弦拉断，乱草一般地飘舞空中！

须知萧青峰这支拂尘，看来似是马尾，却是乌金精练的玄丝，坚韧之极，算得是武林一件异宝，而今竟被敌人的弓拉断，这人的内功，实已练到了"摘叶飞花，伤人立死"的通玄妙境。陈天宇见了，也不禁骇然失色。响声未绝，紧接着听得又是一阵叮叮咚咚的繁音密响，接着急促一声，声如裂帛，诸声俱寂，只见两人身影，霍地分开，趺坐地上，一个虚举拂尘，作势遥击，一个手弹弓弦，弓弦却已哑然无声。陈天宇看得莫名其妙。

这时陈天宇已奔下冰原，距离二人只有百来步了，仔细看时，但见师父趺坐寒冰之上，头上竟然冒出热腾腾的白气，对方也是一样。两人怒目而视，相距不过十步，双方身子，都是动也不动，陈天宇适才飞马来时，带有腰刀弓箭，见此情状，知是师父正以上乘内功，与敌人全力周旋，看样子竟似功力悉敌。陈天宇急于欲助师父一臂之力，不假思索，立刻张弓搭箭，在百步之外，嗖的一箭，便向敌人背心射去。

忽听得师父大叫一声："宇儿，快走!"说时迟，那时快，但见那人举弓一拨，陈天宇射去的箭，倏地又飞了回来，快若流星闪电，陈天宇吓得呆了，百忙中举刀一隔，但觉臂上一阵酸麻，虎口流血，那支利箭竟然插在刀上，箭镞陷入几分，若然不是腰刀这一隔刚好挡着，这一箭便是穿心裂腹之灾。陈天宇惊骇欲绝，神智未清，就在这一瞬间，猛听得一声尖叫，便见师父凌空飞起，拂尘一扫，那敌人在地上连翻了几个筋斗，也随在他的同伴之后，滚下了百丈冰渊。

陈天宇急奔上前，只见师父仍然趺坐地上，闭目不语，面如死灰，拂尘落在身边。陈天宇垂首侍立，约过了一支香的时刻，萧青峰的面色才渐渐红润，张开眼睛，气吁吁地道："宇儿，将那拂尘给我。"陈天宇拾起拂尘，萧青峰看了一眼，又道："将拂尘给我挂在腰间。"陈天宇这才发现，师父的两只手，手掌翻起，手指颤抖，手臂下垂，转动甚不灵便。陈天宇惊道："师父你怎么啦?"萧青峰微笑道："我的尘尾还剩下一半，他的弓弦却已给我拂断，这一场较量，我总算没输!"陈天宇道："你的手——你的手——"萧青峰又是微微一笑，道："崔老三是崆峒的一流高手，我把他硬生生地拂下冰渊，身上自然也得受些伤损。我这两臂受他的弓梢所弹，经脉扭曲，所以如此。不过，他也没本事将我弄成残废，早则五日，迟则七日，我自己会治好的。宇儿，此次倒全亏你射这一箭。"陈天宇十分惭愧，道："我射这箭，简直如卵击石，非但射不着他，反而给他反射，这都是武功没有练好，以至帮不上师父的忙。"萧青峰微笑道："宇儿，你还不明其中的道理么?"

陈天宇道："请师父指点。"萧青峰道："他止全力与我周旋，为了拨打你这支箭，分了心神，我才得乘虚而入，要不然我虽不至落败，要胜他可也不易呢。只是，你也忒冒险了，要不是相距百步之外，这反弹之力，你焉能禁受得住？说来也真是妙合，我授你的箭法泄了我的行藏，但又替我打败了强敌。”陈天宇奇道：“那日他用没镞箭射我，莫非是有意相试么？”萧青峰道：“正是。你抖露出空手接箭的本事，他便知道是我的传授，寻了十年，终于给他寻着了。”陈天宇想起一事，心甚不安，问道：“那么，那群卖唱的流浪者都是坏人么？”萧青峰道：“这倒不是，我查清楚了，除了那个藏族少女之外，其他的人，确实都是流浪的艺人。”陈天宇忍不住问道：“那藏族少女，她，她又是什么来历？”萧青峰道：“这我可不知道了，我本身的事已够头痛，哪还有闲心仔细查她。呀，宇儿，咱们的缘法尽了。”陈天宇惊道：“师父的两个强敌不是都死了么，尚有何惧？”萧青峰苦笑道：“王瘤子中了我的窝心脚，料他不能活命，这神弓崔老三功力深厚，大半跌不死他，而且我不止是有两个强敌，还有第三个强敌，这人的武功远非我所能及，崔老三不死，一定引他来找我，只恐天下无人能救。”陈天宇道：“这，这可怎生是好？”忧愤之情，现于辞色。萧青峰道：“我闻说有位异人，就住在藏边。他也许能敌得住我的对头，只不知他肯不肯救我，处此绝境，别无他法，我今日便要离开此地，且试一试找那异人。”

陈天宇正欲再问，忽见山坡上一个黑点，渐近渐显，爬了上来，陈天宇叫道：“咦，是你？江南！”江南爬得上气不接下气，歇了半晌，说道：“老爷叫我来找你们。今日之事，我已依少爷的吩咐，告诉了老爷啦。”陈天宇道：“老爷怎么啦？”江南道：“老爷带了护卫赶回，不久土司的兵也来了，火已救熄，死者已埋，伤者也都救出来了。呀，咱们衙门的兵，死伤八九，只剩下十来个啦。老爷说要到拉萨见福大帅去。那带兵的涅巴，却口口声声要找你，说是要你今晚到土司家去。”陈天宇道：“我不去！”江南道：“是呀，老爷也知道你定然不去，他叫我对你说，他不愿强迫你做不愿意的事，他现在已知道先生是个大有本领的人，所以他放心让你跟先生去。少爷，你不愿意做什么事情？”陈天宇不答江南的话，道：“师父，那么，我跟你去找那位异人。”萧青峰道：“你，你去？呀，这可危险得很哪！”陈天宇道：“我留在这里，更其危险，师父，这事以后我再对你细说。江南，你回去告诉老爷，将来我到拉萨找他。”萧青峰看了一看自己的双手，甚是感动，道：“徒儿，我知道你的好意，好，你就随我去吧。”这一去也，有分教：

虎斗龙争惊塞外，引出冰川天女来。

欲知后事如何？请听下回分解。

第二回　峻岭飞骑　仇家窥帐幕
金针解穴　医道配神功

时序已是暮春，但从藏南萨迦通往藏西日喀则的山区，冰雪却尚未开始融化。最大胆的牧人，也还要等到半月之后，待初夏的阳光普照，封山的雪块消融之后，才敢行走。但令大胆的牧人也意料不到的是：这个时节，竟然有两骑健马，在盘旋曲折的山道上缓缓前行，而且这两位骑客，一老一少，从外貌看来，还都是文弱的书生。这两位骑客，正是师徒二人，老的是萧青峰，少的是陈天宇。

西藏高原，号称“世界屋脊”，尤其是从萨迦到日喀则这段，南有喜马拉雅山，北有喀喇昆仑山，山脉绵延，地势高峻，更是难行，高原空气稀薄，呼吸也颇困难，幸而萧青峰内功深湛，陈天宇练武多年，也颇有根底，兼之胜在年青力壮，也还不觉怎样。只是那两匹健马，却是呼呼喘气，口沫直流。

陈天宇轻抚马鬃，叹道：“人未累死，马却要累死了。”西藏气候极怪，日间骄阳如火，尤其山区空气稀薄，日头直射下来，更是热得怕人，但一到太阳射照不到的阴影之处，或是到了晚间，却又是冷气沁人，严寒熬骨。山峰上虽然积雪皑皑，山沟间虽有冰川交错，俨若游龙，但纵是本领再高的人，也不敢冒那天大的奇险，去登那冰雪，须知冰雪一受震动，就可能引起雪崩之灾，人畜俱受活埋。所以在山区赶路的旅人，空对矗立的冰峰，却是难止口中的干渴。

萧青峰看着坐骑呼呼喘气，怪是难受，迟疑半晌，说道：“咱们还剩有几囊水？”陈天宇道：“还有三个水囊。”萧青峰道：“好，把半囊水让这两匹马喝了，咱们节省一点。马匹喝了水才有力气赶路。”萧青峰的一双手臂被强敌所伤，现在尚未能转动自如，所以取水喂马等等事情，都须陈天宇去办。

陈天宇跳下马来，打开水囊，挟着马头，让它喝水。忽闻得背后马铃之声，只见后面三匹马赶了上来，骑者都是汉人，个个浓眉大眼，相貌粗豪，见陈天宇以水喂马，连连叫道：“可惜！可惜！”

为首的一拉马缰，在陈天宇身旁停下，说道：“喂，你这位小哥带的水多，咱们的水却快喝完了，你分一囊水给我如何？”说得满不在乎，毫无礼貌，陈天宇怔了一怔，心道：“在这渺无人迹的山区，水比黄金还要难得，如何可以轻易给人？”忽闻得师父说道：“出门之人，理应患难相助，宇儿，给他！”陈天宇见是师父吩咐，只得解下水囊，递给那人。那人骨嘟嘟地喝了口水，歪着眼睛看了萧青峰一眼，道：“你倒是个好人，喂，你去哪儿？”萧青峰道：“往日喀则。”那人道：“为何不等冰雪融化就急着赶路？”萧青峰道：“敝戚在日喀则病重，要赶去瞧他。”那人与同伴对望一眼，面上神情，似信似疑。

萧青峰忽道：“宇儿，那些药你可得当心，药囊不要挂在马鞍上，收起来吧，山路崎岖，马儿一个失蹄，跌了药囊可不得了。别的也还罢了，那龙树果却是没地方买的。”陈天宇一怔，挂在马鞍之上的哪是什么药囊，乃是他们所用的暗器囊，斜眼一瞥，只见师父眼光之中似有深意，陈天宇猛然醒道：“是呵，这三人敢在此时行走，想来也是大有本领之人，咱们不可露相。这暗器囊还是收了的好。”又想道：“那龙树果虽是天竺来的，萨迦到处有卖，也没有什么稀奇，为何师父说得如此珍重？”

只听得先头那人说道：“原来令亲患的乃是血崩之症，龙树果虽是对症之药，却也未必准能奏效。兄弟不才，还稍懂一点医道，兄弟也是到日喀则的，就此同行如何？”萧青峰道：“好极，好极！老朽虽也稍读过几本医书，对治血崩之症，却是毫无把握，敝亲之病，将来定要仰仗的了。”那人也拱拱手道：“好说，好说，慨蒙赠水，当得效劳。”竟然策马跟着萧青峰，他的两个同伴，也一前一后，把陈天宇夹在中间。

陈天宇猜不到师父说话的用意，甚是纳罕，被那两人似押解囚徒似的夹在中间，更是气闷。他却不知，那龙树果在萨迦虽不稀奇，但要等冰雪融化之后，才有药材贩子运到日喀则，所以在日喀则却是难得之物。萧青峰如此说法，实是有意向那些人解释，为何自己要冒险赶到日喀则去。

那三个人有一搭没一搭地撩萧青峰说话，萧青峰甚是谨慎，碰着他们提到江湖上的事情，就佯傻扮懵，只和他们谈一些医道，那些人其实对医道也并不高明，只是懂得一些治跌打和吐血等病症，这些病症，凡是普通练武之人都必须懂得治的。

行了一阵，日影西斜，前行的那粗豪汉子道："幸喜没碰上雪崩。"话犹未了，忽听前面"得得"声响，那人凛然一惊，山坳处突然奔出一骑马来，马蹄上包着防寒的厚绒，所以到了临近方才知晓。山路险峻，仅容一骑，那匹马骤然奔来，收缰不住，看看就要撞个正着，前行那汉子貌似粗豪，但骑术精绝，陡然双腿一夹，把马定住，呼的一掌推出，这一掌劲道十足，竟是意欲把那不速之客硬生生推下深谷！那不速之客骇叫一声，一个倒栽葱跌下马来，右手一伸，却扯住了粗豪汉子那匹马鞍，向后一跌，恰恰跌翻在陈天宇的马前，只听得卜的一声，粗豪汉子马鞍上挂的那个水囊，竟给他扯了下去，跌下深谷去了。

陈天宇惊魂未定，又吃一惊，定睛看时，这不速之客乃是个书生打扮的少年人，怯生生地站了起来，那粗豪汉子跳下马来怒声骂道："你走路不带眼睛吗？快把水囊赔我！"

那少年书生道："我的水都喝光了，也正在寻觅山泉，哪有得赔你？"那粗豪汉子大怒，喝道："没有水赔？我就拆你的皮，喝你的血！"嗖地拔出佩刀，迈步上前，就要捉那少年书生。陈天宇心头大愤，想道："那书生虽是莽闯，你要取他性命，可是太过强横！"忍不住道："我替他赔！"那粗豪汉子怔了一怔，冷笑道："好，你替他赔？拿来吧！"陈天宇又解下一个水囊，他师徒二人本来带了三囊水，送了一个水囊，现在又替这少年赔了一个，马匹喝了半囊，剩下的只有半囊水了。那粗豪汉子居然毫不客气，伸手就接了陈天宇的水囊。

那少年书生向陈天宇深深一揖，唱了个喏，道："多谢兄台救命之恩，呜呼，君子之义与小人之利判然明矣!"那粗豪汉子瞪眼道："你说什么?"那少年书生道："我念制艺（八股文章），与你何干?"陈天宇急道："同是出门之人，相让为上，阁下毫无损失，请算了吧。"跟在萧青峰背后的那个汉子似乎是三人中的大哥，也出声劝道："老三，看这位小哥面上，饶了这厮。"那粗豪汉子愤愤然地跨上马背，道："兀你这厮鸟，把你的马退后，牵到山坳转角宽阔的地方去，让我们先过。"那少年书生道："不必这么费事啦，请问你们上的哪儿?"那粗豪汉子道："我们上哪儿关你鸟事!"那少年书生道："岂敢动问你老，我问的是这位小哥。"陈天宇道："我们都是去日喀则。"那少年书生道："好极，好极！那咱们都是同路。"陈天宇奇道："你从那一边来，怎么也是去日喀则?"那少年书生道："我寻觅山泉，山路纷歧，绕来绕去，绕到回头路了。呀，好渴，好渴！小哥，你做好人做到底，再让我喝两口水。"陈天宇无奈，解下水囊，看那少年大口大口地几乎喝去一半，心中甚是痛惜。

那少年书生喝饱了水，一侧身就从那粗豪汉子的马旁窜过，身法竟然甚快，那汉子一提马缰，本想把马头拨转，吓一吓他，岂知他已像水蛇般地滑过，不由得微吃一惊，只见那少年已飞身上马，向陈天宇拱一拱手，道："我带路先走了。"那粗豪汉子低声骂道："谁要你带路!"那年少书生只当并不听闻，拨马径行。

那粗豪汉子愤愤不平，不住地回头和他的两个同伴叽哩咕噜地大说江湖黑话，陈天宇一句也听不懂，却也不放在心上。日影西沉，山风陡起，正觉寒冷，忽听得前面嘶嘶声响，跟在萧青峰马后的那人喜道："我们正愁今晚找不到歇息之所，却喜遇着温泉了。"转过一个山坳，前面地形宽坦，岩石缝间，喷出一团团蒸气，灼热的水花，飞溅空中，在淡淡的斜辉映射之下，形成一圈圈橙色的、淡紫和浅红的花朵，俨如元宵佳节所放的烟花，十分美丽。

原来西藏高原，地下到处都有火山，地热喷发出来，成为喷泉，乃是西藏的一种天然奇景，有些喷泉的温度可达华氏一百五十度，西藏的山谷里燃料很少，当地人非常珍惜这种热水，他们常常把风干的肉块系在绳子上，放入喷泉的热水里，经过几小时之后，这块肉便煮熟了。

喷泉附近，和暖如春，正是旅人最好的歇宿之所，而且这种热水经过过滤冷却之后，又是最好的饮料，因此一行人都极欢喜，便在喷泉附近歇下马来，支起篷帐，那三个汉子自做一道，陈天宇见那少年书生孤身一人，怕他受那伙人欺负，便悄悄与师父商量，想请那少年进他们的篷帐同住，但见师父面色沉重，摇了摇头，陈天宇只得罢了。

汲了热水，吃过干粮，各各躲进篷帐，陈天宇低声问道："师父可瞧出那少年书生有什么不对么?"萧青峰道："这少年书生的路道我还没有瞧出，那三个汉子却是我的对头!"陈天宇大吃一惊道："这可怎生是好?"萧青峰道："十年之前，我树下三个强敌，前日到萨迦找我寻仇的那两个人，一个叫王瘤子，一个叫崔云子，王瘤子武功远逊于我，崔云子却与我差不多，这两人也还罢了，另有一个对头却是当今武当派的第一高手雷震子，武功远远在我之上，我为了避他，这才远遁边荒，哪知还是避他不了。"陈天宇道："那三个人中，有一个是雷震子吗?"萧青峰道："若是雷震子，我早就没命了。这三个人乃是雷震子的徒弟，我刚才在途中听得他们用江湖切口交谈，原来他们是奉师父之命，来找王瘤子与崔云子的，幸而他们并不知道我就是他们师父的对头。但他们却怀疑那少年书生是我的徒弟，所以也暗暗把他钉上了。那少年书生看来也是个有本领之人，是友是敌，尚未分晓。总之你要步步小心，万万不可让他们瞧出破绽。"

陈天宇心中惴惴，躺在篷帐之中，翻来覆去，怎样也睡不着，也不知过了多少时候，忽听得远处隐隐传来一阵哭泣之声，凄凄切切，惨厉骇人，荒谷深宵，如闻鬼哭，初初一听，不觉毛骨悚然，再听真了，这哭声竟似曾相识，陈天宇翻身跳起，萧青峰道："你干什么?"陈天宇道："师父，你听这女人的哭声，定是遇到什么不幸之事，好像还在呼救呢。"萧青峰双眼发光，忽道："好，宇儿，你去看看。"陈天宇一震，道："不，我陪师父。"须知萧青峰武功虽极高强，但双手不能转动，与废人也差不多，若然被对头来袭，怎能应付，所以陈天宇虽然惦念那个女子，却不敢离开师父。哪知萧青峰双眼一翻，却道："我辈侠义中人，岂有见死不救之理？你听那女子哭得如此惨厉，若非遇着强人，就是想寻自尽，你尽管去，我还可以自己照料自己。去，快去！"

陈天宇一阵迟疑，那女子哭声又起，萧青峰怒道："事有缓急轻重，现在去救那女子要紧，你怎么不听我的说话？去，快去！"陈天宇道："师父，那你好生保重，弟子去去就回。"悄悄溜出篷帐，幸在那伙人无人发觉，陈天宇急忙施展师父所授的轻功，循声觅迹，找那哭泣的女人。

陈天宇的功夫乃是暗中所学，拿来实用，还是第一次，山道险峻，怪石嶙峋，更兼又是夜间，他施展轻功提纵之术，吸一口气，飞掠数丈，不料去势太急，足尖一滑，摔了一跤，忽听得静夜之中，不远之处，似有人发声冷笑，陈天宇急忙爬起，张目四顾，却只见远处冰峰闪闪发光，近处喷泉热雾腾腾，哪里有人的影子？

陈天宇定了定神，鼓起勇气，再往前走，这回他分外小心，踏实了才让身形落下，虽然不似适才之快，却不再跌跤了。那少女的哭声时断时续，陈天宇循声觅迹，走了半个时辰，来到了一座冰岩前面。

只见冰岩上立着一个少女，正是那神秘的藏族姑娘，只听她哭道："天女姐姐，我后悔没有跟你多学几日武功，而今仇不能报，反给敌人迫得无路可逃，呀，爸爸妈妈，苦命的女儿还是随你们去吧！"陈天宇大骇，忽见那少女作势欲跳，却又不跳，恨恨说道："我拼得一个是一个，好，来吧，来吧！"陈天宇离冰岩还有十来丈，且有大石障形，那女子背向着他，看来又不似是发现了他。

陈天宇心头稍稍放宽，知道这少女还无意自尽，心想："她要报什么仇？莫非她的仇人就是那个土司。若然是那土司，那么土司就绝不会因我爸爸求情，就饶她一死。那日，土司也只是说她想偷马，可并没有其他的'罪名'呀！那日我飞刀劈果，土司当着众人释放了她，为何她又说给敌人迫得无路可走？"百思不得其解，又想道："那天女又是何等样人，怎么名字起得如此之怪？"疑雾重重，正想从石后走出，爬上冰岩，忽听得那少女一声厉叫，扬手就是

一九八五年十一月为梁羽生先生之
冰川天女传画此插画于羊城
荔湾湖畔野味斋岭南卢延光记

只听她哭道：“天女姐姐，我后悔没有跟你多学几日武功，……”

一道银光，原来她也会飞刀。陈天宇还未看清，只见那少女似是骤然用力，一个立足不稳，跌了下来，说时迟，那时快，冰岩的转角坳处，突然窜上一人，一把将她抓着，再看真时，不由得大吃一惊，此人非他，正是那日哀求陈天宇的父亲去救那藏族少女的俄马登，亦即是土司手下四大涅巴之一的俄马登。想不到这个贪财的涅巴，身躯肥胖，平日走路也不自然，而今窜上悬岩，身手竟然是如此的利落！

这刹那间，陈天宇惊奇得叫也叫不出来，手中捏着一把飞刀，心道："若然这涅巴敢伤害她，我就一刀掷他喉咙！"

高原深夜，寒风刺骨，陈天宇却是热血沸腾，手中紧紧捏着飞刀，他却不想，那涅巴武功在他之上，若然一掷不中，岂非白白陪了性命。

只听得那少女叫道："放手！你既受土司之命来追捕我，应该知道我是何等样人，我岂能受你这厮侮辱？"那俄马登格格一笑，道："我知道你的假名叫做桑玛，真名叫做芝娜，你是沁布藩王的女儿！"那少女厉声斥道："你既然知道，还胆敢放恣。藩王的女儿只能自尽，不能受人侮辱！"俄马登仍然抓紧她的手，笑道："那么你又知道我是何等样人？"芝娜道："你是萨迦土司的走狗！"俄马登道："不，你说错了，我也是土司的仇人，我此来是救你的。"芝娜似是怔了一怔，半晌说道："你不是来追捕我的？"俄马登道："土司并不知道你是沁布藩王的女儿，若然他知道了，自然会派人来追捕你。"芝娜缓了口气，俄马登放开了手，道："你勇气可嘉，却是太傻。"芝娜道："怎么？"俄马登道："你也不想想土司手下有多少能人，你孤身一人，就敢跑来报仇？我自问武功比你高强，这么多年，也只有更名换姓，在土司手下做个涅巴，听他使唤！报仇要等时机，汉人有道：'君子报仇，十年未晚。'这句话你没听过吗？"芝娜眼中滴下泪珠，似是对这涅巴已经相信，俄马登忽道："你这武功是谁教的？"芝娜道："冰川天女！"俄马登面色一变，道："冰川天女？真的是冰川天女？"芝娜道："她不肯做我的师父，她只教了我三日武功。"俄马登道："哦，这我就信了。"言下之意，显然是那冰川天女的武功高强之极，若然真是她的弟子，武功绝对不会寻常。只听得俄马登又道："冰川天女住在什么地方？"芝娜道："住在天湖。她的名字，外间少人知道。你怎会认识她？"俄马登道："我并不认识她，可是我知道有人要找她。"忽然低声向芝娜说了几句，陈天宇在岩下听不清楚，但见芝娜点了点头，俄马登道："你赶快从冰谷下面那条路逃出去吧，我这里有一支土司的令箭，你拿了它，没人敢骚扰你。咦，远处似有人声，你躲起来，我先走了。"陈天宇竖耳细听，却一点也听不出来，那涅巴取出一根长绳，就从冰岩上悬岩而下，陈天宇偷眼一瞥，忽见在冷月寒冰的映照之下，俄马登的面上现出一种令人毛骨悚然的奸猾笑容，陈天宇刚才听了他那席话，本来对他的恶感渐消，以为他是好人，不知怎的，见了他这笑容，心中无限厌烦，更增疑虑。

那少女缓缓转过了头，忽然向陈天宇躲藏之处招手道："你出来吧，我瞧见你了！"

那少女轻轻走下冰岩，陈天宇心头卜卜地跳，不知怎的，他本是为救她而来，而今见了，却不知从何说起。那少女走到陈天宇面前，忽地嫣然一笑，道："多谢你救我这苦命的女人。"陈天宇活到十八岁，从未与陌生的女郎说过话，甚是腼腆不安，但看这少女的神情，虽然还似以前在土司家中所见那样，带着几分冷傲，但嘴角挂着的那淡淡的笑容，却似冰谷中绽开的花朵，减少了不少寒意，令陈天宇消除了怯惧。

陈天宇不自觉地报以一笑，抽出了一条白色的丝巾，依着藏族的仪礼，呈献哈达，那少女又是微微一笑，双指一拈，将丝巾接了过来，叠好放入怀中，道："多谢你的礼物，你来了许久呵？"陈天宇道："刚才的情景我都看到了，实是料想不到，原来你是我们尊贵的江玛古修（小姐）。"那少女截着说道："我的事情你不必提，我们藏族有句谚语：晚上所作的梦，白天不要说它。"意思是说，过去种种，有如梦境，说起来徒增伤感。

陈天宇一阵尴尬，但不知怎的，对这少女好像特别关怀，心中有事，如鲠在喉，不吐不快，鼓起勇气说道："那俄马登涅巴，姑娘还是不要太过相信的好。"那少女道："是吗？我的事情我自己知道料理，你放心吧。"说了之后，似乎发觉自己的语气可能伤了这少年的心，紧跟着又是微微一笑，道：“不过我还是多谢你的好意。其实我也并不怎样相信他。我早已知道你来了，但在他的面前，我一直没有说破。”陈天宇又不自觉地报以一笑，正想说话，那少女却抢先说道：“多谢你的礼物，我没有什么东西可以报答，送你一朵花吧。”

陈天宇一怔，心道：“在这高原之上，严寒未过，哪有花朵？”只见那少女取出一个小小的银瓶，瓶中有一朵白花，花瓣上还有露珠滚动，好像是刚刚摘下来似的。那少女说道：“这是冰川天女送与我的，我藏着它已有一年了，现在就送给你吧。”陈天宇不觉大为诧异：世上哪有这样的花，摘了下来，经过一年，却还似枝头上的鲜花？只听得那少女又道：“听天女姐姐说，这是她从天山移植过来的雪莲，不论受了多重的内伤，把雪莲嚼下，便可无碍，你拿去吧。”陈天宇道：“这样宝贵的礼物，我不敢受。”那少女道：“你忘记了你的师父吗？我知道那两个汉人向你师父寻仇，想他定受了伤。你那日救了我的性命，我无可报答，这朵雪莲，正合你师父用，你拿去吧。”

陈天宇想起了师父的伤，虽然师父说过，他可以在七日之内，自运玄功，复原如旧，但而今已过了四日，双手还是僵硬不能转动，他的自疗是否有效，尚未可知。如此一想，便不再客气，伸手接过那个银瓶。

那少女脸上泛起一朵笑容，道：“你师父等你该等得心焦了，你快回去吧。”陡然从腰间解下一条长索，索端安着飞爪，只见那少女轻轻一抖，长索抖得笔直，飞爪勾着山石隙罅间长出的虬松，手抓绳索，身形一晃，荡秋千般地荡了过去，如此这般的荡了几次，已过了斜对面的山坡，收起飞爪，转过山坳，身形霎忽不见。

陈天宇心中叹道：“我枉学了这么多年的武功，她只学了三天，看这份轻功，却已远胜于我。”收好雪莲，踏着月光，折向回头路走，心中思潮起伏，想起这几日遭遇之奇，这藏族少女已是神秘之极，而听她和俄马登所说，那冰川天女更是神秘万分，不知是何等样人，何以在三日之间，便能教得一个柔弱的藩王女儿，飞檐走壁。

一路沉思，不知不觉已走过几处山坳，远远已可看见喷泉蒸汽，浮荡夜空，好像一团团云絮，冉冉上升，在高原之上，蔚成奇景。山风吹送，陈天宇隐隐听得在喷泉喷发的嗤嗤声响之中，好像夹杂着兵刃碰击之声，越听越真，不由得大吃一惊，急忙加快脚步，忽听得“嘿嘿”的一声冷笑，起自身旁，陈天宇赶忙拔剑，说时迟，那时快，晃眼之间，斜里窜出一个汉子，挥动长鞭，噼啪作响，纵声笑道：“好一个糊涂的小子，想赶回去替萧老儿送葬吗?”陈天宇大怒，刷的反手一剑，那汉子身形一晃，长鞭一掠，抖得笔直，向陈天宇拦腰疾扫，陈天宇一个“旱地拔葱”，向上一跳，险险给他的长鞭扫中，那汉子哈哈大笑，长鞭像毒蛇般倒卷转来，刷刷又是两鞭，陈天宇一招“推窗望月”，剑刃平削，反找敌人手腕，那人的长鞭竟使得十分灵活，招式一变，又改扫下盘，陈天宇给闹得个手忙脚乱，百忙中一剑斜指，冒险反攻，忽觉手腕一沉，剑身已给鞭梢缠上。陈天宇心里发慌，不假思索，自然而然地使出师门心法，沉腰坐马，长剑一探，剑锋一旋，只听得那汉子“噫”了一声，长鞭一撤，压力顿松，陈天宇左一剑“危峰穿云”，右一剑“大漠孤烟”，连环两招，式中套式，把那汉子迫得连连后退。

原来陈天宇的武功，本在那汉子之上，只因今番还是第一次临敌应用，故此开头几招，不知应付，而今见这汉子也不过如是，胆气顿壮，把青城剑法展开，宛如玉龙夭矫，得心应手。鞭来剑往，剑去鞭迎，陈天宇胜在剑法精妙，那汉子却胜在经验老到，各有所长，不分胜负。

那汉子轻敌之念已消，心中暗道：“名师所授，果是不同。”实施狡计，不住地向左右移动脚步，引陈天宇跟着他转。

山道本就险峻，加上夜间酷寒，夜露凝冰，脚底浮滑，陈天宇初初出道，行走山路已是不惯，何况是激烈搏斗，跟他转了几转，只觉脚步虚浮，好几次险险跌倒。那汉子把他引到悬岩峭壁之前，心中暗喜，看看得手，陈天宇忽地站住，凝立不动，一口剑上下翻飞，护着要害，只待敌人迫近之时，就是忽地一剑。原来陈天宇也甚机灵，遇了几次险招，看出情形不对，急运师门独到的千斤坠功夫，双足钉牢地上，有如打桩，不求有功，先求无过。

转眼又斗了二三十招，那汉子攻不进来，陈天宇也不敢冒昧杀出，变成了个僵持之局，陈天宇正在心焦，忽听得又是一声嘿嘿地冷笑，一个嘶哑的苍老声音说道："连一个浑小子都降不了，别给我丢脸啦。虎子，扛我上前去看。"陈天宇定睛看时，这一惊非同小可，只见一个黑脸膛的大汉，托着一个过山竹兜，兜上坐着一个人，面如黄蜡，形容骇人，双眼圆睁，嘿嘿冷笑，这怪人正是那日给萧青峰用拂尘扫下冰渊，幸未跌死的崔云子。他给拂尘一扫，五脏六腑俱给震伤，半身瘫痪，不能行动，因此叫两个徒弟用竹兜抬他，日夜兼程，想赶到日喀则找把兄雷震子医治，想不到陈天宇竟然在这个时候遇见了他。

他虽受了重伤，却还保持身份，不屑与小辈动手，起先只叫一个徒弟出击，满以为陈天宇年纪轻轻，武功料必平庸，自己的徒弟有二十年功力，一出手定必手到擒来，哪知陈天宇学的是青城派的正宗内功，自幼扎稳根基，加之剑法精妙，若非经验太差，自己徒弟还真不是他的对手。崔云子一看不对，迫得自己出马。

与陈天宇对敌的那个汉子，听得师父出声斥骂，满面羞惭，垂手退下，立在竹兜之旁。那崔云子虽然半身瘫痪，手臂尚可转动，只见他在怪笑声中，双指一弹，一粒铁莲子嗤的一声，破空飞出，陈天宇未及闪避，胸口已是一麻，扑通跌倒，还幸崔云子受了重伤，内功已减，要不然这一弹之力，便可将陈天宇打晕。

那黑脸膛的汉子放下竹兜，与师兄夹手夹脚，将陈天宇缚个结实。崔云子道："搜他的身！"一搜搜出那个银瓶，崔云子哈哈大笑，道："哈，桑玛居然舍得把天山雪莲给你，徒儿把银瓶拿给我。"陈天宇怒极气极，叫道："这是我师父的东西！"崔云子大笑道："你师父用不着啦，等会儿我就送你去见师父。"陈天宇用力挣扎，崔云子道："虎子，点他的麻穴，送他到竹兜上来。"陈天宇被缚在竹兜之上，躺在崔云子的身边，眼睁睁地看着师父的大仇人揭开银瓶，把那朵天山雪莲，本来是准备给师父救命的天山雪莲，送进口中，一阵乱嚼，咽了下去，陈天宇心痛如割，却是出不了声。

那两个汉子抬着竹兜，健步如飞，月光从冰峰上洒下来，山头一片银白，陈天宇躺在崔云子旁边，看得清清楚楚。那崔云子本是面色如蜡，形容骇人，嚼下雪莲之后，只见他深深吸气，气息渐粗，脸色也渐红润，过了一阵，哈哈笑道："天山雪莲，果然名不虚传！"声音清亮，与适才的嘶哑大不相同。陈天宇又是心痛，又是惊骇，心道："想不到天山雪莲如此灵异，这厮内伤已愈，我师徒性命，今夜休矣！"

走了一阵，喷泉的嗞嗞声响愈来愈大，而兵刃磕击、叱咤追逐之声亦愈听愈真。崔云子面上现出惊讶之色，道："咦，萧老儿的手臂给我的弓弦拉断了筋脉，怎么还能与人搏斗？"忽地双指一夹，把陈天宇身上的绳索剪断，将陈天宇一把提起，跳下竹兜，道："不要你们抬啦！小子，我崔老三说一不二，现在就亲自送你去见师父。"

陈天宇被崔云子夹着，动弹不得，到了喷泉旁边，只见自己那张篷帐四面裂开，厚厚的帆布给割成了一片片的碎布，迎风飘舞，昨日路上所见的那三个粗豪汉子，持着明晃晃的利刀，走马灯似的在破裂的帐篷中围着自己的师父攻击。

陈天宇大吃一惊，定睛看时，只见自己的师父仍然端坐地上，身躯动也不动。口中却咬着一柄拂尘，敌人的利刀劈到跟前，给他的拂尘一拂就荡了开去，不论敌人从前面、侧面甚或后面进攻，他的头只是轻轻一摇，拂尘前扫后拂，都是恰好把利刃挡着，比别人用手还要灵活得多，敌人攻得越紧，震荡反击之力就越强，那三个汉子竟然给他带得团团乱转，兵刃互相碰撞，就如有十数人在帐中追逐搏斗一般！

崔云子眉头一皱，忽地哈哈笑道："萧青峰，我再来会会你的铁拂尘。"那三个汉子退下，崔云子双臂箕张，一跃而前，十指齐弹，噼啪作响。萧青峰忽然"噫"了一声，张口一吐，拂尘如矢，疾射出去，崔云子一闪闪开，只听得萧青峰叹道："崔云子，你的内功果然是比我高，我运了四日玄功，双臂尚未能恢复原状，而你居然能行动如常，我萧青峰服输啦！"陈天宇大叫道："不，师父你没有输，是他，他抢了我的天山雪莲。"萧青峰叫道："什么？你……"话声未了，崔云子已倏地欺身直进，骈指一点，点了他的麻穴，萧青峰那句"你哪里来的天山雪莲？"竟然来不及问。

陈天宇的穴道未解，这时也给崔云子的徒弟推到前面。崔云子哈哈大笑，道："萧青峰，论内功是你比我高，但得道者多助，天意叫我杀你，所以借你徒儿的手，给我送来了世间罕得的雪莲啦!"

萧青峰面色一变，"哼"了一声，道："好，好威风，我今日才见到崆峒派高手的真本领!"崔云子笑道："论江湖道上的规矩，我本该待你伤好之后，才来和你较量。但又怕你伤好之后，夹着尾巴一跑，我到哪儿找你？何况你当年与那妖女，也是用诡计伤了我们。呔，你听着，我先替大哥报仇，在你的面上划上四刀!"倏地从一个师侄（那三个汉子是雷震子的徒弟）手上，夺过一张明晃晃的利刃，执着萧青峰的手臂，将他拉近，凝视着他的面门，嘴中发出狞笑，手上的利刃在他面门比划。

忽听得一声轻轻的冷笑，一个峻峭的声音说道："好，好威风!"微风飒然，一条人影从陈天宇身旁窜过，陈天宇只觉身上一松，穴道已然解开，只见昨日路上所遇到的那少年书生，笑吟吟地站在场中。

崔云子瞪了那少年书生一眼，道："阁下瞧不顺眼吗?"那少年书生道："岂敢！江湖上寻仇报复之事本极平常，但这老儿却与我有点关系。"崔云子冷笑道："江湖道上，为朋友两肋插刀，事情也属寻常。好吧，咱们少说闲话，你亮出兵器来，俺崔云子就空手接你几招。"那少年书生仰天打了一个哈哈，道："我尚未满师，师父有命，不许和人动手。"崔云子冷笑道："那么就凭你这还未出道的雏儿的一句话，我就要给你卖交情，饶了这老儿吗？你是谁？师父是哪一位?"那少年书生一笑道："谁要你放这老儿？这老儿也是我的仇人。"此言一出，崔云子不觉一怔，道："原来俺会错意了，你也是他的仇人?"少年书生道："是呀，我也是他的仇人。"崔云子又冷笑道："那么算是你的造化，凭着你的武功，萧老儿一指就可以将你弹下冰谷。看在同仇的面上，待我先剁他四刀，然后再让你也剁一刀消消气。"那少年书生道："不，我与他仇深似海，待我先报。"崔云子心中生气，想道："这少年真是不知天高地厚，若非我将萧青峰捉获，你焉能报仇，居然还敢与我争先论后?"好奇心起，忍着气又问道："你与他有什么仇？说我听听。"那少年道："我昨日在路上遇着他们师徒，我问他的徒弟讨口水喝，这老儿面上居然现出吝惜之色，好在他的徒弟给我。呜呼，口渴能致人于死，见死不救，此深仇之一也。今晚晚间，这小哥本要请我与他同住篷帐，这老儿却不应允，我的篷帐破烂，给寒风刮了进来，几乎冻死。呜呼，致人于饥寒交迫之中，此深仇之二也！”

萧青峰与这少年素不相识，本已奇怪，听他摇头摆脑地说了一大遍，不觉一怔，心道：“我与宇儿说的话，怎的给他偷听了去？”

崔云子勃然大怒，喝道：“胡说八道，你这厮居然敢拿老子消遣！”手起一刀，不斫萧青峰，却向那少年书生斫去。

那少年书生“哎哟”一声，身形一歪，崔云子竟然没有斫中，只听得那少年书生又叫道：“你不向这老儿报仇，却来斫我，呜呼，有仇不报，反伤同仇之人，世间宁有是理哉？”崔云子气极，刷刷刷又是一连三刀，那少年书生道：“你仇不报，那就让我先动手吧。我未满师，师父不准我拿刀弄剑，用暗器大约还可以。”身躯乱颤，避开崔云子的连环刀斩，把手一扬，几道细若游丝的金色光芒，忽地向萧青峰飞去，萧青峰给点了穴道，不能转动，避无可避，少年书生所发的金针暗器，全都射入了萧青峰的皮肉！

陈天宇大骇，他听了少年书生戏弄崔云子的那番说话，本来以为他是友非敌，不料他竟然真的用暗器打了师父，这时他穴道已解，不假思索，一跃而前，左拳右掌，一招“金鼓齐鸣”，就打那少年的太阳穴，那少年飘身一闪，笑道：“多蒙赠水，你是我的恩人，大丈夫有恩报恩，有仇报仇，我焉能与恩人动手？”身形如箭，窜出帐篷，倏忽不见。

崔云子连斩那少年四刀，连衣角也没沾着，而今又突见他露了这手，亦是大大出乎意料之外，心道：“这小子真是邪门！”转过身来，看萧青峰时，忽见萧青峰双臂转动，哈哈笑道：“崔老三，咱们再较量较量！”臂上肩上，所中的金针尚自露出衣外，发出灿然金光！

萧青峰给那少年一把金针穿衣入骨，那刹那间也是惊骇之极，不意骤然之间，体内忽感一阵清凉，气血流动，不但穴道已解，而且扭曲的经脉似乎也已恢复正常，麻痹的关节，亦已能够活动，不觉又惊又喜。

崔云子这一惊却是非同小可，萧青峰小臂一弯，啪的一掌拍出，崔云子运掌一迎，只觉一股大力推来，不由自己地退了三步，心中大奇："这老儿的功力不过仅仅胜我一筹，何以突然之间，如此厉害?"他可不知萧青峰的功力不过恢复原状，而他则因所受的内伤比萧青峰沉重，虽仗雪莲治好，却已打了折扣。此消彼长，就显得萧青峰的功力比他强得多了。

陈天宇见师父突然间恢复正常，不禁狂喜，忽听得师父叫道："宇儿，留神!"崔云子的徒弟，左右夹击，陈天宇一招"弯弓射雕"，堪堪敌住。昨日索水那粗豪汉子，倏地一刀劈来，陈天宇哪能力敌三人，险象立见。那口刀眼看劈到他的面门，不知怎的，忽地呛啷一声，掉在地上。那粗豪汉子捧着右手，雪雪呼痛。

萧青峰举手投足之间，把雷震子与崔云子的五个徒弟，兵刃全部打飞，运掌如风，紧紧向崔云子进迫。崔云子见状不妙，急忙大叫："扯呼!"一声胡哨，率领徒弟师侄，急急逃跑。

陈天宇仗剑赶去，萧青峰叫道："穷寇莫追，宇儿回来!"陈天宇回到师父身边，正欲发问，只见师父一口口地将金针拔出，不住地啧啧称异，陈天宇问道："师父，这是怎么回事?"萧青峰道："医术之中，本有一种针灸治病之法，但这少年远远一掷，七口金针，都刚好射中有关的穴道，把经脉全部打通，不但医道精妙，功力之深，更是不可思议!"陈天宇道："原来他是救师父的，刚才我几乎给他吓死!"萧青锋忽而叹了口气，道："真是天外有天，人外有人，这书生年纪轻轻，武功之高，却远在我辈之上，我真如井蛙窥天，不知天地之大，从今而后，不敢再以武功自炫了。"

陈天宇说道："师父在我家将近十年，上下人等，从无一人知道师父是具有绝大本领之人，师父的涵养功夫，世间罕有。"萧青峰又叹口气道："你哪里知道，我少年之时，就曾因为自炫武功，闯下大祸，与那几个魔头，结下深仇。"陈天宇从未听过师父说自己的事，没想到他自己说了出来。

萧青峰道："你可知道当今天下，哪一派的剑术最为精妙吗?"陈天宇道："师父不是说过，以天山一派的剑术最为精妙吗?天山一派，自晦明禅师手创，传凌未风，再传至唐晓澜，都是一代大侠，想来世间罕有其匹了。”萧青峰道：“不错，但天山一派，僻处塞外，自唐大侠唐晓澜之后，即罕至中原。中原之内，却以武当、少林、峨嵋三派，被推为武林正宗。我青城派，脱胎峨嵋，亦自立一家门户。中原三大剑派，各有擅长。”陈天宇见师父与自己详论武林剑派，甚是出奇，只听得师父叹了口气，又道：“你猜我今年多少年纪？”陈天宇看了一看师父头上的白发，道：“想来与我爹爹相差不远吧？”陈天宇父亲已五十有余，萧青峰道：“忧患余生，发也白了。我今年四十刚刚出头。”陈天宇一怔，只听得萧青峰续道：“十三年前，我在四川，那年恰遇着武当名宿冒川生每十年一次的开山结缘之期。”陈天宇道：“冒大侠是和尚吗？”萧青峰笑道：“他不是讲经论道，像和尚那样的广结善缘；而是与武林后辈结缘。听说冒川生是前辈剑侠、武当北派达摩剑法嫡系传人桂仲明之子，只因从母亲之姓，承继冒氏香烟，所以姓冒。他是中原武林公认为武功最高之人，冒大侠最肯嘉惠后学，每十年开山一次，主讲武功妙理，并因人而施，指点诀窍，所以每逢他开山结缘之期，各派都有高足入山听讲。那年我也恰逢其会。雷震子、崔云子、王瘤子三人，就是那年结识的。那时王瘤子颈上还未生瘤，叫王流子，过了那年，生了瘤后，江湖上才以讹传讹，叫他做王瘤子的。其时参加盛会的，还有峨嵋派的一位女弟子，叫做圣手仙娘谢云真，听说是峨嵋第二代中武功最高的一位。”说到谢云真的名字时，萧青峰微微颤抖。正是：

高原细说当年事，平地风波最恼人。

欲知后事如何？请听下回分解。

第三回　为避强仇　逃生来塞外
欲寻异士　冒险上冰峰

萧青峰平日喜怒不形于色，这时显见心情激动，接着说道："谢云真人既美艳，武功又高，性情亦似甚为和蔼。我与她师门本有交情，武林之中，又本无男女之见，是以在冒大侠开山结缘之期，我便常与她亲近。"陈天宇虽然还不大懂男女情事，见师父说话的神情，心中也自明白，师父想必甚是欢喜那个谢云真。

萧青峰道："一日，我与她谈论各派武功剑法，她说，当今之世，武当剑法，虽然名闻海内，独步中原，但论到奇功妙技，玄门正宗，那却还要数她峨嵋这派。至于其他各派，那是自郐以下，不足论矣。我料不到她竟是如此自负，当时少年意盛，便道：'此论似不恰当，须知各派都有独特的武功，武学似无天下第一之理。'她听了微微冷笑，便不再言。

"赴会诸人，雷震子是武当高手，崔云子是崆峒高手，王流子则是汝南武师郑平的弟子，崔云子还有一个弟弟崔雨子也是峨嵋派门人，不知因何缘故，被赶出师门，这次也到山中听讲。这四人常在一起，与我亦甚为相得。一日，又是谈论各派武功，雷震子道：他们的掌门冒大侠武功盖世，当然是武当派的武功最强。我听了不服，驳他道：各人资质不同，功力火候不同，师父天下第一，不见得门人都是天下第一。雷震子当场便要和我比剑，说是点到为止，胜败不论，一比之下，我是输了，但其中我有一招'星落高原'，却是青城派独创的招数，那一招突然使出，也把雷震子的衣袖刺穿，所以输是输了，却也不算得全败。比试之后，雷震子哈哈大笑，对我再三称赞，我见他胜而不骄，毫无芥蒂，更是衷心和他结纳。

“我经了此次之后，便决心不再与人比剑，谁知世上之事，更是料想不到，我刚下了决心，不过三日，又再与人比剑啦。”

陈天宇插口道：“又是哪派的高手自夸武功，你听了不服吧？”萧青峰道：“不是，那是冒大侠讲坛散会的前夕，王流子忽然一个人走来，悄悄地拉我到僻静之处说话，说峨嵋女侠谢云真想见识见识我的武功，因此暗中示意于他，让他代约我去比剑。并约定大家都戴上面具，在三更时分，到山后比试，比试一完，大家便走，当作没有这回事，这样谁胜谁败，都不会不好意思。我本来不允，王流子笑道：‘哼，你这傻子，谢云真对你甚有意思，你竟然一点也不知道吗？她对你的人品佩服极了，就是不知你的武功深浅，所以还不放心。呀，我说得如此清楚，你难道还不明白她的用意吗？’我听了心旌摇摇，不可止歇。呀，哪里知道，这其中藏有诡谋。”

陈天宇道：“怎么？”萧青峰凝目夜空，自顾自地说道：“须知江湖之上，男女相悦，最喜较量对方的武功，就如那些博读诗书的才女，选择夫婿，也要先看对方的诗文一样。我听了自是喜不自胜，但想到谢云真武功，号称峨嵋第二代第一高手，盛名之下，料想无虚，心中又是踌躇难决。

“王流子似是知道我的心意，笑道：‘论到武功剑法，你也许略逊于她，只是数十招内，断乎不会落败。她惯使“灵禽敛翅”这招，数十招内，必然会有一次出现。你那招“星落高原”正是她这招的克星。’青城派脱胎峨嵋，其中甚多招数，乃针对峨嵋派的招数而加以变化的。所以王流子之说实是不假。

“第二日夜间，我依约到后山去，那晚月黑风高，十步之外，不辨人影，我到了后山，果然见着了一个黑衣人影，戴着面具，身材与谢云真相若，我紧张之极，不敢说话，拔剑出鞘，挥动两下，就向她进招。

“这黑衣人影手舞足蹈，听到我的剑环作响，突然一跃而前，一口剑泼风似的，连走险招，着着向我要害之处招呼，竟是状若疯狂，如同拼命，我这一惊非同小可，难道谢云真要取我的性命？但转念一想，也许是她故意如此，来迫我献出真实功夫。但这些想法，在心中一掠即过。她的剑势来得太猛，我已经无暇再想啦。没奈何只得施展全身本领，与她相斗，霎忽斗了三五十招，非但‘灵禽敛翅’这一招不见出现，即她所使的剑法也不似是峨嵋剑法，倒像是武当派的，我惊骇莫名，正想出声相问，忽地跳出三条黑影，一齐向我进攻。我对她一人已是吃力，多添了三个强敌，立刻险象环生。

“我大叫道：‘喂喂，我是青城派的萧青峰，你们是谁?’那三人一齐冷笑，笑声未歇，忽听得又是一声娇笑，一个青衣少女，从树梢上突然飞下，她既不戴面具，也不穿黑衣，竟以本来面目出现。”

陈天宇道：“她是谢云真?”萧青峰道：“不错，她是谢云真，我惊得呆了，忽听侧面金刃劈风之声，一条黑影向我扑来，一口明晃晃的利剑已递到面前，使的正是‘灵禽敛翅’的招数，我神智已乱，急于救命，无暇思索，随手一招，剑锋一落，使的是‘星落高原’，那黑影大叫一声，一条臂膊给我削了下来，谢云真运剑如风，刷地补上一剑，把他杀死!

“我骇得大声呼叫，不知说话。只见谢云真嗖嗖两剑，在先前和我对敌的那人脸上划了两下，噼啪有声，敢情是这人的面具已给剑锋割破，虽是黑夜，也见鲜血汩汩流下，那人痛得双手乱抓，抓落面具更是惊人!”

陈天宇道：“他脸孔一定伤得极为难看，所以师父看了吃惊。”萧青峰道：“不错，他的脸孔给利剑划成一个十字，左边眼珠，也给剑尖刺得凸了出来，面目狰狞，有如恶鬼。但他本来面目，更是惊人。你道他是谁?”陈天宇听师父说得极为可怕，虽然未经目睹，但觉心胆皆寒，茫然反问道：“他是谁?”

萧青峰顿了一顿，深深吸了一口气，道：“他是雷震子!”陈天宇道：“呵，怎么是雷震子?”萧青峰续道：“谢云真出手快极，伤了雷震子后，一声娇笑，右手长剑一落，左手暗器一扬，‘刷’的一声，‘嗤’的一响，两条黑影，同时仆地，与我对敌的那四人，一死三伤，全都垮啦。我惊魂未定，只听得谢云真笑道：‘你本该也受我一剑，瞧你助我的份上，饶了你吧!’身形一晃，便即不见。

“我擦燃火石，解下那三人的面具，更是吃惊，死的是崔雨子，给暗器打伤的是王瘤子，被剑刺伤的是崔云子。雷震子在地上挣扎，双手挥舞，我上去想替他裹伤，只听得他厉声喝道：‘滚开!’王瘤子和崔云子也都怒目而视，三双眼睛在黑夜之中闪闪发光，好像受伤的野狼怒视猎人一样。我给他们吓得毛骨悚然，糊里糊涂，反身便跑，连冒大侠处，也不去告辞。”

陈天宇道：“如此说来，似是那雷震子有意害你，但为何却扯了峨嵋女侠谢云真?”萧青峰道：“你只猜得一半，后来我才知道，那雷震子和崔雨子都曾向谢云真求婚不遂，雷震子给羞辱了一番，崔雨子想用强侮辱师姐，因此被逐出山门。那晚本是雷震子约谢云真比剑，雷震子与她约定各戴面具，又暗中埋伏了崔云子三个高手，仍怕敌她不过，于是又用计叫王流子引我出来，想我与她先斗，他好从中取利。哪知谢云真不晓得用什么法儿，未到时候已把雷震子骗了出来，施用毒手把他震得经脉逆行，神智昏乱，偏偏那晚我又心急，也是未到三更，便至山后，风高月黑，雷震子身材又与谢云真略略相似，于是糊里糊涂动起手来。后来崔云子三人一到，以为我已看破，反过来与谢云真结纳，伤害他们的大哥，于是一涌而上。那崔雨子本是峨嵋派的，神差鬼使，恰恰又使出了‘灵禽敛翅’那招，丧了性命。那晚若非如此阴差阳错，谢云真武功纵高，恐怕也不是他们四人之敌。

“雷震子本来号称‘玉面狐狸’，给谢云真利剑毁容，又眇一目，把谢云真和我恨到极点，崔云子有杀弟之仇，王流子给谢云真的毒针所伤，伤好之后，结了个瘤，武功也再练不到原来地步。谢云真经那晚之后，便不知踪迹，这三人尽都迁怒于我，十余年来，到处追踪，立誓要把我置于死地。”

陈天宇听得毛骨悚然，心道：“原来师父是为了逃避他们，才到我家教书，与我们同来西藏的。”只听得萧青峰又叹了口气，说道：“这真是无妄之灾，那晚过后，我忧急交煎，尚在盛年，发先白了。只是我还有一事未明，那王流子不知是因何缘故，替他们布下这恶毒的陷阱?”陈天宇问道：“是不是给师父一脚踢下冰渊的那个人?”萧青峰道：“正是那人。呀，我迫于无奈，又杀了王流子，这冤仇结得更深了。听说雷震子那次挫败之后，苦心练功，已到炉火纯青之境，当年我已不是他的敌手，今后相逢，只怕更难幸免!”陈天宇道：“听了此事，我觉得雷震子那几人固是不该，谢云真也未免太过心狠手辣!”

萧青峰嘘了一声，帐外寒风怒号，忽听得“嘿嘿”冷笑之声，混杂在风声之中，声音不大，却是极其清峻，萧青峰一跃而起，只见一片东西，轻飘飘的扑面飞来，萧青峰无暇理会，一闪闪过，奔出帐外，只见喷泉溅珠，冰河映月，山头银白，冷冷清清，萧青峰心头一震：这人的轻功怎的如此高明，竟然在这刹那之间，就逃得无踪无影。

萧青峰心头怔忡，返身入帐，陈天宇道：“师父你看!”声音颤抖，萧青峰朝他手指之处一望，只见一片牛皮，上端牢附在帐幕帆布上，下边两角，却卷起来，飘飘荡荡。萧青峰心中一凛，这片牛皮虽比普通的纸质为厚，到底是不受力之物，来人竟然用暗器的手法，将它弹了进来，附在帐上，内劲之神妙，实是不可思议。那片牛皮上端用两口小钉钉住，陈天宇展了开来，只见上面划有两行小字，字迹棱角四露，一看便知是用指甲划的，不觉又是一惊，念道：“湖海飘蓬十数年，江南漠北每流连，请君早到天湖会，问讯当年铁拐仙。”

萧青峰目光闪动，自言自语道：“我还以为是雷震子，谁知却是铁拐仙，咦，这倒奇了!”陈天宇道：“谁是铁拐仙?”萧青峰道：“铁拐仙是二十年前纵横江南的一位怪侠，听说是江南大侠甘凤池前辈的徒弟，甘凤池把他师兄了因的铁拐，在邙山石壁上取下来，传授给他……”陈天宇插口问道：“了因的铁杖，何以会插在邙山石壁上?”萧青峰道：“了因当初是江南八侠之首，与甘凤池有半师之份，后来了因背叛师门，江南七侠在邙山师父墓前，联剑诛凶，由女侠吕四娘杀了他，了因斗败之后，临死之前，把铁拐一掷，插入邙山石壁。（按：此段情事详见拙著《江湖三女侠》，此处不赘。）甘凤池后来将它取下，传与爱徒，想是为了念及当年了因代师传授之情，所以让他的禅杖传作本门之宝，甘凤池的徒弟本名叫做吕青，得了师伯的禅杖之后，改为铁拐，由甘凤池授他一百零八路披风拐法，故此号称铁拐仙。”

陈天宇道："这铁拐仙和师父交情怎样？"萧青峰道："我出道之时，他已名满江湖，我虽然慕他之名，却是无缘拜见。"陈天宇奇道："如此说来，师父与铁拐仙并无一面之缘，何以他又约你到天湖相会？"萧青峰道："是呀，此事我亦百思不得其解。反正我要到天湖去找一位异人，若能在那里遇见铁拐仙，倒是一件幸事。"

陈天宇想起了那神秘的藏族少女之言，忽然问道："师父找的异人，可是冰川天女么？"萧青峰诧道："什么，冰川天女？这名字好怪，我可从来没有听过。冰川天女是什么人？"陈天宇道："我也不知道，只听得那藏族少女说，冰川天女也住在天湖。"遂把上半夜在冰岩上遇见藏族少女等之情事说了一遍，又问道："那么师父所要找的异人可又是谁？"

萧青峰道："我听说冒川生大侠的弟弟桂华生，少年之时，因与天山派的唐晓澜夫妇较量剑法，输了一招，负气远走西藏，隐居天湖，此事得于传闻，不知是否属实。但如今我受强仇追逐，那雷震子的武功是武当第二代第一高手，远非我所能敌，在此僻壤穷边，又无人可以援手，想来想去，只有希冀桂大侠尚在人间，可以为我解此困厄。"陈天宇道："怎么冒大侠的弟弟却又姓桂？"萧青峰道："桂仲明前辈与冒浣莲女侠结为夫妇，共生三子，一依父姓，一依母姓，一依义父之姓，各各不同，大哥叫冒川生，二哥叫石广生，三弟叫桂华生。三人之中冒川生内功最高，桂华生剑法最好。他辈分极高，若然他肯伸手，雷震子绝对不敢逞强，呀，只不知道他是否尚在人间？"陈天宇道："那铁拐仙的武功比雷震子如何？"萧青峰道："一别十余年，我也不知雷震子的武功又到了如何神妙之境。只是看适才铁拐仙所露那手，雷震子谅也不能胜他。"沉吟半晌，道："铁拐仙与我素不相识，约我到天湖相会，不知是何用意？雷震子是武当派的人，武当派交游广阔，若然铁拐仙是雷震子约来的人，那我就更糟了。"陈天宇本想建议师父请铁拐仙相助，见他如此说法，心中更是不安。

师徒两人在破烂的篷帐中住了半晚，寒风透骨，冷得陈天宇牙关打战，好容易熬到天明，收拾行李，却见昨晚那伙人的篷帐，仍然留在当地，想是因为逃走匆忙，来不及带走。陈天宇也不客气，便将篷帐卷了，萧青峰瞪他一眼，忽而叹了口气，道：“你内功未到火候，难受严寒，好，就让你将这篷帐带走吧。”

萧青峰把喷泉的热水，经过过滤冷却，又盛满了三个水囊。两师徒跨上马背，续向前行，第一日天气尚好，第二日却下起霏霏的雪雨来，冷得陈天宇好不难受。

第三日天虽放晴，积雪融化，更是寒冷。日头过午，两人走出山口，地势开阔，日喀则城隐隐在望，萧青峰喜道：“今日晚间可以赶到日喀则了。”忽然“咦”了一声，面有异色，陈天宇眼利，只见在山口斜坡之上，睡着一个乞丐，那乞丐发如乱草，半面脸埋在积雪之中，头枕在一枝铁拐之上，身上衣服破破烂烂，露出来的肌肉冻得通红，陈天宇生了怜悯之情，上去将他轻轻一推，道：“喂，喂，不要睡在这儿!”那怪叫花侧了侧身，几乎滚下，陈天宇急忙将他扶住，那怪叫花一伸懒腰，忽然叫道：“不要碰我!”陈天宇这才发现他左足长右足短，原来是个跛子，连忙道歉，问道：“你可要东西吃么?”那叫花缓缓抬起头来，陈天宇目光与他相接，不觉吃了一惊，只见他面如锅底，配上满头乱发，奇丑无比，眼光冰冷冷地射住陈天宇，陈天宇打了个寒噤，那乞丐有气没力地道：“放下。”陈天宇放下一袋干粮，他毫不道谢，侧了侧身，脸孔又埋入积雪之中。陈天宇偶一抬头，忽见师父目光充满忧虑之色，示意叫他快走，陈天宇解下身上的驼绒外套，轻轻盖在他的身上，回到师父身旁。两师徒驰出了山口。走下平地，萧青峰这才长长吁了口气。

陈天宇问道：“师父，可有什么不对么?”萧青峰道：“你有没有注意他那支铁拐?”陈天宇心头一震，道：“他是铁拐仙吗?”萧青峰道：“我没见过铁拐仙，我也未听说过铁拐仙是个跛子。不过这怪叫花的那支铁拐，粗如碗口，看上去总有五七十斤，寻常的叫花哪能提得它动?何况他居然睡在斜坡之上，积雪之中，更可断定他不是寻常之人。”陈天宇道：“若然他是铁拐仙，师父和他套个交情，岂不甚好?”萧青峰摇摇头道：“你初走江湖，哪知道江湖的规矩。若然他是铁拐仙，我就更不能在此际与他招呼。”陈天宇道：“这是为何?”萧青峰道：“他约我到天湖相会，是友是敌，尚未分明。依江湖上的规矩，我就应到天湖才能与他相见。我若道破他的行藏，便是江湖之忌。”陈天宇道：“若然不是铁拐仙呢?”萧青峰道：“似此江湖异人，不明底细，更是不宜招惹，你没忘记三日之前，你招惹来的那伙强人吗?”陈天宇默默不语，心道：“我招惹了那伙强徒，虽是引狼入室，难辞其咎，但结纳了那个书生，却也得了意外之助。师父可是太过谨慎小心了。”虽有此想，却不便与师父辩驳，只有随着师父，快马加鞭，趁着日头未落，匆匆赶路。

黄昏时分，果然赶到了日喀则城，日喀则虽是后藏的一个名城，但边荒之地，旅人来往不多，城中只有一间像样的客店。两师徒走入客店，店保见他们衣衫不俗，急忙引进，刚刚步上台阶，忽闻得里面一阵喧闹之声。

萧青峰把眼一看，登时大吃一惊，只见一个鹑衣百结的花子，右足翘起，铁拐撑地，支持身体，气呼呼地道：“你们开客店的怎么不让我进来住宿，哼，哼！你们狗眼看人低，先敬罗衣后敬人，见大爷衣裳破烂，就不招待吗?”铁拐一顿，一块方砖登时裂了。掌柜的心中一凛，道：“这位大爷休要动怒，小店资金短少，向来规矩，房钱饭钱，要请客人先惠。”那花子哈哈大笑，道：“你何不早说，你怕大爷没钱吗?”伸手一摸，竟然在身上摸出一锭元宝，他衣裳破烂，也不知这元宝是怎样藏的。只见他将元宝啪的一声，搁在柜上，道：“给我一间上房，打两斤酒，宰一只肥鸡，好好服侍你的大爷。怎么？你瞪大眼睛看我做什么？钱不够吗?”掌柜的哪料得到这叫花子居然有一锭大元宝，又惊又喜，忙道：“房钱饭钱二两银子已经够了，小二，拿把秤子来，秤一秤这个元宝，多余的找回这位大爷。”那花子又是哈哈一笑，挥手说道：“不用找啦，多余的给你。你大爷明日一早便走，你们以后‘招子’（眼珠）放亮一些，别见到像大爷一样的穷朋友，就赶忙地要推他出去。”掌柜的大喜说道：“不敢，不敢，小店招待不周，你大爷多多包涵！”忙叫店小二给他开了一间上房。

这花子正是他们日间所见的怪丐，萧青峰心内暗暗嘀咕，他们骑的是马，这花子居然比他们先到，就算是他另抄捷径，这脚程也是快得骇人。萧青峰本待退出，但已上了台阶，退下去更露痕迹，幸

冰川天女傳
一九八五年十一月十一日畫梁羽生先生之武俠小說
于羊城荔灣湖畔野味齋嶺南盧延光題記
客

忽听得马声长嘶，又来了两个客人，……

好那花子眼角也不瞟他们一下，便随店小二进房去了。

萧青峰要了一间大房，关上房门，两师徒面面相觑，心中不住发愁，萧青峰要了一些饭菜，胡乱吃了一顿，忽听得马声长嘶，又来了两个客人，一进门便呼喝掌柜的给他们开房备饭，萧青峰从窗口望出，来的却是两个军官，前行的那个胁下挟着一个红漆木箱，似乎十分宝重，他们要的房间，恰好在萧青峰对面。

萧青峰斜眼一瞥，忽见斜对面那间房子，也有两个人探出头来，头上缠着白布，碧眼红须，一看就知是西域人。这两人一探头就缩了进去，面上现出诡异的笑容，萧青峰又是一惊，待小二来收拾之时，萧青峰给了他一两银子赏钱，问斜对面房里的那两个番客是什么人，店小二道："他们叽哩咕噜的说话我也不懂，听掌柜说，他懂得许多种话，他说这两人是从尼泊尔来的武士。"

店小二去后，陈天宇道："去年尼泊尔国的廓尔喀族侵入西藏，杀了许多牧民，抢了不少牛羊，后来给朝廷派兵打退了，差不多一年，他们的人不敢再进西藏，最近我听爸爸说，他们见事情已淡，又蠢蠢欲动。这两个尼泊尔武士，只怕不是什么好路道。"萧青峰道："两国接壤，本来不应互相敌视，恢复往来，乃属正常。尼泊尔的武士，也有侠义之人，倒不可一概而论。"陈天宇点了点头，萧青峰又道："即算你瞧出有什么路道不对，今晚也不宜动手。"

两师徒正在闲话，窗外人影一晃，陈天宇从窗隙瞧出，只见一个红面老头，虬须如戟，在庭院中踱来踱去，忽而仰天歌道："贺兰山下阵如云，羽檄交驰日夕闻……试拂铁衣如雪练，聊将宝剑动星文。愿得燕弓射大将，耻令越甲鸣吾君。"歌声未了，对面房的军官骂道："什么人在外面乱唱，吵得老子不能安睡，再唱俺就出去揍你一顿，让你叫个痛快！"那老头哈哈一笑，并不动怒，也不回嘴，走回自己房间去了。他的房间正在萧青峰的右手边。

陈天宇回转头来，只见师父双目闪闪放光，露出又惊又喜的神色，陈天宇问道："这老头是什么人？"萧青峰道："我有了救星了！"陈天宇道："怎么？"萧青峰道："这位老英雄名叫麦永明，是陕甘两省最负盛名的大侠，武功精深，人莫能测，而且古道热肠，喜欢替人排难解纷，和我师门颇有渊源，只不知他为何也会至此？"

沉吟半晌，正想开房前去拜访，忽见左手边那间房间，那个怪叫花露出头来，朝着萧青峰的房间笑了一笑，萧青峰凝思一阵，忽地一口气吹熄灯火，和衣睡了。

陈天宇诧道："师父为何不去?"萧青峰道："这间客店，今晚竟来了这么多能人，看来定会闹事。我暂时且不露面，看看再说。"陈天宇心情紧张，伸手将搁在几上的暗器囊一拉，放在枕头底下，萧青峰道："宇儿，今晚不论外面闹得地覆天翻，都不准你起身。"

陈天宇听师父如此说法，心情更是紧张，辗转反侧，阖不上眼，可是外面静悄悄的，什么声音也没有，转瞬听得敲了三更又敲了四更，仍是毫无动静，陈天宇熬不住了，昏昏思睡，忽见黑影一晃，原来是师父起身，陈天宇吓了一跳，萧青峰在他耳边轻轻说道："你不要动，我出去瞧瞧。"

陈天宇并不知道，外面屋顶上正有人掠过，只是此人轻功太高，身形过处，只是微风飒然，陈天宇听不出来，萧青峰却已听出，这是形意门的上乘身法，麦永明正是形意门的名宿，想来除了是他，更无他人。

萧青峰早换了一身黑色的夜行衣服，一窜身从窗口飞出，只见那条黑影，已附在对面房间的屋檐，探头内望。萧青峰也飞身上屋，那黑影忽然回过头来，正是陕甘大侠麦永明。

萧青峰急忙连打手势，示意是同道中人。麦永明十余年前见过萧青峰，此时依稀记得，举起右手摇了两摇，示意叫他不必多管闲事。萧青峰在屋顶的凹处一伏，张眼一瞧，只见那两个军官所住的房间，房中点着一支粗如儿臂的大牛油烛，窗门半掩，房内鼾声如雷，竟似是开门揖盗。萧青峰心道："这样的布置，非有大本领之人不敢如此，江湖上的夜行人，若然不知对方虚实，见了这等布置，定然悄悄溜走，不敢侵扰。想不到这两个军官，竟然也是江湖上的大行家。"

麦永明大约也是如此想法，在窗外张望好久，踌躇未决，房中的鼾声越来越响，麦永明忽似突然下了决心，一抽宝剑，如燕穿帘，飞身直入。

萧青峰身形急起，窜到了麦永明适才的位置，这只是电光石火般的瞬息之事，只见麦永明一入房中，伸手就取搁在床边的红漆木箱，说时迟，那时快，那两个军官一跃而起，双剑齐出，分刺麦永明双胁大穴，剑势迅捷，而且是以有备攻其无备，认穴不差毫厘。

麦永明“噫”了一声，他也真不愧是陕甘大侠，只见他在绝险之中，身形笔直窜起，长剑横空一格，叮当两声，把两柄利剑，都荡了开去。身形未落，就竟尔一个盘旋，先踢左足，后踢右足，这正是形意门中的“连环夺命鸳鸯脚”与“流星赶月追风剑”两个绝招的联合运用，顿时之间，把那两个军官迫到屋角。

麦永明一转身又待取那红漆木箱，那两个军官喝道：“好大胆的贼子，今晚咱们是安排香饵钓金鳌，你还想动手吗?”麦永明刚刚伸手，金刃劈风之声，又已到了背后，麦永明腾的一脚，把红漆木箱踢到门边，反手一剑，与那两个军官相斗。

麦永明一剑横披，倏上倏下，瞬息之间，连进四招，招招都是杀手。那两个军官也好生了得，双剑一分一合，竟然把门户封得十分严密，瞬息之间，也还了四招，与麦永明打得难分难解。

萧青峰心中暗自寻思：“这红漆木箱之中不知藏的是什物事?但既然是麦大侠所要取的，我就该替他取了。”正想飘身飞入，忽听得“轰隆”一声，房门给人一脚踢开，只见那两个尼泊尔武士，凶神恶煞一般地直闯进来，其中一人，一弯腰就将那红漆木箱拾了!

那尼泊尔武士正待夺门奔出，萧青峰忽地飘身飞入，拂尘一展，迎面一拂，那尼泊尔武士刷地反手一刀，他的刀形如月牙，刀锋内弯，锋利异常，不但是一件伤人的利器，而且可以勾拉锁夺敌人的兵刃，却不料萧青峰的铁拂尘更是武林罕见的异宝，可柔可刚，那尼泊尔武士一刀劈去，忽觉软绵绵、松散散的全不受力，吃了一惊，顺手一拉，萧青峰的拂尘已然趁势缠上，那武士一拉，截之不断，却给萧青峰借力一送，喝声：“脱手!”那武士珍惜宝刀，把劲力全运到右臂之上，与萧青峰相持，哪知萧青峰正要他如此，突然横肱一撞，左手一探，把那武士左手抱着的红漆木箱夺了回来。这是声东击西之计，那武士全神贯注宝刀，左边门户大开，一下子就着了道儿。

那尼泊尔武士猛地醒起：这木箱中所藏之物，比他的宝刀不知贵重几千万倍，这一惊非同小可，萧青峰趁他心神大乱之际，拂尘一挥，月牙刀登时脱手飞出。

当那尼泊尔武士拾起木箱之时，房中的形势已是突变，那两个军官与麦永明立即停手，三口长剑同时转了过来，向新的敌人冲刺，这几下子都是快捷非常，待他们剑尖刺到之时，萧青峰已把木箱夺到手上。

那尼泊尔武士也好生了得，只见他横里一跃，把手一抄，又把月牙刀接到手中，同时右足卷地一扫，踢萧青峰的下盘，他的同伴，另一个尼泊尔武士，也猱身急进，嗖，嗖，嗖，向萧青峰连劈三刀。

萧青峰抱着木箱，身形滴溜溜一转，闪开了第一个尼泊尔武士的突袭，拂尘一挥，又把第二个武士的宝刀荡开，猛听得背后金刃劈风之声，那两个军官忽地改了目标，双剑同时向萧青峰急刺。萧青峰反手一招，一个疏神，红漆木箱又给第二个尼泊尔武士夺了过去。

“叮当”一声，麦永明伸剑将两个军官的长剑格开，这刹那间，那两个尼泊尔武士已夺门奔出，麦永明一怔，低声喝道：“追!”飞身先出，萧青峰和那两个军官，停止争斗，也赶着追了出去。

六个人穿房过屋，风驰电掣，霎忽到了城外，六人之中，麦永明轻功最高，首先追及，与那两个尼泊尔武士打了起来，萧青峰次之，不久，也接着追到。那两个尼泊尔武士，双战麦永明还差不多，一加入了萧青峰，立感处在下风，麦永明长剑左起右落；一连削了四下，攻得那两个武士透不过气来，萧青峰拂尘盘旋一舞，护着身躯，腾出手来，就要夺那红漆木箱。

猛听得有人喝道：“把木箱给我留下!”原来是那两个军官也赶了上来，两柄长剑左右分进，一齐刺那抱着木箱的尼泊尔武士，想抢在萧青峰之前，先把那木箱夺下。

四个高手同时进招，那尼泊尔武士看来万万逃避不了，却不料他忽然大喝一声，陡地将红漆木箱向麦永明劈面一摔，麦永明慌忙伸手去接，这一来，军官武士，又联成一线，双刀双剑，又改了目标，改向麦永明进袭。

剑似游龙，刀如飞凤，叮叮当当的此来彼往，杀得个难解难分，那两个军官与那两个武士，若然以一敌一，都不是麦永明与萧青峰的对手，但联合起来，以四敌二，却是大占上风，更兼麦永明一手抱着木箱，要分心照顾，实力更是打了折扣，三五十招一过，麦萧二人只有招架之功，毫无还手之力。

军官与武士越攻越急，麦永明忽地也大喝一声，将红漆木箱抛回给尼泊尔武士，那两个军官一怔，麦永明长剑一挥，刷刷两剑，滚滚而上，大声喝道："先把这两人杀了再说。"那两个军官也跟着剑锋一转，待向那尼泊尔武士进招，却又似犹疑不决，那尼泊尔武士一声长笑，架了一刀，又把红漆木箱掷出，萧青峰站在附近，只得接过，霎时间军官的长剑，与武士的月牙刀，又纷纷向他身上招呼。这红漆木箱本来是各方争夺之物，而今却似变成一个祸胎，到了谁的手上，谁就遭殃。

萧青峰挡了几招，险象环生，也跟着依样画葫芦，振臂一抛，将木箱向军官掷去，却不料那军官"嘿、嘿"冷笑，忽地抢上一步，呼的一掌，竟迎着木箱径劈。麦永明大吃一惊，急迫之际，无暇思考，一伸手又将那木箱接过，不敢再抛，这一来，立刻又陷入了军官与武士的联合包围之中。

正在吃紧，忽听得一声怪笑，尖锐之极，笑声未停，人影倏地出现，萧青峰定睛一看，正是那个怪丐，只见他旋风般直卷进来，铁拐一招"力划鸿沟"，将诸般兵器一齐挡住，忽而攻那武士，忽而攻那军官，又忽而攻麦永明，竟不知他到底是友是敌。这一来更成了混战之势，那怪丐的铁拐呼呼挟风，扫到谁的跟前，谁就要被迫得退后几步。

萧青峰心中一动，想道："他如此打法，分明是想把各人都弄得累了，然后好收渔翁之利，独占这木箱。"正想喝破，忽听得又是一声长笑，场中突然多了一人，这人来得更是神奇，刚才那怪叫花来时，还是先闻声而后见人，而今此人，却是声到人现，就如飞将军从天而降，满场高手，竟无一人在事先发现他的踪迹。

冷月疏星之下，萧青峰看得分明，此人非他，正是前几日用一把金针救他性命的那个书生，只见他一手叉腰，一手挥了半个弧形，一副懒洋洋的神气，慢吞吞地道："什么稀罕东西，值得你争我夺?”

这书生突然出现，满场高手，无不愕然，不约而同，停了战斗。怪叫花嘴角噙着冷笑，倒提铁拐，看似毫不在乎，其实却是全神贯注，暗中准备，蓄劲待发，麦永明见多识广，知这书生必是大有来头，当下手抚剑柄，施了一礼，朗声说道：“俺宝鸡麦永明要在这两个鹰爪孙手中取一件东西，天下红花绿叶，同是一家，阁下若是武林同道，俺不敢求助，但请置身事外，则他日山水相逢，定当报答。”要知麦永明乃陕甘大侠，在西北数省，正是响当当的角色，提起来无人不识，这一番自报名头，说话又非常漂亮得体，这少年书生看来不过二十多岁，辈分无论如何不会在麦永明之上，麦永明这番说话，丝毫不以前辈自居，但却在暗中责以江湖大义，以为这少年书生听了，定必动容，也许就会拔剑相助。哪知这少年书生只是冷冷说道：“唔，知道了!”竟好像从来没有听过麦永明的名字一般，连萧青峰也觉得这少年书生未免过分。

那两个军官见状大喜，也抱拳说道：“咱们在御林军当差，奉万岁爷之命，送一件东西到拉萨，却给这老混蛋劫了，不敢请阁下相助。”那少年书生又“哼”了一声，冷冷说道：“唔，知道了!”

怪叫花冷笑一声，就待发作，那少年书生迈前两步，也不见他怎样作势，忽然一伸手就从麦永明手上将红漆木箱夺了过来。试想麦永明是何等本事，竟然连招架也来不及，宝箱便告易手，不但萧青峰觉得惊诧，军官、武士也都不约而同地“呵呀!”一声，各退几步。

少年书生的手法快到极点，那怪叫花的铁拐也快到极点，几乎就在同一瞬间，那怪叫花手腕一翻，铁拐呼的一声，已砸到书生背脊。这少年书生对萧青峰有救命之恩，萧青峰见此险状，不自禁地“呵呀”一声叫了出来。

忽听得“铮”的一声，那少年书生头也不回，反手一弹，身形立刻倒纵出一丈开外，身法美妙之极，怪叫花的铁拐翘了起来，未及收回，已听得那少年书生朗声笑道：“铁拐仙果然名不虚传!”

萧青峰心中一凛，这怪叫花果然是铁拐仙！忽听得那少年书生又是一声笑道：“我倒要看看是什么稀罕的东西，值得你争我夺。”

一掌劈下，将那红漆木箱震开，伸手一掏，向地下一摔，只听得当啷啷一片响声，木箱里的东西已给他摔成八片！

麦永明一声惊呼，叫道："呀，这不是金瓶！"怪叫花也似甚为惊诧，提杖茫然，作声不得，萧青峰仔细看时，被摔破的不过是个普普通通的瓷瓶，不知他们何以要你争我夺，也是茫然不解！

那少年书生摔裂瓷瓶，仰天一笑，朗声说道："祸根已灭干戈止。笑杀当今鲁仲连。哈哈，不亦快哉，不亦快哉！俺少陪啦！"袍袖一拂，身形一起，翩如巨雁，便向茫茫无际的草原"飞"走，麦永明忽然大吼一声，喝道："你阁下既来沾这趟浑水，哪能如此容易便止了干戈？"声发人起，挺剑疾追，那两个军官和那两个尼泊尔武士也跟踪追去，一片吆喝之声，震荡草原。

那怪叫花铁拐支地，木然毫无表情，萧青峰本来也待追去，见此情状，心中一动，拂尘一挂，正想招呼，那叫花怪眼一翻，冷冷说道："哼，你追得上吗？留些精力，以待天湖之会吧！"蓦然一拐挟风，向萧青峰拦腰疾扫。

这一下事先毫无朕兆，实是大出萧青峰意料之外，而且怪叫花这一拐手法妙极，竟是从他绝对料想不到的方位打来，纵他武功再高，像这等变起仓猝，也难逃避，只听得"卜"的一声，怪叫花的铁拐，已在他的臀部重重地敲了一记。

试想这怪叫花是何等功力，萧青峰见铁拐以排山倒海之势击来，心中以为准死无疑："不料我萧某人不明不白丧生于此！"岂知铁拐击到，却似有一股弹力，忽地把萧青峰弹了起来，凭空抛出数丈之外，萧青峰借势扭腰，在半空中一转，轻飘飘地落于地上，身上竟是毫无伤损！

把眼看时，那怪叫花已经没了踪迹。萧青峰不禁大为奇怪，若说这怪叫花与自己有仇，何以他这一拐不施杀手？若说无仇，则又何必要吓唬自己，迹近侮弄？萧青峰虽是久历江湖，也是百思不得其解。

那客店半夜里一场大斗，乒乒乓乓的从店内打到店外，店主和住客都吓得一佛出世，二佛涅槃，蒙起头来不敢出外，待听得打斗的声音已远之后，再过了好久，店主人才敢出来，提起灯笼察看，只见麦永明、军官武士以及那怪叫花的四间房门都已打开，人影杳然。店主人倒抽一口冷气，道："罢了，罢了，我早知道那叫花子不是善类！"他不敢骂军官，不敢骂武士，更不敢骂陕甘大侠麦永明，一口咬定是怪叫花闹事。

店小二倒有点良心，道："可是他给那锭元宝，足有十二两呢，我称过了。"店主人听了此言，面色有异。跑回房去，过了一阵，气呼呼地跑了出来，大叫大嚷道："这天杀的，他竟敢偷了我的银子来戏弄我。"原来店主人是个守财奴，喜欢把碎银兑换元宝收藏，前几天他刚兑了一锭十二两的元宝，如今寻找，竟不见了。不问可知，这定是那怪叫花施展空空妙手，偷了去的。店主人哀哀咒骂，甚是伤心。

陈天宇心中想道："这怪叫花手段确是高明之极，但要店主人贴房钱饭钱，却也未免太过。"他少年热情，凡事不计利害，于是走出房来，道："店主人你不必伤心咒骂，这锭元宝我赔与你吧。那位叫花子伯伯是我的一位长辈，他生性滑稽，想是故意作弄你的。"店主人虽然奇怪像陈天宇这般衣服丽都的贵公子竟然会与叫花子相识，但听得他肯赔钱，喜出望外，千恩万谢，不敢多问。

陈天宇回到房中，见天色已将拂晓，师父尚未回来，心中自是焦急，忽听窗外有人笑道："你这娃儿倒好心肠！"陈天宇一惊问道："哪位前辈？"推窗一望，不见人影，回头看时，只见床边小儿，已多了一包东西，拆开一看，正是自己送与怪叫花的那件驼绒外衣，里面还有一锭元宝。

待得天明，萧青峰悄悄回来，两师徒说起昨晚之事，都感怪异，那叫花子是敌是友，仍未分明，对麦永明与那军官、武士何以要争夺一个普普通通的瓷瓶，也是不解。两师徒疑团满腹，吃过早饭，又再登程。

从日喀则出发，走了半个月，来到拉萨西北，又见一座大山，高耸云表，挡着去路，这是西藏境内高度仅次于喜马拉雅山的念青唐古拉山。其时已是仲夏，山脚百花绽开，山腰流泉鸣响，恰似江南初春，但山顶仍是雪花纷飞，构成了独特的景色。萧青峰道：

“听说桂华生桂老前辈就住在此山之中，但愿他尚在人间，为我解此困境。”

两师徒早已准备了登山用具，攀藤附葛，走了三日，方到山腰，纵目四望，但见冰川交错，俨若银龙，又是一番奇景。冰川的冰层，虽因受到初夏的阳光，已有部分融化，但山顶的雪花，一片一片轻飘飘地下着，就好像白纸屑、水晶末一般，落到冰川之上，逐渐结晶冻结，最后转化为冰层。所以山上的冰川，亘古不化。由于太阳光的折射和散射，整个冰层都变成浅蓝色的透明体，端的是奇丽万状，难以形容。暮春初夏的雪比较润湿、黏重，这种雪里面水分较多，落在冰川上，未冻结成为冰层之前，就像一朵朵梅花。有诗为证：“春雪满空来，触处似花开，不知山里树，若个是真梅？”所咏叹的就是这种人间罕见的奇景。

两师徒正在纵目浏览冰川奇景，忽听山腰底下，刷啦啦的一片响，两个穿着一身灰色箭衣的人，窜上斜对面的山峰。念青唐古拉山，山峰错杂，虽然所隔不过里许之遥，但那两条人影，一转入山口，已被岩石遮着，不可复睹。

两师徒相继愕然，忽又听得一阵琴声缓缓传来。

两师徒向着琴声来处追踪，陈天宇越走越觉气候暖和，奇怪问道：“前几日我们一路登山，越走越觉寒冷，何以如今到了山腰，反觉比下面暖？”萧青峰道：“可能我们所站之处，便有地下火山，那道理就如雪山上常有温泉一样。”

他们边走边说，前面的琴声更是清晰，陈天宇知音审律，听出那是一种五弦的胡琴，声调苍凉之极，而且这琴音竟似以前曾听过一般，陈天宇方觉心头一动，忽听得前面有人歌道：

“冰川下面有只小黄羊，
它失了爹又失了娘，
天上的兀鹰在追着它，
要将它抓去充食粮。
冰川天女——我的好姐姐呵！
你听不听见它的哀鸣，知不知道它的忧伤？
你替它赶掉凶恶的兀鹰吧，

它终生不会忘了你的恩典!”

这歌声正是那个假名桑玛，真名芝娜的藏族少女唱出来的，陈天宇又喜又惊，道：“师父，你听，这歌声分明是向冰川天女求救的，原来冰川天女就住在这里！这藏族少女也真是多灾多难，你听她这歌声示意，分明是又有恶人追赶她了。”

陈天宇不待师父吩咐，立刻掌心暗扣飞刀，赶上前去，转过一个山坳，忽觉眼睛一亮，群峰环抱之中，竟是白茫茫的一片湖水。原来这个大湖，便是世界的第一高湖，藏名叫做“腾格里海”，它的湖面海拔在四千六百七十二公尺以上，比世界著名的高湖——“的的喀喀湖”（在南美洲玻里利亚高原）还高八百多公尺，也就是说约相当于三个泰山高，真是世界唯一无二的奇迹！

陈天宇一眼望去，但见湖水清澈，碧波荡漾，湖中有片片闪光的浮冰，湖边水连天，天连水，恍如湖泊就在天上。陈天宇心道：“怪不得藏胞称它为‘纳木错’（即是汉人所说的‘天湖’），不知冰川天女是不是住在这儿？这倒真是个世外桃源之境。”

湖边绿草如茵，杂花生树，有白纱头巾迎风飘拂，陈天宇叫道：“芝娜江玛古修，我在这儿!”那藏族少女转过头来，刚一照面，忽听得有声叫道：“芝娜江玛古修，咱们也在这儿!”声到人到，树阴下突然扑出两条大汉，一身灰色箭衣，满面狞笑，伸手朝芝娜就抓。

陈天宇大喝一声：“恶贼休得逞凶!”脱手两柄飞刀，那两个灰衣人解下腰带，迎着飞刀一抖，立见两道银光，射入湖心，陈天宇的飞刀，竟然被他们不费吹灰之力，卷飞了去。

陈天宇吃了一惊，忽听得那两人“哎哟”一声，一个滚地葫芦，从山坡直滚下去，原来是萧青峰飞身赶至，折了两枝树枝，打中了那两人的穴道。那两人本来也非庸手，只因全神拨开陈天宇的飞刀，冷不防着了道儿。

那藏族少女仓皇奔走，陈天宇叫道：“没事啦，敌人已经被我的师父打走了。”萧青峰微微一笑，从徒弟的言语、行动、神情，不由得想起自己当年情窦初开之时，暗恋谢云真的光景。当下放慢脚步，不去打搅他们。忽见花树丛中人影一闪，有个极其冷峭的声音说道：“好手法，好手法，咱们老朋友又见面啦!”萧青峰这一惊非同小可，只见前面现出两人，走在前面的那人，面上交叉两道刀痕，圆睁独眼，似笑非笑，在湖光山色掩映之下，更显得诡秘之极，可怖非常。此人非他，正是令萧青峰日夜担心、魂梦不安的强仇大敌，武当派第二代的第一高手雷震子。后面的那人则是崔云子，他吃了雪莲，过了多日，身体已是完全恢复，这时提着一张大弓，那被萧青峰拂尘毁了的弓弦，又已重新补上。随手一弹，铮铮作响，也在冷冷地盯着萧青峰。

陈天宇衔尾追那藏族少女，只见那藏族少女从崔云子的身旁奔过，崔云子裂嘴一笑，道："桑玛，多谢你的雪莲。"并不拦阻，却把弓弦一拨，转过来迎着陈天宇，萧青峰急声叫道："宇儿，回来!"陈天宇退回师父身边，只见那藏族少女绕着湖边急奔，已跑出半里之遥。

雷震子嗖的一声，拔出长剑，左右挥动，刷刷有声，一步一步，向萧青峰迫近，萧青峰道："当年之事，实是出于无意，雷大哥你何必耿耿于心。"雷震子"哼"了一声，脸上肌肉扭曲，更是难看，只听他冷冷说道："要我不耿耿于心，那也容易，你走过来，让我照样地在你的面上划上两刀，再剜掉你的眼睛，那就了结啦!"萧青峰道："这事情又不是我干的，我只是无意之中助了谢云真一臂之力罢了。"雷震子独眼一瞪，面色越发难看，萧青峰不提谢云真也还罢了，提起了谢云真更是令他悲愤于心，他本是个美男子，而今却变了这样的一个丑八怪，追源祸始，他寻不着谢云真，满腔怒气都发泄在萧青峰身上。

只见雷震子一步一步地迫近，长剑一指，冷笑说道："老朋友，你的技业没有退减，我雷某人也练了几手功夫，咱们十几年前曾比过一场，而今我又要向你献丑啦!"长剑一挥，刷的一剑，立刻向萧青峰施展杀手!

萧青峰苦笑道："雷大哥，你实在挤得小弟没法啦!"说话之间，连闪三剑，雷震子一剑快似一剑，第四剑一招"白虹贯日"，直取萧青峰胸膛的"期门穴"，剑势雄劲，万难闪避，萧青峰忽地一个转身，拂尘一挥，千缕玄丝，立刻缠住了雷震子的长剑。原来萧青峰心怯强仇，十数年来，苦心思索破敌之法，雷震子的剑法武功，都远远在他之上，因此只能计取，不能力敌，他适才连闪三剑，故示怯态，待雷震子剑势放尽，这才一举将他长剑缠着，须知萧青峰的拂尘，乃是一件武林异宝，拂尘看来似是尘尾，其实却是乌金精炼的玄丝，坚韧之极，刀剑所不能断，一被缠上，兵器纵不脱手，也难解脱。萧青峰见十几年来苦心思索的破敌之法，果然得心应手，不禁大喜，心道："你的剑法再凶，也施展不开啦!"

忽听得雷震子一声冷笑，嘘气一吹，剑把一颤，铁拂尘的千缕玄丝，竟如风中游丝飘飘飞扬，萧青峰这一惊非同小可，想不到雷震子的气功竟然炼到如此境界，说时迟，那时快，雷震子长剑一抖，刷刷刷又已连进三招，萧青峰拂尘挥舞，只能封闭门户，更无余力进招。

雷震子越攻越急，一口剑使得神出鬼没，剑剑指向敌人要害，萧青峰连连后退，头上冒出腾腾热气，心中暗暗叫苦。再斗了三五十招，只见雷震子又运气一吹，横剑一削，萧青峰的拂尘登时断了一缕，如乱草般飘荡空中。萧青峰的拂尘，尘尾若然聚在一处，那是天下最利的宝剑也不能截断，但被雷震子运气吹散，再把内家真力运到剑上，那就如一束筷子拆了开来，容易折断一样。萧青峰心痛之极，不敢再斗，凄然说道："好，我认命啦!"雷震子一声狞笑，迈前两步，眼光盯着萧青峰的面孔，利剑一晃，道："好呀，我这两剑要在你面上划出交叉两道伤痕，与我面上的一模一样。崔贤弟，你也来看看，看看为兄的手法如何?"

萧青峰只感寒意直透心头，闭了眼睛，不敢看雷震子手中利剑，忽听得"叮"的一声，雷震子大喝道："何方小子，敢施暗算?"萧青峰睁眼看时，只见雷震子的剑尖歪过一边，颤动不已，嗡嗡作响，显是被什么暗器打中，不禁大奇：谁人有此指力，竟然能把雷震子的长剑打歪?

雷震子话犹未了，立刻有人接声应道："你老子就在这儿，你眼睛瞎了吗?"雷震子扭头一看，只见右方身侧，突然多了一人，脸如锅底，发如乱草，鼻孔朝天，身上鹑衣百结，竟然是个叫花。萧青峰又惊又喜，心道："铁拐仙此来，不知是友是敌。"但他现在已是雷震子砧上之肉，反正只有等死的份儿，即算铁拐仙是敌，也不过如是而已，并不增加忧虑；雷震子却大是惊疑。正是：

天湖来怪客，剑气映冰河。

欲知后事如何？请听下回分解。

第四回　湖畔寄情　拐仙施妙手
冰河怪影　天女慑群豪

那怪叫花撑着铁拐，一跛一拐的走来，雷震子虽知来者不善，但自恃已练好上乘内功、绝妙剑法，也并不怎样放在心上，当下冷笑说道："萧青峰你的人面倒真不错，预先约好了朋友来啦！"与崔云子打了个眼色，叫他准备夹击，那怪叫花哈哈一笑，道："我今日不是来助拳，是准备来挨打哩！喂，你是想在他的面上划两刀么？"雷震子道："怎么？你看不过眼，要替你的朋友出头来了？"那怪叫花又是一声冷笑，道："我这穷花子哪来的许多朋友？不过，我看这位萧先生一表斯文，和你当年一样。当年你从小白脸变成了丑八怪，痛不欲生；己所不欲，岂可重施于人！哈，我倒有自知之明，我是个丑八怪，也不敢妄想有佳人垂青，就在面上再添多两道刀痕，也丑不到哪里去。我就替他挨了这两刀吧，你的利剑尽管向我的面上招呼！唔，至于这位萧先生，你瞪着眼睛看我做什么？我打了你一拐你不服气么？不服气就也上来动手吧！"萧青峰拂尘一挂，答声："不敢。"退过一旁，心中奇怪之极。

雷震子听那叫花子的说话，句句暗存嘲笑，正正触及他的疮疤，不禁勃然大怒，喝道："好，这可是你自己说的，看剑！"出手如电，刷的一剑，那叫花拐杖一竖，只听得"当"的一声，火花飞溅，雷震子的身躯弹到半空，就在空中一招"鹏搏九霄"，凌空下刺，剑势仍是凌厉之极，怪叫花喝声好，随手一抖，铁拐倏地直弹起来，杖尖指向丹田要穴，雷震子一个筋斗翻了下来，长剑点到怪叫花的"肩井穴"，怪叫花微一缩肩，杖头稍偏，雷震子的长剑与怪叫花的铁拐交擦而过，这一招，双方都是险极，拿捏时候，妙到毫巅，萧青峰看了，不禁暗暗叹服。

只见怪叫花铁拐一抽，顺势反展，疾如骇电奔雷，砸剑刺穴，咄咄迫人。雷震子一剑刺出，左掌一拍，借着铁拐弹剑之力，身形歪过一边，左掌拍下，恰好拍到怪叫花后颈的“天柱穴”。怪叫花又喝了声：“好！”竟像背后长着眼睛一样，肩头一撞，反拐一抽，以攻对攻，将雷震子的招数化解开去。

雷震子惊骇之极，叫道：“你是铁拐仙？”怪叫花瞪目道：“怎么？你不敢划花我的面孔，我却要在你的背脊打上三拐，教训教训你这小子。”雷震子大怒道：“你就是铁拐仙我也不怕你！”一招“野火春风”，剑尖一挑，又刺过去。铁拐仙霍地一跳，铁拐一扫，迅即还招，这一来斗得更烈，但见杖影如山，剑光似练，杀得个难解难分。铁拐仙腕力惊人，碗口般的铁拐舞弄起来，如拈灯草，挥洒自如，杖风所至，沙飞石走，好不惊人。而雷震子剑走轻灵，剑势如虹，也是变化莫测。

萧青峰看得目眩神摇，只见剑来杖往，双方都是一派进手招数，任何一方，只要稍一不慎，就要血洒黄沙。萧青峰手捏拂尘，崔云子指按弓弦，一面注目斗场，一面互相防备，都是动也不敢一动。大约过了半个时辰，但见雷震子的头上已冒出热腾腾的白气，怪叫花脚踏八卦方位，攻势渐渐缓慢下来。萧青峰松了口气，心道：“究竟是铁拐仙稍胜一筹。”铁拐仙的杖势虽缓，力道却是比前沉重得多，雷震子的剑势已是渐渐地被他的杖力迫住，圈子越缩越小，形势也越来越险了。

陈天宇却并不像他的师父那样全神贯注斗场，他惦挂那个藏族姑娘，不住地游目四顾，那藏族少女的背影在花树丛中隐没之后，就再也不见出来，不知她跑到哪里去了。

天湖面积极大，陈天宇发现在湖的西北角，有一条冰川，有如天河倒挂，从山顶上直泻下来，想是因为地气温暖之故，冰层并不似其他冰川的凝结不化，冰层的下面虽然仍似一座座的小冰山，上面却有一大半碎裂成为冰塘，有的如磨盘，有的如云石片，随着融化了的雪水，哗啦啦地冲泻而下，注入天湖，湖中的浮冰，就是这样来的。陈天宇极目遥望，冰川的上端，接近山顶之处，竟似有几幢宫殿式的建筑，但因距离遥远，看不清楚，还不敢确定，那是房屋宫殿还是岩石的肖形。

忽听得脚步声与口哨声，陈天宇一看，只见就在适才那藏族少女所来之处，有一伙人攀登上来，最前面的三人，一列并行，左右二人正是刚才追那藏族少女、被自己师父打翻的汉子，中间那人却是个披着大红袈裟的喇嘛，这三个人一到湖边，看了斗场一眼，一声不响，直向那条冰川走去。

跟着就是在日喀则所见的那两个尼泊尔武士，这两人手捧藏香，一脸虔敬的样子，看也不看斗场，就走到冰川入湖之处，口中念念有词，燃起藏香，竟然跪了下来，好像在作虔诚的祷告。

再接着上来的一伙人，人数最多，约有五六个人，有的是油头粉面的少年，有的是状貌粗豪的汉子，有的似是天竺僧人，有的却又装扮成中原武士。这伙人邪形邪相，一上到来，见雷震子与铁拐仙酣斗，似乎颇为惊奇，有的指手划脚地评论招数得失，有的却在风言风语地谈笑。陈天宇听得一人笑道："哈，这两个家伙倒也不知自量，癞蛤蟆想吃天鹅肉来啦，他们竟先我们而来，在这里争风吃醋了。"话声未了，铁拐仙一拐横挑，呼地挑起一块石头，向说话那人飞去，那人叫了声："好家伙！"双掌一托，将那块石头掷下山谷，轰然有声。

试想铁拐仙是何等功力，他挑起这块石头，重逾百斤，飞过去又劲又急，那人竟然能轻描淡写地一托托开，足见武功亦实是不弱。萧青峰心内暗暗嘀咕：怎么一下子来了这么多武艺高强、奇形怪相的人物。

那一伙人见铁拐仙显了这手功夫，不敢再招惹他，一窝蜂地都朝着冰川注入天湖之处涌去，风中隐隐约约送来谈笑之声："冰川天女不知是什么模样？""名字这样好听，总应该是个美人儿！""哈，如果是个丑八怪就让给你吧。""你不用急，冰川天女咱们没有见过，芝娜江玛古修总算得是个标致的美人。"七嘴八舌，说个不休，渐行渐远，声音也渐渐听不清楚了。

陈天宇暗暗吃惊，心道："原来这伙人竟然是想打冰川天女的主意，还想劫那藏族姑娘的。”陈天宇对冰川天女只是好奇，对那藏族少女却有一份莫名其妙的关怀，暗自着急。看师父时，师父对刚才所发生的种种之事，竟好似视而不见，听而不闻，专心一志地注视着场中的恶斗。这时优劣更明显了，铁拐仙越战越勇，那碗口般粗大的拐杖，施展开来，就如怪蟒毒龙，凌空飞舞，每一拐都挟着劲风，呼呼轰轰地作响，使到疾时，但见四面八方都是铁拐仙的身影，一根铁拐就如同化了数十百根，拐影如山，把雷震子罩在当中，端的是风雨不透。但见雷震子所发的剑招，圈子越缩越小，到了后来，就只见一团银光，有如星丸跳跃，跳荡不休，但他的剑法也确有独到之处，虽然如此，铁拐仙兀是不能穿过那团银光，看来雷震子虽是处在下风，却仍然守得十分严密。

陈天宇无心多看，聚拢目光，仍朝着冰川入湖之处注视，忽听得异声骤起，冰川上游有一点黑点顺流而下，渐见扩大，原来是一叶小舟，舟中立着三人，面容还看不清楚，那一群人，除了两个尼泊尔武士还在跪着膜拜之外，其他的人一齐欢呼，纷纷挤到冰川入口之处探望。

陈天宇心中一动，想道：“莫非冰川天女来了？”凝神看时，但见那一叶轻舟，在冰河之中缓缓流下，须知那冰河是从山顶倒泻下来，水势甚急，而且冰河之上，到处都是冰块，冰河之下，又是亘古不化的一座座小山般的冰层，莫说是小舟，就是大船，碰着冰块，触着冰层，也会被砸得粉碎。那小舟却是奇怪之极，在湍急的冰河之中顺流而下，竟然如在平静的小河航行，又如有无数隐形的力士替它把舵一样，竟然十分平稳，不疾不徐，在冰块激撞、水流咆哮之中缓缓流下，小舟到处，冰块就向两边排开，竟似给它让路一般。陈天宇武功虽不甚高，但见此情形，也知舟中之人实具有不可思议的本领，好奇之心，越发炽盛。

但见那小舟越来越近，舟中人的面容已看得清清楚楚，陈天宇一眼瞥去，不觉打了一个寒噤，冷意直透心头。舟中共有三个女子，左边的是那神秘藏族少女芝娜，在她一向冰冷的面孔上，竟然挂着一朵笑容，就如在冰谷中绽开的花朵，此事已令陈天宇奇怪，但也还不觉什么；右边的是个中年妇人，颜容美艳，立在舟中，动也不动，这也没有什么。最奇怪是中间那个女子，但见她披着一头乱发，如棘如针，一张面孔，苍白得毫无半点人色，双手交叉胸前，十指有如鸡爪，乍眼望去，就如在幽坟古墓之中走出来的僵尸，令人不寒而栗。那些人骤见怪相，“呵呀”一声，纷纷惊跳起来，有三两个胆子较小而又是准备向冰川天女求婚的竟然吓得蒙了面孔，跌跌撞撞地急忙飞跑，头也不回，奔下山去。

陈天宇又惊又奇，心道：“冰川天女不知是否在这小舟之内，若然在这小舟之内，那么若不是那中年美妇，就是这僵尸般的女人了。”正自思疑，忽听得师父也惊叫了一声，回首看时，只见师父面如白纸，手脚颤抖，竟如患了发冷病一般，陈天宇心道：“师父此生，经过无数大风大浪，怎么比我还要胆小?”但听得师父喃喃自语道：“呀，来了，来了！想不到竟然在这儿遇见了她？真是冤孽。”陈天宇道：“师父，你说的她是谁?”萧青峰道：“峨嵋女侠、夺命仙子谢云真!”陈天宇道：“是中间那个女人吗?”萧青峰道：“不，是右边那位。她的容貌和十多年前还是一模一样。”

陈天宇又吃一惊：“难道中间那个僵尸般的女人竟然就是冰川天女?”他听过那藏族少女谈起冰川天女，心目中一向以为冰川天女是个美貌的女郎，绝不会像这个可怕的女人，心道：莫非冰川天女还没有下来。

那小舟来得更近了，相差十余丈远就要驶入天湖，那个披着大红袈裟的喇嘛突然大喝一声：“谁是冰川天女?”飞身一起，跃入冰川，脚点浮冰，疾如鹰隼，奔向那只小船，伸出蒲扇般的大手，疾抓右手边的谢云真，他以为谢云真就是冰川天女。红衣喇嘛这一手登萍度水的功夫，真是超群拔萃，萧青峰这时，目光全被那小舟吸住，见红衣喇嘛的“灵山掌”疾如风雷，看看就要抓到谢云真身上，不禁“呵呀”一声惊叫起来。

只见谢云真冷冷一笑，刚欲出手，中间那个女子，忽然手指一弹，快捷如电，一块浮冰正正弹中那红衣喇嘛的心窝，那红衣喇嘛惨叫一声，立足不稳，扑通一声，从浮冰上跌了下来，水流湍急，一下子就卷到下面，想是碰着下面的冰山，片刻之间，血水就冒了出来，染红了冰川入口之处的湖面！湖边群豪，纷纷骇叫！

萧青峰更是惊骇之极，须知学“灵山掌”的功夫，必然要兼学金钟罩铁布衫之类的外功，身躯总能受得千斤压力。红衣喇嘛适才显出那两手功夫，足见他已是个中的一流高手，寻常的暗器打中了他不过等于给他抓痒，怎料得到他给一块小小的浮冰，轻轻一弹，就丧了性命！

湖边群豪本来分成三批，两个尼泊尔武士是一批，这时正在低首膜拜，头也不抬；红衣喇嘛和追芝娜的那两个藏人是一批，这批人是萨迦的土司礼聘来捕芝娜的；另外那一批则是听到冰川天女的美名，想来求亲顺便想劫走芝娜的；这两批人见那女子出手如此厉害，都吓得慌了，有的牙齿打战，手酸脚软，吓得不能走动；有的较为胆大，还想群殴；有的则转过身来，便想逃走。只见那藏族少女伸手指了两指，道：“要捉我的是这两个人。”坐在小舟中间、面无血色、形似僵尸的女子头也不抬，随手在湖中拾起浮冰，铮铮弹出，那两个藏人刚走出三步，就给冰块弹中，登时口吐鲜血，晕死地上。谢云真道：“这些人都不是好东西！”那女子双手连弹，浮冰不住地如弹丸飞去，片刻之间，除了那两个尼泊尔武士之外，全都给浮冰打中，其中只有两个武功最高的，受了重伤，还能逃跑之外，其他的全都给冰块打死！

这一战惊心骇目，不但是萧青峰师徒移目注视，场中的铁拐仙与雷震子听得声声厉叫，也不自觉地缓了下来，斜目窥视，但铁拐仙的铁拐仍然封闭了雷震子脱身的门户，势道虽是缓和，危机仍然未减。

那三个女子舍舟登陆，缓缓地走上岸来，萧青峰的眼光与谢云真的接触，只见她似笑非笑地看着自己，这刹那间，爱恨交并，萧青峰想出声招呼，喉头哽咽，竟然叫不出来。谢云真却淡淡地点了点头，傍着那个女子，直向斗场走去。

那女子越来越近，全无血色的面孔越看越是可怕，陈天宇吓得抖抖索索，忽听得谢云真笑道：“老伴儿，冰川天女来啦，你还好意思欺负她的小辈吗？快快收起你的打狗拐杖吧！”

此言一出，萧青峰和陈天宇都不禁吓了一跳，萧青峰万万料想不到，如此美貌的谢云真竟然做了丑乞丐铁拐仙的妻子，陈天宇也

冰川天女

只见那女子一身湖水色的衣裳，脸如新月，浅画双眉，……

是万万料想不到，他心目中以为定是美貌少女的冰川天女竟然是如此可怕的“女僵尸”。

忽听得那藏族少女也是一笑说道：“天女姐姐，那小伙子是个好人，姐姐，你不要吓坏了他。”只见冰川天女把手一拨，将那乱草般的头发拨落地上，原来乃是假发。又嗤的一声，撕开了外面的罩衣，再双手一抖，抖落了两只手套，然后又拉下了面具，就如褪了一层皮一样，这刹那间，陈天宇眼都定了！

只见那女子一身湖水色的衣裳，脸如新月，浅画双眉，眼珠微碧，樱桃小口，似喜还颦，秀发垂肩，梳成两条辫子，束以红绫，肤色有如羊脂白玉，映雪生辉，端的是绝世容颜，刚健婀娜，兼而有之，赛似画图仙女，比陈天宇心目中所想像的冰川天女还要美丽得多。

冰川天女眼珠一转，这一瞬间，每一个人都觉得：冰川天女的眼光在注视着我了！只听得冰川天女开声说道：“都给我停下手来！”声调甚是温柔，但却似乎有一股令人不可抗拒的力量，铁拐仙早收起铁拐，跳过一边，垂手立在谢云真的右侧，雷震子也横剑当胸，显得甚是诧异。

冰川天女秀眉一蹙，冷冷说道：“雷震子，你放下剑来，给萧先生叩三个响头，下山去吧。”这语气就如向吩咐小辈一般。雷震子怔了一怔，怒极反笑，道：“你是谁？你凭什么要我向他叩头？”须知雷震子是当今武当派的第二代高手，年纪四十有多，冰川天女看起来最多不过二十岁左右，更兼雷震子在江湖上久负盛名，心高气傲，你叫他如何肯在一个少女面前，低头俯首？

只听得冰川天女淡淡说道：“你们武当派的第十二条戒律是什么？”那条戒律是：“明辨是非，遇事当先问自己可有不是，不准恃势凌人。”雷震子不由得又是一怔，心道：“这边荒僻地，独处峰上的少女，如何会知道本门戒律？”只听得冰川天女又道：“你的事情我都已知道了，这事起因确是你的不对，姑念你心术虽然不正，但尚非罪大恶极，而且其中又有奸人播弄，不能完全诿过于你，所以饶你不死，你还不快去向萧先生赔罪么？”

雷震子独眼圆睁，怒道：“你就是我的本门长辈，也管不到我！

我为什么要听你这黄毛丫头的说话？”冰川天女面色微微一变，道：“你是谁的弟子？这么强嘴！”雷震子横剑怒视，闭口不答，铁拐仙在旁代答道：“他是当今武当派掌门闲云道人的弟子。”闲云道人是冒川生的师侄，虽为掌门，素性闲散，不大爱理门人之事，故此令到雷震子日渐骄横，难以制止。

冰川天女一笑说道：“是么？我久闻武当派戒律谨严，素重尊卑之别，难道如今这风气竟然更改了么？原来你本门的长辈也管不了你！可是你本门的长辈管不了你，我却偏要替他们管一管你！”

雷震子气往上冲，不可复忍。横跃三步，长剑一挥，道：“好吧，你就来管吧！俺雷震子在这里领教了！”冰川天女微微一笑，道：“原来你要与我比剑。”她双手空空，随身亦无兵刃，谢云真拔出佩剑，想抛给她，只见她摆了摆手，说道：“不用！”随手在湖边拾起一块浮冰。

那是一块形如长棒的冰块，冰川天女拾了起来，嗖的一掌削下，削了几削，削得那块长形冰块，形如一支利剑。冰块虽然并不是什么坚硬的东西，但这样随心所欲，随手削来，却也实是骇人听闻。

冰川天女微微一笑，将“冰剑”一扬，道：“雷震子，你若能在十招之内，与我打成平手，我就把萧先生任你处置。”其时正是中午时分，日光直射下来，就是冰川里的浮冰，也在逐渐融化，更何况是握在手中，受人体热力所蒸发的冰块？萧青峰暗暗吃惊，心道：“就算雷震子削它不断，它也过不了半个时辰，就要化为冰水！冰川天女这岂不是拿我的性命开玩笑吗？”只听得雷震子大笑道：“好，这可是你自己说的，我若在十招之内，不能将你的冰剑削断，我就向你叩头！”冰川天女道：“我是要你向萧先生叩头。”雷震子道：“不必多言，一切依你便是，看剑！”刷的一剑，立刻横削过去。铁拐仙在旁高声数道：“第一招！”

这一剑快捷之极，更加上雷震子潜修了十多年的内功，休说是冰，就是钢刀铁剑，给他截着，只怕也要被削为两段。但见冰川天女微微一笑，说声：“好！”冰剑一指，竟然是从他绝对料想不到的方位，指到了他胸口的“玄机穴”，这乃是人身死穴之一，雷震子大吃一惊，急忙一个“大弯腰，斜插柳”，硬生生地将身形扭曲，将攻出去的劲力也收了回来，横剑回削，费了极大的力气，才将冰川天女这一狠招化了。冰川天女却是好整以暇，微微一笑，一掠即过，将冰剑又收了回来。

雷震子重整门户，长剑横胸一立，想道：“我以一掌护胸，一剑迎敌，且杀你个措手不及，只要你的冰剑给我的劲力微一沾上，就得化为冰水，看你如何防备?”主意打定，攻势突发，刷刷刷一连三剑，这是武当的连环夺命剑法，一招紧似一招，实是十分难以抵敌。只听冰川天女笑道：“你的本门剑法还差得远呢!”但见她身形起处，衣袂轻飘，霎眼之间，也还了三剑，每一剑都是中途变招，奇诡之极，雷震子连她的衣裳也沾不着，只觉她的冰剑寒光闪闪，在自己的面门闪来闪去，耀眼欲花，被迫得连连后退，只听得铁拐仙已数到第四招了。

雷震子这一惊非同小可，冰川天女的剑法怪异绝伦，竟然是本派的达摩剑法！这达摩剑法在元代中叶失传，直至康熙年间，才由辛龙子复得（辛龙子复得达摩剑法之事，详见拙著《七剑下天山》），再传至桂仲明，桂仲明也因此而为武当北支的开山祖，但因达摩剑法繁复怪异之极，在武当派复传的时日尚浅，数十年来，后辈弟子能精通达摩剑法的实在还没有几人。

雷震子是武当南支的弟子，武当南北二派的剑术，后来虽然交流，南支对达摩剑法毕竟比北支稍逊。雷震子虽然曾学过达摩剑法，却尚未登堂入室，这时一见冰川天女所使的达摩剑法，竟然比自己的师父还要高明，不由得心中发慌，暗自想道：“这丫头莫非真是本门长辈?”陡然想起一事，更是心慌，正欲出声询问，斜眼一瞥，忽见铁拐仙嘴角挂着冷笑，歪着眼睛在看着自己，禁不住火气又起，心道：“好，我就是拼了性命，也不认输!”看冰川天女时，只见她仍是气定神闲，剑尖斜指着自己，并不抢先出招，分明是一派长辈对小辈的神气。

这样的缓了一缓，冰川天女手中的冰剑已渐渐融化，冰水一滴一滴地洒下地来，冰剑变得更薄更透明了，雷震子突然想出了一个歹毒的主意：“好，你不肯出招，我就和你对耗，只要你的冰剑融化，我就是不战而胜!”他们有话在先，说明是比剑法，冰川天女的冰剑若真的是化为乌有，那可不能说雷震子狡猾取巧。

铁拐仙面色一沉，喝道：“雷震子，你怎么啦?”雷震子不理不睬，按剑凝视，动也不动，只见冰川天女又是微微一笑，道：“凭你这样的心术，我就应替闲云道长教训你啦!”纤指轻轻一弹，冰水飞溅，雷震子陡觉眼睛一花，白濛濛的水气遮着眼睛，有几滴冰水已洒到面上，奇寒彻骨，蒙眬中只道冰川天女突出怪招，不自觉地一剑撩去，这也是学武之人，防身攻敌已成习性，所以一觉风吹草动，就不由自己要抢先出招。

一剑刺出，这才猛然想起中了冰川天女之计，待欲撤剑已来不及，说时迟，那时快，只觉喉头一片冰凉，冰川天女的冰剑剑尖已贴到自己咽喉下凹之处，这正是人身死穴之一，只要冰川天女稍一用劲，雷震子就要气闭身亡!

冰川天女一笑道：“本想看你十招，看你学了些什么本领，只因你心术不正，只好减半，试你五招。你服输了吧?以后还敢不敢对长辈无理?还敢不敢恃势凌人?”雷震子颤声说道：“你，你是桂师叔祖的女儿?”冰川天女道：“你猜得对啦!”

雷震子口中的“桂师叔祖”即是桂华生，桂华生在桂家三兄弟排行最幼，但剑术最精，雷震子曾听长辈说过桂华生负气远走边疆，一去不知所终之事，但却万万料不到他会有一个女儿住在天湖之上。

雷震子长叹一声，掷剑于地，向冰川天女叩了三个响头，只见冰川天女的冰剑已融化殆尽，只剩下薄薄的一片了，冰川天女微微一笑，将“冰剑”在手心一搓，顿时化为乌有，忽而面色一沉，喝道：“你还不去向萧先生赔礼么?”正是：

倾尽天湖水，难消今日羞。

欲知后事如何?请听下回分解。

第五回　流水落花　深愁伤寂寞
珠宫贝阙　往事诉辛酸

雷震子面色铁青，一言不发，跑上去对萧青峰叩了三个响头，忽然一弯腰，就手抓起了地上的长剑，反剑向咽喉便割。须知雷震子在情场失意之后，又惨被意中人辣手毁容，天下还有什么事情比这个更令人心伤？是以他因爱成仇，除了恨峨嵋女侠谢云真之外，更迁怒到萧青峰身上。岂知含恨半生，出手报仇，竟出其意外地遇到了冰川天女，招来了如斯羞辱，故此他把心一横，便想自刎。

萧青峰失声惊呼，雷震子动作太快，阻已不及，忽听得“当”的一声，水花四溅，雷震子的长剑脱手飞去，堕在地上，原来是冰川天女打出了一片寒冰。

只听得冰川天女冷冷说道：“没出息的东西，本领不好不能再练吗？”雷震子听了此言，又被激得死去活来，心中想道：“对了，我若自杀，她可真当我是示弱了。”只听得冰川天女又道：“若然你罪孽当死，我早已将你处置，还须你动手吗？当年之事，铁拐仙夫妇都对我说了，这固然是你的心术不正，但你受了奸人愚弄却不自知，亦是可怜可笑，王瘤子是什么用心，你知道吗？你若想知道，今年中秋，你自己可以到扎伦去看。”雷震子听了，不觉一怔，心道：“王瘤子已经死了，谁还能知道他的心意？怎么到扎伦去看，可以知道死了的王瘤子的用心呢？”好奇之心一起，自杀之念顿消，当下再拾起长剑，垂头丧气地与崔云子一同下山。

萧青峰一派茫然，如梦如幻，只见谢云真与铁拐仙低声谈笑，状极亲热，萧青峰心中一酸，想道：“真是各有各的缘分，勉强不来的。铁拐仙虽然丑怪，但到底是驰名一代的江南大侠甘凤池衣钵真传的弟子，与谢云真匹配，也算不得辱没了她。”如此一想，想到自己少年时候的意中人已得佳偶，不必再劳自己牵挂，心中反觉坦然。忽见铁拐仙撑着铁拐，一跛一拐地向自己走来，到了面前三尺之地立定，忽然手抚铁拐，施了一礼，萧青峰慌不迭地还礼，连道：“不敢当，不敢当！”铁拐仙嘻嘻一笑，道：“萧老弟，你可知道我为何打你一拐，现在又向你赔礼吗？”萧青峰愕然不知所答，只听得铁拐仙道：“我自知是个丑八怪，所以嘛，所以……”谢云真一声喝道：“不知羞的老鬼，要惹人笑话吗？快别说啦！”原来铁拐仙因为自己相貌丑陋，妻子则貌美如花，他性情本就怪僻，竟因此而起了奇妒，凡对他妻子起过念头，纠缠过的，他都要去打那人一拐，铁拐仙这种奇怪的妒念，萧青峰做梦也想不到。

铁拐仙的说话被妻子打断，很不自然地又勉强笑了一笑，说道：“好啦，打你的原因我不说了，现在我说向你赔礼的原因吧。喂，萧青峰，你今年几岁？”

萧青峰又是一怔，心道：“铁拐仙问这个干嘛？”答道：“小弟今年四十刚刚出头。”铁拐仙道：“如此说来，你比我年轻多啦。可怜你颜容苍老，发都白了，听说十多年前，你还是个蛮漂亮的小伙子呢。”萧青峰苍白的脸上泛起一片微红，心道：“还不是因为你的妻子，将我无缘无故地牵入了这场漩涡，以至我为避强仇，远走塞外，终日担心，不知不觉之间，就白了少年头。青春的时光都虚度了。”只听得铁拐仙道：“萧老弟，我知道你心中埋怨什么，所以拙荆要我代她向你赔礼啦。她说牵累你遭了一场祸事，心中实是过意不去，除了向你赔罪之外，还要送你一件礼物。”说罢从怀中取出一个玉匣，递过去道：“你打开看看！”萧青峰打开一看，只见匣中藏的乃是一朵硕大无朋、有如巨碗、鲜红如血的大红花。萧青峰奇怪之极，莫名其妙，只听得铁拐仙续道：“这是优昙仙花，吃了可令人白发变黑，返老还童。我这个丑八怪反正用它不着，就送给你吧。”原来谢云真少年之时，号称“夺命仙子”，心狠手辣，厉害无比，做事不择手段，所以才有当年那一场凶杀，而萧青峰却糊里糊涂受了雷震子与谢云真双方的利用。谢云真结婚之后，性情渐变，甚为后悔，恰好与铁拐仙漫游西北之时，在天山上找到了一朵优昙仙花，便决意拿它来送与萧青峰作为赎罪。

萧青峰又惊又喜，说道："呵，原来这是优昙仙花！"想起前辈的传说，这仙花要六十年才开一次，百余年前，武当派的远祖卓一航想采优昙仙花送与白发魔女，守候一生，还守不到开花。不料如今得见，而且铁拐仙还送给自己。萧青峰怔怔地看着那朵红花，不敢伸手去接。谢云真缓缓行近，一笑说道："青峰，你吃了它吧。五年前我在川西遇见你的表妹吴绛仙，她在问候你呢。你母亲也还健在，你不想回去看看她们吗？"萧青峰心念一动，猛地想起了故乡亲友，思乡之心陡起，心道："现在冤仇已经解开，是该回乡的时候了。我为她遭了一场大祸，要她这朵仙花，也不为过。"于是伸手接过那朵红花，仰天叹道："飘泊江湖数十秋，相逢未白少年头。"谢云真接道："而今好自还家去，竹马青梅觅旧游！"萧青峰大笑道："好，好，你说得好！宇儿呵，为师的要和你分手了！"

陈天宇在这半日之间，目睹许多奇情怪事，恍如置身梦境之中，忽然听说师父要返回家乡，不禁怔住了，好半晌说不出话来，萧青峰也觉十分难舍。铁拐仙笑道："你这个徒弟心肠甚好，极合我的心意，我这个花子，见了别人的好东西就想乞讨，萧老弟，你这个徒弟就让了我吧。"

萧青峰喜道："你肯收宇儿为徒，那是最好不过。宇儿，过来磕头！"陈天宇道："师父，你真的要回去了么？"萧青峰道："我不回去，还在这里做什么？宇儿，为师的也舍不得你，但你的父母家人都在此地，我又怎能带你回去。"铁拐仙道："哈，你这个小娃娃也生了一对势利的眼睛，不肯拜我这个臭叫花做师父吗？"陈天宇急道："不敢，不敢！"连忙磕头，铁拐仙哈哈大笑，道："我可没有你师父的和气，你在我门下，要替我讨饭乞钱，若不听话，我就用这根铁拐打你的屁股。"谢云真道："你别吓唬这好孩子啦，我说呀，你就是踏破铁鞋，也找不到这样好的徒弟。"萧青峰咽下眼泪，看了陈天宇一眼，又看了谢云真一眼，道："好，我去啦，宇儿，你好好听这位师父的话，若是有缘，咱们日后还能相见。"提起拂尘，飘然下山。后来萧青峰回到中原，不久就得了一位称心如意的伴侣，而且练成了青城派的第一高手，这是后话，按下不表。

铁拐仙笑道：“这老儿去就去了，偏好生啰嗦。”谢云真悄悄说道：“你瞧，还有更啰嗦的人呢！”铁拐仙回头一望，只见适才在湖边焚香礼拜的那两个尼泊尔武士，不知什么时候已回到这儿，正在冰川天女的跟前低声说话，冰川天女仰首望天，神情淡漠之极，竟不理睬他们。这两个尼泊尔武士，指手划脚，说了又说，说个不休，脸上现出一派焦急的神情，似是期待，又似哀求。他们说话的声音好似蚊叫一样，而且铁拐仙也不懂尼泊尔话，留心静听，也听不清楚他们说些什么，心中好生奇怪。陈天宇在西藏长大，西藏常有尼泊尔的人来做生意，所以他稍稍懂得几句，听出了几个断续的词儿，如“金瓶”“父王”之类，意义却连接不起来，猛地想起了麦大侠和铁拐仙他们，在日喀则旅店中争夺瓷瓶的事，心中想道：“莫非这两个尼泊尔武士所说之事，与那瓷瓶有关吗？但那可是瓷瓶，并不是什么金瓶呵，父王又指的是谁呢？”心中也是好生纳罕。冰川天女似乎很不耐烦，忽而高声说了一句尼泊尔话，这句话陈天宇却听得清清楚楚，她是说：“除非上面这座冰峰倒了，否则我此生绝不下山。”一挥玉手，指一指那座冰峰，决然说道：“去，去，你们自己回去！”她的话声并不严厉，但却似乎是一个统帅在百万军中下令一般，有一股凛然不可拂逆的神情，这刹那间，陈天宇只觉得她不但是美艳如仙，而且气度高华，既像不食人间烟火的仙子，又像尊贵之极的女王，这两个印象本极矛盾，但眼前的情景，这两个矛盾的印象却揉合为一，再难找到第二种适当的形容。

那两个尼泊尔武士面面相觑，懔然而退，不敢再说，面上却都现出一副极其失望的神情！

冰川天女随手摘了一朵野花，抛进湖中，正当冰河入口之处，水涡一卷，一瓣一瓣的花瓣随着水流漂去，冰川天女一派怅然的神情，似是心有所感，意兴阑珊，陈天宇突然想起了“物犹如此，人何以堪！”这两句说话，不觉打了一个寒噤，看那雪山冰峰，高耸入云，上面定是寒冷无比；而眼前却是一湖春水，遍野花香，湖畔玉人，风华绝代，一山之上，境界悬殊；这风华绝代的玉人，却长年累月孤单一人住在雪山冰峰之上，陈天宇忽发奇想，想道：这就

一九八五年十一月为香港梁羽生
先生小说于羊城野味斋画记

冰川天女随手摘了一朵野花，抛进湖中，……

好比冬天里的春天，可惜这春天的景色，却永不为世人所知，雪山之中，居然会有一个天湖，已是奇妙，冰川之上，竟有一个天女，更是神奇！难道这冰川天女，将来也像这湖畔的春花，自开自落，花自飘零水自流？

陈天宇正在遐思，忽听得冰川天女悠悠说道：“我这里本不招待外人，但甘大侠是家父至交，铁拐仙你既奉甘大侠的遗命，万水千山，前来找我，那么我也就破一次例，请你们夫妇到我的山居小住几天。”原来自桂华生失踪之后，他的两位哥哥遍托高人寻觅。甘凤池也是受托者之一，三十年来，遍找无踪，甘凤池最重承诺，所以在身死之后，仍有遗言要徒弟寻找，铁拐仙夫妇总算不负所托，打探出天湖之上有一位冰川天女，十之八九，会是桂华生的女儿，因而寻到此间，适才铁拐仙在湖边与雷震子比武之时，正是谢云真与冰川天女会面之际。

铁拐仙笑道：“我素慕此间仙境，心有所愿，不敢请耳。你肯留我住几天，那是最好不过。”冰川天女道：“那么，大家都请下船吧，你是铁拐仙的徒弟，又是我这位芝娜妹妹的朋友，你也来吧。”陈天宇略一踌躇，也便随着他们同下小船。这时日头过午，冰川中的冰块融化更多，水流更急，挟着浮冰，自山顶奔泻而下，更是令人触目惊心。陈天宇心道：“逆流而上，比适才顺流而下，更要艰难几倍，冰川天女纵有绝世武功，也难以将这小舟在冰川之中，撑至山顶，难道她不是血肉所造的寻常之人，而竟是名副其实的天女？”对冰川天女适才在冰川之中操舟如履平地的功夫，万分不解。

只听得冰川天女道：“大家都坐定了？开船啦！”取起一枝碧玉船篙，轻轻在冰块之上一点，小舟立刻驶前几丈，忽给水流一涌，浮冰一挤，又退后丈许，冰川天女拨开浮冰，又是轻轻一点，小舟又再向前，陈天宇把眼一望，只见冰川天女全神贯注，似是颇为吃力，而舟中诸人，却都安然坐着，动也不动，陈天宇心道：“要她一人用力，这怎么过意得去？”忽见又是一股急流奔来，那小船团团乱转，竟被卷在漩涡之中，进退不得，冰屑与浪花齐飞，溅了满面。

陈天宇吃了一惊，见师父的那支铁拐倚在船边，陈天宇少年热心，不假思索，拿起师父的那枝铁拐，意欲助她一臂之力，铁拐沉重非常，陈天宇勉强提了起来，插入水中，用力一撑，不撑犹好，一撑之下，那小船突然打横一转，给激流一冲而下，一小半船身已浸入水中，倾侧颠簸。铁拐仙急将铁拐一把抢过，喝道："你找死吗?"冰川天女双指一弹，发出一片浮冰，将铁拐弹开，笑道："他也是一片好心，不必怪他。"陈天宇面上热辣辣的好不羞惭，只见那小船不知怎的，又稳住了在水流之中打转，陈天宇心中稍宽，忽见又是一股激流，自左边奔来，比先前那股激流更猛更急，挟着浮冰，哗啦啦地疾冲而下，陈天宇吓得面青唇白，暗道："此命休矣!"忽地里，那小船向上一抛，陈天宇顿感身子一轻，就如腾云驾雾一般，似是给那股激流抛掷到九天之上，忽然又掉下来，睁开眼时，只见那小船已平稳地浮在水中，离开冰川入湖之处很远了。陈天宇大感神奇，忽听得那藏族少女芝娜笑道："我初来时也曾给这激流吓得要死，后来才知道，若然这冰川之中没有激流，小舟根本就不能上下。"原来冰川天女生于斯，长于斯，习知冰川的特性，冰川的激流就如龙卷风一样，可以回旋打转，顺着这股水流，小舟可以自然而然地被它倒卷上去，所以在冰川之中行舟，虽然也要具有不寻常的武功，但却并非神迹。

不用一个时辰，小舟已到了山顶，陈天宇陡觉眼前一亮，只见山上建筑，如同宫殿，那些屋宇都是水晶、云石、晶盐，或者坚冰所造，通体透明。在夕阳返照之下，只觉霞彩夺目，闪闪生光，端的是人间罕见的奇景，胜似传说中的贝阙珠宫。陈天宇本已是疲倦非常，见此奇景，也觉精神一振，但心中却自想道："冰川天女一人，住这么大的宫殿，不太寂寞了么?"芝娜笑道："天女姐姐，你若肯收我作你的侍女，我真愿意终老此间了。"冰川天女道："傻丫头，这地方你怎住得惯?何况你不是日日夜夜都在想报父母之仇吗?"芝娜黯然不语，冰川天女又道："你老是叫我天女姐姐，不怕外人见笑么?我只不过住在冰川之上罢了，哪里是什么天女呢?我姓桂，名叫桂冰娥，铁拐仙夫妇，你们大约还不知道我的名字吧。"芝娜笑道："这名字真好，不过你美若天人，我还是叫你做天女姐姐。"

冰川天女带领众人，走入宫殿，双掌一拍，只见每幢宫殿之前，都出现了一位宫装少女，因为宫殿透明，所以里面虽然是重门叠户，那些宫装少女，却都隐约可见。奇怪的是，那些侍女虽然个个都是妙曼多姿，但装束体态，非藏非汉，不知是来自何方？

陈天宇目眩神迷，感觉似乎是走入了神话中的境界。冰川天女道："你们跋涉风尘，旅途劳顿，先歇歇吧。"叫侍女引他们去休息，铁拐仙夫妇、陈天宇与芝娜四人都被分隔开来，每人进一间宫殿。

宫中道路弯弯曲曲，陈天宇随着侍女走过几道回廊，到了一处花园，但见奇花异草，触目都是，有的花开如雪，有的灿若云霞，有的黑如墨兰，有的红若玫瑰，有的牵藤附葛，有的石隙横生，都说不出名字来。陈天宇目不暇给，只听得那侍女说道："相公请入这间屋子歇息，有什么事情叫我，可以牵动屋里的铜线，我就知道了。这里道路纷歧，相公若出园中游玩，请记着这个标记，以免迷失。"用手指给陈天宇看，陈天宇所住的这间宫殿，屋顶雕有一个石狮，远远望去，其他宫殿，或者是雕有骏马，或者是老虎，或者是凤凰，都有标志。这蛮女相貌虽殊中土，但却说得一口很好的北京话，清甜圆润，听起来很是舒服。

侍女交待清楚，便自退下。陈天宇推开房门，忽见房中突然现出几个少年，都带着惊愕的表情，迎面而来。陈天宇吃了一惊，仔细看时，却原来是自己的影子。这间宫殿是云石所造，四面墙壁都嵌有玻璃镜子，纤毫毕现，当时这种琢磨精美的照身镜都是从西洋运来的，陈天宇虽然见过，但却没有这么精美，也没有这么多，是以感到惊讶。房中布置，清雅富丽，兼而有之，丝织锦被配以描金帐子，檀香书桌上供一瓶不知名的异花，发散着幽幽的清香，墙壁上还挂有一座西洋时辰钟，的的答答地响着。那时，西洋的时辰钟运入中国的还少，陈天宇只在土司家里见过一次，禁不住对这时辰钟也瞧了老半天。

再仔细看时，墙壁上还挂有两幅字画，画面一男一女，男的是个黄衣少年，腰悬长剑，丰神俊秀，女的却是位古装美人，柳叶双眉，瓜子脸儿，清秀之极，体态形貌与冰川天女本来甚不相同，但乍眼一看，眉目之间，却又有些神似。再看那幅字，字迹娟秀，似乎是女子的书法。题的是一首词。词道：

“引离杯，歌离怨，诉离情。是谁谱掠水鸿惊。秋娘金缕，曲终人散数峰青？悠悠不向谢桥去，梦绕燕京。

杯空满，歌空好，琴空妙，月空明；只兰苑人去尘生。江南冬暮，怅年年雪冷风清。故人天际，问谁来同慰飘零。”

底下一行小字是“录亡父忆母旧作。浣莲。”陈天宇这才醒起，原来这画中男女，乃是冰川天女的祖父祖母——桂仲明和冒浣莲，这首词乃是冒浣莲的父亲冒辟疆的作品。

陈天宇不由得疑云大起：冰川天女是桂仲明的孙女，此事已经奇怪，这高山上的宫殿，和宫殿中的那许多蛮女，更是出奇，冰川天女的身世，虽然已揭了一角，但半明半暗之间，却是更增神秘。

这一晚，晚餐由侍女送来，陈天宇始终没有见着铁拐仙夫妇的面。是夜，陈天宇辗转反侧，一会儿想起了那藏族少女芝娜，一会儿想起了冰川天女，一会儿又想起了自己所拜的师父铁拐仙夫妇的古怪行径，思潮起伏，不能入睡，偶从窗口望出，但见外面一片银白，在冰峰的雪光掩映之下，那些奇花异草，如同蒙上一层薄雾冰绡，又如在玻璃世界之中，添了许多美妙的神秘的色彩，这奇景的是人间罕遇，旷世难逢，陈天宇忍不住悄悄地起来，披上衣裳，推开宫门，出去赏览。

忽听得一阵微细的语声，远远传来，陈天宇在假山后面一伏，只见两条人影正朝着自己这面行来，走在前面的是自己的师父铁拐仙，陈天宇心中大奇，想道：他们在这个时分，出来做甚？又怕冰川天女瞧见了他，怪他在深夜之时，在宫中行走，因此动也不动，不敢出去招呼。

这两人走到陈天宇十余丈之地，忽然停着，只听得冰川天女说道：“多谢你这次上山报讯，更多谢叔伯们对我关心，但我已立誓此生此世，再不下山半步的了。”铁拐仙道：“但，但是那个金瓶，关系极其重大，想当年，七剑下天山，你的祖父祖母，同凌未风大侠一起，同抗清兵，你是桂大侠的孙女儿，难道就忍见西藏沦为满虏的藩属吗？这金瓶一到，西藏可就完啦！”冰川天女冷冷说道：

"我不理这些事情。"声调十分坚决，毫无挽回余地。铁拐仙叹了口气，正想再说，只听得冰川天女又道："除非这座冰峰倒了，否则我的心志不移。你们夫妇远来，我本该稍尽地主之谊，招待你们小住几日，这话亦说过了。无奈我以前曾发过誓言，有谁敢劝我下山的，即算他是我的长辈，我也不能招待。铁拐仙，多谢你这次的心事，明日我叫侍女送你们下山去，以后你们也不必再来探我啦。"冰川天女背向着陈天宇，陈天宇瞧不见她的面容，她说话的声调，听来亦甚温柔，但却是说得斩钉截铁，就如一个女王，宣布了一道命令一般。此言一出，铁拐仙登时静默。陈天宇亦是诧异非常。心道：这冰川天女怎的这样不近人情，这不是公然下了逐客令吗？不知怎的，陈天宇忽感对这如同仙境的地方，有说不出的留恋，尤其对那神秘的藏族少女，更是依依不舍。想起明日就要随师父下山，以后再也无缘到此，心中不觉怅然。

但见玉宇无尘，冰峰映月，万籁无声，满园子静寂寂的，静默了许久许久，才听得铁拐仙道："冒犯姑娘，不敢求恕，姑娘吩咐，遵命就是。"随即又听到脚步声渐远渐杳，陈天宇从假山石后望出来，冰川天女与铁拐仙的背影都不见了。

陈天宇吁了口气，步出假山，忽见前面分花拂柳，又走出一人，陈天宇正想躲避，只听得一个银铃似的声音说道："嗯，你还未睡么？"定睛一看，正是那神秘的藏族少女芝娜。头上披着白纱，一双明如秋水的眼睛在黑夜里闪闪放光，嘴角仍然孕育着那种令人莫测高深的微笑。陈天宇心道："冰川天女虽然是风华绝代，美若天人，但不食人间烟火的仙子，总是令人不敢亲近；这少女虽则也令人感到神秘，比较起来，却是令人感到易于接近。"

那藏族少女微微一笑，说道："多谢你屡次救命之恩，只可惜你明天就要走了。"陈天宇道："嗯，适才的事你都知道了？"芝娜点了点头，道："天女姐姐说，你师父要去抢夺金瓶，只恐有性命之险，叫你小心。"陈天宇吃了一惊，道："我给他们弄得莫名其妙，究竟要抢夺的金瓶是什么东西？"芝娜道："你没有听说过金本巴瓶吗？"陈天宇道："没有听过。"

那藏族少女秀眉微蹙，面色凝重，低声说道："你可知道咱们这里的达赖班禅两位活佛，以及呼图克图等大活佛都是转世的？”原来西藏对达赖喇嘛、班禅喇嘛，以及次一级的呼图克图（活佛封号），都称为活佛，认为他们圆寂（死）之后可以转生。但是究竟生在哪里？何时转生？却是一个大问题。以往的规矩只凭当时当地有声望的活佛或者“吹忠”（巫师）降神作法，指定一个方向，叫人寻找。但往往各指一人，弄到同时出现几个转生的达赖或者班禅，真假难分，无所适从，甚至发生争执，引起纠纷。例如就在驻藏大臣福康安的任内，就曾出现过两个转世的第六世达赖喇嘛，引起重大争执。陈天宇在西藏长大，对这些事情，当然清楚。

陈天宇点了点头，芝娜道：“就因为活佛转世，时时发生纠纷，所以听说清朝的皇帝要颁发一个金本巴瓶（本巴是藏语“瓶子”的意思），若有纠纷，就叫吹忠将各个被认为是转世活佛的姓名，各写一签，放在瓶内，对众拈定。听说这个金本巴瓶就快要由北京颁发，到时达赖班禅以及各僧俗官员，都要举行极隆重的迎接仪式，然后将它供在拉萨市中心的大昭寺楼上，从此永传后世，作为西藏最最重要的圣物。你想这样重要的圣物，该有多少高手保护？你的师父要去抢夺，这可不是寻死吗？”

陈天宇正欲问她怎会知道此事，想起她是沁布藩王的女儿，便不再问了。陈天宇的父亲是清廷派驻西藏的一个官员，陈天宇虽然对满洲人也不大满意，但却隐隐觉得，朝廷这件事情，也似乎做得不错，最少可以减少西藏的纠纷，不明他的师父为何却要反对？

芝娜叹了口气，道：“我们西藏人最崇拜活佛，若然你们汉人毁坏了这个金本巴瓶，抢走了我们的圣物，那么汉藏之间的仇恨，恐怕会越结越深。听说你们汉人之中，有一些侠士，生怕西藏接受了金本巴瓶之后，政教制度都受朝廷的规定，就要变成满清的藩属，因此誓死从中破坏，但只恐这番好心，我们西藏人会把它当成恶意。你还是劝你的师父不要插手的好。”陈天宇道：“我师父的脾气古怪，我还是新近拜师，怎敢在他跟前说话？”

两人静默了一会，陈天宇道：“芝娜，你是怎样和萨迦的土司结仇的？”话出之后，忽觉太过冒昧，交浅言深，只怕自讨没趣。芝娜却并不在意，轻掠云鬓，低声说道：“你曾在土司家中救过我的性命，你不问我，我也该对你说说。我且给你说一个故事。除了天女姐姐之外，你是这世界上第二个听我故事的人。

“很久很久以前，据说在你们汉人叫做唐朝的时候，吐谷浑（今青海一带）入寇西藏，西藏有一个骁勇善战的将军，打退了吐谷浑的军队。不久藏王大婚，皇后就是你们唐朝的文成公主，藏王趁着结婚大典，大封有战功的将士，那位将军功劳最大，藏王便赏给他跑马一日之地，让他自立，那位将军十分善于骑马，翻山涉水并不择路，据说一日之内，便跑了五千多里的一个大圈子，于是这片土地归他所有，受封藩王的这位将军便是我的始祖。

“代代相传，传到了第五代便是我的父亲沁布藩王，管辖四大土司，其中以萨迦土司权势最大，他的妻子又正是我堂伯的女儿，上司下属的关系加上亲戚的关系，两家的来往就更亲密了。

“我的父亲最爱打猎，想不到有一天他为了追赶一只金毛野狐，没留神被头上的树枝撞着，堕马惨死。我没有姐妹，也没有兄弟，依照长辈的公议，该由我的嫡亲叔叔继承，然后才是我的堂兄弟们。想不到奇怪的事情接二连三地发生了，先是我的那位叔叔在喝了一碗马奶之后，忽然浑身青肿当晚就咽气了，接着他的儿子在玩捉迷藏的时候，又忽然从树上跌下来摔死。接着我的堂兄弟们一个接着一个莫名其妙地得怪病暴毙，死者都是浑身青肿，七窍流血，老人们说是鬼魂作祟，全家都躲在家中的神庙里，神庙外边上了大铁锁，并用石灰围着院墙撒了一道白线，据说可以拦着鬼魂不能入来，呀，那些日子可怕极了！”

陈天宇打了一个寒噤，眼前美丽的景色也变得阴森可怖。只听得芝娜续道：“我的堂兄弟一个接着一个暴毙身亡，不到一个月，都死得干干净净。这一天，我最后一个堂弟，只有三岁大的孩子也死了，我害怕非常，心里头有个预兆，好像感到自己也将不久于人世。这天是我父亲的回魂祭（藏俗迷信死后二十八天，魂魄可以回来，届时家人要举行回魂祭），本该在王府设灵，让族人拜祭，但为了这一连串古怪的可怖的事件，我们都不敢出神庙半步，别人也不敢到我家里来，害怕鬼魂作祟。

“但却有一人不怕，这人是我的舅舅，名叫洛珠；你听过这名字吗?”陈天宇道:“听父亲说过。他是沁布的第一名勇士,我师父说他是天龙派有数的人物。”芝娜点了点头,道:“我的舅舅本事很大,他也喜欢打猎,他一人可以降伏一只犀牛,他不害怕鬼魂,那一天他来了,晚上便同我们一起守灵,伴我们过夜。

“我害怕得很,本来我每天晚上,是跟妈妈一间房子睡的,这一晚我要舅舅跟我同房,我妈要守到五更才睡,和两个侍女在外面守灵。

“这一晚我怎样也睡不着,有什么风吹草动,都以为是我爸爸鬼魂回来。但心里一想,爸爸生前最爱我,若然他变了鬼魂,也该保佑我,保佑我的母亲,让我们不受其他野鬼的侵害。

“三更过去了,四更也敲了,家人婢仆都睡了,神庙里一片寂静,只有外面那座西洋时辰钟滴答滴答地响着,静得令人心跳。房里有两张床,我睡里面那张,舅舅睡外面那张,我睡不着,睁大眼睛,从门缝里瞧出去,外面烛光摇晃,我想起妈妈一个人在外面,很害怕,想大声叫嚷,叫妈妈不要守了,快点回来伴我。还没有叫出声,忽然外面的烛光,一下子全都熄灭。

“只听得妈妈一声厉叫,叫得我汗毛直竖,陡然间舅舅大喝一声,呼的一拳捣出,床板也轰隆塌了,这时我才瞧见一条黑影,与我舅舅打作一团。

“打了一阵,舅舅将他迫出房外,不准他来侵害我,从房子里望出去,只见两条黑影,纵跃搏击,每一拳打出,都是呼呼挟风,已分不出谁是舅父,谁是刺客,桌椅家私都给打折,乒乒乓乓地乱响,忽听得我舅父又大叫一声,声音惨厉,我吓得魂不附体,以为舅父也中了那人的毒手,险险晕了过去。但这一声之后,外面又忽然静了下来,我睁开眼睛,感觉有人在轻轻抚摸我的头发,我道:‘是舅舅吗?’”陈天宇听得紧张之极,不自觉也用同样口吻问道:“是舅舅吗?”

芝娜吁了口气,道:“是舅舅。他有点气喘,但声音却很迫促,而且颤抖,他说:‘嗯,芝娜。是我,快跟我走。’我已经吓得不会走动,他将我一把抱了起来,走出外面,我道:‘妈妈呢?叫妈妈也一同走。’舅舅叹了口气,不回答我,踢开神庙庙门,跨上一匹战马，连夜奔逃。后来我才知道，妈妈和那两个侍女，都给刺客杀了，那刺客本来要杀我的，不是舅舅，我早已丧命了。

“舅舅马不停蹄，一夜之间，疾跑二百多里，他这才告诉我，我的叔叔和堂兄弟们，都是给那个刺客害死的，那刺客练有一种歹毒的功夫，叫做‘七阴掌’，只要身体任何部分，中了他的一掌，便会浑身青肿，七窍流血而亡！他昨晚拼了性命，虽然将那人打退，但也已中了一掌。

“我吓得魂不附体，急问怎么办。舅舅说，他练有内功，可以抵御七日，他听说念青唐古拉山上有天湖，湖边有个仙女，天湖的圣水和山上的一种曼陀罗花，可以医治百病，他想不出其他办法，就不管是真是假，背着我冒着艰难困苦，攀登上念青唐古拉山。

“可是他身受内伤，又连日奔波，攀登高山，刚看见天湖的湖水，大喜过望，叫了一声，就晕倒了。我叫不醒他，哀哀痛哭，肚子又饥又饿，哭了一场，也晕倒了。

“也不知过了多久，我悠悠醒转，舅舅不见了，却见一个美貌少女，站在我的面前，我心里想道：‘这一定是住在天湖边的仙女了。’便道：‘仙女姐姐，我的舅舅呢？’那女子微微一笑，道：‘那人是你的舅舅吗？我不是仙女，我姓桂，名叫冰娥，别人也叫我做冰川天女。’我又问道：‘天女姐姐，我的舅舅呢？’冰川天女道：‘我这里不准外人上来，你的舅舅已给我赶下山了。’我号啕大哭，冰川天女安慰我道：‘你不要哭，我替你的舅舅治好了伤，他的性命已保住了，要不然他还能下山吗？’我想这位天女姐姐救了我的舅舅，却又赶他下山，心里便莫名其妙地害怕，道：‘天女姐姐，你也赶我下山吗？’那时我一点也不会武功，若然要我一人下山，不跌死也会饿死。

“冰川天女又是微微一笑，说道：‘我与你有缘，所以将你留下来了。’后来我才知道，她从未见过外人，想知道一些尘世间的事情，她又欢喜我的眼睛像她，所以将我留下来。”陈天宇经她一说，不禁留意她的眼睛，只觉她的眼睛又圆又大，眼珠微碧，在眼眶里滴溜溜地转，就像白水银里包着两颗黑水银，果然有点像冰川天女的眼睛。

芝娜面上泛起一片羞红，低下头说道：“我见她对我很是和善，便留下来，将身世经历告诉了她。”

陈天宇道：“后来怎样?”芝娜道：“冰川天女虽然没有在我的面前显露过惊人的武功，但我已知道她是非常之人，便想拜她为师，跟她学点本领，她说：我素来不理尘世之事，更不想做人师父，我苦苦哀求，后来她说：好吧，看在你身世可怜，我便以姐妹之谊，传你武功口诀，以三日为期，你能领会多少，那就全看你的造化了。我学了口诀，又在她宫中住了一月，私下里向她的侍女们讨教练习，果然得益不少，本来她还要留我多住的，我复仇心切，住了一个月便下山了。呀，哪知道她教的虽是极精微深奥的武功，我资质愚鲁，却是领会不多，仇报不成，反险些丢了性命。”

她说的自然是谦逊之辞。要知以芝娜现在的武功，在江湖上已非庸手，轻功更比陈天宇还要高明。陈天宇听了不由得心中骇服，想道：“她只学了三日武功，便有如斯造诣，冰川天女的本事，真是深不可测，她的聪明悟性，在这世上也恐怕找不到第二个人!”

芝娜续道：“我下山之后，打探我的家事，才知道我家的种种惨事，都是萨迦土司的所作所为。就在那一晚之后，继承我父亲的近支远支亲属都死光了，我失了踪，我妈妈也死了，沁布藩王的王位，再也找不到适当的承继之人。第二天，萨迦土司带领人马来了，以姻亲的身份，硬要拥立我的堂伯，也就是他的岳父为王，族中长老慑于他的威势，没人敢道半个不字，我的堂伯年已六十开外，犹如风中残烛，昏庸老朽，毫无作为，萨迦土司派他的长子来做涅巴，美其名曰外孙来给外公分劳，帮理政事，实际是他做了太上皇，沁布藩王的土地也被他侵夺了不少。我恨极了他，发誓不管任何艰苦，定要把他杀了。后来我报仇失败的事，你都知道，我不必多说了。”

陈天宇道：“冰川天女答应再传你的武功吗?”芝娜道：“她答应再教我三日，此后，我能否报仇，就全是我的事了。”陈天宇激动说道：“我替你报仇。”芝娜微微一笑，道：“是么，我多谢你啦。只是父母之仇，若非万不得已，我是不会借外人之力的。再者萨迦土司养有许多能人，那会使七阴掌的刺客，只是其中之一，以你我此刻的武功，再练三年五载，也未必近得了他。”陈天宇想起自己本事低微，却口出大言，不觉甚是羞愧。

月光之下，但见芝娜水汪汪的眼睛，充满了感激的谢意，忽而幽幽说道：“明天你不是要跟你的师父走么？”陈天宇心神动荡，低声叹道：“是呵，明天我就要随师父走了。”话声未了，忽听得花园那边，隐隐传来了铁拐仙的叱咤之声。正是：

冰宫来怪客，剑底见奇情。

欲知后事如何？请听下回分解。

第六回　天女飞花　仙姝应有恨
冰川映月　骚客动芳心

水晶冰宫，四面透明，远远望去，只见在宫殿那边，花园里面，有两条黑影，腾跃搏斗。其中一人，手提铁拐，舞得车轮般的团团疾转，可不正是陈天宇新拜的师父铁拐仙！他的对手身材高大，面貌看不清楚，似乎不是中土之人，身上披着一件大红袈裟，在冰宫的寒光掩映之下，十分抢眼夺目，就如在白云里面涌出一朵红霞。陈天宇吃了一惊，心道："这人居然能渡过冰川，直闯冰宫，本事定是非同小可。"芝娜看了一眼，亦是骇然说道："冰川天女禁令森严，怎么还不出来，竟容这个野人来闯她的宫殿?"

芝娜熟悉宫中道路，带着陈天宇左弯右绕，不一刻就到了那边金马宫前面的花园，只见和铁拐仙搏斗的那人是个番僧，鹰鼻狮口，相貌甚是丑陋，他使的是一根禅杖，比铁拐仙的铁拐要细小许多，但铁拐仙的凶猛搏击，都被他一一轻描淡写地化解开去。

再定睛一看，只见还有两条人影，倚在假山的太湖石边，双手合十，口中喃喃有词，却是日前所见的那两个尼泊尔武士，陈天宇又是一怔，心道：这两个尼泊尔武士对冰川天女奉若神明，恭敬无比，何以也敢随这个番僧来闯她的宫殿。只听得芝娜悄声说道："这两个尼泊尔武士叫这番僧做国师，看似甚有来头。"芝娜比陈天宇多懂尼泊尔话，陈天宇问道："他们说的什么?"芝娜道："我也听得不很明白，好像是劝他们的国师不要闯祸。"

铁拐仙越斗越勇，碗口般粗大的拐杖舞得呼呼挟风，拐杖抡圆，就如一片杖林，将那红衣番僧困在当中。双杖交击，更如鸣钟击罄，震得耳鼓都嗡嗡作响，霎眼之间，又斗了三五十招。陈天宇越看越奇，心道：“他们这一阵乒乒乓乓的乱打，就算熟睡如泥，也该被他们闹醒，何以冰川天女还不见出来?”非但冰川天女不见出来，宫中的侍女，也无一人出现。

陈天宇道：“芝娜，要不要叫你的天女姐姐出来?”芝娜道：“天女姐姐行事神奇，她现在尚未出来，想必其中另有缘故。”陡然听得双杖相交，一阵金铁交鸣，嗡嗡之声，不绝于耳，陈天宇急忙看时，只见那红衣番僧忽然坐在地上，禅杖慢慢挥动，铁拐仙须眉俱张，狠狠扑击，陈天宇心中喜道：“不必冰川天女到来，这厮非我师父之敌。”

却不知铁拐仙此时，心中正在叫苦不迭！他是甘凤池的首徒，功力之高，大江南北，无与伦比，谁知碰着了这红衣番僧，竟然讨不了便宜，任他金刚大力，狠攻猛扑，却被这番僧化解于无形。

铁拐仙称霸江湖二十多年，今番还是第一次遭逢劲敌，迫得施展最厉害的伏魔杖法，这伏魔杖法乃是当年独臂神尼所创，经过了因和尚精研，再加以增益，演成一百零八路的招数，每一杖打下，都有千钧之力，而且杖头杖尾都可用以打穴，其中还夹有刀剑的路数，端的是厉害无比，但却最消耗内家真力，若然演完一百零八路杖法，非卧床静养三日，不能复原，所以铁拐仙从来不用。

伏魔杖法一展，果是非同小可，数招一过，便如天风海雨，扑人而来，饶是那番僧如何镇定，也有点手忙脚乱，铁拐仙加重内力，正拟将他一拐击倒，那番僧打了一个盘旋，忽然趺坐地上，双膝一盘，瞑目垂首，状如坐禅，手中的禅杖却仍是缓缓挥动。

铁拐仙虽是见多识广，也不由得怔了一怔，心道：“这是什么打法?”陡觉自己的攻势被他封着，而且隐隐有一股反击之力，攻势愈猛，反击之力也就愈大，那禅杖虽是缓缓挥动，却如在面前布了一道铁壁铜墙，摧之不毁，攻之不入。

铁拐仙大吃一惊，攻势催紧，霎眼间已使了三十六招，一百零八路伏魔杖法分为三段，第一段三十六招是金刚猛扑的功夫，攻之不入，第二段三十六招又连接而来，这三十六招用的全是内家真力，就是石头挨了一杖，也会打成粉碎，而且前三十六招，发杖之时有风雷之声，这三十六招，却是来无踪去无迹，用力虽沉，却无声响，更难防备。可怪的是那番僧仍是瞑目垂首，但却似背后都长着眼睛，不管铁拐仙从什么方位打来，他禅杖一挥，就恰好挡住，而且反击之力比前更大，有好几次铁拐仙的铁拐，都几乎给他震得脱手飞去！

原来这番僧用的乃是印度的瑜伽功夫，配以西藏密宗的柔功，也是一种上乘的内家功夫，但却与中土的法门不同，以练五脏六腑为主，功夫深的，可以被关闭在铜棺里面，沉之海底，过了三日，再打捞上来，仍然不死。内功中紧难练的是屏绝呼吸，能到达那种境界，身体就几乎成了金刚不坏之躯。这番僧虽然未到这个境界，但较之铁拐仙的内力，却是胜了一筹。番僧练的这种功夫，须要静坐运气，时间愈久，所发的潜力愈大。所以铁拐仙的伏魔杖法，虽然一段胜似一段，但对方反击之力，也相应加强，铁拐仙力不从心，感到更吃力了。

看看第二段的三十六路伏魔杖法又快使完，铁拐仙头上已冒出热腾腾的白气，冰川天女仍未见出来，铁拐仙不由得心中有气，暗自思量，反正讨不了便宜，你不出头，我又何必替你多管闲事？打定主意，不展第三段杖法，虚晃一招，便想退出圈子。

铁拐仙将铁拐一抽，正想跳出圈子，忽觉得那红衣番僧的禅杖，竟似带有一股极大的吸力，将他的铁拐牢牢吸着，往里牵引，竟是脱不了身！

铁拐仙又惊又怒，急运内家真力，将拐一摆，虽然也能摆动，但那股吸力却越来越紧，毫不放松，只得运劲与他相抗，施展出伏魔杖法的第三段三十六招来。

伏魔杖法一段强过一段，最后的一段三十六招，最是消耗内家真力，陈天宇在旁观看，只见两人的招式都是越放越慢，那番僧仍然是闭目垂首，盘膝趺坐，头上也已冒出热腾腾的白气，喘息之声微微可闻。但再看铁拐仙时，则更见狼狈，只见他衣裳尽湿，汗珠似黄豆粒般大小，一颗颗地滴下来，铁拐每一挥动，骨节就“格勒”“格勒”地作响，有如爆豆一般，陈天宇虽然不懂上乘武功，但见此情形，已知师父甚是吃力！

那番僧双眼忽地张开，蓦然喝道：“倒!”铁拐仙脚步踉跄，上身摇了两摇，咬着牙根，将铁拐挥了半个圆弧，往下直压，接声说道：“不见得!”他正使到第九十六招“降龙伏虎”，把内家真力全都贯注拐头，刚劲之极，那番僧冷笑道：“你不要命么?”禅杖慢慢上指，与铁拐顶个正着，只见那碗口般粗大的铁拐，中间部分竟然慢慢弯了下来，铁拐仙的面色更沉重了!

忽听得“当”的一声，铁拐忽地弹了起来，那番僧倏然跳起，倒跃几步，禅杖垂下，恭敬肃立。陈天宇大为诧异：这番僧明明即可取胜，何以忽然放松?

回头一看，只见冰川天女披着白色的轻纱，从花径之中缓缓走出，飘飘若仙，傍着她走的正是铁拐仙的妻子，峨嵋女侠谢云真。谢云真将铁拐仙扶过一边，两人手牵着手，也学刚才那番僧一样，趺坐地上，动也不动。冰川天女则在微微冷笑，一步一步地走了过来。那两个尼泊尔武士满面惶恐之容，忽然都是双掌合十，跪在地上，口中喃喃有辞，似乎是在乞求冰川天女的饶恕。

那红衣番僧手抚禅杖，施了一礼，从怀中掏出一张黄纸诏书，说了一句，芝娜轻轻“咦”了一声，在陈天宇耳边说道：“这番僧称天女姐姐做公主，要她接诏，这可真真奇怪了!”只见冰川天女接过诏书，略一展看，立即掷还，那红衣番僧面孔涨红，禅杖一顿，用尼泊尔话说道：“清朝皇帝的金瓶，我们定然不能容它到得拉萨，国主之命，要你下山相助，你也不肯答允么?”陈天宇听得半懂不懂，好在有芝娜在旁给他翻译。

冰川天女面色微变，但面上仍带着笑容，那红衣番僧正想再说，忽见冰川天女玉手一指，冷冷说道：“都给我滚下山去!”

冷月冰光之下，只见那番僧的面孔由通红变得铁青，显得十分尴尬，更是可怖。芝娜道：“你瞧他恼羞成怒了。”那番僧乃是尼泊尔国师，几曾受过如斯侮辱，只见他气得手指发抖，忽然仰天打了一个哈哈，指着冰川天女，颤声说道：“你，你，你叫我滚?国王也不敢对我如此无礼!”冰川天女冷冷说道：“不错，是我要你滚下山去，你待怎地?我已给了你莫大的情面，让你闯入宫来，见我一面，你还不知足?我有过誓言在前，谁敢叫我下山，都得给我滚走，你也不能例外!”

那红衣番僧强掩窘态，发为狂笑，禅杖顿地，朗声说道：“我间关万里，远道前来，只见着公主一面，实是不能心足。闻道公主的武功，已尽得中华与西土的所长，贫僧甚愿开开眼界。”

冰川天女淡淡说道：“是么?”回眸冷笑，拍掌叫道：“来人哪!”霎眼之间，走出九个侍女，冰川天女昂首朝天，挥手说道：“给我将这个野和尚撵下山去!”红衣番僧叫道：“呵，原来你是不屑和我动手，那我适才之请，确是太过冒昧了，但我平生从来未曾受人驱逐，不知进退之处，还望公主海量包涵。”那个尼泊尔武士惶恐非常，连连劝他们的国师快走，那红衣番僧把禅杖一顿，兀立如山，动也不动。

冰川天女不理不睬，更不答话，把手一挥，九名侍女围了上来，冰川天女两道眼光有如利剑，直射到红衣番僧面上，不怒而威，令得那红衣番僧也不由得倒退两步，刚气顿馁，但见那九名侍女作驱逐之状，又不禁勃然发作，禅杖一举，喝道：“好，那就让我先领教你的侍女几招，然后再领公主的教训。”

冰川天女轻移莲步，走了过来，拉着芝娜的手，笑道：“你瞧得仔细些，她们所用的剑法，都是我教过你的。”对芝娜的态度，和蔼可亲，就如姐姐一般，与适才的威严，大不相类。

红衣番僧禅杖一挥，立了一个门户，想是为了保持身份，尚未进招，陡然间那九名侍女长剑一齐出手，奇怪的是，每一柄剑都是寒光闪闪，通体晶莹，非金非铁，竟似一段寒冰，九柄剑一齐亮出，寒光冷气，立刻四面发射，陈天宇不由自己地打了一个寒噤，就像堕在冰谷之中一样，冷得牙关打战，看芝娜时，芝娜也给冻得身躯颤抖。冰川天女微微一笑，道：“我一时大意了，想不起你们禁受不住。你们且忍受一下。”忽地手臂一抬，迅如闪电地向陈天宇颈背一戳。

陈天宇吓了一跳，被她手指一点，浑身有如触电，甚是酸麻难受，但瞬息之间，便觉得有一股热气从丹田直透出来，流行全身，心跳加剧，血流加快，就如在严寒之下，经过了急促的跑步一般，外面虽然寒冷，体内却是发热，芝娜也被她同样依法炮制，冷意顿消，双颊且热得晕红。陈天宇以前听师父谈过，说是有上乘内功之人，不但可用点穴之法制人死命，而且可用点穴之法医人之病，或者是打通病人的经脉，或者是令病人的血液循环正常，功能极其奥妙，当时听了，还只不过当作一种奇谈，而今身受，始知世界之上，真有这样一种奇功。

芝娜问道："天女姐姐，她们手上的长剑是坚冰削成的吗？"芝娜见过冰川天女用冰剑杀败雷震子，是以有此一问。陈天宇心中也正存有这个疑问，双眼盯着冰川天女，冰川天女笑道："她们还没有那样本事，那是我给她们所炼的冰魄寒光剑，是用此山特产的千年寒玉，浸在万古寒冰之中，经过三年才炼成的宝剑，所以一出手便有一股冷气，没有练过内功的人，光是这股冷气，便难抵受。"

那红衣番僧陡然见这九柄寒光闪闪的长剑，也不觉吃了一惊，但他内功精纯，在冷气侵袭之下，却也并不畏惧，那九柄长剑首尾相连，布成一面光网，慢慢收缩，红衣番僧忍耐不住，禅杖一弹，一招"力划鸿沟"，向外推出，只听得叮叮当当几声连响，前一排的四口剑都斫在杖上，红衣番僧这一杖有千斤之力，见这四名侍女居然抵受得住，好生惊异，说时迟，那时快，后一排的四口剑一齐刺到，却又倏地分开，前后左右，四柄剑同时进招，的是怪异之极，敏捷无伦。红衣番僧一个闪身，左掌一震，避开了后面的一剑，又震歪了前面的剑点，但左右两剑，已堪堪刺到身上，陈天宇大声叫"好"！冰川天女眉头一皱，叫道："侍儿小心了！"陡然之间，忽见那四名侍女，一齐飞跃起来，红衣番僧大喝一声，掌杖兼施，排山倒海般地直劈过去。

原来那红衣番僧精擅瑜伽之术，肌肉可以随意扭曲变形，左右两名侍女的长剑刚刚沾着他的衣裳，忽觉剑尖一滑，他的两条臂膊突然一个拐弯，暴长几寸，禅杖呼呼挟风，掌势摧山裂石，瞬息之间，发出内家真力，立即转守为攻！

红衣番僧却也料不到冰宫侍女的轻功竟然如此高明，一杖击空，九名侍女的身形已散四方，恰似蜻蜓掠水，彩蝶穿花，左穿右插，忽合忽分，红衣番僧一连发出几记恶招，却是一个也打不着，不知不觉之间，这九名侍女已布成了一个阵势，将红衣番僧引到垓心。

那番僧盘膝一坐，又想用适才对付铁拐仙之法，应付冰宫侍女的围攻，岂知应付一人自可，同时应付九人却大是艰难。那九名侍女身形飘忽不定，长剑所指之处，全是人身的要害穴道，番僧的瑜伽还未练到最上乘的境界，要封闭全身的穴道，又要分神应敌，谈何容易？但见他端坐一阵，被攻得紧时，不由自己就跳起来，禅杖挥舞一阵，又再趺坐地上，如是者三番四次，忽跃忽坐，状甚滑稽，陈天宇不觉哈哈大笑。

那番僧岂是容人耻笑之人，怒火陡起，把心一横："管她什么公主不公主，我先伤了她的两个侍女再说！"一跃而起，形如怪鸟摩云，禅杖横空疾扫。九名侍女急急分散，那番僧一声大喝，着着抢攻，一根禅杖指东打西，指南打北，似乎已豁出性命，下手绝不留情。这番僧功力极高，远在冰宫的一众侍女之上，禅杖所到之处，威猛之极，众侍女不敢硬接，只有躲避，陈天宇暗暗吃惊，心道："似此下去，难免不给他打伤一两个人，这却如何是好？"

只见冰川天女泰然自若，微微一笑，那九名侍女倏然变阵，四方游走，忽合忽分，依仗花园中那些怪石作为屏障，阵势摆开，有如重门叠户，变化无端，看得人眼花缭乱，九名侍女奔跑起来，就如同数十百人一样，满园子绸带飘飘，羽衣闪动，真像"天女散花"之舞，好看煞人。铁拐仙本来是闭目静坐，默运玄功，这时也不自觉地睁开了眼睛，看了一阵，不禁暗暗惊奇，冰宫侍女所布的阵形，竟似诸葛武侯所传下的八阵图，只是却又并不完全一样，八个侍女各踏着一个方位，暗合休、生、伤、杜、死、景、惊、开八门，任是如何转动，这八门都在互相呼应。但与八阵图不同之处，却在多出一人，这一人并不随着转动，好像是镇守中枢的主脑人物，却又并不出手。那番僧也似觉察出来，连连抢攻，想先击倒那个侍女，可是阵图奇妙，他迈步向东，西面就钻出人来向他袭击，他迈步向西，东边南边，长剑又倏然刺到，怎么样也占不着阵图的心腹之地，到不了那个侍女的身边。

这番僧武功也确是高强，虽然不识阵图，仍是奋战不已，禅杖呼呼挟风，扫在假山湖石之上，石块也碎裂片片，扬起尘沙。冰川天女眉头一皱，只听得那为首的侍女叫道："你这厮太过无礼，居然敢毁坏我宫中的美景么?”双指一弹，忽听得嗤嗤的暗器破空之声，骤然袭到，番僧笑道：“暗器岂能奈我何哉?”禅杖一挥，周身风雨不透，那暗器也不知是什么东西，一颗颗好似珍珠大小，亮晶晶的，从空中洒下，被那杖风激荡，倏忽碎裂成粉，散出寒光冷气，那番僧不由自己地机伶伶地打了一个冷战。

天湖圣峰之上，有的是亘古不化的寒冰，冰川天女从千丈冰窟之中，撷取冰魄精英，练成了一种世上独一无二的奇门暗器，其名就叫做“冰魄神弹”，世上所有的暗器，或用以伤人，或用以打穴，所讲究的不外乎是准头、劲力的功夫，或者再加上暗器本身的锋利，唯有“冰魄神弹”与众不同，它所倚仗的就是万载寒冰的那种阴冷之气，破裂之后，寒气发出，端的是侵肤刺骨，厉害异常。

本来以红衣番僧的功力原可抵御，但他要全神贯注应付冰宫侍女的围攻，哪能分出心神，运功防御。冰弹冰剑，寒气激荡，愈来愈浓，红衣番僧牙关打战，渐觉忍受不住。只见他狂呼疾扫，状若疯狂，额角沁出汗珠，却又全身颤抖。冰川天女笑对芝娜说道：“这厮强用内家真力，以为可以发热，哪知这样一来，冷热交战，最是伤人，这次他纵保得了性命，只恐也要大病几天。”陈天宇心地善良，大着胆子对冰川天女道：“那就饶了他吧。”芝娜瞟了他一眼，道：“你倒替他求情了?”冰川天女微微一笑，不置可否。

红衣番僧高呼酣斗，越来越觉精神不济，但见那群冰宫侍女穿来插去，眼前人影如潮，彩色缤纷，目眩神迷，眼花缭乱，为首的侍女娇喝一声：“倒也!”扬手又是一枚冰魄神弹，红衣番僧心头一冷，脚跟一软，只觉天旋地转，摇摇欲坠，忽听得冰川天女叫道：“住手!”睁眼看时，九名侍女早已收剑退下，排成两列，分立在冰川天女的身旁，红衣番僧满面羞惭，一言不发，深深地吸了几口气，转过身来，向冰川天女施了一礼，便跃出冰宫。两名尼泊尔武士向冰川天女施礼之后，也诚惶诚恐地跟在后面。片刻之后，走得无踪无影。

芝娜笑道：“这厮居然能闯进冰宫，本事也委实不错，真吓煞我了。”冰川天女道：“不会再有第二个这样的人了，其实这番僧也是我有意放他进来的，要不然他虽能渡过冰川，也闯不过我宫前的九天玄女的大阵。”铁拐仙心道：原来她把诸葛武侯的八阵图加以变化，改了名称。厉害是厉害的，可是若说能尽挡天下的武功高明之士，只怕也未见得。铁拐仙是甘风池的大弟子，见多识广，深知人外有人，天外有天，武学之深，有如大海，所以虽然败在番僧之手，对冰川天女的自负，却是不以为然。

冰川天女见铁拐仙嘴唇微动，似欲作声，走过去看，只见他面色灰白，就似大病之后，尚未复原的人一样，谢云真道：“他谢谢你的恩典，只是现下恐难走动，请你派两名侍女送他下山。”冰川天女看了一眼，道：“幸亏你的伏魔杖法只使到九十六招，若然把一百零八路使完，纵有灵丹圣药，也难恢复你真元之气。现在你可不能走了！”

谢云真道：“怎么？”冰川天女淡淡说道：“也没什么，他耗损过度，六脉失调，气血逆行，五脏易位，若然强要下山，在冰川之中，一受激荡，死是死不了的，但只恐就此便要终身残废，虽有铁拐，也不能走路啦！以他的功力，静养五日，佐以药物，大约便可复原。好，我就以五日为期——”一招手唤来一名侍女，道：“你给他收拾一间静室，让他好好用功，谁都不许打扰他！将宫中的温玉借给他用。”吩咐了侍女之后，回过头来，微微一笑，对谢云真道：“这次我为你们特别破例，让你们多留五日，五日之后，你们自己下山，也不必向我辞行啦！”

冰川天女说话神情，甚是轻描淡写，谢云真听了，却是大吃一惊，想不到丈夫所受的内伤，竟是如此严重。冰川天女看似一点不通人情，但却慨然肯以冰宫的至宝万年温玉借用，给他疗伤，又非寡情绝义之人可比。这番说话，真令铁拐仙夫妇啼笑皆非。

冰川天女道：“你可自去照料他，没事不必再来找我。”带了侍女，自行去了。谢云真性情本来甚是高傲，经了多年磨炼，虽然改了许多，但仍然受不了别人的傲气，想不到此次万里远来，专诚寻访，只因劝她下山，却受到如斯冷落，越想越觉不值，几乎想出言“回敬”，但冰川天女虽然比她更要高傲十倍，却纯是出于自然，自有一种风华高贵、凛然不可侵犯的神情，叫人不敢与她吵嘴。谢云真只觉一股闷气，横梗胸中，突然“哇”的一声，呕出了胃中的苦水。陈天宇惊道：“师娘，你怎么啦?”谢云真面色苍白，忽而罩上一层红晕，挥手说道：“没什么。你留在这儿，不可多管闲事。”神情甚是奇特，扶起铁拐仙也自走了。

陈天宇闷闷不乐，怔怔地站在那儿，芝娜道：“闹了半夜，你也该歇息啦，明日我带你赏览宫中的奇景。”陈天宇目送她的背影没入花丛，想起五日之后，仍得下山，而且师父得罪了冰川天女，此后更是无缘相见，心中越发怅惘。

第二日早晨，陈天宇一觉醒来，只见霞光万道，从窗口望将出去，又是一番景象，透明的冰宫在红日照耀之下，五彩迷离，幻成人间罕见的奇景，更似神话中的世界。冰宫侍女送来的早点，只有两枚又红又大的果子，但吃了之后，却是甜畅无比。过了一会，芝娜果然践约而来，带陈天宇出外游览。芝娜来到冰宫之后，神情也似愉悦许多，虽然眉宇之间，尚隐隐藏有幽怨，但与陈天宇有说有笑，与初见之时，已大不相同，好像春天也来到了她的眉梢，冷漠的神情也随着外面的冰河在开始解冻了。

宫中奇景，赏之不尽，园林布置，美妙绝伦。亭榭水石，参差错落，掩映有致。回廊曲折，蜿蜒东西。只是那廊壁的花窗，形式就各各不同，构成佳丽的图案。所有的建筑，甚至假山湖石，都是大半通体晶莹。园中有好几处喷泉，飞珠溅玉，在春阳灿烂之下，泛起一圈圈的彩虹。还有小溪曲折，贯穿其中。芝娜道：“池塘和溪水，都是从天湖引来的，特别清洌，我最喜欢喝这里的水了。”宫中各处庭院，都用奇峰怪石，随意点缀，与各种花树互相掩映，几乎每一处都构成美妙的画图，那些花树，大半说不出名字，灿如霞彩，微风吹来，香气沁人脾腑。陈天宇笑道：“此处真如仙境，怪不得冰川天女不愿下山了。”

两人信步所之，随意游赏，饿了就采摘园中的果子充饥，冰宫占地甚广，走了大半天尚未走完，行走之间，忽闻得一股异香，非兰非麝，陈天宇走过去看，只见前面有一间尖顶的房子，形似神龛，结构非常怪异，与宫中所有的建筑，都不相同。其他建筑都是用水晶、云石、晶盐或者坚冰所造，晶莹如玉，只有这一间屋子却是黑黝黝的，特别惹人注意。那非兰非麝的幽香，就是从这间房子中发

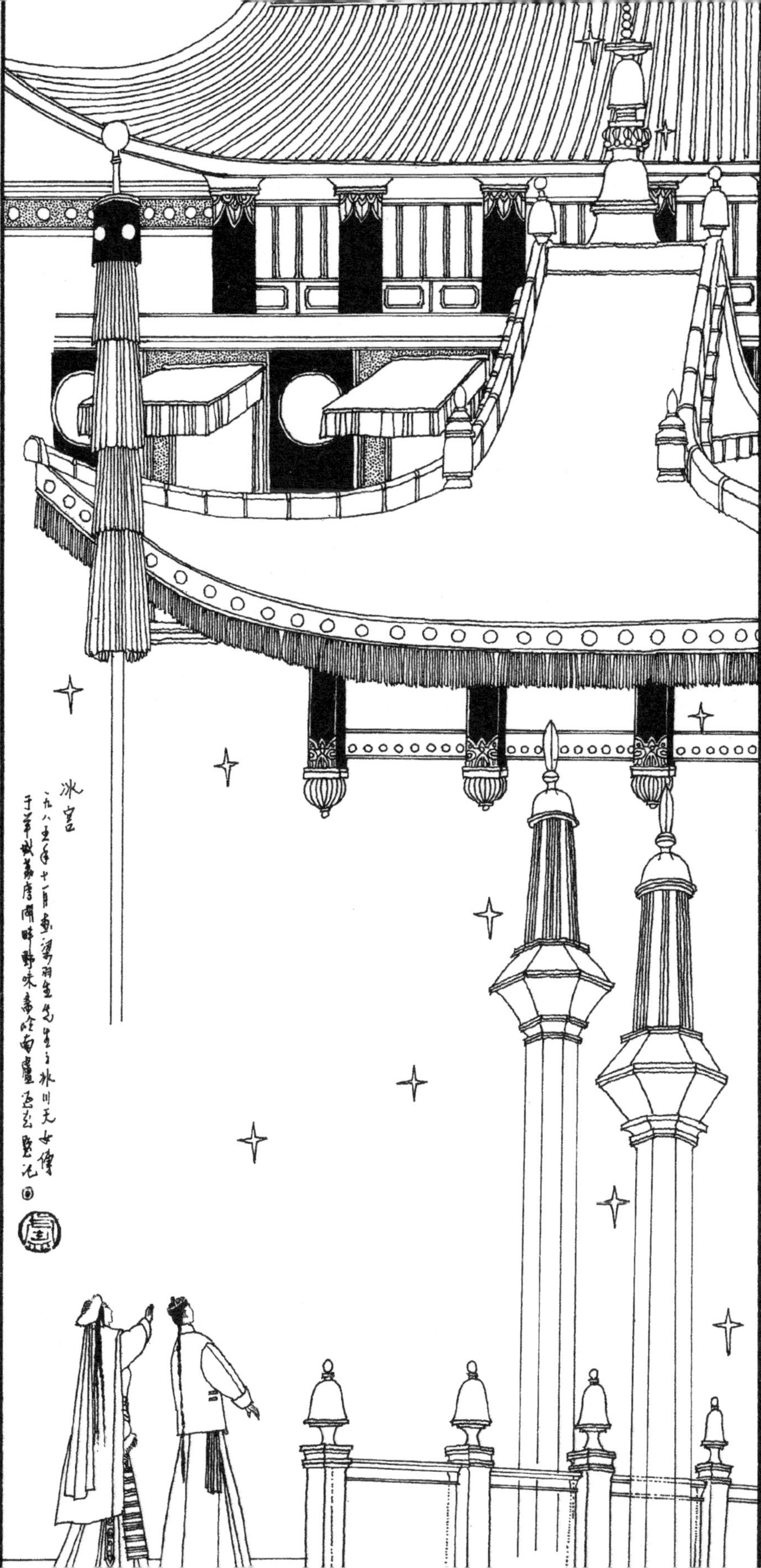
冰宫
一九八五年十一月画梁羽生先生之冰川天女传

宫中奇景，赏之不尽，……

散出来。陈天宇好奇心起，想推门入去，芝娜面色一变，急忙止住，悄声说道：“我上次在这里住的时候，天女姐姐就曾吩咐过我，说是什么地方都可以任我自行去玩，只有这一间屋子，不能进去。”陈天宇道：“为什么？”芝娜道：“谁知道呢？听宫中的侍女说，冰川天女每逢朔望之夜，就要独自到这间屋去，耽搁一个时辰，她做什么，谁也不敢问。听侍女说，这间屋子是用一种香木做的，这种香木，若焚烧起来，香气可以传至十里之外。”陈天宇听了，好奇之心，更是大起。

这一晚陈天宇翻来覆去，念念不忘那间神秘的屋子，蒙蒙眬眬中做了一个梦，梦见冰川天女在里面焚香祈祷，芝娜侍立在她的身旁，自己不知怎的，也到了里面，忽然间冰川天女拔出一柄寒光闪闪的长剑，向自己心窝一指，她的长发突然化为无数飞蛇，向自己飞来，芝娜骇叫一声，那屋子轰隆一声就倒塌了，陈天宇给那尖顶巨木压着，挣扎呼唤，忽闻得芝娜在耳边叫道：“你梦见什么了？醒来，醒来！”陈天宇刚睁开眼，只听得外面又是轰隆一声，几疑还是梦中，芝娜推了他一把，道：“快起来看，冰宫中又有一个怪客闯进来了！”

这一下陈天宇睡意全消，又有一个怪客闯进冰宫！真真是骇人闻听！陈天宇道：“他能够渡过冰河，闯过宫外的九天玄女阵么？”芝娜道：“若非闯过，怎能来到冰宫，现在宫中已鸣钟报警，天女姐姐就要出来了呢！”

陈天宇急急披衣而起，赶出外面，只见昨日那九名侍女，又已布好阵形，将一个白衣少年围在当中，剑拔弩张，尚未动手，陈天宇一看，不禁骇然失声。芝娜道：“怎么？”陈天宇道：“这人我认识的！”这刹那间，那白衣少年也看到陈天宇了，回头一笑，似是招呼，陈天宇看得更清楚了。

此人非他，正是陈天宇在路上所遇见的那个少年书生，曾用一把金针救过萧青峰，又曾在日喀则之夜，将麦大侠等一干人都引走的那个少年书生！

芝娜道：“此人是谁？”陈天宇道：“我不知道他的名字，但他曾救过我师父的性命，想来该是个好人。”芝娜道：“那可糟了！刚才我听得冰宫侍女说，天女姐姐生气得很，说是若不重重地惩戒来人，冰宫就难以保持宁静了。冰宫防卫，一层强过一层，这九名侍女武功高强，远非宫外的可比，他这次不死也得大病一场!”

那九名侍女刚刚拔出长剑，忽然又停下手，满院子静寂无声，连一根绣花针跌在地下都听得见响，陈天宇扭头一看，只见冰川天女已来到场中，面有怒容，见到那个少年，微微“噫”了一声，神情突然一变，似乎颇为惊诧。

在冰川天女心中，尚以为来人是红衣番僧的那一路人，却想不到竟是个丰神俊秀的汉族少年，心道：“若非有数十年功力，也难以渡过冰川，闯过阵图，怎么这一个少年，年纪与我不相上下，难道他比那个红衣番僧还更厉害?”

两人眼光相接，白衣少年微微一笑，道：“你就是冰宫的主人吗？怎么这样怠慢客人呵!”冰川天女道：“你是谁？你到这里来做什么?”

那少年道：“我若说出名字，只恐你要对我更不客气了，不过迟早也要说给你知道的，只要你答应我一件事情。”冰川天女道：“什么事情?”少年道：“你知道有金本巴瓶么?”冰川天女眉头一皱，道：“又是金本巴瓶？真是烦死人了。莫非你又是要求我下山，为你抢那个什么金瓶吗？你们与满洲人作对，与我可不相干。”那少年又是微微一笑，道：“你猜错了，我是求你下山去保护那个金瓶！尼泊尔人要抢那个金瓶，有些不明利害的侠客，好像铁拐仙之流的人也要去抢那个金瓶，我一人孤掌难鸣，你非下山助我不可!”

少年说话的神气，简直就像对老朋友求助一般。冰川天女心中一气，暗道：“我与你有什么交情?”柳眉一竖，挥手说道：“你练到今日的武功，已算不错，快快下山，免得自误!”冰川天女不立即下令驱逐，已算客气万分，那白衣少年却是一副嬉皮笑脸的神气，迈前一步，说道：“怎么，这点面子你也不给我么?”

冰川天女面色一沉，为首的侍女叱道：“你这厮说话好生无礼，当真要我们赶你下山吗?”白衣少年懒洋洋地打了个呵欠，笑道：“上山容易下山难，我今日走得累了，你不赶我，我还真想在这里睡一觉呢!”那侍女一拍手掌，催动阵形，八口寒光闪闪的长剑，俨如闪电惊飙，一齐卷到，那白衣少年尖声叫道："好冷，好冷！睡意都给你们打消啦。"身形飘飘，在剑光之中穿来插去，冰宫侍女的阵势展开，攻势有如潮涌，一对才过，一对又来，循环往复，凌厉之极，白衣少年身法奇快，每于间不容发之际，闪过剑尖，冰川天女也不由得暗暗赞好。阵势越攻越紧，慢慢往里收缩，八口冷气森森的长剑在白衣少年的身前身后身左身右，交叉穿插，更是令人惊心骇目。陈天宇道："芝娜姐姐，你能不能替我向冰川天女说情？"芝娜摇了摇头，陈天宇眼光一瞥，只见冰川天女咬紧嘴唇，神色甚是紧张，如此神情，还是仅见。

忽听得那白衣少年哈哈一笑，说道："好剑法，好剑法，请恕我得罪了！"陈天宇简直看不清他的动作，不知怎的，他居然能在八口冰魄寒光剑的围攻之下，腾出手来，倏地也拔出一口寒光闪闪的长剑，微一挥动，剑尖竟带着隐隐的啸声，有若龙吟，顿时冷电精芒，缤纷飞舞，冰川天女失声赞道："好一把宝剑！"白衣少年将剑一挥，划了一个圆弧，只听得一阵断金戛玉之声，有两名侍女的寒光剑已给他截断，余人大惊，一齐后退，白衣少年身手快捷得难以形容，而且竟似深通诸葛武侯八阵图的门户，走休门，转开门，绕死门，踏生门，着着反攻，霎眼之间，又把把守景门、伤门的两名侍女的长剑削断了！

镇守中枢的侍女急忙打出"冰魄神弹"，一出手便用"天女散花"的手法，撒出一大把亮晶晶形似珍珠的暗器，布了满空。那白衣少年把手一扬，也突然发出一把暗器，冰魄神弹已怪，他的暗器更怪，暗器甚小，形状看不清楚，但却带着一道乌金光芒，暗器穿空直上，满空的冰魄神弹霎时飞散。冰川天女吃了一惊，这少年的劲力用得妙绝，他那一把形如芒刺的暗器，竟是每一枝都刺着一枚冰魄神弹，却又并不刺穿，只是微微粘着，将冰魄神弹送出数丈之外，飘散四方。冰川天女心头一动，猛然想起父亲生前所曾说过的天山神芒，出手之时带着暗赤色的光华，不觉狐疑满腹，对这少年另眼相看。

冰魄神弹和九天玄女阵都困不着这个少年，冰宫侍女也不由自己地慌了手脚，那少年一个盘旋，每一个冰宫侍女都觉得他的影子在面前一掠而过，最后的四名侍女，手中的冰魄寒光剑也给他夺了。

冰川天女叫道："住手!"只见那少年身形一晃，已退出阵图之外，笑吟吟地看着冰川天女，说道："怎么?"

冰川天女淡淡说道："也没什么，我说过的话，从无更改。"那少年道："那么你要亲自赶我下山了?"冰川天女道："不错。你既恃强闯入，做主人的不愿招待恶客，也只有用武力将他驱逐了。"白衣少年道："那真是最好不过，我可以开开眼界，见识见识中土失传的达摩剑法了。"他对冰川天女冰冷的眼光毫不惊惧，仍是一直微笑地盯着她。

陈天宇和芝娜二人都以为冰川天女定要出手了，哪知冰川天女眼珠一转，却道："你渡过冰川，又打了两场，气力也耗损不少，明日中午，你再来吧。"此言虽甚自负，却也大有怜惜之念。

白衣少年一笑施礼，道："好，你既请我再来，我岂能不来，咱们一言为定了。"插剑入鞘，转过身去，微笑道："这才有点对朋友的味儿。"冰川天女道："你说什么?"白衣少年道："没什么。人生得一知己可以无憾，你独处珠宫贝阙，却无朋友，如此人生，也是美中不足。"冰川天女面上一红，这少年的话正说到她心坎里去，她自父母死后，无一个可与谈心的人，每于秋月春花之夜，也会自感寂寞。

冰川天女面泛娇红，佯嗔说道："乱嚼舌头，谁要你多管闲事?"却于不知不觉之间，跟着他走了几步。白衣少年正步上横跨荷塘的长桥，桥上有亭翼然，荷塘上除了荷花之外，还有几种不知名的水中生长的异花，微风吹来，一水皆香，亭子两边，刻有一副对联，写的是：

月色花香齐入梦

仙宫飞阁共招凉

白衣少年笑道："联语虽佳，但却并不应景。"却不知这副对联正是冰川天女所作，她的祖母冒浣莲是有名的才女，她幼承家学，琴棋诗赋，无一不精，冰宫中各处佳景的题咏，都是出于她的手笔，闻言甚是不服，不觉又跟他走了两步，说道："怎么不应景呢?你说说看。"白衣少年道："月色花香，处处皆有；仙宫飞阁，也不过是泛泛的形容之词。移到别的地方，也自可用。不足以说明此处的特殊风景，何况只写景而不写人，也是美中不足。”

冰川天女虽甚矜持，但到底是个纯真的少女，听他说话，也似甚有道理，又不觉微笑道：“你既如此说，那么你就替我另拟一联吧。”白衣少年微一吟哦，正欲张口，冰川天女身旁的侍女忽然插口说道：“你知不知道这副对联正是因人而作，难做得很呢！”

白衣少年道：“要怎么对，你说说看。”冰川天女横了那侍女一眼，道：“不要多嘴。”对白衣少年道：“你先说说你所拟的联语。待我看看是怎样的应景法。”白衣少年微微一笑道：“那我就献拙了。”吟道：

冰川映月嫦娥下

天女飞花骚客来

又笑道：“联虽不佳，但联中的人物都是佳绝！总可以对得过去了吧。”冰川天女心头一荡，杏脸飞红，这副对联正嵌着“冰川天女”四字，联首又嵌有她的名字“冰娥”，那自然是为她而作的了。而且联语隐隐藏有赞美与爱慕之意，冰川映月，月在水中，好像是嫦娥已经下凡；天女散花，引来骚客，这又分明是说他慕名而来。但这联又确是应景之作，不能说他轻薄。冰川天女也不禁暗暗佩服他的才思敏捷。

白衣少年对侍女说道：“好啦，我交卷了，你刚才说原来这联是因人而作，究竟是因谁而作，可以见告吗？”侍女抿嘴一笑，冰川天女道：“就告诉你吧。这付联语就是因她而作的。这个园中有十二处景致，每一处的题联，嵌的都是我侍女的名字。”白衣少年再诵原来的联语道：“月色花香齐入梦，仙宫飞阁共招凉。呵，原来你的名字叫做月仙。”侍女道：“正是。”白衣少年道：“好，那我就再次献丑，为你再拟一联。”略一吟哦，笑道：“有古人的诗句，正好借来作对。”吟道：

月色无痕，绿窗朱户年年绕；

仙姝有恨，碧海青天夜夜心！

下联“碧海青天夜夜心”借用的是李义山的诗句：“嫦娥应悔偷灵药，碧海青天夜夜心。”贴切之极。暗中又是嘲讽冰川天女像嫦娥一样，寂寞独守冰宫，嵌的也正是她侍女的名字。冰川天女眉头一皱，不知不觉之间，竟自陪他走过横跨荷塘的长桥。这样的谈诗论文，哪里有半点仇敌的意味。

白衣少年双手一拱，笑道："不劳远送，也不劳你们驱逐，我自己走了，明日中午，再来践约。"冰川天女不觉又是面上一红，只见白衣少年展开身形，已自去得远了。

白衣少年去后，宫中诸人个个都在谈论他，注意着明日之会。陈天宇也不例外，这晚想起自己上山以来，虽然仅仅几日，已见了不少奇人、奇景、奇事，心中暗思，白衣少年和冰川天女的武功都深不可测，明日定有一场恶斗。一忽儿又想到那神秘的屋子，翻来覆去，睡不着觉。第二日将近中午时分，芝娜又来与他一同出去，刚刚踏入园中，就听见一阵悠扬的琴声，芝娜悄悄说道："天女姐姐甚是反常，今日一早就在这里弹琴了呢!"正是：

锦瑟无端五十弦，一弦一柱思华年。

欲知后事如何？请听下回分解。

第七回　剑气射冰宫　亦真亦幻
柔情联彩笔　宜喜宜嗔

弹的是《诗经·周南》的一章，歌词道："南有乔木，不可休思。汉有游女，不可求思。汉之广矣，不可泳思。江之永矣，不可方思。"若译成现代白话诗则是：

有棵高树南方生，
高高树下少凉阴。
汉江女郎水上游，
更想追求枉费心。
好比汉水宽又宽，
游过难似上青天。
好比江水长又长，
要想绕过是枉然。

这首诗写的是一个高傲的少女，任何男子追求她都追不到手，诗中所用的都是比喻和暗示，陈天宇听了，不觉心中一动，想道："冰川天女为什么弹这首歌词？难道她是自比汉江女郎么？冰川比汉江那可是更要难渡得多！"

抬头一看，红日正在天中，琴声戛然而止，园子里静悄悄的，人人心情都觉紧张，冰川天女和白衣少年约会的时刻已经到了，忽闻一阵箫声，远远传来，吹的也是诗经中的一章，歌词道："蒹葭苍苍，白露为霜，所谓伊人，在水一方。溯洄从之，道阻且长。溯游从之，宛在水中央。"若译成现代的白话诗则是：

芦花一片白苍苍，

清早露水变成霜。
心上的人儿哪，
正在水的那一方。
我逆着水流去找她，
绕来绕去道儿长。
我顺着水流去找她，
像在四边不着陆的水中央。

这诗是男子寻觅意中人的情歌，伊人可望而不可即，诗中充满爱慕与惆怅的情怀。箫声一停，只见园中已多了一人，正是那白衣少年，手持玉箫，腰悬长剑，更显得丰神俊秀，只见他收了玉箫，弹剑笑道："冰川伴奏琴声妙，但愿人间剑气销。姑娘弹得好琴，几乎令我忘了比剑之事了。"冰川天女淡淡说道："你也吹得好箫，敬聆雅奏，果是高明，剑法必定更妙，那是更要领教的了。"

陈天宇暗暗好笑，他们二人琴箫酬唱，哪里像是即将决斗的模样？只听得白衣少年又笑道："那可不是大煞风景么？"冰川天女道："你要我下山，那岂不是更煞风景！你若不愿比剑，我也不愿强人所难。你下山去吧，这里实在不是你该到的地方。"白衣少年摇了摇头，笑道："那么除了比剑，我可是没有办法请你下山了。好吧，咱们一言为定，若我输了，我就再不来麻烦你，若你输了，那你可得助我去保护那金本巴瓶。"冰川天女眉头一皱，道："尘世之事，你争我夺，令人恶心。好吧，你亮剑进招，也落得我耳根清净。"言下之意，似是一来责那少年不够高雅，二来对这场比剑，颇有自负之意，好像可以稳胜无疑。

冰川天女长剑出鞘，只见寒光疾射，冷气森森，她所使的也是冰魄寒光剑，但比那些冰宫侍女所使的寒光剑，剑质又自不同，那是采五金之精，在冰窟寒泉中淬炼而成，陈天宇和芝娜虽然早就服下宫中的灵药，可以抵御寒气的六阳丸，仍是不由自主地打了一个寒噤。

白衣少年神色自若，微微一笑，轻弹宝剑，声若龙吟，在下首一站，道："请赐招！"冰川天女长剑一指，疾如电掣，陡然飞起几朵剑花，陈天宇还未看清，只见那白衣少年已凭空拔起数尺，剑光在他脚下一掠而过，冰川天女微微“噫”了一声，旁人看不出来，原来她这一剑乃是达摩剑法中的一个绝顶怪异的招数，一招之间，分刺敌人三大命门要穴，却不料那白衣少年竟自轻轻闪过。

白衣少年发声长啸，手起剑落，左刺两剑，右刺两剑，中间又疾刺一剑，出手五招，用了五种不同的剑法，式式不同，冰川天女道了一个“好”字，冰魄寒光剑横空一掠，剑锋自左而右，中途一变，剑势陡然逆转，出手如此之快，而竟能使剑势随心转换，这在剑术之中，是最最难练的招数！只见那剑光似左反右，横空一掠，向着白衣少年的颈项一绕而过，陈天宇骇叫一声，忽闻那白衣少年笑声又起，赞道：“使得好一招达摩剑法呀！”他竟然在间不容发之间，又避开了冰川天女一剑！

冰川天女更是诧异，这少年竟自知道自己的剑法师承，而自己却不知道他的剑法来历，傲气不由得减了几分。白衣少年一声长啸，身剑合一，来得有如骇电奔雷，轻灵处又似行云流水。正是棋逢对手，将遇良材。冰川天女杀得兴起，剑光四展，有如水银泻地，花雨缤纷，只见四面八方，都是冰川天女的影子，白衣少年在剑光之中飘来晃去，有如一叶轻舟，在狂涛骇浪之中挣扎。两人身法越展越快，不一会只见寒光一片，绸带飘飘，已分不出谁是白衣少年，谁是冰川天女。搏斗虽烈，竟自不闻兵刃碰磕之声。双方都以最上乘的武功，避招进招，满园子里，但见剑光缭绕，人影幢幢，此去彼来，眼花缭乱。两人比剑，就如数十百人相斗一般！

白衣少年也是好生骇异，心道：“冰川天女果然名不虚传，她在达摩剑法之中，又掺了许多古怪的变着，真是叫人防不胜防。”原来这些古怪的变着，乃是冰川天女的父母以达摩剑法为基础，又采撷阿拉伯剑术的精华糅合而成，与中土的剑法，截然不同，白衣少年虽是正宗剑派的嫡系传人，也不懂得。

两人斗了半个时辰，兀是不分胜负。冰川天女剑法又变，剑势展开，全是进手的招数。只见她剑锋忽而上指，忽而下戳，脚步踉跄，剑法好似杂乱无章，其中却包含着极复杂的精妙招数。白衣少年心中一凛，突然凝立不动，宝剑展开，化成了一道光幢，护着身躯。冰川天女只觉他的剑光凝重如山，扑攻不进，心中也是一凛，想道：此人功力，只有在我之上，绝不在我之下。冰川天女攻不进他的剑圈，白衣少年也破不了她的剑法，两人自正午斗至将近黄昏，兀是不分胜负。

忽听得一声裂帛，戛然而止，冰川天女与白衣少年各自横跃三步，检视自己手中的宝剑，双剑相交，亦是各无伤损。白衣少年吁了口气，笑道："今日可以休战了吧！"冰川天女道："今日未决胜负，明日你可再来。"白衣少年笑道："但损坏了你宫中的美景，我却实在于心不忍。"

此言一出，冰宫中的众侍女这才注意到有好几处假山湖石已被剑光削去了一大片，不禁连叫可惜。白衣少年道："咱们相斗，殃及山石，这真是何苦来？"冰川天女道："既然如此，那就不斗也罢。"白衣少年却又笑道："你还未胜我呢，你又不肯随我下山，叫我如何是好？"冰川天女眉头一皱，似是对这少年的歪缠甚不耐烦，道："你自己不会下山吗？"白衣少年又笑道："偏偏我又想交你这位朋友，我下了山，怎能再见着你？更何况棋逢对手乃是人生最畅快之事，我下山后，怎能再找得一位似你这样的对手厮杀？"冰川天女道："那你想怎地？"白衣少年道："这两日你是主人，我是客人，你虽然对客人不大礼貌，但我也该请你一次，明日中午，你到下面冰谷之中，咱们再决个胜负。你就是把冰峰削平，也无关系，免得在这里相斗，损坏了你宫中的美景！"冰川天女心中一气，道："好吧，依你就是！"言出之后，这才觉得被他请出冰宫，视同宾客，倒真的有点像朋友了。

白衣少年看着那些被损坏的假山湖石，忽又笑道："园林布置，有如少女衣裳，亦宜时常变换。损坏了重新布置也好。"口讲指划，不理冰川天女听是不听，竟大谈其园林布置之道。宫中的布置，都是冰川天女设计，叫侍女所为，那些侍女听他说得有理，竟然围上来听，冰川天女不欲在人前责骂侍女，发作不得。白衣少年讲了一阵，忽而打了个呵欠，道："可惜你不肯留客，我今晚又得在冰峰之下，睡一晚了。"冰川天女气道："你走吧！"白衣少年道："你对朋友真不客气，好，主人既不留客，那我也就只好走了。明日你可记得践约呵！"一路走，一路又谈论园中的花草树木，说这是香荔，那是薜萝，该如何如何裁枝剪叶，宫中的侍女听得出神，竟有几人跟在他的后面，好像替主人送客一般。

冰川天女甚是生气，不自觉地也走上前去，想把侍女唤回，忽见那白衣少年在一块牌坊之前停下，牌坊后有数十丛墨兰，香飘远近，白衣少年笑道："这里的景色亦甚佳美，何以没有题联?"冰川天女看了他一眼，却不作声，一个侍女道："这两日就要写上去刻了，公主说……"冰川天女道："多嘴!"那白衣少年笑道："原来你还没有拟好，这副题联又要嵌你哪位侍女的名字?"冰川天女又看了他一眼，忽道："看你跃跃欲试，你又试试代拟如何?"白衣少年笑道："好，你又来考我了，我这人最不知自量，只好又献丑了。"一个侍女指着先头那侍女说道："这里的题联要嵌她的名字，她叫慧卿。"白衣少年一想，这两个字一是虚字，一是实字，果然难对，那侍女是服侍冰川天女在书房中展纸磨墨的，对诗词联语之道，亦略解一二，笑道："想不出来么?"白衣少年道："勉强可以对它一对。这牌坊甚高，需要一副长联。"吟道：

慧质胜幽兰，摇曳空山，明月有情徒怅惘；

卿云灿银海，飘浮天际，瑶池无路漫低回！

联中之意，又是影射冰川天女，将她比作空谷幽兰，只有明月有情，为她做伴，徒增怅惘。冰川天女听了，默然不语。那侍女却叫起好来，又指着一处道："这里你能不能也拟一联，要嵌我的姐妹幽萍二字。"那处是荷塘之上的一个八角亭，荷塘中莲叶田田，浮萍片片，白衣少年笑道："幽萍二字，也是一虚一实，更是难以成对，好在有眼前的景色可以借用。"吟道：

幽谷荒山，月色洗清颜色；

萍梗莲叶，雨声滴碎荷声。

幽谷荒山、萍梗莲叶，各自成对，联尾那句则是脱胎古人的诗句"留得残荷听雨声"。与眼前景色甚是符合，仍是影射冰川天女，好像是同情她在冰宫之中的寂寞凄凉。冰川天女心魂动荡，想道：这少年的文才武功都是上上之选，此来却又处处都想说我下山，难道只是为着要我去保护那劳什子的金本巴瓶吗？白衣少年拟了两联，对冰川天女一拱手道："见笑了。呀，劳你相送，多谢多谢!"

冰川天女猛然一省，原来又不自觉地跟他走过了白玉长桥，面上一红，淡淡说道："你留些精神，明日比剑吧！"白衣少年微微一笑，又拱手道："请留步。"穿花拂叶，径自去了。冰川天女怔怔地站在桥上，凝视着天上飘过的片片浮云。

白衣少年去后，陈天宇想着过了明日，便要离开此地，心中亦是甚为怅惘，回到卧房休息一会，冰川天女忽然遣侍女来请他同进晚餐。

这几日来，陈天宇都是单独进餐，冰川天女根本没有约过他见面，这次得到冰川天女的邀请，颇感奇特。当下随了冰宫侍女，走出花园，转了几个弯，走过一道曲折的长廊，长廊的尽头是一个人工开掘的冰湖，念青唐古拉山的冰峰之下，埋有火山，地气温暖，故此宫中景色，甚为奇特，有四时不谢之花，八节长青之草，冰湖之中有白藕红莲，有飘散着异香的曼陀罗花，有花开如伞的阇优冬花……湖上还有浮冰片片，晚风吹来，一水皆香。乍见此景，几不知时节是春是秋？是冬是夏？

临湖有亭，通体用白玉建成，晶莹透明，在夕阳返照之下，幻出迷人的光彩，亭上设有酒席，除了冰川天女坐在主席之外，宾席上坐着二人，正是陈天宇师父师娘：铁拐仙和谢云真。

陈天宇进去，在师父的侧边坐下，只见师父神情除略见憔悴外，面色已是恢复如常，冰川天女道："你师傅的难关已经过啦。"铁拐仙冷冷说道："还得多谢你的万年暖玉，要不然我还得在静室中多躺几天。"铁拐仙被冰川天女限期下山，心中自是不说，神情亦觉尴尬。

冰川天女瞧了他一眼，道："你还有一些寒气未尽，该用神农草煎汤一服，此草冰峰南面生有，明日我叫侍女伴云真姐姐去采取回来。"谢云真也淡淡说了一声："多谢。"

冰川天女道："我明日约了人在冰峰下面比剑，可能回来很晚，你们后日一早要走，这席酒便算是饯行酒啦。"铁拐仙夫妇一齐欠身道谢，神色仍是很不自然。冰川天女却是满不在乎，敬他们喝了两杯酒，忽道："铁拐仙，你足迹遍天下，熟知各家各派的剑术，有一种剑术，甚为奇怪，如此这般，不知你见过没有？"口讲指划，说了几个特别的招式，道：“这剑术便是约我比剑的那个少年所使出来的，他还有一种暗器，甚是奇怪，出手便是一道乌金光芒!”铁拐仙道：“我知道啦，云真听你的侍女说过了。”冰川天女道：“那么这是什么剑法，暗器又叫什么名字？可有什么破绽可寻么？”铁拐仙心道：“原来你是向我请教来了。我且吓你一吓。”便道：“这剑法正是天下闻名的天山剑法，是前辈高僧晦明禅师博采各家各派的剑法，融会贯通，加以变化，独创出来的。天下无人能破!”冰川天女“哼”了一声，道：“原来这便是天山剑法。”要知冰川天女的父亲曾败在天山派的唐晓澜与冯瑛手下，所以独走漠外，要采用西土的剑法糅合达摩剑法另创新招，再与天山剑法一决雌雄。冰川天女自幼即闻天山剑法之名，想不到那白衣少年使的就是天山剑法。铁拐仙又道：“那暗器来头更大，名叫天山神芒，只有天山才有，非金非铁，却坚逾金铁，有各种各样的形式，长者如箭，圆者如珠，想当年凌未风大侠就是以天山神芒而得名，可以想见它的厉害!”

铁拐仙把天山派的剑法暗器，说得天上有地下无，冰川天女听了淡淡说道：“也未必见得就是天下无敌!”铁拐仙道：“你的武功学兼中外，也许能与他打个平手也说不定。不过在江湖之上，遇好手邀斗，总是未料胜，先防败，你还是小心谨慎的好。”话中之意，分明是说冰川天女不是那白衣少年之敌，冰川天女哼了一声，心里好生不服。

冰川天女本想向铁拐仙请教两事，一是那白衣少年剑法的来历，二是这种剑法的优劣所在。如今前者已经知道，而天山剑法的破绽，据铁拐仙所说，却找不出来。冰川天女好生不悦，道：“天下无不可破的剑法，有一种武功，就自必有另一种克制它的武功。不过我还是要多谢你的指点，现在我敬你们夫妇三杯，一表感谢，二作饯行。”叫侍女斟上酒来，与铁拐仙夫妇接连干了三杯。

谢云真似是不胜酒力，忽然离席而起，未到湖边，就“哇”的一声呕了出来，将酒菜喷得满地都是。冰川天女道：“这酒是我自酿的百花酒，酒性温和，并非烈酒，怎么云真姐姐如此不济？”只见谢云真摇摇晃晃地走了回来，双手捧心，面色泛白。铁拐仙道：

"你怎么啦?"谢云真面上一红,却不言语,看她形状,又不似是醉酒。冰川天女叫侍女去取冰块和湿手巾,谢云真连连摇手道:"不必,不必!"冰川天女道:"你不是中酒吗?以冰块一敷,立刻清醒。"谢云真红生双颊,摇首不语。铁拐仙明白了几分,道:"让我猜猜看。"谢云真怕他直说,小声说道:"不必胡猜,是我,我有了!"冰川天女道:"什么,你有了什么?"谢云真面孔涨红,原来是她有了孩子。冰川天女与陈天宇都还不大懂人事,听得糊里糊涂。铁拐仙却是大喜,他结婚多年,年将半百,如今始有了孩子,一时喜不自禁,把酒杯也摔到地上,幸好那是玉杯,不致摔坏。

冰川天女白了他一眼,道:"什么事这么欢喜?你还未完全康复,大喜大怒,都该避免。好啦,时候不早了。我也该回去啦,你们后日一早下山就是,我不送啦。"

酒席不欢而散。是夜,冰川天女睡不着觉,陈天宇也睡不着觉,想起后日一早便要下山,颇为怅惘。一忽儿想起明日冰川天女与那白衣少年之会,自己也很想瞧这场热闹,但却不知冰川天女允是不允,一忽儿又想起了那藏族少女芝娜,心中思潮起伏,神思恍惚,索性披衣而起,走到园中,信步所之,不知不觉又走近了那座神秘的屋子,只见月光如水,遍地如银,忽然听得脚步之声,陈天宇急忙伏在一片假山湖石之后,只见那座屋子的门打开,一个披着白纱的少女走了出来,不是别人,正是冰川天女。

陈天宇曾听芝娜说过,说这间屋子乃是宫中禁地,任何人都不敢进去。冰川天女每逢朔望之夜,就要独自到这间屋去,耽搁一个时辰,她做什么,谁也不敢问。陈天宇心中想道:"若被冰川天女瞧见我在这儿,定以为我偷窥她的行踪,以她的脾气之古怪,不知道该如何责罚我呢!"伏在假山石后,大气也不敢透。只见冰川天女面容忧郁,缓缓走近了来,陈天宇心头鹿撞,卜卜乱跳。冰川天女走到距离丈余之地,忽然停步,"咦"了一声,陈天宇吓得冷汗直流,只道她已发现,从石隙之中窥出,只见又是一个少女的背影,向着西北方孑然独行,那方向正对着自己的住所,陈天宇怔了一怔,但听得冰川天女叫道:"芝娜,这么夜了,你还出来做什么?"

陈天宇松了口气,心道:"芝娜一定是想去找我,不知她有什么话要对我说。呀，还有明天一天，后天就见不着她了。”只听得芝娜说道：“天女姐姐，我到处找你，原来你在这儿。”陈天宇心道：“这小妮子也会说假话。”

冰川天女道：“你找我做什么?”芝娜道：“姐姐已有制胜破敌之法没有?”冰川天女道：“原来你是关心这个，你可放心，我纵不能胜，也断不会败给那个少年。”芝娜一笑道：“所以呀——”冰川天女道：“所以什么?”芝娜道：“所以呀，你们明日这场斗剑，一定非常好看，我想，我想——”冰川天女道：“你也想去看热闹是不是?”芝娜道：“姐姐真猜对了我的心思，我想明日这场斗剑，若然错过，只恐今生也难再遇。”冰川天女本来心事重重，不大高兴，见芝娜说得如此郑重，对自己的剑法如此钦佩，不觉展颜一笑，道：“我本来不准任何人去看，现在特别准你例外，好啦，明日你和我的贴身侍女幽萍在西边的山头看吧。”芝娜道：“那山头离你们比剑之处不是很远吗?”冰川天女道：“那山头很高，可以看得见的。准你特别破例，你还不心足吗。好啦，你随我回去，我再指点你一路剑法。你此次上山，我答应再教你三日，教了这路剑法之后，功课就算完了。”

两人在花树丛中冉冉而没，过了好久，陈天宇看得满园子里全无人影，清清寂寂，连鸟儿也似都睡着了，这才敢出来。走了两步，闻得那间屋子所发出的异香，特别有一股吸人的力量，不自觉地走到门前，摸摸那个门环，心道：“这里面不知有什么古怪物事?”那门环转了两转，忽然自动开了，陈天宇吃了一惊，便想逃跑，但却似被什么拉着了后脚一样，少年的好奇心竟使他莫名其妙地身不由己地走了进去，只见屋中布置俨如神殿，正中有一个女子的塑像，面如满月，金发披肩，竟是一个胡女的塑像。陈天宇正在出奇，忽闻得背后有人咳嗽，回头一看，只见冰川天女满面怒容，指着自己!

陈天宇这一惊非同小可，真个是魂飞魄散，一颗心都似乎是要从口腔跳出来!只听得冰川天女冷冷说道：“你好大胆，你来这里来做什么?”陈天宇嗫嗫嚅嚅，道：“我、我、我、我不知道这儿不能进来!”冰川天女哼了一声，道：“你不知道?芝娜还未对你说过吗?我不相信!若然是她未说，那就是她的不是，回头我去问她。

我不信芝娜会这样粗心大意，连宫中的禁忌都不向你提起。你快说实话，不要诿过于人。”陈天宇本就不惯说谎，这时更怕冰川天女怪责芝娜，要芝娜替自己受过，拼着受责，大了胆子，道：“是我说谎，芝娜在我来第一天就对我说了。”冰川天女大为生气，喝道：“那么你为什么偷偷进来，哼，你们师徒都不是好人，是你的师父教你来的吗?”陈天宇道：“不，是我自己来的，我一时好奇，不知不觉地就走进来了。”

说了之后，心中坦然，反而不似先前害怕，屋子里四角都是点有长明灯，墙上还嵌有夜明珠，光线虽然不强，但已照见冰川天女的怒容，陈天宇来了这几天，还从未见过冰川天女生气，这时被她眼光一射，只觉一股寒意直透心头，猛然间忽觉颈上一紧，浑身酸软，原来已被冰川天女夹领一把提起；陈天宇从萧青峰学了七八年武功，在江湖上也已算得不错，这时被冰川天女一把提起，如捉小鸡，竟是动弹不得。

只听得冰川天女冷冷说道：“你既然要来这儿，那就不必再出去了!”将他在空中转了两转，这一瞬间，陈天宇只觉如腾云驾雾一般，四边墙壁有许多古古怪怪的人形，好像妖魔鬼怪，要飞扑出来，择人而啮。陈天宇被她转了两转，头昏眼花，忽而又似从云端中掉了下来，原来是冰川天女用力将他向地上一摔!

这一摔力度用得恰到好处，陈天宇骇叫一声，魂飞魄散，本以为定被摔死无疑，哪知一碰地面，地面忽然裂了一个大洞，陈天宇跌入洞中，碰得肋骨作痛，却并未受伤，跳起来时，只见洞中漆黑，不辨五指，上面的裂缝，早已复合，隐隐地听到上面传来的轻微的脚步声，大约是冰川天女已经走了。

陈天宇被困在黑洞中，但感一阵阵寒冷潮湿之气袭来，甚是难受，幸而他的内功，已有初步根基，盘膝静坐，试行吐纳，果然好了一些。陈天宇又害怕，又后悔，想起冰川天女所说的“你就不必再出去了!”这一句话，真是不寒而栗，心道：“莫非她真的要罚我在这洞中过一世不成?呀，师父师娘和父亲都不能见了，芝娜也不能见了。太阳月亮和一切的美景都不能见了。”陈天宇还是个大孩子，想到伤心之处，不觉呜呜咽咽哭了起来。

也不知过了多久，上面又隐隐有脚步声，陈天宇忽而想道："若是冰川天女进来，见我哭泣，岂不笑我？"他对冰川天女本来不敢怨恨，但却不愿对她示弱，立刻收了眼泪，又再盘膝静坐。那脚步声近了又远了，洞中一片漆黑，冰川天女没有进来。陈天宇哪里知道，这正是芝娜和冰川天女那一位贴身侍女幽萍的脚步声。她们武功的根基尚浅，脚程不快，所以天未亮就起来，准备赶到冰峰侧面的山头，看冰川天女与白衣少年中午那一场比剑。

陈天宇好生失望，过了一会，又听得园中啼鸟之声，陈天宇想道："唐人诗云：春眠不觉晓，处处闻啼鸟，夜来风雨声，花落知多少？这意境何等幽美，但与我现在的境遇却恰恰相反。听这鸟啼之声，想必是天亮了。芝娜昨夜想去找我未遂，她哪知道，我被困在这儿，一夜未睡觉呢！呀，夜来虽无风雨，但对我来说，昨夜之事，也似遇到一场大风暴呵！"

陈天宇胡思乱想，虽觉眼神困倦，却是睡不着觉。枯坐黑洞，度日如年，又不知过了多久。陈天宇心道："唔，快日中了吧，他们该在冰峰下面比剑了，可惜我没这个眼福。"正自胡思乱想，忽然地下传来怪声，愈来愈响，墙壁也似有些震动，陈天宇吃了一惊，忽又觉有一股热气从地底下透上来，陈天宇更是惊奇，怪声更响，不但墙壁震动，连地底的震动也感觉到了，忽地"哗啦"一声，墙壁的砖头震落几块，一片阳光透了进来，陈天宇也给震倒地上，猛地想道："这是地震！"西藏的地层，据地质学家的研究，形成较晚，地层下还有许多活火山，所以时不时有大小地震，陈天宇也听老人说过，不过却未亲自经历过。这时猛然省起这是地震，比起昨晚骤然间见到冰川天女之时还要吃惊，正想爬起，猛然间一声巨响，有如天崩地陷，陈天宇蒙着耳朵，但觉一阵晕眩，眼前金星乱冒，晕倒地上，人事不知！

过了许久，陈天宇悠悠醒转，从震裂的缺口爬出，只见整个天空布满一层黄色的尘沙，连阳光也是黄色，看日头的影子，已是第二日的黄昏。陈天宇运了一下气力，站起来行了几步，只见那座尖顶的神秘屋子，墙壁也给震得歪歪斜斜，但却未倒塌。这时，陈天宇也无心再进去看了，跑到园中，但见许多假山都给震得或是倒塌，或是变了形状，有几座宫殿，也给震倒，变成一片瓦砾，但也还有好几座完整。陈天宇大声呼叫，却无人声相应，整座冰宫，死一般的沉寂。陈天宇恍似刚做了场恶梦，骇怕极了，四处奔跑，叫芝娜，唤师父，但什么人也没有见到，飞禽走兽也早已逃命去了，什么声息都没有，只见冰湖中一片黄色的尘埃，只有注入冰湖中的流水还琤琮作响！

猛一抬头，又发现了一桩更令人惊心骇目的奇事：冰宫对面，像一支玉笋、高插云霄的冰峰竟然不见了！好像骤然之间，给人用魔法移去似的，消失得无影无踪。这冰峰日夜发出寒光，乃是念青唐古拉山奇景之一，骤然不见，令陈天宇在惊异之中又带着惋惜。登上宫中高处，再仔细看时，但见满山都是磨盘大的冰块，滚滚而下，宫中也平添了许多巨石，不问可知，这乃是冰峰受地震震塌之时，飞到这儿来的。幸而只有几座宫殿受巨石所压，其他尚未受到波及，得以保存。

目睹这场巨变，陈天宇不禁心胆俱寒，想起冰川天女与那白衣少年，正在冰峰下面比剑，突然碰到地震，千丈冰峰倒塌下来，怕不被压成肉饼！陈天宇昨晚虽然受到冰川天女的责骂与处罚，但想起她的绮年玉貌，绝代风华，却遭受如此惨祸，真欲昂首问天：天何太忍！还有芝娜呢！芝娜在侧面的山峰看他们比试，会不会也被波及？这刹那间，陈天宇眼前现出芝娜那恍惚迷离、神秘奇异的笑容，又现出冰川天女雅丽高华的倩影，不禁打了一个寒噤，不敢再想下去。

陈天宇摘了两枚果子，吃下之后，精神稍振，又再大声呼叫，到处找人，偌大一个冰宫，冷冷清清，毫无声息，世界上没有什么比死一样的寂寞更令人恐惧的了，陈天宇这时但愿遇着任何有生命的东西，即算是一只猫一只狗也好，可是却什么都没有。园中的花草还是像昨日一样，发散着缕缕幽香，有各种各样奇丽的色彩，可是此时此际，在陈天宇眼中只感到一片黯淡，陈天宇四处寻觅、呼叫！再无顾忌，穿进各处宫殿，仔细找寻，仍是任何人也没见到，在倒塌了的宫殿旁边寻觅，也没有发现任何尸骸！

这么多的冰宫侍女怎么一下子全都消失了？即算都被压死，也该有些尸体会被发现，但却什么都没有！如果是逃走了，也该有人回来探视，但这时黄昏已逝，月亮也升上来了，仍是毫无人影。这真是不可思议的怪事！陈天宇真怀疑眼前所见，只是一场幻景，绝对不可能存在的幻景！但把指头送进口中一咬，分明又觉疼痛，证明这不是恶梦，不是幻景。陡然间陈天宇觉得周围的空气也似乎凝结起来，人快要窒息了。

一轮明月，挂在天心，冰峰倒塌之时所扬起的尘沙，已渐渐被山风吹散，月光之下，冰宫的夜景仍是那么美丽，但却是一种异样凄清，令人伤感的“美丽”。陈天宇像发了狂般的呼喊，在园子里跑来跑去，人不知疲倦，声音却已嘶哑了。时交午夜，忽然听得有一个微弱的声音唤道：“是宇儿么?”

陈天宇这时像发现了世上最最宝贵的东西，欢喜得说不出话，急忙循声寻觅，就在身边有一间倒塌的孤独房子，声音从泥土之中发出，陈天宇挖开泥土，只见铁拐仙躺在里面，衣裳上也有些血迹。陈天宇叫道：“师父，是你?”铁拐仙道：“不错，是我。给我弄些吃的，拿一碗水来。”陈天宇摘了两枚果子，又用蕉叶编起来盛了冰湖的水给师父喝，铁拐仙歇了一阵，叹口气道：“咱们师徒总算逃过这场劫难了，除了咱们之外，这宫中还有生人吗?”

陈天宇将所见的情景说了一遍，铁拐仙又叹口气道：“冰川天女说过，要她下山除非冰峰倒塌，现在冰峰已倒，只是恐怕她被埋在山中，再也难以重现人间了。”骤然间想起自己的妻子出外采药，不知生死如何，十分挂念。

陈天宇道：“师父，你受了伤么?”铁拐仙道：“还好，只给石头刮破了一点皮肉。”其实他受伤远不止此，他本来还未完全恢复，受了这一场大地震的震荡，虽然仗着精纯的内功，得以保全，但已耗了十年功力，只能仗着铁拐，勉强行走了。

两师徒在宫中缓缓行走，发声呼唤，又是失望。铁拐仙道：“我在静室之中运功疗伤，只觉地底震动，接着听得宫中侍女的奔走呼唤之声，还似乎有人叫我的名字，我练功正到紧要关头，怕走火入魔，不敢答应。正想收敛真气，先行‘散功’，再出外打听，哪知巨变突来，我的静室也给震塌了。”陈天宇听师父如此说法，地震来时，宫中分明还有许多侍女，但却怎么全都消失，更是觉得不可思议。

两师徒歇了一宵，第二日起来巡视，宫中除了倒塌了几座宫殿之外，“灾情”尚不算严重，禽鸟也渐渐有些回来，只是没有人。宫中贮藏的粮食甚丰，两师徒倒不怕挨饿。陈天宇道：“咱们该怎么办?”铁拐仙苦笑道：“依照冰川天女的命令，咱们本该今日下山，可是以我现在的功夫，非再练十年，是难以下山的了。”陈天宇想起那冰川的奇险，若非有上乘的功夫，或者熟知冰川的水性，确是不能飞渡。只听得铁拐仙又苦笑道：“遇此意料不到的巨变，咱们只好违背冰川天女的命令，在这里住下去了。但愿冰川天女能够生还，救我们下去。”

这希望当然极是渺茫，过了七日，不说冰川天女，就是冰宫侍女，也无一人露面。这七日当中，铁拐仙日日练功，要把体内余寒之气消尽，陈天宇寂寞之极，到处行走，这一日，来到了那座神秘的殿宇之前，这座殿宇，墙壁都给震得歪歪斜斜，却尚未倒塌，陈天宇想起那晚之事，对这屋子虽然极无好感，却忍不住推门进去。

殿宇中所供的那座胡女塑像，仍然完好无缺，歪歪斜斜的墙壁上刻满各种人像图形，有坐像有卧像，还有作持剑相扑之状的各种各式形象，姿势古怪之极，剑法大殊中土，陈天宇心道：“这必是冰川天女父母所合创的新奇剑法，怪不得她不肯让旁人进去。”又想道：“冰川天女常到这里礼拜，这个塑像定是她的母亲无疑。”对冰川天女的身世，更感离奇莫测。陈天宇不愿偷学人家的剑法，看了一眼，就退出去找师父。

铁拐仙经过了七日静养，玄功内运，已把体内余寒之气去尽，虽然功力减损，行动已如常人，不必再倚靠铁拐了。陈天宇找到师父，说出密室所见，铁拐仙沉吟半晌，忽道：“宇儿，你该多拜一位师父。”陈天宇诧道：“什么，你不要我了么?”铁拐仙道：“不，你听我说，武学无有止境，你纵练到我今日的境地，也尚难以抵敌一流高手。不要说像冰川天女或者白衣少年那样的超人武功，即算日前那夜闯冰宫的红衣喇嘛，武功也远在我辈之上。”陈天宇目睹种种，知道师父所说的绝不是客气的话儿，不禁默然。铁拐仙续道：

“我功力未复，非过十年，难以下山。在这十年之中，若有强敌前来侵扰，如何抵御，所以我要你多学一些上乘功夫，再拜一位师父。”陈天宇道：“在这冰宫之中，只有咱们二人，还拜何人为师?”铁拐仙道：“冰川天女!”陈天宇怔了一怔，立即明白师父用意，摇头说道：“冰川天女存亡未卜，咱们怎好偷学她的剑法?”铁拐仙道：“正因为她存亡未卜，你才该学。试想她若死了，冰宫侍女也都死了，她这一派武功岂非失传。想冰川天女的父母，合创这套新奇的剑法，耗了多少心力，若然绝传，他们在九泉之下也不瞑目，而且也是武学的一大损失。”

陈天宇被他师父说服，于是与师父同到密室之中看那墙上的图形，这套武功繁复之极，诡变异常。若非内功有了根底之人，殊难学习。幸而铁拐仙是江南大侠甘凤池的嫡传弟子，所习的正是玄门正宗的内功，武学的流派虽有不同，原理却无多大分别，而且墙上的图像，也列有入门的功夫，铁拐仙在密室中看了三日，已知窍要，便先传授陈天宇内家练气的功夫，陈天宇曾跟萧青峰学了七八年，内功已有底子，再经铁拐仙指点，进境甚是神速，一月之后，学上乘剑法的初步根基已经打好，便同时兼学两派的武功，上半日学铁拐仙这一派的武技，下半日学冰川天女这一派的剑法。时日匆匆，不知不觉地过了三月。

有一晚铁拐仙独自练功，陈天宇在园中散步，只见月华如练，花草飘香，经过了这么多时日，园中景色，渐已恢复旧观，许多不知名的鸟儿也回来了。

陈天宇对此景色，心中怅触，想起三月之前，芝娜带他在宫中游览的情景，如今却只有自己孤伶伶地在这儿。又想起时过三月，冰川天女与一众侍女还未见有一个回来，想必凶多吉少，但对那么多的冰宫侍女突然间一旦失踪，尸体亦无发现，又觉得难以思议。

陈天宇漫步沉思，忽闻得有一股前所未闻的香味从园中一角飘来，陈天宇在宫中三月，对各种花草树木已经熟悉，宫中的奇花异草，有各种不同的清香，但却无一种有这样浓洌的香气，陈天宇好奇心起，不禁走过去看，走到花园的一角，只见一棵大树，挺然独立，奇怪的是，大树上只结有一个果子，其大如碗，颜色鲜红，那股透人的香味就是这个果子发散出来的。陈天宇攀上树去，将果子摘了下来，闻了一闻，香透脾腑，忍不住送到口中一咬，只觉又香又甜，且有一股清凉之气，直透丹田，竟是生平从未尝过的佳果。陈天宇把果子吃完，恨不得再找一个，可是宫中就只有这样的一棵树，树上就只有一枚果子。

过了一阵，陈天宇忽觉腹中绞痛，吃了一惊，想道："莫非这是毒果不成?"忙跑去找师父，刚跑了几步，疼痛难当，只觉腹中浊气下沉，迫不及待，只好拣了一处僻静所在，大泻了一场，泻过之后，疼痛忽止。陈天宇甚觉奇怪，想道："这果子如此香甜，怎么却是泻药?"

站起来走了几步，又发现了一个奇迹，只觉轻飘飘的，似乎身子也轻了许多。陈天宇试一跳跃，身躯拔空而起，一下子就跃上了一棵大树的树顶，这棵树高达二丈有奇，陈天宇平时纵跃，最高不过丈许，而今服了这异果之后，轻身功夫竟然凭空强了一倍，不禁又惊又喜。连忙去见师父，铁拐仙听他说后，试他的轻功，果然今非昔比，也不禁喜道："冰川天女这套武功，胜在轻灵奇诡，我正愁你的轻功根底不好，想不到你却有此奇遇！现在若只论轻身的功夫，你虽然还比不上冰川天女与那白衣少年，但比我却要强得多了。"

一宿无话，第二日陈天宇再练冰川天女的那套剑法，只觉得心应手，果然灵活许多。心下高兴，晚餐过后，又独自到园中练剑，练到酣处，只见银光匝地，招数不假思索地便自然发了出来。忽闻得有人赞道："好剑法!"抬头看时，却是师父。铁拐仙说道："你的功力大进，看来或者不必十年，咱们便可下山了。只是你轻功虽然突然增强，耳目尚未练得灵敏。我到你的身边，你才知道。"当下又传授陈天宇听风辨器的功夫，练了一阵，铁拐仙道："现在试你一试，你回转头去，我在你的背后走来，你一闻声息，便反手掷出一粒石子，看看你掷的方位对不对?"

宫中曲径迂回，铁拐仙走到远处藏躲起来，陈天宇背向而立，静候师父前来试验，过了一阵，忽闻得有轻微的脚步声从侧面传来，陈天宇怔了一怔，心中奇道："怎么听起来却是两人的走路声，

一九八五年十一月画

陈天宇攀上树去，将果子摘了下来，闻了一闻，香透脾腑，……

是师父故弄玄虚，还是我的听风之术还未到家?”声音渐近，陈天宇不假思索，反手一掷，将石块向声音来处掷去，忽闻得哈哈怪笑之声，那块石头已给反掷回来，听那破空之声，急锐之极，陈天宇吃了一惊，不解师父何以用如此厉害的手法反掷回来?就在这一瞬间，听得铁拐仙大喝道：“凶僧休得伤我徒弟!”紧接着暗器之声划空而过，听得出是与那石块相撞，一同跌落冰湖去了。

陈天宇回头一望，不禁吓得呆了，从侧面来的竟然不是师父，而是以前曾到过冰宫的那个红衣番僧，在番僧后面，还有一个少年武士。这两人正在龇牙咧嘴地向自己怪笑。师父正从后面匆匆赶来，脸上一派惊骇的神色。

那红衣番僧冷冷一笑，朝着铁拐仙叽哩咕噜地讲了一顿话，铁拐仙一句也听不懂，摇了摇头。陈天宇略解尼泊尔话，叫道：“师父，他是来查问冰川天女的下落。”

陈天宇用尼泊尔话叫出“冰川天女”四字，铁拐仙将拐杖向原来的冰峰方向一指，做了一个手势，意思是说：大地震之后，冰峰倒塌，冰川天女大概是给压死了。红衣番僧面色愠怒，那少年武士又向铁拐仙指了一指，在番僧耳边说了几句话，那红衣番僧越发恼怒，突然用藏语说出“金本巴瓶”几字，做了一个抢夺的姿势，意思是说：“就是你想抢金本巴瓶吗?”这句藏语和这个手势铁拐仙倒能领悟，他是一代大侠的嫡传弟子，虽知危险，却也不肯乱打谎语，一指心口，傲然说道：“不错，我是想夺金本巴瓶!”

红衣番僧一声怒吼，手腕一翻，禅杖向铁拐仙当头扫下，原来他误解了铁拐仙的手势，以为冰川天女已给他们弄死，又听得那少年武士指证铁拐仙是想抢夺金本巴瓶之人，两恨齐发，所以不分皂白，便和铁拐仙厮拼。铁拐仙以前曾吃过他的亏，这时见他如此横蛮，也是恼怒，铁拐一举，还劲招架，只见双杖相交，铿然有声，铁拐仙踉踉跄跄地倒退几步。

陈天宇这一惊非小，心道：“师父功力未复，如何能是他的对手?”只听得在兵器交击声中，铁拐仙大声叫道：“宇儿，你快逃走，你千万不能跟他们动手，若然你不听话，我就再不认你为徒。”陈天宇知道这是师父要保全他的好意，可是在此紧要关头，他怎忍弃师私逃，呆了一阵，铁拐仙与那红衣番僧已经斗了十余廿招。

那少年倚在树旁，用眼角扫了陈天宇一眼，却不动手。原来他刚才见过陈天宇掷石被番僧反击回来，知他功力甚浅，所以不放在眼内，只是注视着场中的恶斗。

铁拐仙与红衣番僧霎眼间已斗了十余廿招，虽是连连后退，身法步法却并不乱，看来还能招架。陈天宇好生惊异，看了一阵，又不禁大吃一惊，只见师父踏着五行八卦方位，面色沉重之极，将铁拐舞得呼呼挟风，震得耳鼓都嗡嗡作响，师父使的正是最损耗内家真力的伏魔杖法。陈天宇记得冰川天女说过，上次师父与这番僧作战，伏魔杖法幸喜只使到第九十六招，若然把全部一百零八路杖法使完，必得大病一场。陈天宇心想："师父现在的功力已大不如前，竟然还使这路杖法，那岂不是危险之极?"要想上去相助，只见师父圆睁双眼，又向自己瞪了一眼，铁拐一挥，猛听得轰的一声巨响，铁拐仙与红衣番僧都各自斜窜三步。两人一退复进，双杖盘旋飞舞，又再交锋。陈天宇懂得师父的眼色是责他不听话，叫他快走，陈天宇一阵迟疑，场中斗得越发凶险激烈了。

原来铁拐仙自知不敌，拼了性命，使出师门所授最厉害的伏魔杖法，用意是想拖延时候，掩护陈天宇逃亡，可是陈天宇爱师心切，却又偏偏不走，铁拐仙心中叹了口气，既深感徒儿的天性纯厚，又恼怒他不听话。在这性命相扑的关头，可怜铁拐仙已不能分神说话。

伏魔杖法分为三段，第一段三十六招霎忽使完，第二段的三十六招又相继而至，这三十六招用的全是内家真力，更耗精神，铁拐仙咬着牙根，暗运真气，苦苦支撑。一个人抱了必死拼命之心，力量无形中加强几倍，是以他功力虽然大不如前，却也还勉强支撑得住。

陡听得红衣番僧一声怪笑，禅杖一指，将铁拐顶着，直逼过去，铁拐仙衣裳尽湿，汗如雨下，猛地也大喝一声，铁拐一挺，又将红衣番僧的禅杖荡开，但那碗口般粗大的铁拐，已显得微微弯曲，陈天宇见了，更是心惊。

铁拐仙的第二段伏魔杖法又已使完，拐杖慢慢挥动，就如挽着千斤重物一样，东一指，西一划，全无声息，那红衣番僧轻狂之态尽敛，全神贯注，不敢轻视。但听得铁拐仙身子一动，骨头就格格作响，头上红筋毕现，似是在苦苦支撑。那番僧忽地重施故技，使出瑜伽坐功，盘膝一坐，禅杖一带，将铁拐仙慢慢拉近身前。

铁拐仙心中一凉，他已竭尽全力，终因功力不敌，无可抵挡，他心知若然被番僧拉近身边，必然立下杀手，欲想摆脱，铁拐却被禅杖黏着，牢牢地往里牵引，摆脱不开，这时他的一百零八路伏魔杖法，已使到第一百零六招了。

那红衣番僧全神注视杖端，用力一带，大声一喝："倒!"陈天宇只见师父身躯晃了几晃，似是不由自主地给那番僧拉近身边，头向前冲，看看就要倒下地去。陈天宇大吃一惊，陡然飞身一掠，刷的一剑，就向那番僧肋下的"龙藏穴"猛刺。陈天宇自知武功与那番僧差得太远，这一剑只是迫于救师，聊尽人事而已，原不指望能够刺中，哪知就在这一瞬间，忽听得那番僧大叫一声，跌出了三丈开外!

原来红衣番僧与陈天宇相距数丈，他又知陈天宇武功低微，绝不把他放在眼内，而且又有那少年武士在旁监视，更是对他毫无防备。哪知陈天宇功力虽弱，吃了异果之后，轻身的功夫，已及得武林中的一流高手，这数丈之地，一掠即到，而且又是突如其来，骤然一击，那少年武士出手已来不及，红衣番僧全神贯注，要把铁拐仙击倒，冷不及防，肋下的穴道竟给陈天宇一剑刺个正着！本来以红衣番僧的深湛内功，这一剑尚不足令他重伤，但铁拐仙的伏魔杖法，一招强逾一招，这时正使到第一百零七招，拼尽全身的气力，运劲一戳，红衣番僧给陈天宇刺着，身躯颤了一颤，又被铁拐仙乘虚而入，在他的胸膛重重地戳了一下，这一来两下夹攻，那番僧纵是铁铸的身子，也抵受不了，还算他武功确是高强，没有当场送命。但亦已呕一摊鲜血，散了内家真气，非再修练三年五载，不能恢复原来的功力了。

陈天宇一招得手，又惊又喜，正想扶起师父，忽听得铁拐仙又是一声大叫道："闪开!"陈天宇本能地向旁边一闪，只见一条黑影，正向自己飞来，说时迟，那时快，铁拐仙猛地脱手一掷，铁拐腾空飞去。这是伏魔杖法的最后一招，名叫"神魔归位"，因为伏魔杖法从无使最后一招的道理，若然要使到最后一招，那就是敌人本事委实太强，无可制服，这一招就得与敌人拼个同归于尽了。这一招名为“神魔归位”，就是这个玉石俱焚的意思。这一招又是铁拐仙拼尽最后的气力，毕生功力之所聚，那少年武士如何禁受得住，只听得一声惨叫，那少年武士给铁拐自前心透过后心，登时死了。

陈天宇有生以来，未曾见过如此惨状，只觉手酸脚软，不敢再望。只听得花树草木间悉悉索索的声音，想是那红衣番僧已经逃命。忽闻铁拐仙叹了一口长气，道：“宇儿，你过来！”陈天宇转过头来，但见师父面如金纸，倚在树根，就像患了重病的病人一样，神色比前次受伤还更骇人，陈天宇颤声问道：“师父，你怎么啦？”铁拐仙道：“徒儿，今晚是咱们分手之期了！”陈天宇一惊，眼泪簌簌而下。铁拐仙笑道：“天下无百年不散之筵席，这又有什么值得伤心？”

陈天宇道：“师父功力深厚，这宫中丹药甚多，待我每一样都抓一把来给师父看看，看哪一样合用？”铁拐仙凄然笑道：“我在大病之后，又把一百零八路伏魔杖法使完，就算把天下所有的灵丹妙药，都给我搜集了来，也没用了。时候无多，你还是细心听我说几句话吧。”陈天宇忍了眼泪，倾听师父遗言。铁拐仙道：“咱们师徒虽只相处三月，我已知你天性纯厚，将来定有大成。我要拜托你一件事。”陈天宇道：“师父吩咐便是。”铁拐仙道：“若是上天怜悯，不教我夫妻都遭横死，那么日后你若见着师娘，就叫她好好将孩子养大，到孩子十岁之时，叫他拜你为师。”陈天宇怔了一怔，他可从没有听师父说过有孩子，可是此时此际，也不便多问了。只听得铁拐仙续道：“本门的武功口诀，我已尽传了你，拐法你亦熟习，你就将我本门的武功，传与我的孩子便了。这支铁拐，你替我保存，待孩子长成之后，再交与他。叫他继承师祖。至于那个番僧，他今晚纵能逃得性命，亦将残废，叫他们也不必远赴异国替我报仇了。你答应做我孩子的师父吗？”陈天宇道：“只要徒儿有命下山，师父吩咐的事，一定做到。”铁拐仙笑了一笑，又道：“我曾受你师祖与冒川生老前辈的嘱托，找寻桂华生前辈与他的后嗣，如今已确实知道冰川天女便是桂华生的女儿，若然冰川天女未死，你一定要寻着她，说与她知。现下冰峰已倒，她也可以下山去寻她的伯父了。”陈天宇又应了一声。铁拐仙气若游丝，声音越来越微弱了，陈天宇扶着他，只听得他又断断续续地道：“那、那金本巴瓶，我也不知道该帮哪边才是，总之不能让它落在外人手中。那、那白衣少年，说话很有点道理，你，你去找他……”越说声音越弱，这段话好似尚未说完，双脚一伸，就此一瞑不视。

陈天宇号啕痛哭，将师父埋在园中，把那少年武士，也另掘一处埋了，取了铁拐，拭干血迹，抬头一望，只见月亮西沉，残星明灭，黑夜将逝，不久又要黎明了。陈天宇茫然地在宫中乱走，偌大的冰宫，这时只有他一个生人，陈天宇又是悲痛，又是骇怕，任宫中景致如何美妙，他也不愿再在此地逗留了。

待得东方露出曙光，陈天宇带了一些干粮，收拾随身行李，茫然走出冰宫，忽地想道：“以我现在的本领，怎能渡过冰川？”但叫他独自留在冰宫，他心中又实是不愿，正在进退两难，忽听得地下又似隐隐有声，陈天宇大为吃惊，生怕又是一场地震，这声音若断若续，忽又停止，陈天宇心道：“若是地震的征兆，怎么这声音并不加强？”心中发慌，一口气往外跑去，那声音忽然又起，陈天宇再跑一阵，又听不见了。正是：

冰宫仙境多奇事，亦真亦幻费猜疑。

欲知事后如何？请听下回分解。

第八回　沧海桑田　仙山伤劫后
白云苍狗　侍女话前因

陈天宇定了定神，知道这绝对不是地震了，但却更为疑惑，想不透这是什么怪声。心道："宫中灵药宝物甚多，莫不要被坏人偷进才好。"陈天宇虽然再也不愿在宫中逗留，但住了三个多月，不知怎的，对冰宫却总有一种异样的感情，虽然明知自己去后，这仙境般的珠宫贝阙也许就沦为狐鼠之窝，但只要自己还在山上一日，却不愿见它被坏人占据。于是又折回头去，再回到冰宫里面。

刚进园子，地下怪声又起，陈天宇想道："若然是人，定无在地底行走之理，我也太过虑了。"但既然回转，就索性再进里面巡礼一番。走到冰湖附近，忽似听得有轻微的脚步之声，陈天宇心中一凛，悄悄地掩过去。陈天宇对宫中的道路，了如指掌，轻功又高，循声觅进，悄悄走去，来人竟没发现。

只见就在那座尖顶的神殿前面，并排站着三人，当中的身躯肥大，正是萨迦宗土司的涅巴俄马登，两旁的人却是前次遇过的那两个尼泊尔武士。只听得俄马登说道："这是什么怪声？该不会是地震吧？"那年长的武士道："看来不是地震。"他们说的乃是藏语，陈天宇听得明白，心中更是狐疑，这怪声既不是他们弄出来的，那就越发神秘了。只听得俄马登又道："刚才我们还在地上发现一摊鲜血，似乎这里还住的有人，却何以一无所见。"那两个尼泊尔武士，双手合十，高叫了几声"冰川天女！"自然除了回声之外，什么也听不见。那两个武士现出极其惶恐的神情，咕噜对语，一个道："若然公主还在，定会出来！"一个道："难道她真是遭了劫难，这叫咱们怎生向国王交代?”陈天宇心道:“原来他们是奉尼泊尔国王之命，来查探冰川天女的下落的。俄马登这厮陪他们来此，却又是何用意?”俄马登虽然救过芝娜，但不知怎的，陈天宇对他却有一种说不出的憎厌，总觉得这人是个外貌诚实、内心奸猾的伪君子。

俄马登道:“不管公主在与不在，咱们且进去搜搜。”说着就想走进那座神殿。年长的尼泊尔武士急道:“这是咱们国教的圣殿，若不得主人允许，不能随便进去。”俄马登道:“此地哪还有什么主人，进去看看何妨。”地震之后，殿门早已崩坏，俄马登一面向那两个武士赔笑，一面跨大脚步，就要走入殿中。

陈天宇想起冰川天女的禁令，又怕他偷学其中的剑法，陡然大喝一声，飞步抢出，叫道:“俄马登，你好大胆!”俄马登回头一看，笑道:“陈公子，原来是你!芝娜呢?”陈天宇道:“闲话少说，你给我滚出去!”俄马登道:“咦，这倒奇了，你是这里的主人吗?”陈天宇道:“你管不着，你滚不滚?”俄马登笑道:“那你又凭什么来管我?”脸现奸笑，手中已拔出刀来。

陈天宇热血上涌，刷的一剑刺去，又喝道:“你滚不滚?”俄马登笑道:“陈公子，你要动手么?呵呀，呀，哼!”原来俄马登见过陈天宇的本领，自恃武功远在他上，故此丝毫不以为意，满拟一刀劈过，便可将他的长剑格飞，哪知陈天宇今非昔比，这一剑竟是达摩剑法中的一个怪招，剑尖一晃，似左反右，刷的一剑，在他的肩头划了一道伤口，这还是因为陈天宇的功夫未到，而俄马登也还不弱，要不然只这一剑，就能将他的一条臂膊卸了下来。

俄马登笑容顿敛，凝神对敌，还了三刀，但却敌不住陈天宇精妙的剑法，给他迫得步步后退，那两个尼泊尔武士在旁观望，甚是惊异。

俄马登叫道:“这人是满清官员的儿子，他偷到这儿，又学了冰川天女的剑法，不问可知，定是在地震之后，冰川天女受了伤，给他乘机害死了。他窃据此宫，居然敢以主人自命!”一番话煽动了那两个尼泊尔武士，他们拔出月牙弯刀，一左一右，登时上来夹攻。

陈天宇道:“你听我说。”俄马登喝道:“还说什么!”陈天宇不善措词，自己又确是偷学了冰川天女的剑法，迫切之间，解释不清，那两个尼泊尔武士一招紧过一招，陈天宇剑交左手，右手挥动铁拐，同时使出两套武林绝学，招架了二三十招。

陈天宇左剑右拐，招数虽然精妙，但火候未到，功力尚浅，时间一长，挡不了三个高手的进攻，那两个尼泊尔武士只是将陈天宇的招数破开，也还罢了，俄马登却刀刀狠辣，尽是拣致命之处劈刺，面上又露出了得意的奸笑。

忽地里怪声又起，比前更为清楚宏亮，各人都吓了一跳，陈天宇松了口气，正想说话，那怪声又停止了。俄马登道："先把这厮擒了，再行拷问。"挥刀再战，陈天宇气力不继，更是难支。

陈天宇气衰力竭，暗叹口气：想不到糊里糊涂死在这儿。俄马登得意之极，一声奸笑，手起一刀，向他右臂斜斜切下，陈天宇被那两个武士的月牙弯刀迫着，无法招架，正在绝险关头，忽见俄马登和那两个武士都乞嗤一声，打了一个冷战，攻势登时松懈。陈天宇大为惊奇，就在此时，忽闻得娇声斥道："你们闯进冰宫，意欲何为？想找死么？"声音脆若银铃，陈天宇回头一望，只见花树丛中，冰宫侍女纷纷走出，说话的正是名叫月仙的那位书房侍女，她说话的口气和神态，都很像冰川天女。这刹那间，陈天宇又惊又喜，这么多的冰宫侍女一下子又都出现了！陈天宇几乎疑心又是一场幻梦。

原来冰川天女的父母定居此山，早就预防会有地震，冰宫的中心，地底下是个冰窟，亘古不见阳光，坚冰积聚，坚逾岩石。冰川天女的父母已测知地下火山在冰峰附近，离冰宫所在，约有四五十里，纵是火山爆发，大地震动，冰宫所受的震荡也不会太大，为了防备冰峰倒塌之时的飞砂走石可能伤人，因此在冰窟下面，预先布置了避难的所在，开了一条地道，用最坚硬的花岗岩石筑成两道围墙，地下经常存有数月粮食，食水可以溶冰取得，准备得十分周密。所以那日大地震之时，除了铁拐仙因为在静室练功，陈天宇因为被冰川天女囚在密室，无法脱身之外，其余所有的冰宫侍女都已躲进冰窟的避难室去了。但她们虽然准备得十分周密，也还有一样未曾算到，地震之后，地层凹下，从冰窟走出冰宫的通道竟给堵住，走不出来。幸而冰宫侍女众多，大家齐心合力，挖了三个月，方始在今日挖通了地道。陈天宇他们所听到的地下“怪声”，就是冰宫侍女们将要通出冰宫之时，在地下挖掘地道的声音。

冰宫侍女们刚刚出来，就见有生人闯进，个个含嗔，第一圈的九名侍女，以月仙为首，已各自拔出冰魄寒光剑，布成了九天玄女阵，奇寒之气，触体如割，俄马登冻得抖抖索索，那两名尼泊尔武士也冷得连连打战。陈天宇练过冰川天女这一派武功，又服过宫中御寒的灵药阳和丸，故此功力虽及不上那两名武士，却反而忍受得住。

为首的侍女娇叱一声，寒光剑晃了两下，就想动手，俄马登牙关打战，说不出话，那两名尼泊尔武士急忙哀声求告，禀达来意。侍女中有人曾听冰川天女说过他们的来历的，知道冰川天女那日也曾在天湖旁边饶过他们，当即向为首的侍女说了。为首的侍女发一声号令，将阵形散开，说道：“若非见你等尚无恶意，你等今日就来得去不得了。好，你们走吧，下次若再乱闯，那就绝不留情了。”年长的那个尼泊尔武士尚欲说话，冰宫侍女喝道：“我们的公主不要你管!”说话之时，把冰魄寒光剑连连晃动，俄马登抵受不住，发一声喊，转身急走，那两名尼泊尔武士叹了口气，双手合十，向圣殿拜了一拜，也转身走了。只剩下陈天宇一人，呆呆地站在冰宫侍女的面前。

那名叫月仙的侍女向陈天宇盯了一眼，道：“你还在此地吗?”陈天宇道：“幸免劫难，走不出去，擅留宫中，尚望恕罪。”月仙道：“你为何偷学我们的剑法?”陈天宇道：“我以为你们不回来了，恐怕这剑法失传……”陈天宇不善措词，冰宫侍女已有多人动怒，纷纷骂道：“哼，你小小年纪，心术却恁地不正，盼我们死!”“我们待你以宾客之礼，你却私入圣殿于前，又想窃据冰宫于后，岂有此理!”有几个气量窄浅的，就想拔剑将他驱逐。

陈天宇在众侍女夹攻之下，有口难言，为首的侍女对陈天宇尚有好感，摆了摆手，说道：“你偷入圣殿，我们的公主本要将你终生囚禁，如今你又偷学她的剑法，我们是再也容你不得了。念你曾是我们公主的宾客，饶你不死，此处你却不能留了!”要知冰川天女禁令甚严，而今她虽然不在，众侍女对她所要责罚的人，依然不敢假以辞色，有一两个不明事理的，更擅作威福，替冰川天女逐客。

陈天宇气往上冲，心道：怎么这些冰宫侍女，个个都不近人情。当下傲然说道："我本来就想走了，只是见你们尚未回来，恐有坏人私入，这才留到今日。"有一个侍女道："如此说来，你倒是有功之人了。"陈天宇道："不敢，不过我的师父却是因为要保护此宫，以至在此丧生。我去了之后，他的坟墓，愿你们能够保全。"说着不觉潸然泪下。月仙道："呵，铁拐仙死了吗？怎么死的？"陈天宇约略说了一遍，月仙也自心中后悔，可是她处处模仿她的主人，说了的话，不愿更改，而且宫中都是少女，只有陈天宇是个男人，她也不敢擅自作主，将他留下，当下说道："好，我替你修建铁拐仙的坟墓便是，你好生去吧。要我派人送你下山吗？"说话已客气许多，陈天宇余怒未消，傲然说道："不要！"月仙又道："公主曾经回来过吗？"陈天宇道："没有！"月仙怔了一怔，凄然说道："我们的公主，曾下过命令，不准我们私自下山，不论她在与不在，这命令我们都不敢违背。你下山之后，若我们的公主还在人间，就拜托你代为查访。"陈天宇想起冰川天女的音容，虽然不近人情，却甚是得人忆念，她的高傲，乃是与生俱来，出于自然，与刚才那几个傲慢的侍女，绝对不可相提并论。陈天宇想起冰川天女，不觉心中一软，道："听明白了，遵命就是。"在众侍女的注视下，仍然背起原来的行李，提起师父遗留的铁拐，头也不回，走出冰宫。背后依稀听得叹息之声，陈天宇想道："冰宫侍女之中，原来也有好的。"心中稍觉宽慰。

陈天宇满怀怅惘，茫然走出冰宫，想起冰川天险，自己本领尚低，怎能飞渡？可是刚才的说话又说得太满，不好意思再回去请她们送下，不觉大是踌躇。

陈天宇上山之时，尚是初夏，如今过了三个多月，下山之时，已是金风送爽的仲秋，山顶雪片轻飘，半山红叶如霞，地震之后，尘沙未净，那纵横交错，匝着山腰，像银蛇一般的冰川，也蒙上一层淡黄，经过阳光折射，淡黄之中又透着浅蓝，别是一番景致。陈天宇惘惘怅怅，信步所之，忽见前面黑烟弥空，火焰冲天，原来那冰峰倒塌之后，露出了喷火口，余火未熄，熔岩如浆，旁边的地形已陷下成湖，陈天宇目瞪口呆，心道："古人沧海桑田的说话，果然真有其事。"不禁暗叹造物之奇，想起冰川天女与白衣少年，那日就正是在冰峰之下比剑，看来可是凶多吉少了。又想起采药的师娘与观战的芝娜，更是不安。心道："但愿上天保佑，若她们尚在人间，我就是踏遍海角天涯，也要寻访她们的下落。"

可是怎能飞渡冰河天险？陈天宇大感踌躇，只好茫然地向山下直走，走了一阵，只觉地形变换，不似从前，那通向天湖的冰河，本来就在冰宫下面不远，陈天宇记得冰河之边，还有一丛丛的杨柳，临河的那棵大柳树系有小舟，可是而今连那条冰河也不见了。再走了半个时辰，忽感眼睛一亮，只见下面竟是一片茫茫白水，浮冰闪闪发光，一望无尽，恍如天连水，水连天，这不是天湖是什么？原来大地震之后，山岳变形，那条通向天湖的冰川已被倒塌的冰峰填平了，变成了一条笔直的斜坡，从此冰宫到下面的通道，已被打开，不必再用小舟在冰川涉险了。陈天宇又惊又喜，笑道："怪不得那两个尼泊尔武士和俄马登也能上到冰宫。"

天湖仍然如旧，湖边绿草如茵，杂花生树，湖水仍是一样清莹，原来天湖面积太大，又有许多支流，化为流泉山瀑，通向山下，地震之后的尘沙，早已沉淀，或者冲下去了。陈天宇在湖边歇了一会，将皮袋盛满湖水，恋恋怅怅，徘徊久之，看日头过午，这才离开。

走了三日，已到了山下，陈天宇心道："冰川天女生死未卜，只能盼机缘凑巧，可碰着她。如今还是先到拉萨去吧。"拉萨是西藏的首府，满清驻藏大臣福康安就驻在那儿，陈天宇的父亲陈定基在那日宣慰使的衙门被毁之后，立即离开萨迦，到拉萨去向福康安请示，此事陈天宇已从书童江南的口中知道，故此决定先到拉萨去会父亲。

下山之后，又走了七八天，到了从日喀则到拉萨的中途一个大镇，名叫扎伦，西藏地僻人稀，有数百人家，聚集成市，已算城镇，扎伦虽是大镇，也只有一间旅店，陈天宇投宿之后，吃过晚饭，因连日奔波，正想休息，忽闻得邻房有人呻吟，间隔的板壁也因病人的挣扎而震动，陈天宇颇感奇怪，就唤了店小二来问。

店小二道："隔房住的是两位军官，卧病在床，已三日了。"陈天宇道："客途生病，最是可怜，这镇上没有医生吗?"店小二道："有是有一两个，但都不知道这是什么病，医生把了把脉，药方也不敢开。"陈天宇奇道："那是什么怪病?"店小二悄悄说道："说来可真奇怪，那日这两位军官投宿，在外面饮酒，你知我们这间客店是兼做酒食买卖，便利过往客商的。有一个少女，好像是从外国来的，鼻子高翘，眼珠淡碧，也进来歇息。那两位官爷不合向她调笑了几句。那女子不动怒，却冷笑道：'你们欢喜在这里玩乐，那就在这里躺几天吧。'也不知她使的是什么邪法，忽听得波的一声，在那两个军官的面前，忽然散出一片寒光，我们远远地站在外面，也打了几个冷战。那女子说了之后，立刻抛下一锭银子，匆匆走了。她走了之后，那两位官爷直嚷发冷，盖几床棉被，都没有用。这几日一直迷迷糊糊，有时发烧，有时发冷，你说这可不是怪事么?"陈天宇听了，又惊又喜，心道："听他说来，这女子放的暗器，似是冰魄神弹。莫非就是冰川天女?"道："我稍懂医道，待我进去看看。"

店小二将陈天宇带到邻房，道："两位官爷，有位官人前来看你。"那两个军官正在发烧之后，神智稍见清醒，睁开眼睛，忽然"咦"了一声，道："你是谁?"陈天宇定睛一看，认得这两人就是那次在日喀则旅店中所遇，护送假金本巴瓶的那两个军官。陈天宇道："家父是萨迦宗宣慰使陈定基，在下名叫陈天宇，在日喀则我们似乎会过。"那一晚，陈天宇的师父曾和他们动手，陈天宇却未曾露面。那两个军官听他说了姓名来历，道："哦，原来是陈公子。"叫店小二走开，问道："陈兄此来何事?"

说话之际，那两个军官的病又发作了，冷得牙关打战，陈天宇看了不忍，道："这个病小弟还懂得医治。"取出两颗碧绿色的药丸，送进那两个军官口中，叫他们咽下，过了一阵，那两个军官，只觉有一股热气直透丹田，他们的内功也有相当火候，运气辅助，将那股阳和之气运行四肢，越来越觉舒服，陈天宇道："再过一天，待余寒之气去净，两位大人就可行动如常了。"

这两个军官，一叫毛彦，一叫伦博，是福康安帐下的高手，本来以他们的武功，若然早有提防，运气护身，那日虽中了冰魄神弹，还不至于病得如此严重，偏偏那日他们在暴饮之后，肆无忌惮，又料不到那女子身怀绝技，以至被寒气侵入骨髓，再运真气相抗，已经无效，这时一服下陈天宇的药丸，立见舒服许多，不由得大为惊异，又记起在日喀则之夜，和他们动手的人中，有一个老头子就是与陈天宇同行的，不禁又吃了一惊，问道："你到底是谁?"

陈天宇道："我不是说过了吗?"那个名叫毛彦的军官道："你真是陈公子?"陈天宇道："你若不信，待我们到了拉萨之后，同往福大帅的衙门寻我父亲便是。"伦博道："你怎的会有解那个妖女邪法的药丸?"陈天宇第一次离开冰宫之时（那时冰宫侍女还未回来），陈天宇见冰宫中的丹药甚多，每一样随手找了一把，放入包裹，其中抵御奇寒之气的阳和丸，陈天宇认得，恰好派了用场。这时见这军官查根问底，正不知从哪里说起，毛彦更是起疑，喝道："你是那妖女派来的吗?"

言还未了，忽听得窗外有女子的声音笑道："真是狗咬吕洞宾，不识好人心。我如今给你送解药来了，你还骂我，你是不是想再病几天?"那两个军官病情虽已减轻，气力尚未恢复，一听到那日那个女子的声音，吓得噤声不敢再说。只听得那女子又道："是你偷了我宫中的灵药吗?快出来见我!"声音语气，有点似冰川天女，陈天宇正在激动之中，分辨得不很清楚，急忙一跃而出，只见那女子已上了屋顶。陈天宇急忙回房携了随身包裹，丢下房钱，跃出去追，那女子跑得很快，幸而陈天宇的轻功大有进境，一出城门，立即追上，那女子回眸一笑，道："你的武功大有进境了。是我们公主指点你的吗?她是不是已回宫了?"

月光之下，看得分明，原来是冰川天女的贴身侍女幽萍，她自小随着冰川天女，文学武功，在众侍女之中，都是出类拔萃的人物，地震之日的早晨，便是她奉冰川天女之命，陪铁拐仙的妻子谢云真去采药的。

陈天宇见到了她，自是心中欢喜，但被她一问，又觉不安，道："是我私自学的，你是不是要执行你主人的命令，再来罚我?"幽萍笑了一笑，道："其实我们的公主也很欢喜你，她本来想等你临走之

一九八五年十一月画梁羽生先生之著作

陈天宇急忙回房携了随身包裹，丢下房钱，跃出去追，……

前，叫我教你几路功夫，作为赠礼的，想不到那晚你私入圣殿，惹起她的恼怒，据我猜测，她是吓一吓你，待她和那少年比剑之后，就放你的。经过这场劫难，想不到你我尚能生存，你快说这三月来宫中的情况。”

陈天宇约略说了一遍，幽萍道：“我也料想众姐妹不致丧生，老实说，当时我只担心你囚在密室，不能出来，若然丧命，公主也定感不安。”陈天宇问道：“那么冰川天女呢？”幽萍道：“我陪你的师娘去采药，见到地震的征兆，就立刻乘舟直下天湖，一点也不知公主的情形。”陈天宇听了，好生失望，道：“我的师娘呢？”幽萍道：“她先回四川等候临盆了。”陈天宇听了，恍然大悟，道：“原来她有了孩子。”幽萍笑了一笑，道：“你就快添一位师弟或者一位师妹了，还不高兴吗？”陈天宇想起铁拐仙之死，心中一酸，有点怪责地问道：“为什么当日你们不回来？”

幽萍说道：“那日火山爆发，大地震动，地震之后，满山都是石块和熔岩，上山的道路已被封了，我们见此情形，看来非等过了一些时日，待那熔岩凝结之后，上山是不可能的了。你的师娘有孕，难道叫她留在荒山？我知道宫中早准备有防备地震的所在，除了担心你之外，对众姐妹和铁拐仙都不必担心。所以劝你的师娘先回四川生产，待到地震的灾祸消减之后，铁拐仙自然会回来。”陈天宇叹口气道：“可是我的师父再也不会回来了。”幽萍听了铁拐仙的死讯，也是十分难过，沉默了一会，问道：“那你现在准备何往？”陈天宇道：“想去拉萨，你呢？”幽萍笑道：“我也不知道要到哪里去。我本想等待一些时日，待山上的熔岩凝结之后，就回去的。”陈天宇道：“现在除了冰峰倒塌之处还留下喷火口之外，其他地方已不见熔岩了。”幽萍笑道：“可是我不知道呀！我还想等到明年春暖花开的时候，再回去探望呢。”说到此处，歇了一歇，忽又笑道：“你可还记得那白衣少年给我拟的对联么？那是：幽谷荒山，月色洗清颜色；萍梗莲叶，雨声滴碎荷声。他把我想象为一个幽谷的静女，其实我也很想看看外面的世界，这么多年，在冰宫中也真是够寂寞的了。”月光之下，只见她轻掠云鬓，微露笑容，活像一个顽皮的女孩子，陈天宇也尚是童心未脱，给她逗得笑了起来，道：“唔，原来你是趁此时机，到处去玩。西藏地方，以拉萨最为繁华，还有金塔的喇嘛庙宇哩，你不如和我到拉萨去看一看吧。”幽萍喜道：“那敢情好，咱们也可趁此打听公主的下落。”

提起冰川天女，陈天宇不禁黯然，道：“他们那日在冰峰之下比剑，这场劫难，可不知能否避过？”幽萍道：“我们的公主叫冰川天女，本事虽然未必比得上天上的神仙，但却确是神奇得不可思议，我不信这一场地震会使她丧命！”言词神色之间，对冰川天女真是视若天人，陈天宇也给她这种坚信所感染，觉得冰川天女果然是没有丧命的道理。幽萍又笑道：“你别看她和那白衣少年几度比剑，如同仇敌，其实我瞧得出来，她心里喜欢他。”陈天宇笑道：“你真是满肚灵精的小鬼头。”幽萍道：“你是诈颠扮傻的小鬼头，你喜欢什么人，我也知道呢！”陈天宇想起芝娜，心道：“芝娜本事低微，她未必能逃得过这场灾难。”笑容顿敛，神色甚是忧伤。

幽萍道：“吉人自有天相，芝娜若是命不该死，她就定然不死。”这话说了等如不说，但陈天宇听了，心中却安慰许多。两人在月光之下，走了一阵，陈天宇忽问道：“你们称冰川天女做公主，她到底是哪一国的公主？为什么她的父亲却是我们中原的侠客？”幽萍笑道：“好，长夜无聊，我就为你说一说我们公主的故事。”正是：

宫闱异事从头说，异国情鸳佳话多。

欲知后事如何？请听下回分解。

第九回　妙境华严　艳说神仙侣
仙音玉笛　喜联异国情

月凉如水，幽萍挪动身子，微微偎近陈天宇，说道："三十年前，尼泊尔国有一位公主，名叫华玉，她之取名华玉，是因为国君仰慕中华大国，又因她生得可爱，有如中华的美玉，故此命名。华玉公主长大之后，文武双修，从中国请来文学教师，熟读中国的经史词章，又从阿拉伯请来剑师，教她剑术，至于骑马射箭，那更不消说得，样样皆能。

"岁月如流，转眼公主长大成人，芳龄十八，国中贵介公子，个个都想求公主为妻，可是华玉公主一个都不合意。年复一年，公主二十二岁了，国王只有她一个女儿，不免焦急，为了不让公主芳华虚度，意欲为她选择驸马，迫她成亲。公主不允，自己提出一个办法，要仿照中国小说中常见之事，摆设擂台，亲选郎君。这擂台有文有武，先试武艺，后试文才，试武艺的通过了几关极难的考试之后，还要与她比剑；比武胜了，然后再考文才，考文才的不但要懂尼泊尔的文学，还得懂做中国的文章。尼泊尔懂得汉文的不少，但只是粗解皮毛，哪当得公主面试。故此在两年之中，求亲者共有一百二十四人，先试武艺，够资格与她最后比剑的只有七人，比剑胜了她的只有三人，这三人一被考到中国的文学，全都答不出来。国王大急，准汉人前去应试，可是那些汉人等不到公主试他文才，比武先已输了。

"转眼公主已二十有四，国王道：'你若再选不出驸马，就该由我作主，不能让你把擂台长摆下去。'公主请再宽限百日，百日之后，再作定夺。实是公主心中早有主意，她心高气傲，绝不嫁凡夫俗子，若然过了百日，还选不到如意郎君，那就要舍身为尼，终生不嫁。

“过了九十九日，还是无人入选。至最后一日，公主亦已绝望，忽然来了一个中华男子，满面风尘之色，说是远道赶来，乞求公主一试。此人骑术精绝，射箭百发百中，能举千斤石担，可服御园狮虎，种种难关，一一通过，最后比剑，与公主从日中斗至日暮，最后一剑挑开了公主的面纱，赢得十分漂亮。

“公主试他文学，他对答如流，对尼泊尔的古诗经典，随意引用，如数家珍。对中国的文学，那就更不必说了，他所解释的经史奥义，连公主也闻所未闻。公主十分佩服，道：‘最后试你两题，考考你的急才。若然考试中式，那你……’说着面上一红，嫣然一笑，说不下去。那中华男子便立刻请她命题……”说至此处，陈天宇插口道：“这中华男子，想必就是冰川天女的父亲桂华生大侠，桂大侠幼承母教，无怪他的文才武艺，都出色当行了，不知最后那两道是什么试题?”

幽萍道：“华玉公主出的两道试题，第一道是要他做一对联，公主道：中国的文字是单音字，最奇妙的特色是能做对联，你就将我的名字做一对嵌名联吧。以一支香的时刻为限，香若烧完，还做不出来，这一场就算失败了。那名叫桂华生的中国男子不慌不忙地看了公主一眼，道：‘联语我已有了，只恐有冒昧之处，请公主见谅。’随即将嵌有公主芳名的对联写出，那联语是：

华岩妙境偕谁游？看龙叶拈花，释迦微笑；

玉笛仙音邀客和，听相如鼓瑟，子晋吹箫。

“上联全用佛典，下联则用司马相如琴挑卓文君与子晋吹箫引凤求秦穆公女儿弄玉为妻的典故，上联下联都含有求偶之意，联语写完，那支香只烧了三分之一，公主微微一笑，便出第二道试题。”

陈天宇插口笑道：“怪不得冰川天女这么欢喜做嵌名联，原来是承继父风。”幽萍道：“那白衣少年到冰宫中的情景，也很像桂华生向华玉公主求婚的情景呢！”陈天宇道：“第二道试题又是什么?不要多说闲话，先说故事吧。”

幽萍道："故事之中又有故事，公主的第二道试题是先说一个故事，这故事没有结局，可以随你欢喜，将它变成喜剧或者悲剧，公主要桂华生为这个故事写结局，以考他的急才和机智。

"这故事说很久很久以前，有一个公主爱上一个英俊的武士，不料这武士暗中却和她的宫女勾搭，私情眷恋，给公主撞破，一气之下，便去禀告父王。武士勾引宫女，这罪名非同小可，依律要处以严刑。

"可是这国家的刑罚甚为奇怪，他们相信天上有一个真神，主宰人的命运，犯人有罪无罪，也都由神来决定。办法是将犯人放在一个广场中，广场的左右两边，各有一道侧门，一道侧门内中有一只凶猛的饿狮，犯人走入门内，定必给饿狮撕碎，当作点心；另一道侧门则通向外边，犯人若走入此门，则可获得自由。所有罪名一笔勾销，因为那是真神给他降福，能得到真神降福的就不会是坏人。

"国王不知道公主暗恋武士，又素来欢喜这个武士，便索性更加以恩典，一道门中藏有一只饿狮，另一道门中则藏着那个宫女，若然武士走入藏有饿狮的侧门，那当然不必说了，那是真神也认为他有罪，应该充作狮子的点心；若然武士走入藏有宫女的侧门，那么这武士非但没罪，还可以得那宫女为妻。

"决定武士命运之日，公主也在场观看，看台就在两道侧门的中间。武士走过看台，抬头盯着公主，眼中露出哀求饶恕的神情。公主是知道侧门中的秘密的。

"这时只要公主一指，就可以决定这武士的生死命运。是将他指向藏有狮子的侧门呢？还是将他指向藏有宫女的侧门呢？公主想起他把自己的情意付之流水，却勾搭上自己的宫女，妒忌之火无可抑止，要让他与宫女称心如意，结为夫妻，那是一万个不能！可是她极爱这个武士，若说要让他给饿狮撕裂，充作点心，那又是一万个不忍！这刹那间，无数幻象泛上公主心头，一忽儿现出武士与宫女配合之后，卿卿我我恩恩爱爱的情景；一忽儿现出武士给饿狮撕裂、鲜血淋漓的惨象。一抬头又看见武士充满哀求的眼光，武士即将走过看台，时机间不容发，公主要将他指向哪一边呢？是愿意见他与情敌结婚？还是让他给饿狮吃掉？"

陈天宇听得入神，心中替那公主设想，也实是难以选择。只听得幽萍笑了一笑，续道："当时华玉公主也就是这样问桂华生：若然你是那位公主，你将武士指向哪一边？答题要合华玉公主的心意，她可以随心所欲，决定你的答题是对还是错！

"这试题实是难到极点，既要揣摩故事中那位公主的心意，又要揣摩华玉公主的心意。不论将武士指向哪一边，都可能给华玉公主说他不懂爱情，因为对爱情的看法，本就因人而异。像故事中的公主，若将武士指向藏有狮子的那一边，那可以解释为因爱生妒，爱之极也就恨之极，恨之极也就是爱之极；若将那武士指向藏有宫女的那一边，那可以解释为因爱生恕，爱到深时，一切为爱人设想，那么牺牲自己的幸福又算得了什么？可是华玉公主的想法是怎样呢？

"桂华生想了一会，问华玉公主道：故事中假设的那位公主是东方古国的公主还是西方古国的公主？这故事本是欧洲的故事，传到东方，遂也产生了许多大同小异的故事，给说书人作为题材，桂华生本来知道，但他却明知故问。

"华玉公主不明其意，反问道：是东方古国的怎么样？是西方古国的又怎么样？桂华生微微一笑，说道：若是东方古国的公主，那就将武士指向藏有宫女的那一边；若是西方古国的公主，那就将武士指向有狮子的那一边。东方国家主张宽恕之道，女子更是仁慈，十九不忍见情人给饿狮撕裂；西方的女子对爱情着重'独占'，西谚有云：'爱情有如眼睛，不能容半粒砂子。'所以若是西方古国的公主，十九宁愿情人让饿狮吃掉，也不愿他投入别人怀抱。但假若那武士是中国人呢，他早就会察觉公主爱他，这事情根本就不会发生啦！

"这答复甚是滑头，但华玉公主心意其实不必费神猜测，不论桂华生怎样回答，我们都可预料她必然满意。

"于是公主选定桂华生为驸马，国王欢喜无限，下嫁之日，全国放假三天，尽情欢乐。第二年公主生下一个女儿，驸马给她取名冰娥，她便是今日的冰川天女。国王无子，只有华玉公主一个女儿，所以外孙女冰娥，也有'公主'的封号。

"两人婚后，生活十分幸福，不知不觉过了五年。国王年老体

冰川天女傳

第二年公主生下一个女儿，驸马给她取名冰娥，她便是今日的冰川天女。

衰，为了嗣君的问题，遂引起烦恼。

“本来依照西欧与中亚各国的规矩，女儿亦可继承王位，但若依照中国的习惯，则只有男儿可以为君，女儿断断不能传位。尼泊尔汉化日深，国中对于王位继承的问题遂分为两派，一派主张拥立华玉公主，另一派则主张拥立国王的侄子。国王的侄子觊觎皇位已久，扶植党羽，暗育死士，对华玉公主甚为妒忌，两派拥立之争日趋激烈，平静的小国，遂酝酿了极大的风暴。

“华玉公主不忍见自己的国家陷于动乱，遂和驸马商议，驸马劝她放弃王位，避入西藏，两人合修上乘的武功，将中土剑法与西域剑法熔于一炉，别创新派。华玉公主也觉得与驸马做一对神仙眷属，比做女王要幸福得多，于是遂留书父王，悄悄走出深宫，来到西藏。公主极得人心，心腹宫女数十人，舍不得她，一定要跟她同行，到了西藏之后，仗着驸马与公主超凡入圣的武功，遂选定亘古以来人迹罕到的念青唐古拉山作住址，在天湖之上，建起冰宫，经过十多年的刻意经营，造成了今日的美景。建了冰宫之后，老一辈的宫女又陆续接引了亲戚中的若干幼女上山，服侍冰娥小公主，这些冰宫侍女与冰川天女一同长大，个个都学得一身本领。

“公主出走的第三年，国王病故，侄儿继承王位，听说当时他到处搜索公主的下落，当然搜索不到，日久也就淡忘。华玉公主避居天湖之后，对国事心灰意冷，又知继位为王的堂兄，暴虐骄奢，更不愿重履故土。华玉公主比桂驸马先死，临死之时，传下遗命，不准冰宫人等下山，除非冰峰倒塌，否则冰娥小公主也将终老仙山，不能再履尘世。

“公主死后，桂驸马为她立庙建像，仿尼泊尔神庙的式样，并在神庙四壁，刻下他夫妇合创的拳经剑法，除冰川天女外，余人不准入内，成为宫中禁地。华玉公主死后的第二年，桂驸马也相继逝世，冰川天女成了冰宫的主人，冰川天女也醉心汉学，所以给宫中的侍女，都取上了中国女子常见的名字。”

冰宫侍女幽萍将故事说完之后，凄然笑道：“这故事好听吗？”月亮升至中天，已是午夜时分了。

陈天宇听得心神俱醉，笑道：“这个故事也还没有结局，可以喜剧收场，也可以悲剧结束。”幽萍道：“怎么？”陈天宇道：“异国情鸳，神仙眷属，这故事美极了。何况这对神仙伴侣还有一位真的美若天仙的女儿。我说呀，若然他们的女儿——冰川天女，他日若与那白衣少年，也像她的父母一样，结为神仙眷属，那就是喜剧收场；若然冰川天女避不过那场灾难，丧身冰窟，那就是悲剧结束了。”幽萍忙道：“一定能避过的，一定能避过的！”陈天宇道：“但愿如此！”抬首望天，月华如练，冰轮正满，面对玉人，猛地想起芝娜，自己与芝娜的结局，也不知是悲剧还是喜剧。

陈天宇心头怅怅，良久，良久，说不出话。幽萍嫣然一笑，戳他额角道：“傻孩子，你想些什么呀？”忽见陈天宇面色有异，似是侧耳倾听什么，幽萍凝神察听，道：“咦，有人向这边来。”两人闪身岩石之后，只见几条黑影相继奔来，东边有人拍了两下手掌，西边也有人回了两下。陈天宇道：“咱们窜上高处，莫要给他们发现。且看看这班人是什么路道？”两人都是上上轻功，施展起来，捷逾猿猴，攀上半山，仍然选了一处有利的地形，藏身在一块凸出来的岩石之后，凭借月光，可以将下面俯瞰得清清楚楚。

黑影相继奔至，就坐在适才陈天宇与幽萍谈话的地方，首尾相接，坐成一个圆圈。陈天宇道：“这些人大约是什么帮会聚集，不是冲着我们来的。”陈天宇听过铁拐仙讲述的江湖常识，所以比幽萍知道得多。幽萍忽而笑道：“我们那儿以星期纪日，七日一周，从欧洲来的客商，带来一样迷信，说是星期五又兼有十三的，主大凶兆。你看下面正是十三个人，我记得今日又正是星期五。”陈天宇不觉失笑，道：“哪有这个道理。即有凶事，亦是偶合。”听幽萍谈起日子，忽而心念一动，问道：“今天是什么日子，我不是问星期，我是问汉历。”

幽萍想了一想，道：“我也没心记日子，你们汉人的历法又极之麻烦，有时月大，有时月小，极不好记，只是我昨晚和今早都见城中有许多汉人赶市集买东西，听他们说是准备过中秋节的。”西藏是汉藏两种历法兼用，差异甚大，所以记不起汉历，甚属平常。陈天宇笑道：“你曾随小公主读过许多汉书，难道不知道中秋佳节乃是汉人最重要的节日之一，也就是八月十五吗？”幽萍道：“这个我知道。怎么，八月十五又有什么关系？你尽问日子干嘛？”陈天宇道：“我记起了冰川天女说过的话，咦，只怕你所说的真会巧合，真是凶兆！”幽萍大为奇诧，问道：“什么？冰川天女说过些什么话？”

陈天宇道：“你记不记得我初到冰宫之日，那一日正巧我前一位师父，萧师父的仇人找他算账。幸亏冰川天女给打发了。”幽萍道：“当时我没在场，不过后来听她说过。听说你萧师父的仇人叫做什么雷震子，这名字好怪。”陈天宇道：“我萧师父的仇人共有三个，一个叫雷震子，一个叫崔云子，一个叫王瘤子。王瘤子已给我师父打死。那日追到天湖寻仇的是雷震子和崔云子，崔云子没有出手。冰川天女用冰剑将雷震子打败，雷震子当时就想自尽，冰川天女说他被王瘤子愚弄，叫他若欲知详情，可在今年八月十五到扎伦去看。你瞧此地正是扎伦，今晚又正是八月十五。”

幽萍更是惊诧，心道：“咱们的小公主从不下山，怎知此地今夜之事？”但相信陈天宇不会说谎，问道：“你看下面这十三人之中，可有雷震子在内？”陈天宇看了一眼道：“没有，这倒奇了。难道他竟会不来？嗯，你静听，他们说话了。”

下面香火缭绕，似是正举行过什么仪式。只听得一人说道：“怎么王瘤子这时候还没来？”陈天宇怔了一怔：原来这些人还不知道王瘤子已死！另一人道：“这是他约咱们到此聚集的，怎会不来？”先头那人道：“咱们不等他了，先谈谈吧。福大帅本来要咱们去保护金本巴瓶的，现在不用啦，叫咱们通知门人，在年底以前，都赶到回疆去。”一人道：“怎么又不用我们了？”先头那人道：“听说回疆哈萨克族造反，有许多武当派的门人杂在其中，非我们去对付不可。保护金本巴瓶固然极为重要，这件事情也不轻松。所以福大帅并没有小视我们，各位兄弟不必多心。”陈天宇心中一凛，想起萧青峰和铁拐仙说过的各大剑派的历史。武当派本来是定有严规，不准过问政事的。后来在明末清初之际，出了一个卓一航，受了女侠玉罗刹（即后来名震西域的白发魔女）的影响，离开武当山，走入回疆，另立新派，帮助晦明禅师的徒弟杨云骢等抗击清兵，于是武当派旧日的门规，遂被打破。（诸事详见拙著《白发魔女传》

与《塞外奇侠传》。）这已经是差不多一百年以前的事情，其后到桂仲明作武当派掌门，在回疆传下的武当弟子亦甚多，十九都成为抗清的义士。比中原“正统”的武当派，更得江湖景仰。

陈天宇心中一凛，想道：“原来这批人是要去对付回疆的武当派弟子的。只是这和王瘤子又有什么关系？怎么要等他呢？王瘤子和武当派的雷震子是结拜兄弟，照说也该是这班人的敌人呀！”正自不解，只听得先前那人又道：“要对付武当派，非王瘤子来不行，咦，他怎么还不来，难道他真的被武当派拉过去了？”

那像是大哥模样的人笑道：“兄弟休要如此疑心，王瘤子是咱们崆峒派中杰出的人物，他苦心孤诣，故意与武当派的门下亲近，混了将近廿年，所为何来？不就是想窥破武当派剑法的秘密吗？只要咱们能够应付武当剑法的怪招，那么平定回疆之乱，就大有把握啦，王瘤子既然约咱们在此聚集，谅来不会失信。”又一人道：“今春他与他的两个把兄弟同来，有人见过，只是这几个月却又没了消息，不知有否意外？”先前那人道：“哪有这许多意外？”这人道：“莫不是被雷震子绊住，脱不了身？”那像是大哥模样的人道：“贤弟有所不知，雷震子此人一心记挂报仇，他才不会理朝廷的闲事。他与王瘤子同来，为的就是向萧青峰报仇，他们来了数月，想来这仇定已报了，雷震子还有不回去的么？王瘤子今春派人向我报信，就说过此事。说是他已想好借口，不和雷震子再回四川，要留在此间啦。”陈天宇听了，毛骨悚然，想不到江湖之上，有如此阴险之人，阴险之事！心中暗道：“若然这番话被雷震子得知，不知怎生感想？”陈天宇虽是满清驻藏官员的儿子，但他自幼受萧青峰熏陶，对清廷殊无好感。

月亮慢慢西移，下面诸人更是焦躁，“怎么还不来？”“王瘤子是怎么搞的？”“还等不等他？”各种疑问的声音，闹成一片。又有人叫道：“我就不信武当派的剑法有那么厉害，王瘤子不来，难道咱们就不敢去回疆么？”“不等他啦，不等他啦！”

喧闹声中，忽听得有人冷冷一笑，只见一堆乱石之后，突然跳出两人，走在前面那人，面上交叉两道刀痕，似笑非笑。在月光之下，更显得诡秘之极，可怖非常，此人非他，正是武当派第二代的第一高手、王瘤子的把兄雷震子；后面那人，提着一把大弓，手拂弓弦，铮然作响，正是峨嵋派的好手，雷震子的把弟崔云子。

十三个崆峒派门人一齐惊起，为首的名叫赵灵君，是崆峒派掌门人，抱拳道："呵，原来都是自己人，雷大哥，崔大哥，你们几时来的?"雷震子冷冷说道："来了许久啦!"赵灵君道："怎么不到这边来坐?"雷震子道："就因为不敢和你们攀自己人!"赵灵君面色大变，知道他们的说话已全被雷震子听去，料想今晚这一场恶斗，定所难免，当下向众同门打了一个眼色，朗声说道："雷大哥既然如此见外，那么请问雷大哥今晚到来，有何见教?"

雷震子道："我特来告诉你们，王瘤子今晚不能来，以后也永不能来啦!"赵灵君道："什么?"雷震子道："你们要找他，可得到地府去问阎罗王啦!"崆峒门人齐都震动，赵灵君喝道："哼，你杀害了他！还敢到这里报讯!"把手一摆，十三个同门兄弟，排成圆阵，将雷震子与崔云子围在当中。

雷震子昂首向天，哈哈大笑，冷冷说道："可惜我没有亲手杀他!"他做梦也想不到缔交近二十年的结拜兄弟，竟然是崆峒派派来"卧底"的奸细，神情悲愤，笑得极是凄凉。赵灵君怔了一怔，道："王瘤子不是你杀的?"崆峒众同门纷纷喝骂："还要抵赖?""不是你杀的又是谁杀的?""哼，你当我们崆峒派是好欺负的吗?"雷震子心高气傲，加以气恨之极，再也不加分辩，只冷笑道："王瘤子死有余辜，谁都可以杀他，你们若要报仇，冲着我来便是。"赵灵君大怒，戟手一指，阵势发动。雷震子冷冷一笑，与崔云子贴背而立，手起一剑，刷地便刺向赵灵君命门要穴。

赵灵君是崆峒派的掌门，武功自是非同小可，见雷震子来得势凶，左手一招，双指微弯，用崆峒派的小擒拿手法，勾雷震子的手腕，右手长剑一指，还了一招"弯弓射雕"，剑指兼施，只要雷震子攻势一发，就立刻制着先机。哪知雷震子的"达摩剑法"全不依常轨，只听得刷的一响，雷震子的剑势突然倒转，反手一挥，赵灵君的一个师弟，正好从右斜方攻上，恰恰给他一剑削中，肩头上连衣带肉，给他削了一块。

赵灵君挥剑急上，叫道："四方联攻，叫他腾不出手来。"崆峒派十三个弟子，分成三组，每组四人，如潮水般的倏进倏退，赵灵君则居中策应，专门防备雷震子的怪招突击。雷震子与崔云子贴背而立，挥弓连剑，寸步不移，指东打西，指南打北。陈天宇与幽萍从上面俯瞰下来，但见人影幢幢，尘沙滚滚，弦声铮铮，剑光霍霍，杀得个难解难分。

幽萍悄悄说道："雷震子剑法虽精，可惜未得达摩剑法的神髓。"陈天宇点了点头，道："雷震子大约还可支持半个时辰，崔云子却是难以应付。"崔云子的弓弦，本是蛟筋与乌金合练，可以拉断敌人的兵刃，算得是武林的一件异宝，但前次在萨迦给萧青峰的拂尘拂断，后来虽经驳续，功效却大不如前，同时使用这种奇门武器，若只是应付一个功力与自己相当的敌手，还可以在兵器上占便宜，应付群殴，却是难以发挥威力。

在这里聚集的十三个人，个个是崆峒派出类拔萃的人物，若然以一对一，虽然都不是雷震子的对手，但分组轮攻，却是抢尽上风。激战之中，赵灵君突然飞身跃起，长剑一招"横江断流"，从雷震子与崔云子的当中斩下，雷崔二人正在应付四方的攻势，给他这样当中一斩，无法抽剑防御，迫不得已的两边一分，说时迟，那时快，崆峒弟子立刻填了空档，将两人隔断，使他们再不能贴背而立，陷入各自为战的险境！

赵灵君哈哈大笑，指挥一众同门，将两人各自包围，雷震子仅能仗着怪招自保，剑势越来越施展不开；崔云子更是应付为难，只听得一阵阵叮叮咚咚的繁音密响，接着急促一声，声如裂帛，崔云子狂叫一声，左肩已中了一剑，弓梢也给利刃割裂。赵灵君喝道："崔老二，你不是主凶，掷下弓来，饶你不死！"

崔云子大笑道："叫我向你们这批鼠辈投降么？哼，我崔云子纵然弓折身死，也断不受辱！"雷震子叫道："好，这才是我的兄弟！"长剑一展，拼命冲刺，想突围而出，与崔云子会合，但给赵灵君截住，寸步难移。

陈天宇对雷、崔二人，本是甚无好感，观此一战，心中暗道："原来这二人也还有点骨气。"不禁起了同仇敌忾之心，再向下看时，只见两人形势更是危险，尤其是崔云子，虽然挥弓力战，那弓弦之声，却已沉哑。幽萍道："此人性命已在呼吸之间，喂，你不去助同门一臂之力么?"陈天宇道："怎么?"幽萍道："冰川天女的剑法源出武当，你学了冰川天女的剑法，也算得是雷震子的同门呀。"陈天宇道："好，咱们同去!"突然从岩石之后现出身来，叫道："雷震子你不要慌，我来救你!"

崆峒门人与雷崔二人都吃了一惊，抬头望时，只见一对青年男女从山上直跑下来，在中秋明月之下，看得清清楚楚，雷震子心上一凉，心道："我道是什么高人，原来是萧青峰的徒弟!"要知雷震子自负不凡，武功也确在萧青峰之上，连萧青峰也不在他的眼内，何况是萧青峰的徒弟?

赵灵君见这两人不过是十七八岁的大孩子，脸上稚气未消，蹦蹦跳跳地走来，哈哈笑道："你们知道天有多高?地有多厚?乳臭未除，就胆敢跑来送死!"雷震子也叫道："你们快走，陈公子，你报与你师父知道，我再不恨他啦!"

陈天宇道："就因为你不再恨我的师父，我才救你!"蓦地身形一起，疾似流星，一剑向赵灵君疾刺，赵灵君左手一带，右剑平出，要把陈天宇摔倒，哪料陈天宇的剑势比雷震子更怪，忽地剑锋一转，刷地便指到赵灵君胸前，赵灵君大吃一惊，幸他功力深湛，经验老到，立即后身一仰，施展"铁板桥"的功夫，头向后垂，几乎触及地面，但觉剑风掠面而过，顶上一片沁凉，饶是他闪避得宜，头发也给割去一绺，赵灵君身子一挺，急忙拍出一掌，陈天宇刚再出招，剑锋给他掌力一震，也自刺歪。原来陈天宇剑法虽强，功力未到，与赵灵君各有顾忌，心中都是暗暗吃惊。崆峒一众高手，见他们的掌门被一个少年弄得如此狼狈，不禁耸然动容。

赵灵君一跃而起，叫道："留心对付这个娃娃!"

幽萍一跃而上，纵声笑道："还有我呢!我要用暗器打你了，你也得留心应付呵!""暗器"本来就是要暗算敌人的一种暗器，天下打暗器之人，断无预先言明之理。赵灵君不觉又是哈哈大笑，道："你这小妮子有什么古怪的暗器，拿出来让我瞧瞧。"幽萍双指一弹，只听得嗤嗤的暗器破空之声，骤然袭到。赵灵君疑心这是梅花针，长剑一挥，舞起一圈银虹，护着身躯，忽听得"波"的一声，那颗形似珍珠的暗器，突被剑风震碎，一团寒光冷气，忽地发散开来，赵灵君首当其冲，不由自己地打了一个冷战。

这正是冰宫独有、世上无双的暗器——冰魄神弹，赵灵君功力虽高，给这股冷气一冲，也觉奇寒彻骨，刺体侵肤，大吃一惊，叫道："真是邪门，赶快围攻，叫他们腾不出手来！"幽萍双指疾弹，连发四枚冰魄神弹，打中三名崆峒门人，另一枚却给赵灵君用金钱镖打飞，这三名崆峒门人功力较低，更是牙关打战，身躯颤抖，额上沁出汗珠。幽萍心道："每人再奉送两枚冰魄神弹，他们就禁不住啦，呀，可惜，可惜！我没有多带。"要知冰魄神弹乃冰川天女从千丈冰窟之中，撷取冰魄精英，凝炼而成，除了在念青唐古拉山之冰峰之外，其他地方，根本无法再炼，幽萍随身只携有十多枚，这种暗器，又是一经打出，即自行消灭，化为乌有，故此打一枚就少一枚，幽萍也舍不得多用，略一迟疑，第二组轮攻的敌人，早已将她围住。

幽萍娇叱一声，立即拔出一把寒光闪闪的长剑，那四个围攻她的敌人又机伶伶地打了一个冷战，冰宫侍女每人都有一把冰魄寒光剑，乃是用冰峰特产的温玉，浸在寒泉之中，经过三年才炼成的宝剑，所以一出手便有一股冷气，威力虽不及冰魄神弹的骤然一击，但若没有练过内功的人，面对这团冷气寒光，也是难以禁受。

这十三个崆峒高手，功力虽有参差，但内功俱有根底，在冷气寒光闪击之下，虽觉甚不舒服，也还抵受得住，赵灵君当中指挥，仍用前法，将雷震子、崔云子、陈天宇、幽萍四人分隔开来，轮番抢攻。

陈天宇与幽萍施展冰川天女的独门剑法，指东打西，指南打北，每一招都是倏然而来，倏然而去，开头三五十招，杀得那些轮攻的敌人，个个胆战心惊，摸不清他们剑法的来路，更休说近身攻击了。赵灵君连连摇首道："邪门，邪门!"幽萍笑道："什么邪门?"冰魄寒光剑一指，剑尖一弹，又发出两枚冰魄神弹，赵灵君急发金钱镖，打飞一颗，另一颗却因力度用得不当，未曾打飞，先自炸裂，正正打中赵灵君的面孔，奇寒之气，竟然侵入了赵灵君的眼睛。

赵灵君有如触电，眼睛立刻睁不开来，幽萍乘机一招“冰河解冻”，挽了一个剑花，寒光剑一抖，一招化为三式，分刺上中下三路，这一手实是冰川剑法中最精妙之着，极能迷人眼目，叫他分不出攻势在哪一方，应付之时，便可能自行出错。幽萍长处冰宫，临敌的经验不多，又是少年好胜，意欲擒贼擒王，先把赵灵君刺伤再说，哪知一剑刺出，忽觉微风飒然，赵灵君的身形一晃之间，已从自己右边袭到，陈天宇要抢上救护，已来不及，只听得“啪”的一声，幽萍的香肩竟给赵灵君的掌锋扫了一下，冰魄寒光剑，几乎脱手欲飞，踉踉跄跄倒退几步。

原来这一招的妙处就全在迷乱敌人眼目，幽萍在急促之间，却想不起赵灵君的眼睛已睁不开来，不见攻势，不为所乱，赵灵君仍是照平常应敌之法，仗着数十年功力，使出崆峒“迷踪掌”的巧招，追着剑环响动之处，骤然出手，幸亏他看不清楚，只扫着了幽萍的香肩，否则再下移数寸，就要触及幽萍的酥胸，只这一掌就能叫幽萍重伤。

赵灵君一招得手，立刻倒跃数步，把眼睛一揉，只觉眼前白濛濛一片，景物模糊，又惊又怒，破口骂道：“好狠的贱人，非得把你的眼珠剜了，难消我心头之气!”指挥同门，自己也仗着“听风辨器”之术，围着幽萍强攻。幽萍在冰宫侍女之中，虽然是数一数二的人物，真实的本领与敌人到底相差还远，被赵灵君率众一阵强攻，立刻险象环生，只能仗着精妙的剑术与轻灵的身法，腾挪闪避，遮拦招架，再也腾不出手再发冰魄神弹。

陈天宇见状大惊，拼了性命，挥剑一阵连环疾刺，连使冰川剑法中的精妙招数，霎时之间，只见寒光匝地，剑势如虹，攻势凌厉之极。要知冰宫侍女虽得冰川天女传授，但却无一人学得齐全。陈天宇私学了密室石壁的剑法，又是从根本的功夫做起，所以反而比冰宫一众侍女，更得冰川剑法的精髓。一轮拼命抢攻，竟给他杀开了一条血路，与幽萍会合。这时崆峒门人所布的阵势，因要应付陈天宇与幽萍这两个新来的强敌，阵势微见散乱，雷震子与崔云子也冲出包围，会合在一处了。

这一来，四人分成两对，共同应付崆峒门人的围攻，双方形势，又告稳定下来。雷震子做梦也想不到，只仅仅数月的工夫，陈天宇的武功就精进如斯，看来竟已超出了他的师父。当下精神大振，达摩剑法使得进退自如，已与敌人有攻有守。崔云子的弓弦重又铮铮作响，与敌人打得难解难分。

月亮渐渐西沉，双方已斗了一个多时辰，形势又是一变……

雷震子、崔云子二人，在久战之下，已渐觉筋疲力竭，陈天宇与幽萍的剑法虽然精妙，究嫌功力不够，战了个多时辰，亦是只有招架的份儿。赵灵君运剑如风，霍霍进迫，怒声喝道："妖女，你可知道厉害了么？快将解药拿来！"赵灵君被冰魄神弹的奇寒之气侵入眼睛，虽然仗着本身的内功火候，可以暂时抵御，但眼珠麻痛，有如受利针所刺，极不好受，生怕时候一久，便成残废，故此着着进迫，要幽萍先将解药拿出。

幽萍佯作不知，笑道："什么解药？"与陈天宇双剑合璧，连挡开了赵灵君的三招杀手。赵灵君喝道："你拿不拿来？你若再不拿来，我就是眼睛瞎了，也能杀你！"左手揉眼，右手长剑一展，又是连下杀手，他双眼红肿，不住流泪，像绽开了的胡桃一般，同门见了，个个暗暗惊心。幽萍甚是俏皮，虽在危险之中，仍是发声冷嘲："哈，我早叫你留心，你不留心，怪得谁来？"她也学雷震子的模样，与陈天宇贴背而立，双剑相联，又挡了几招，笑道："我听说你们汉人是男子汉流血不流泪，呀，你却哭起来啦，不害羞么？"赵灵君大怒，痛下杀手，指挥四个同门，一齐进击，把陈天宇与幽萍的剑势压得施展不开。

只是冰川剑法精妙非常，迫切之间，未能击破，赵灵君大急，运足内功，痛下杀手，又过了十余二十招，陈天宇与幽萍呼吸紧促，被他们攻得透不过气来，看看就难以支持，赵灵君的眼珠更觉刺痛，面前一片模糊，双方都极焦急，正在紧张之际，忽听得有人曼声歌道："中秋明月宜同赏，剑气腾霄却为何？"歌声似是从很远之处传来，但却来得非常迅疾，歌声甫歇，只见一个白衣少年，已笑吟吟地来到面前。

这少年身法奇快，在场人等，无不吃惊，赵灵君横跃三步，手捏剑诀，道："阁下是哪条线上的朋友，请问有何指教？"白衣少年冷冷一笑，朗声说道：“我正是要教训教训你们，你们崆峒派也是武林的一大宗派，前代创业殊不容易，你上一代的掌门乌蒙道长门规甚严，也算得是位有道之士，到你的手上，却倒行逆施，不怕愧对列祖列宗么?”白衣少年看来不过二十来岁，说话却是一派老前辈的口气，赵灵君心头火起，仰天打了一个哈哈，反而冷笑道：“如此说来，阁下倒是想替我们崆峒派清理门户了?”白衣少年正容说道：“一点不错，我正是不忍见崆峒派葬送在你的手上，所以才不怕麻烦，要管管你们。”要知武林之中的规矩，清理门户之事只有本派的尊长才有权处置，若然别派的人要代为清理，那人就一定得是武林中德高望重的大宗师、老前辈，而今这白衣少年年纪轻轻，说话的口气却俨然以赵灵君的前辈自居，不但赵灵君被激得无名火起，所有崆峒派的门人，也无不恼怒。

赵灵君揉揉眼睛，哈哈大笑，长剑一指，道：“我忝为崆峒派掌门，要劳老前辈代为清理门户，实在惭愧！只是我赵某冥顽不灵，难以听你的教训，请恕小辈抗命啦!”崆峒门人，齐都大笑，笑那白衣少年狂妄不知自量。白衣少年不动声色，眼光一瞥，横扫全场，道：“你们真要我动手吗?”眼光如电，话语威严，一副执法者的口吻。赵灵君大怒喝道：“好小子，你活得不耐烦啦，快拔出剑来，看是你教训我还是我教训你?”白衣少年哈哈笑道：“对付你们，何须拔剑！天宇，你们都退出去，免得碍我施展。赵灵君，你把同门都叫上来，省得我多费手脚!”陈天宇应了一声，与幽萍双双跃出圈子。雷震子惊异之极，脸上一副疑惑的神情，心道：“这少年武功纵高，也未必能是赵灵君敌手；如今他却要独自对付崆峒派的十三名高手，莫非他是狂人么?”陈天宇急道：“雷大哥，快退!”雷震子与崔云子刚跃出圈子，只见崆峒十三名高手一涌而上，就在这同一瞬间，那白衣少年把手一扬，满空嗤嗤之声，不绝于耳，接着是一片惨叫之声，崆峒十三名高手，连赵灵君在内，一齐倒地，个个挣扎呼号，却是爬不起来。

雷震子目瞪口呆，只听得那白衣少年笑道：“赵灵君你服了吗?”赵灵君功力较高，强忍着疼痛，欠身坐起，说道：“多谢你的教训，我们若然不死，必当铭记于心，请教阁下尊姓大名。”他到底是一派掌门，惨败之余，还不忘交代几句场面说话。话中的意思其实是：若然不死，必当报仇。那白衣少年冷笑道：“你还想报仇，别做梦啦！你们十三个人，个个的琵琶骨都已被刺穿，死是死不了的，但再想逞能，那可是不行啦，好好回家去安分过活吧！”

此言一出，在场人等，又是大吃一惊！这少年在一举手之间，连伤十三名崆峒高手，已是骇人闻听，而所伤之处又都是琵琶骨的要害关节，那简直是不可思议。赵灵君不由自主地用手一捏，触手之处，琵琶骨果然碎了，只痛得他眼泪直流，百骸欲散，琵琶骨一穿，即成废人，纵有多强的武功，也施展不开，只能作寻常人所能做的体力操作了。白衣少年笑道：“饶你一死，还不知足吗？好好地回家过活吧。”赵灵君沮丧之极，低声说道：“还请阁下开恩。将暗器取出，让我们也开开眼界。”他连中的是什么暗器，尚未知道。

白衣少年微微一笑，嗖的一声，拔出一把精芒四射的宝剑，道：“刚才用不着他，现在可用得着了。”赵灵君胆战心惊，未及说话，只见那白衣少年把宝剑搁在他的肩上，轻轻一拍，登时似觉有一根长刺从骨头里跳出来，那少年双指一拈，在赵灵君眼前一晃，道：“瞧清楚了！”这暗器非金非铁，黑黝黝的好像一支短小的没羽箭，那少年又在剑上一弹，宝剑发出啸声，清越之极，赵灵君吓得面无人色，道：“这是天山神芒和游龙剑！”白衣少年笑道：“不错，你现在可知道我的来历了吧？”游龙剑是天山派的镇山之宝，佩有这把宝剑的人，不问可知定是天山派的嫡系传人。排算起来，天山派的现在掌门唐晓澜要比赵灵君高两辈，这少年若是他的衣钵传人，那么辈分就确在赵灵君之上。

那白衣少年依样施为，片刻之间，将十三根天山神芒尽行取出，又对幽萍说道：“他武功已废，不能为患，不必叫他眼盲了吧。”幽萍对这白衣少年佩服之极，道：“依你的吩咐便是。”取出专解奇寒之气的阳和丸，叫赵灵君咽下，道：“你好好回去静养三天吧。”

赵灵君揉揉眼睛，没精打采，有如斗败了的公鸡，向白衣少年施了一礼，在同门扶持之下，落荒而逃。白衣少年哈哈大笑，对陈天宇道：“这一仗真是痛快之极！你这小子也好造化，在冰宫住了三月，大非昔比了！”

陈天宇道：“你不是和冰川天女在一起吗？”白衣少年笑道：“她才不肯和我在一起呢。我正要向你打听她的下落。”幽萍急道：“那一日你不是和我们的公主比剑吗？”白衣少年道：“比剑之约，只有待之异日了。”幽萍道：“剑虽没比成，你总该见着她呵！”白衣少年道：“我未到冰峰之下，已发觉地震的预兆，我还会去送死吗？”陈天宇道：“那么说，你根本没见着她么？”白衣少年道：“你担心什么？我能逃得出，她岂有逃不出之理？那日我向北逃，见她的影子向南方逃走，后来火山爆发，熔岩迸裂，要找也不成啦。原来她还没有回到冰宫吗？”

陈天宇与幽萍听那白衣少年说曾见冰川天女逃走，稍稍宽心。那白衣少年道：“你们是要去拉萨吗？”陈天宇道：“是。”白衣少年沉吟半晌，忽地掏出一个锦盒，道：“你父亲在福康安那儿，就托你将这锦盒交给福康安，省得我多走一趟了。”陈天宇接过锦盒，正欲询问，那白衣少年笑道：“你只替我交到便是，对你的父亲大有好处。咱们后会有期，你也不必再问啦。”又对雷震子道：“你也该回四川了，见着冒大侠之时，请代我问候一声。”扬手道别，霎眼之间，人影不见。雷震子连遇异人，傲气尽消，目送那少年的背影，好久说不出话。

陈天宇等四人歇了一阵，天边露出曙光，四人分道扬镳，雷震子与崔云子回四川，陈天宇与幽萍去拉萨，一路无事。话休烦絮，这日到了拉萨，已是黄昏时分，街上行人熙来攘往，好不热闹。

陈天宇进到城内，便想向行人打听驻藏大臣福康安的总部所在，幽萍忽道：“何必忙在这一时，咱们先玩它一晚，看看拉萨的夜景，明天再去找你父亲也不迟。”陈天宇微微一笑，心道：“若然住进福大帅的官衙，要再出来玩可真是不能任意啦。”他曾答应过陪幽萍游览拉萨，这时只好践言，拉着幽萍的手，到处溜达。

拉萨是西藏的首府，亦是世界著名的高城，在海拔三千多公尺之上。拉萨城背向冈底斯山脉，四周的高山大岭耸入云霄，层层峰峦上白雪皑皑，街市中平顶的房屋与帐篷交杂，与内地城市的风光大不相同，从无数帐篷中传出点点烛光，更显出拉萨之夜的一种神秘气氛。倚山（葡萄山）建筑的布达拉宫的尖顶发出闪闪金光，在雪山映照之下，极为壮丽。幽萍道："咱们到那里去看看。"陈天宇笑道："这是活佛所住的宫殿，轻易怎能进去。我带你到下面的广场去看吧。"

布达拉宫下面的广场，是拉萨城一个热闹的中心，四周全是帐篷，中央有各种各式的小贩摊档，还有卖唱的、玩戏法的、耍杂技的，五光十色，目不胜收。幽萍长年住在冰宫，几曾见过如此热闹的人间景色，只觉那些灯色烟雾，比冰宫中的美景还要悦目。他们看了印度人的弄蛇妙技，又去看回疆来的哈萨克人耍的杂技，一个人表演吞剑，一个人表演吐火，表演吞剑的将一把长达三尺的利剑刺入口中，只露出一截短短的剑柄。幽萍道："咦，这人的武功岂非比那白衣少年还要厉害?"陈天宇道："这是假的。"话说未完，那人将剑拔出，轻轻一折，将利剑折为三叠，原来那是锡制的剑，可以折曲的。

幽萍看得嘻嘻哈哈，好不开心。忽觉有人轻轻地碰了她一下，把手一摸，那柄随身佩带的冰魄寒光剑竟然不见了！正是：

闹市神偷施妙手，冰宫侍女也惊心。

欲知后事如何？请听下回分解。

第十回　漠外隐神龙　高深莫测
荒山逢异士　虚实难知

幽萍这一吓非同小可，回头望去，只见陈天宇正抓着一个人，叫道："就是他！"冰魄寒光剑的剑鞘还隐隐在他罩袍底下露出。幽萍急忙上前抢剑，那人忽地哈哈一笑，往人丛中一钻，一溜烟地跑了，陈天宇手中却多了一件长衫。这一招正是扒手们惯用的"金蝉脱壳"之计。

陈天宇大叫"捉贼"，跟踪追拿。陈天宇轻功虽好，却远不如那人溜滑，一晃眼间，那人已溜出人丛。陈天宇撞得看热闹的东倒西歪，追出来时，只见那人已飞身跳上一座帐篷。在这种三教九流会集的露天市场，扒手抢东西乃是常见之事，看热闹的人也不以为意，反而骂陈天宇莽撞。

陈天宇与幽萍挤出人丛，只见那个扒手在帐篷上捧着冰魄寒光剑细心观赏，啧啧赞道："好剑，好剑！"幽萍大怒，与陈天宇双双跃起，也飞身跳上帐篷，那人翩如飞鸟，三起三落，已跳过几道帐篷，落在广场后面的空地。

陈天宇心中一凛：这扒手的轻功竟然不在他们之下！这广场是拉萨城内葡萄山下的一大片空地，布达拉宫就建在山上。这扒手奔上山坡，却不是朝着布达拉宫的方向，而是向西南方落荒而逃。陈天宇与幽萍紧紧跟踪，总是距离数丈之地，追他不上。陈天宇暗暗惊奇，道："此人恐怕不是寻常扒手！"幽萍道："管他是什么人，他把我的宝剑偷去，我就放他不过。"

扒手在前，两人在后，风驰电逐，再追片刻，已从山前追到山后，追入旷僻的山地，山上布达拉宫的灯火，隐隐照见那人的背影，陈天宇叫道："这位朋友，请别戏耍啦！"那人不理不睬，一股劲地往前飞逃，冰魄寒光剑握在他的手中，正好借着宝剑的光芒给他照路，追了一阵，双方的距离更远了。

忽然那扒手又停了下来，只见前面一座房屋透出灯火，房屋形式甚怪，好像帐篷一样，不是常见的方形房屋而是圆形的，四周围有围墙，气派不小。那扒手奔到圆屋之前，纵身一跳，跳上围墙，避进屋内。

幽萍道："原来这里竟是强盗窝。"飞身跟入。陈天宇想劝她不可造次，已来不及，只好跟她进去。

眼睛一亮，只见大厅上点着两行粗如儿臂的牛油烛，照得如同白昼。厅上坐着一位穿着满洲服饰的武官，那扒手将冰魄寒光剑捧上，武官抽出来一看，"咦"了一声道："不错，是这把剑。那女子也来了吗？"

冰魄寒光剑名符其实，一离剑鞘，便是一片寒光，寻常人只要被这寒光冷气一冲，立刻便会晕倒。这军官却视若无事，把寒光剑在面前晃来晃去，连"乞嗤"也不打一个。

幽萍翩如飞鸟，掠上台阶，叫道："还我剑来！"那军官盯了她一眼，道："这剑是你的吗？呀，不对呀！"幽萍道："什么不对？"那军官眯着一双眼向她上下打量，道："你再走两步看看。"幽萍大怒，纵身一跃，一扬手就是两枚冰魄神弹，分打军官与那扒手。那军官身法好快，只见他一伸手，就抢在扒手的前头，用"千臂如来"的接暗器手法，将两枚冰魄神弹都接到手中。冰魄神弹给他一捏，都在掌心爆裂了，一缕缕寒气在他指缝之间透出。

幽萍冷笑道："你知道厉害了么？还敢不敢要我的宝剑？"冰魄神弹的寒气，离身数尺，就已刺体侵肤，何况在掌心捏碎？幽萍只道他定然禁受不住，必要讨饶，哪料这军官把手掌一摊，随手在衣上一揩，将冰水抹干，"咦"了一声道："这暗器倒有点邪门，幸亏是我，要是别人，不冷死也得大病一场。"

陈天宇不由得心中大骇，这军官手捏冰魄神弹，仍是若无其事，这份本事，看来不在白衣少年之下。他正欲上前行礼，幽萍已

幽萍翩如飞鸟，掠上台阶，叫道："还我剑来！"……

欺身急进，左掌一挥，右掌划了一个圆弧，掌势飘忽，似左反右，这是达摩掌法中一个厉害的擒拿招数，那军官摇摇头道："越发不对了！"手臂一伸，倏地抓下。陈天宇大吃一惊，看这军官出手，凌厉无比，只恐幽萍受伤，心急之下，不假思索，飞身一掠，拔剑便刺。那军官道："好俊的功夫，后辈之中，也是不可多见的了！"口中说话，手底不缓，左臂又倏一伸，陈天宇只觉手指一松，长剑已给他夹手抢去，人也被他抓着。

那军官双手齐出，将陈天宇与幽萍都抓了起来，随手一掷，两人还未叫出声音，都已被他轻轻地掷落一张有靠背的椅上，端端正正地坐着，丝毫也没有受伤，力度用得之妙，真是不可思议。

陈天宇与幽萍睁大了眼，只见那军官微微一笑，道："这两把剑还你们不难，但你们可得实说，究是何人？"陈天宇道："家父是萨迦宣慰使陈定基。"那军官呵呀一声道："原来是陈公子，适才得罪了。"又问幽萍道："你呢？"幽萍赌气不答，那军官道："适才冒犯，实是出于一场误会。我以为你是另一个女子，谁知你和她所用的宝剑，虽然相似，你的武功却与她差得太远！所以我连说不对，不对。"此言一出，陈天宇与幽萍都跳了起来，幽萍抢问道："你见到什么女子了？"那军官道："你到底是她什么人？"幽萍道："我是她的侍女！"那军官点了点头，道："唔，这就对了。那你的主人又是何人？"

幽萍不知这军官是何等样人，心中拿不定主意，那军官道："我姓龙，名叫灵矫，排行第三，朋友嫌我的名字难记，都叫我做龙三。陈公子想必听过我的名字？"陈天宇心中一凛，原来眼前这位其貌不扬的军官，就是福康安帐下的第一奇人——龙三先生。

陈天宇曾听父亲说过，说福大帅帐中，有一个不露面的神秘幕客，人称龙三先生，官衔只是参赞，但福大帅却对他言听计从，边疆的许多措施，都是出于他的计划。据说此人本领之高，不可思议，福康安在情况最复杂的拉萨做驻藏大臣，几年来全无风险，得龙三之力不少。但龙三之名，也只是福康安手下的若干要员知道，外间知者绝少。即如萧青峰与陈天宇谈起时，对龙三的本事，也极表怀疑，认为真有大本事的人，必不会在福康安手下做一个小小的参赞。陈天宇也认为师父说得有理，但后来在冰宫之时，与铁拐仙谈论当今的武林奇士，提起龙三，铁拐仙却大为佩服，说龙三真是如神龙见首不见尾的神秘人物。当时陈天宇曾问起龙三的事迹，但铁拐仙却不肯多说，只说若有一日能够下山，那时他也许要带陈天宇去会一会他，可惜等不到下山，铁拐仙就已死了。

今日陈天宇目睹龙三的武功，始知名下无虚，不由得大为佩服。龙三笑道："怎么，可以将你主人的名字见告了吧？"幽萍仍不知龙三是何等样人，眼光闪烁，主意不定。陈天宇道："你几时见过那个女子的？"龙三道："你也认得她的主人吗？"陈天宇道："她的主人便是冰川天女！"

龙三脸上掠过一丝惊异的神色，道："嗯，原来是冰川天女，我还以为冰川天女只是神话传说中的人物，原来真有其人！"幽萍道："你几时见过她的？"龙三道："就在前三天晚上。"陈天宇道："怎么见着的？"龙三道："她到我这里拿了一件东西去。"幽萍冷笑道："她会拿你的东西？"言下之意，不大相信。

陈天宇道："什么东西？"龙三避而不答，道："也不是什么要紧的物事，但我不愿让她拿去，可惜当时留不住她。"原来前三天晚上，有一个女子到龙三的家中盗去了一份龙三所拟订的、驻藏大臣准备怎样去迎接金本巴瓶的计划，那女子轻功超妙之极，龙三赶出去和她动手，她出手如风，手上的宝剑，又寒光闪闪，刺人眼目，龙三和她交手五招，占不了半点便宜，在寒光闪烁之下，面貌还未曾看得清楚，那女子忽地格格一笑，道："神龙妙技，亦不过如此！"突然一记怪招，将他逼退，飘身走了。这女子的怪异行径，令见多识广的龙灵矫也捉摸不定，故此才有今日的一场误会。

陈天宇与幽萍听了龙三先生的叙述，各有所思，陈天宇心道：这女子必是冰川天女无疑；幽萍却想道：冰宫中什么奇珍异宝没有，咱们的小公主岂会看上尘世的东西？冰宫多宝，许多异派中人闻风觊觎，这人想必是不怀好心，故意捏造这一番说话，想套取口风，探听咱们公主的秘密。她哪里料想得到冰川天女所盗取去的文件，比什么奇珍异宝都重要得多。

幽萍神色有异，龙灵矫是何等样人，早看出她的疑心，便也不再多问，将冰魄寒光剑发还给她。陈天宇正待告辞，龙灵矫忽道："陈公子，你们如不嫌蜗居屈膝，就请在这里住宿一宵。明日我和你到福大帅官衙，你爹也会在那里的。"陈天宇问道："家父也住在衙门里吗？"龙灵矫道："不，他在外边租有房子，明日是福大帅约他谈话，听说他很快就可以再回萨迦了。"

第二日一早，陈天宇龙灵矫去见福康安，留下幽萍在龙家等候。驻藏大臣的衙门就设在拉萨市中心的大昭寺附近，路上龙灵矫问起冰川天女的一些事情，陈天宇尽自己所知的说了，龙灵矫更是暗暗称异。

到了府衙，龙灵矫叫陈天宇在签押房稍候，过了一阵，里面的侍从传出话来，叫陈天宇进去。陈天宇踏上石阶，便听得龙灵矫的笑声道："陈大人，我说你今日有意外的惊喜之事，你不相信，你看是谁来了？"陈天宇走进屋内，只见一个年约四旬的满洲贵官坐在中堂，双目炯炯，眉宇之间却似隐有重忧。坐在这贵官旁边的人，正是陈天宇的父亲陈定基。

陈定基喜出望外，叫道："宇儿，快来拜见福大帅。"陈天宇依官场之礼，见过了福康安之后，侍立在父亲身边。福康安望了陈天宇一眼，道："令郎一表人材，雏凤清如老凤声，将来的功名富贵，我看定在老大人之上，可喜可贺呀。"陈定基道："全仗大帅栽培。"陈天宇对这套官场应酬，心中甚是厌烦，不待福康安问话，便道："福大帅，有一个人托我带一件东西给你。"

福康安诧道："有人托你带东西给我？什么东西？"陈天宇从怀中掏出白衣少年给他的那个锦盒，双手捧上，福康安打开锦盒，内里乃是一份文书，福康安展开一看，面色倏变，忽地按着那份文书，问道："这是谁交给你的？"面上现出又惊又喜的神情。陈定基惴惴不安，望着儿子。

陈天宇道："是一位在路上相遇的少年书生托的。"陈定基不知这是什么东西，心中暗骂儿子荒唐，怎好随便将陌生人所托的东西交给福康安。福康安却并不发怒，只向龙灵矫招一招手，示意叫他来看，龙灵矫瞥了一眼，道："福大帅，你的心事可放下来了，哈，陈公子，你这位朋友可帮了我们不少忙呀。"

陈定基莫明所以，只听得福康安道：“这事情奇怪透了，陈兄，你说实话，你那位朋友是什么人？”陈天宇道：“萍水相逢，我还未知道他的来历。”龙灵矫道：“那还用说，定然是位大有本领的人了，但据我看来，这文书不是他盗的。”福康安道：“怎样见得？”龙灵矫道：“若然是他所盗，他就不会转弯抹角地托人送回来了。”福康安沉吟不语，龙灵矫道：“这类的江湖异人，行事多出人意外，我看陈公子所说的也是实情，大帅不必查问了。咱们正有用着陈公子之处呢！”福康安瞿然说道：“不错，咱们还是商量怎样迎接金本巴瓶的事要紧，陈兄，请坐。”

陈定基按捺不住，问道：“敢问大帅，那是什么文书？”福康安道：“是皇上御制，八百里加紧送来的诏书。”陈定基“啊呀”一声，面如土色。既然是这样紧要的文书，何以会到了陌生人的手上，而且又转到了自己儿子的手中？心中七上八落，不知是祸是福。只听得福康安又道：“诏书上写明由京中护送来的金本巴瓶，将经由哪条路线，每日在何处歇宿的日程也写得清清楚楚，按这日程，准定在明年大年初一，送到拉萨。要我们郊迎五百里，送到拉萨之后，将供奉在大昭寺，一应仪式，也都在诏书上注明了。我自上次的邸报，已知道金瓶即将离京，正在焦虑，何以这份诏书还不见送到，又不敢请示，现在可安心了。”

陈定基吓得冷汗都流出来，怔怔地望着那个锦盒，又看看儿子。只听得福康安续道：“只是如此一来，显明这份诏书曾在途中被人劫了，送诏书的侍卫，下落也还不知，将来皇上追究，这罪名也着实不轻。”龙灵矫道：“大帅放心，这份诏书已到了我们手上，将来待侍卫到时，咱们就当是他送来的好了。他也怕担当不起护卫不力的罪名呵！这诏书曾在中途失去的事情，一定不会让皇上知道的。”福康安道：“你怎知那道诏书的侍卫是死是生？”龙灵矫道：“若然是死，依照江湖上的规矩，既然送来锦盒，盒中还当附有匕首或其它报警的东西。”福康安“哼”了一声，对这种江湖上的规矩，他实在不大相信，但事已如此，也只好由之了。

龙灵矫道：“我倒是担心，金瓶会不会在中途失事？”福康安道：“一定不能出事！若然出事，我们驻藏官员的头，都要被砍掉！

龙先生，你看，咱们好不好仍按照原来的计划迎接金瓶？”他可不知，这计划的草案，也已经给冰川天女盗去。若然知道，恐怕更要吓死。

龙灵矫沉吟半晌，忽地瞥了陈天宇一眼，道：“仍按原来的计划迎接金瓶，只是略有修改。”福康安道：“怎么修改？”龙灵矫道：“原来的草案，是由我襄助大帅，坐镇拉萨，主持大典，现在改为由我去迎接金瓶。”福康安眼光闪动，神气迟疑。要知龙灵矫是他倚为左右手的人物，若然不在身边，他生怕会有危险。龙灵矫道：“若有不逞之徒欲劫金瓶，多半会在中途动手，拉萨警卫森严，当可无虑。我另派师弟侍候大帅，纵有飞贼，想他也能应付得了。”龙灵矫的师弟名叫颜洛，就是在市集之中，施展空空妙手，偷去了幽萍的冰魄寒光剑，将他们引进龙宅的人。此人功力虽远不如师兄，轻功却有特殊的造诣。福康安虽觉师弟不如师兄，不大放心，但权衡利害，欲要保证金本巴瓶能够安全到达拉萨，也确乎需要有龙三这样的人物去主持，只好点了点头。龙灵矫道：“到时还要请陈公子襄助。”陈定基忙道：“小儿懂得什么！”龙灵矫笑道：“知子莫若父，陈公子有一身惊人的技业，陈大人还要替他客气么？”福康安道：“龙先生推荐的一定错不了，好，就这样办吧。”陈定基推辞不了，只好和儿子谢恩。

龙灵矫微微一笑，道：“还要麻烦陈大人。”陈定基诧道：“我是一介文官，能做什么？”龙灵矫道：“到时我和陈公子率领数骑，走在大队之先三十里，替你们探道。陈大人率领一千精兵，郊迎五百里，就请福大帅即行委派陈大人做迎接金瓶的专使。”陈定基道：“龙先生，这、这不是开玩笑吗？我怎么会带兵？”龙灵矫道：“又不是去打仗，既不必你去冲锋，又不要你来布阵。领兵还有什么不会的吗？陈大人是翰林出身，熟识朝廷礼仪，由你做郊迎金本巴瓶的专使，那是最适当不过的了。”

按理来说，陈定基只是萨迦宗一个地方的宣慰使，不过四品文官，实在还没有资格做迎接金瓶的专使，只是福康安对龙灵矫言听计从，而且见龙灵矫先请派其子，再请派其父，其中大似含有深意，再想起那诏书是由陈天宇交来，送诏书的人虽然未必就是想劫金瓶的人，但也一定有些关联，现在由陈定基做迎接金瓶的专使，若有差错，唯他是问，那送诏书的人既是陈天宇的朋友，陈天宇也就不敢不尽力保护金瓶了。

福康安略一思量，立刻决定，叫记室写了委任的文书，笑道："陈大人远谪穷边，多年来深受委屈了。这回去迎接金瓶，上达天听，事情过后，恢复原职，甚或升迁，都有希望。这正是一个好机会呀。"陈定基想想也是道理，虽觉责任重大，也只好硬着头皮接受。龙灵矫又笑道："陈公子有什么有本事的朋友，到时也请帮忙。"此言暗指幽萍，陈天宇听了，不觉心中一凛。

这刹那间，陈天宇由幽萍而联想到冰川天女，暗自寻思："铁拐仙劝她去劫金瓶，白衣少年劝她去保护金瓶，她都没有答应。可是她又到龙家去偷文书，虽不知那是什么文书，但想来和金本巴瓶定有关系。若是她来劫瓶，这却如何是好？难道幽萍与我还能与她作对吗？"只是父亲已答应担任迎接金瓶的专使，陈天宇也只有答应了。

计议已定，福康安端茶送客，陈定基带了儿子，告辞出衙，一路上又惊又喜，对儿子道："此事情真是万万料想不到。我来到拉萨之后，屡次进谒大帅，请他拨款重修宣慰使的衙门，并增派武官防卫，否则便请他将我免职，让我告老还乡，他却既不准我辞职，又不允我所请，一拖就拖了几个月，弄得我顶着个萨迦宣慰使的空衔，却变成了在这里跑衙门、吃闲饭的人。真真没有意思。想不到今日无端端却委派我做迎接金瓶的专使。"陈天宇道："既然推辞不了，那么咱们只有小心去做就是。萨迦的情形怎样？"陈定基道："宣慰使的衙门被那场火毁了十之七八，我又不在衙门，土司更是无所顾忌，擅作威福了。不过他对你倒好像念念不忘，上月他还派人向我一再查询你的消息。"陈天宇想起土司迫婚之事，不觉苦笑。

陈定基所租住的房子距离总衙不过两条街，片刻就到，那是普通的两进民居，陈定基宦囊有限，只雇了一个看门的人，里面四壁萧条，与宣慰使衙门的气派，相差极远。陈天宇随父亲走入后进厅房，打开房门，忽见一个少女，笑盈盈地立在当中，正是冰宫的侍女幽萍。

陈定基吓了一跳，陈天宇忙道："这位姑娘就是和我同来拉萨的人。嗯，你是怎么来的?"幽萍笑道："我不耐烦在龙家等候，便向他家的人要了你们的住址，自己摸来了。这位老人家是尊大人吗?"依照汉人礼节，福了一福。陈定基一看，这少女花容月貌，刚健婀娜，比那土司的女儿不知胜过几许，心中想道：这女娃子配宇儿倒是不错，只是行事太过神出鬼没了。

陈天宇见父亲怔怔地看着幽萍，笑道："爹，她是仙女呢!"幽萍道："呸，胡说，胡说!"一付娇憨神态，陈定基眉开眼笑，道："真的像一位仙女。"幽萍道："老爷子也拿我取笑，我不依!"陈天宇道："爹，她真的是仙女呢。你听我说说她的故事。"当下将冰宫中的遭遇与这几个月来的经历，都告诉了父亲。只听得陈定基目瞪口呆，真像听一个神仙故事一般。

自此幽萍便在陈家居下，他们暗中寻访冰川天女，却是总无消息，不知不觉到了隆冬腊月，福康安已定下期限，要他们去迎接金瓶了。

依照原来的计划，陈天宇随龙灵矫先一日出发，幽萍亦和他同行。陈天宇将心中的顾虑对幽萍说了，幽萍笑道："若然咱们的公主来到，她要劫金瓶我便助她劫金瓶。到时你快快逃开，我不打你便是。"陈天宇想起，更是担心。

龙灵矫选了三匹藏马，十二月十五动身，准备在二十三赶到丹达山口与北京护送金瓶来的人会合，丹达山口南行百余里之地，地势险峻无比，盗匪如毛，最易出事。

一路上龙灵矫与陈天宇甚为相得，幽萍却对他不大理睬，隆冬腊月，山野雪盖，极是难行，幸得陈天宇的武功已是今非昔比，要不然真是难以抵受。

龙灵矫每一处都细心察视，又加上山路险峻，所以虽有良马，亦不过日行百里。走了七天，才进入丹达山的山区地带，龙灵矫松了口气，说道："行过这一段山路，明日一早便可以到山口和他们会合了。"陈天宇道："京中不知派谁来送金瓶?"龙灵矫道："听说是由和硕亲王主持，大内的八大高手也全都来了。"陈天宇道："这八大高手的本事如何?"龙灵矫笑道："够资格称为大内高手的，大约总不该在你我之下。”看来他也并不怎样把这八大高手放在眼内。

前面两峰相夹，山道盘旋，愈走愈窄，走过一个山坳，忽见前面三骑健马，排成一线，马上骑士都是一色黑色衣裳，头上戴的也是黑色的毡帽，在雪地里黑白相映，甚是抢眼。前面那骑的骑客偶然回头，陈天宇一瞧之下，不觉吃了一惊，此人非他，正是在日喀则客店之中曾见过的陕甘大侠麦永明。陈天宇知道麦永明是要抢金瓶的，心中暗暗叫糟。在日喀则之夜，陈天宇没有露面，麦永明看了他们一眼，好像不很注意，只是催同伴紧紧相连，提防坐骑跌倒。

陈天宇悄悄说道：“前面那骑是陕甘大侠麦永明。”龙灵矫笑道：“你认识的人倒不少。麦永明虽有陕甘大侠之名，倒不怎样扎手，后面那两骑却厉害得多。”陈天宇道：“他们是谁?”龙灵矫道：“瞧这背影，似乎是终南派的两位高手，武氏兄弟。”陈天宇又吃了一惊，他曾听铁拐仙谈过当代英侠，这武氏兄弟乃是顺治年间武元英大侠的重孙，他们的祖姑婆便是天山七剑之一的武琼瑶，他们这一家一向隐居在终南山，不料而今竟也来到西藏。

前面是连接两座山峰的一条羊肠窄道，忽听得马铃叮当，一骑阿拉伯种的高头大马飞奔而来，骑在马背上的人披着一件大红袈裟，更是触目，幽萍和陈天宇都失声叫道：“嗯，是他!”这人正是曾两闯冰宫，打死铁拐仙的那个红衣番僧！陈天宇惊奇之极，当日他分明受了重伤，师父说他非过三年五载，不能恢复，如今不过仅仅过了四个月，看他神态，已是威猛逾前。

那红衣番僧一声吆喝，放马奔来，麦永明闪避不及，几乎给他撞倒，麦永明大怒，呼的一掌朝他马头一斩，那番僧手臂一抬，麦永明身躯凌空飞起，说时迟，那时快，只见武家兄弟在马背上一纵，四掌齐推，那番僧大叫一声，跌下马来，劈面就是两拳，武家兄弟骂道：“好个不讲理的东西!”两兄弟心意如一，倏地转身大喝——一个飞起左腿，一个飞起右腿，那番僧手掌一按，旋身变招，忽听得那匹阿拉伯马一声狂嘶，原来是受了惊吓，竟然失足跌倒，翻下山坡，下面是百丈深谷，峻岩嶙峋，乱石如笋，跌下去定然粉身碎骨!

那番僧呆了一呆，忽见武家兄弟飞身疾起，一个拉着马的右面后蹄，一个拉着左面后蹄，竟然硬生生地把一骑健马拉了上来，两兄弟把马抬起，往后一掷，力度用得甚巧，那马也是良马，落在地面竟然没有受伤。

武家兄弟显了这一手非凡的武功，番僧一看，知道讨不了便宜，把刚刚发出去的掌式，倏地一变，单手在岩石上一按，身躯也凌空飞起。这时麦永明已安安稳稳地落在马背上，正想出手阻拦，武家兄弟道："麦大哥，让这厮过去。"麦永明一低头，只听得呼的一声，红衣番僧庞大的身影已从头顶掠过，落在那匹阿拉伯马的背上。

龙灵矫笑道："这番僧武功不俗，若然以一敌一，武家兄弟讨不了便宜。"陈天宇见着杀师仇敌，气红眼睛，那番僧骤然见着他和冰宫侍女，也吃了一惊，马鞭啪的一响，又朝他冲来。

陈天宇反手拔剑，在马背上挽了一个剑花，忽听得龙灵矫用尼泊尔话骂道："秃驴，滚开!"出手比陈天宇的剑招更快，只见他一个顺手牵羊，便把红衣番僧从马背上提了过来，猛地向后一摔，阿拉伯马仍然向前冲去，这番僧武功也确是高强，在半空中一个扭腰，竟然在毫无凭借之下，使了一个"鲤鱼翻身"，又落在马上。只是他接连受了两个挫折，亦已垂头丧气，不敢再逞威风。将那匹马勒着，怔怔地望着龙灵矫。

龙灵矫不再理他，催陈天宇快走，陈天宇狠狠地盯了那番僧一眼，龙灵矫道："这番僧和你有仇么?"陈天宇道："不错，他是我杀师的仇人。"龙灵矫颇感诧异，心道："这番僧的武功虽较陈天宇为高，但只不过胜在功力而已，以陈天宇的武功而论，奇招妙着，连我也未见过。他的师父必然是武林中顶尖儿的人物，何至于被那番僧所杀?"无暇多问，只道："现下不是报仇之时，快快走吧。"陈天宇只好跟着龙灵矫策马前行。这时前面那三骑已过了对面的山坳，武家兄弟回头望望他们，神情也是甚为诧异。

龙灵矫道："好，跟着前面那三骑，但也不要相距太近。"陈天宇道："龙先生，你刚才用的是什么手法?"龙灵矫笑道："也不过是极寻常的顺手牵羊招数而已。那番僧若不是目中无人，横冲直闯，也不至于被我借力打力，只一招就将他摔个筋斗了。"龙灵矫说得甚为谦虚，但一式普通的招数，竟被他使得出神入化，武功之高，确是骇人闻听，陈天宇不由得更为佩服。

走了一阵，后面马铃又响，只见那红衣番僧拨转马头，远远地跟在背后。陈天宇道："这秃驴是尼泊尔的国师，他便是想劫金瓶之人。"龙灵矫道："不要理他，凭他这点武功，不足为患；前面只恐还有更厉害的人物，咱们多加小心。"说话间，忽见前面三骑一齐停下，龙灵矫急叫陈天宇和幽萍勒马，在相距十余丈之地，驻马而观。

只见山坳口一个枯瘦僧人，面容黝黑，一付印度的苦行僧模样，倚着岩石，地下放着一个破盂，还有一根竹杖，那苦行僧正伸出手来，似是向前面三人抄化。

麦永明与武家兄弟相对看了一眼，武老大道："好，给他！"麦永明摸出一锭大银，向盂钵一丢，那苦行僧咕噜咕噜地讲了几句，忽然伸出手来，朝麦永明的头顶一摸，龙灵矫笑道："这僧人给他赐福哩。"麦永明似乎不明白这是印度僧人的祝福仪礼，肩头一缩，那苦行僧的手掌缓缓落下，却仍然按到麦永明肩上，这刹那间，麦永明浑身有如触电，跃出丈许，大声叫道："邪门，邪门！"

武氏兄弟叫道："好，我也随缘乐助。"两兄弟都摸出了一把碎银，向那僧人掷去，那僧人双袖一扬，两把碎银尽入他的袖中，那僧人双袖一摆，将碎银都倾了出来，倒入盂钵。武氏兄弟用的是天女散花的暗器手法，加上他们的劲力，这两把碎银，比十几枝金钱镖同时齐发，还要厉害得多，不料这苦行僧却视若无事，一扬手就都接了过去，两兄弟都不禁呆了。

只见那僧人缓缓行来，双手一伸，又要给武家兄弟"赐福"，武家兄弟急道："不劳多礼！"同以大力金刚手法往上一挡，只觉触手之处，其软如棉，丝毫无可着力之处。两兄弟吃了一惊，陡然间，只觉一股潜力推来，两兄弟急忙收劲，跃出丈许，试一个呼吸，知道并没受到内伤，不取多所纠缠，急忙乘马而去。

龙灵矫牵马前行，那僧人咕噜咕噜地说了几句，又伸出手来抄化。龙灵矫道："这两个小娃娃没钱，都由我出吧。"那印度僧人道："随缘乐助，多少不拘。"陈天宇一怔，这苦行僧竟然会说汉语。只见龙灵矫也摸出一把碎银，像武家兄弟刚才那样，向那苦行僧掷去，陈天宇与幽萍都感奇怪，明明那武家兄弟已吃了亏，何以他还是用这手法？正是：

惊见风波平地起，奇僧异士显神通。

欲知后事如何？请听下回分解。

第十一回　峻岭连骑　书生施妙手
神弹却敌　天女护金瓶

龙灵矫把手一扬，像武家兄弟一样，仍用“天女散花”手法，将一把碎银向那僧人掷去，那僧人双袖一展，只见碎银如雨，尽落入宽袍大袖之中，忽听得“嗤”的一响，僧袍竟给一块碎银从内而外划破了一道裂缝，收入的碎银又有一半漏了出来。

原来龙灵矫的发暗器手法怪异非常，一把碎银，在抖手之间同时发出，却参差不齐，劲力不一，而且其中有一块碎银竟给他双指夹磨，捏得似金钱镖一般大小，四边锋利，故此能将僧袍划破，陈天宇看不出其中奥妙，那苦行僧却是大吃一惊。

苦行僧干笑一声，道：“好功夫!”双手一伸，手心缓缓向下，又要给龙灵矫“赐福”，龙灵矫微笑道：“不敢当，不敢当!”手腕一翻，轻轻一挡，两人都如触电般斜跃几步，龙灵矫还了一礼，一声胡哨，催陈天宇与幽萍快走，那僧人把碎银捡起，都放入盂钵，仍然像初见时的模样，瞑目垂首，倚着山壁，又在等待第二位施主。

陈天宇惊奇不定，问龙灵矫道：“这僧人是什么路道?”龙灵矫眉头一皱，道：“但愿他不是为金瓶而来。这僧人练的是印度最上乘的瑜伽气功，不在你们中土正宗的玄门内功之下，要是他也插手进来，倒是我的一大劲敌。”说话之间，走过了两处山坳，忽听得后面那红衣番僧一声大叫，回首望时，只见他伏在马背上，竟然抬不起头来!

龙灵矫笑道：“这番僧定是逞凶恃强，被那苦行僧‘赐福’了。”陈天宇道：“这苦行僧的‘赐福’倒好像考官出题考试一样，凡经过他面前的人，一个个都要给他伸量。这行径真是怪得可以。”幽萍笑道：“若然是冰川天女到来，定有苦头反过来让他尝尝。”龙灵矫默默若有所思，并不答话。

这一晚，他们就在丹达山中搭篷夜宿，第二日一早起来，前后瞭望，红衣番僧、麦永明和武氏兄弟的踪影都不见了，龙灵矫长吁一声，看看天色，道：“咱们快在日出之前，赶到山口等候金瓶！”

三人催马前行，赶到丹达山峡谷的谷口，日头刚刚升起，龙灵矫道：“你们在这儿稍候，我到前面看看。”话犹未了，只听得峡谷内马蹄奔腾之声有如波浪般的涌到，龙灵矫微微变色，“咦”了一声，道：“这倒奇了，按照日程，从北京护送金瓶来的人要中午时分才到这儿，怎么他们提早来了。”说话之间，前面尘头大起，马匹骑士，均已隐约可见，陈天宇心头乱跳，既怕金瓶出事，连累他的父亲，又渴望冰川天女能果如所料的在此出现。

那峡谷形如喇叭，里窄外宽，护送金瓶的御林军排成两列，浩浩荡荡，有如长龙出洞，旌旗蔽日，万马嘶鸣，军容极壮，行列中一面迎风飘荡的杏黄旗，后面四张黄罗伞盖，导着四匹一色的白马，缓缓前行。令人一看，就知道那四匹白马之中，必然有一匹驮着金瓶。

陈天宇道：“专使未来，咱们要不要先上去迎接？”龙灵矫道：“且待片刻。”御林军前列刚出到山谷喇叭口，猛听得一声大喝，山腰里窜出一伙人来，为首的正是那红衣番僧。只见他手挥禅杖，像凶神恶煞般地当先冲入，禅杖呼呼乱扫，专打马足，后面六名尼泊尔武士，各持一式的月牙弯刀，给他掠阵。御林军人仰马翻，前列队形，登时大乱。

队伍中抢出两名军官，一使铁拐，一使单刀，急急上前堵截，那番僧正打得高兴，猛听得金刀挟风之声，分从两侧袭到，那番僧一个盘旋，禅杖盘空一舞，将铁拐单刀同时荡开，但那番僧使了十分力量，这两股兵器，却也并没脱手。只听得那两个军官怒声喝道：“好大的胆子，凭你这几个番贼，就敢来抢劫金瓶！”把手一挥，御林军阵形一变，用强弓射住阵脚，将六名尼泊尔武士挡在外围，两名军官与那红衣番僧便在核心恶斗。

龙灵矫等三人在岩石后面观战，陈天宇道："咱们该去助阵了吧?"龙灵矫道："且看看大内八大高手的本领。"只见那两名军官拐去刀来，铁拐起处有如蛟龙出海，单刀飞舞，俨如匹练横空，确是高手；但那番僧的禅杖呼呼乱扫，力大招沉，每一杖发出，都打得沙飞石舞，这两名军官虽是精通武艺，却已显得处在下风。龙灵矫道："这两名军官是八大高手中的铁拐张华和单刀周五，他们八大高手对敌，从来不要人相帮，这回只怕要破例了。"

那红衣番僧越战越勇，使到疾处，只听得呼呼轰轰之声，一根禅杖就如化了数十百根，杖影如山，将那两名军官都笼罩在杖影之内，正拟施展杀手，只见一骑快马，在后列飞奔出阵，马未冲到，人已在马背上凌空飞起，银虹一道，飞掠而下，陈天宇叫道："好一招展翼摩云呵!"只见银虹一绕，那番僧一招"举火燎天"，当的一声，一件黑忽忽的东西，已随着银虹飞起，原来是那番僧的八角僧帽，给来人一剑削为两边。

龙灵矫道："这人是八大高手中坐第二把交椅的银虹剑游一鄂，那番僧遇着劲敌了。"陈天宇注目战场，果然只见那番僧连连后退，只有招架的功夫。

游一鄂是武当派的高手，一手连环剑法使得凌厉无前，正在占得上风，猛地里又听得哨声四起，南北两面山口都冲出一股人来，南面的是陕甘大侠麦永明领头，北面却是武氏兄弟为首。龙灵矫瞥了一眼，笑道："这麦老头的交游确是广阔，北五省侠义道中的人物，几乎全来了。"陈天宇心中一凛，想道："我父亲是迎接金瓶的专使，如此一来，岂非我要和北五省侠义道中的人物作对了?"心下踌躇难决，就在这一瞬间，这两股人马已从两翼杀入，把御林军杀得望风披靡。

中军帅旗一展，八大高手也分出人来，率领精锐，上前堵截，麦永明这一股被一个手舞链子锤的军官堵住，陷于混战之中，武氏兄弟却横冲直闯，杀入阵中，一个用左手剑，一个用右手剑，互为掩护，两道剑光，左右展开，有如双龙出海，夭矫飞舞，有两名军官，也是八大高手中的人物，一个手使锯齿刀，一个手舞吴钩剑，急急上前堵截，武家兄弟骤地张目喝道："挡我者死，避我者生!"

双剑齐出，有如奔雷掣电，只听得一阵断金戛玉之声，锯齿刀的锯齿全给削平，吴钩剑也给挑到半空。那两名军官急忙一拨马头，武氏兄弟剑出如风，比马还快，只见青光闪处，两名军官各自中剑，跌下马来。武氏兄弟刺翻敌人，径向中军那四匹白马冲去。

游一鄂大吃一惊，舍了番僧，回身救援，武氏兄弟身法极快，只见他们左一兜，右一绕，竟从人丛之中直杀出去，看看就要抢到中军的杏黄旗下。

猛听得一声大喝，一个穿着三品武官服饰的虬髯汉子，挥动一件奇形怪状的兵器，冲出阵来，迎着武氏兄弟破口骂道："亏你们还是汉人，为何帮番邦鞑子抢劫金瓶？"声如洪钟，虽在千军万马之中，也震得人耳鼓嗡嗡作响。武氏兄弟一怔，立即也回骂道："亏你也是汉人，为何帮满洲鞑子？我们就是不准你将金瓶送到拉萨，你们的满洲主子占据中原尚嫌不够吗？为何还要吞并回疆蒙藏？我们抢我们的，与那番邦秃驴毫不相关！你这厮口出大言，吃我一剑！"

那虬髯武官喝道："你们勾结番邦，犯上作乱，还敢巧言辩饰，有本领的就从我手中将金瓶夺去。"武氏兄弟亦知此人乃是劲敌，双剑一出，便展绝招，武老大左剑横披，武老二右剑直刺，双剑一披一刺，倏地合成一个圆弧，向那军官拦腰疾绕。那军官的怪兵器当中一插，硬插进圆弧之中，把双剑冲得左右分开，只听得一阵叮当之声，久久不绝，他竟然全用本身功力，硬将双剑冲开，龙灵矫见了，也不禁暗暗点头，对陈天宇笑道："此人不愧是八大高手的首领，果然名下无虚！"

武氏兄弟的无极剑法得自祖父真传，骤遇强敌，精神一振，双剑一分即合，霎眼之间，连进数招。那军官所使的怪兵刃比平常的杆棒稍短，比判官笔又稍长，棒上长满明晃晃的倒钩，可以锁拿刀剑，在兵器上先占了便宜，武氏兄弟剑法虽然凌厉之极，却也颇有顾忌，堪堪打个平手。陈天宇问道："这军官使的兵器叫什么名字？怎的如此厉害？"龙灵矫笑道："这军官名叫焦春雷，是大内八大高手的首领，功力在武氏兄弟之上，就是用寻常的刀剑，武氏兄弟也讨不了他的便宜，加上这根专门克制刀剑的狼牙棒，在五十招之内，武氏兄弟必然落败。”

官军阵势渐稳，麦永明这一股被包围在阵中，红衣番僧和那六名尼泊尔武士更被挡在阵外。陈天宇心中稍宽，说道：“如此看来，不必咱们出手，官军已能应付了。”龙灵矫面色一沉，道：“今日之事，哪有如此轻易了结之理。”说话之间，忽见东面山口又杀出三个人来，服饰一如西藏的喇嘛，但身上披的袈裟却是白色的。

西藏的喇嘛分为红黄二教，所披的袈裟不是红色就是黄色，披白袈裟的喇嘛，陈天宇还未见过，正自奇怪，只听得龙灵矫沉声说道：“青海法王居然也派人来趁这趟浑水，看来咱们该出手了。”陈天宇心中一凛，想起父亲曾对他讲过西藏喇嘛教的历史：当今在西藏处于“至高无上”地位的达赖和班禅乃是黄教的领袖，红教则是在元朝时候得势，但红黄二教之外，还有一派白教，又称为“噶举派”，领袖称为“法王”，这一派得势在红教之后，在黄教之前，有明一代，都是噶举派的法王统治西藏，一直到明代最后的那个皇帝，崇祯十六年的时候，西藏格鲁派（即黄教）领袖达赖五世和班禅四世借青海蒙古族酋长固始汗的兵力，推翻了噶举派法王在西藏的统治地位，这才取而代之，直到如今。白教被逐出西藏之后，逃至青海，依附另一位酋长加腾汗，仍然号称法王。陈天宇记起这段历史，心中想道：“原来这三个喇嘛，乃是青海噶举派法王的人，怪不得身上披的乃是白色袈裟，只是如此一来，若被他们夺去金瓶，西藏岂不是又要陷入一场内乱。”

那三个白教喇嘛来势凶猛之极，用的兵器都是九环锡杖，挥动时哗啷啷一片作响。龙灵矫手按剑柄，道：“且再看一看。”霎眼之间，那三个白教喇嘛已冲入阵中，游一鄂率领卫士上前堵截，兀是连连后退，看看就要给他们冲破。正在此时，忽见山头黑影一闪，龙灵矫大叫一声：“不好！”拔剑冲出，陈天宇与幽萍也急急跟着奔前，陈天宇心中正自奇怪：以龙灵矫如此镇定的人，居然一见这山头上的黑影便大惊失色，来的不知是什么样厉害的人物。

那黑影来得之快，实是难以形容，在他现身的丹达山头，距下面的峡谷，何止千尺，初现时只见一点黑点，霎眼之间，便现出全身，再一转眼，已到山腰，陈天宇看得分明，也不禁心中大惊，原来这位从丹达山头飞奔而下的异人，竟然就是昨日所见的那个苦行僧，跟在他背后的还有几条黑影，陈天宇倒吸一口凉气，心道："只是这苦行僧已难应付，他还带有人来，这金瓶只怕难以保住了。"

龙灵矫迅逾飘风，一剑当先，抢入阵中，高声叫道："福大帅派我来接金瓶！"御林军两边一让，那三个白教喇嘛正在阵中，听得龙灵矫这么一嚷，都回过头来，三柄九环锡杖同时打到，龙灵矫无心恋战，长剑一指，在一柄锡杖上一按，呼的一声，身子凌空飞起，一个"鹞子翻身"，已从三个白教喇嘛的头上飞过，直向中军奔去。

陈天宇与幽萍后至，跟着闯阵，那六名尼泊尔武士正在外围，排成一列，手举月牙弯刀，欲斫未斫，幽萍用尼泊尔话叫道："小公主就要来啦，你们还不快逃？"尼泊尔武士一怔，那番僧大叫道："不要信她的鬼话，冰川天女早已被火山吞没了。"幽萍把手一扬，发出两枚冰魄神弹，那六名武士都机伶伶地打了一个冷战，其中有两个武士曾跟过红衣番僧上山，认得她是冰宫侍女，心有顾忌，身形一挪，幽萍与陈天宇急从缺口冲过。

阵中到处混战，陈天宇不愿与北五省的豪杰交锋，招呼幽萍道："咱们去对付那个番僧。"他们有官军让路，闯阵较易，那三个白教喇嘛忽地又回过头来，龇牙一笑，陈天宇与幽萍正待冲过，耳边只听得哗啷啷的一片响声，一柄九环杖已迎面奔来，当头的那白教喇嘛叫道："小娃娃快滚回去！"锡杖一挥，幽萍和陈天宇都觉得有一股大力推来，两口长剑脱手飞出。这还是那个白教喇嘛，见他们年纪轻轻，不忍遽下杀手，要不然更难应付。

那个白教喇嘛正在龇牙咧嘴地怪笑，哪知幽萍早有准备，就在长剑脱手之时，三枚冰魄神弹已是同时发出。三个白教喇嘛哪知世间有如此古怪的厉害暗器，猝不及防，竟然都给冰魄神弹打中敞开的胸口，只觉一股奇寒之气，刺体侵肤，不由得也机伶伶地都打了一个冷战。陈天宇与幽萍趁此时机，倏地一掠即过，接了那两柄震飞的长剑，向前急奔。

这三个白教喇嘛功力甚高，虽被冰魄神弹打中，运气一转，却也无事。他想还是抢夺金瓶要紧，也就不再理会陈天宇与幽萍二人，翻身抡杖又再扑向中军黄帐。这时龙灵矫已比那苦行僧抢快几步，先到了杏黄旗下。

那苦行僧来势煞是惊人，只见他手挥竹杖，东一指，西一点，离身七步之内的御林军，一被竹杖沾着，立刻跌倒，身为大内八大高手领袖的焦春雷，也不禁大惊失色，急将狼牙棒一抽，摆脱了武氏兄弟的纠缠，上前迎战。

龙灵矫与那苦行僧几乎同时赶到，焦春雷抽身，龙灵矫补上，武氏兄弟杀得性起，双剑一合，不约而同地一齐反身进剑，左剑“流星赶月”，右剑“掣电飞云”，分刺龙灵矫两胁大穴。按剑势来说，在近距离之内，这双剑刺穴的杀手，实是难以闪避。哪知龙灵矫剑法怪异之极，完全不依常规，剑身一抖，剑锋接着了武老大的剑锋，“当”的一声，龙灵矫的剑趁势反弹，剑柄一撞，又将武老二的剑碰歪，真是拿捏时候，不差毫发。武氏兄弟吃了一惊。只听得龙灵矫低声喝道：“让开!”长剑一伸一缩，连削三下，将武氏兄弟迫得几乎稳不住身形。高手试招，一伸手便知虚实，武氏兄弟接了这几招，知道来人武功，远在自己之上，而且似是故意留情，不施杀手，江湖之上，点到即止，不敢再缠，两兄弟左右一分，龙灵矫道声：“承让。”身形一掠即过。

焦春雷摆脱了武氏兄弟纠缠，狼牙棒一摆，上前迎战那个印度僧人，在这刹那之间，那印度苦行僧又已点倒了保护金瓶的两名高手，竹杖向前一点，轻飘飘的好像毫不经意，杖尖已倏地指到了焦春雷的风府穴。在千军万马之中，信手点穴，认穴认得如此准确，而且如此快捷利落，令得焦春雷也不禁一惊，不敢怠慢，连忙运气使力，劲力直透棒端，反手一棒，用的倒钩把竹杖钩着。焦春雷用力一震，以为这竹杖不被钩裂就定被震断，哪料他用尽全力，这僧人的竹杖却似附在他的棒上似的，黏连牢附，如同一体，力无所施，劲亦消解，而且还隐隐有一股潜力迫来。焦春雷此惊非小，狼牙棒要抽开也不可能，心知这僧人的内力，高出自己不止一倍，若然相持下去，再过片刻，定受内伤，正自焦急，忽见青光一闪，“咔嚓”一声，龙灵矫一剑飞来，在当中轻轻一挑，将狼牙棒和竹杖分开，微微笑道：“焦大人你还是回去保护金瓶要紧。”

苦行僧抽出竹杖，见杖身竟已被宝剑划了一道剑痕，也不禁“噫”了一声，忽而双眼一张，哈哈笑道：“你也来了！”龙灵矫道：“昨日你较量我，今日我可要较量你了。”长剑一展，一招“骏马明驼”，向前疾削，那僧人竟把竹杖一横，迎着宝剑遮挡。按说竹杖遇着利剑，那是必断无疑，哪知他这一杖，所使的劲力，却是巧到极点，一沾剑刃，便即随手一带，龙灵矫竟不由自主的跟他移动三步。

苦行僧的竹杖滴溜溜一转，用一个“沾”字诀，要将龙灵矫的身形带动，龙灵矫左手本来捏着“剑诀”，忽地双指一弹，竹杖竟给弹歪，那竹杖舞到急处，劲力甚大，龙灵矫竟能以弹指力之力，将它消解，那僧人也不禁叫了一个“好”字。说时迟，那时快，龙灵矫的长剑一摆脱竹杖的沾缠，立刻连进三招，每一招又分为三式，剑尖所指，都是僧人的要害穴道，即是说在瞬息之间，要连刺九处穴道，而且手法有虚有实，各具奥妙，那僧人本是点穴高手，见了亦自愧不如。但他的武功确是高明之极，竹杖一封，竟然也在瞬息之间，连下四记杀手，以攻为守，将龙灵矫的攻势一一化解，两人旗鼓相当，功力悉敌，一时之间，杀得个难分难解。

另一边陈天宇与幽萍二人，闯过了白教喇嘛那关之后，便直扑红衣番僧。幽萍叱道：“上次在冰宫之中，饶你不死，小公主怎样吩咐你来？”当时冰川天女是叫他从速回国，休多生事的。红衣番僧是尼泊尔的国师，有生以来，只曾在冰川宫中遭过两次惨败，听幽萍提起此事，勃然大怒，喝道：“不知死活的小丫头，洒家把你送往西天，让你去见你的小公主。”红衣番僧以为冰川天女已死，故有此言。

陈天宇见了杀师仇人，也是怒从心起，红衣番僧禅杖尚未落下，他已先施杀手，一招“倒卷冰河”，剑光闪闪，登时把四面封住。红衣番僧吃了一惊，心道：“这小子在冰宫数月，武功竟然精进如斯！”禅杖往外一荡，骤然间忽觉一股冷气射来，红衣番僧打了一个寒噤，禅杖去势较慢，但仍然把陈天宇的宝剑荡开，震得他虎口生痛。

本来红衣番僧的功力，比陈天宇高强数倍，但一者是他已剧斗半天，尤其是对大内高手游一鄂那场，消耗了不少气力；二者是陈天宇的剑术精妙，令他有所顾忌；三者是陈天宇有幽萍的相助，幽萍的武功，在冰宫侍女之中，数一数二，那柄冰魄寒光剑，更是人间少有的兵刃，令他不能不分神运功，以抗御寒气。有此三个原因，陈天宇与幽萍合战红衣番僧，亦是难分上下。

这时峡谷之中，混战正酣，陈天宇与幽萍二人全力对付强敌，无暇旁顾，忽闻得官军轰然大叫，潮水般地乱涌，陈天宇、幽萍与那番僧都给冲开，随着人流向前移动。陈天宇举头一看，却原来是那三个白教喇嘛，已杀进中军，抢了三匹白马，其中的一匹驮着一个用龙纹黄绢覆罩的、形如笼子似的东西，八大高手的领袖焦春雷咆哮如雷，正向那匹白马追去。陈天宇大惊失色，心道："这匹白马驮的，一定是金本巴瓶。"再一看时，只见那三个白教喇嘛，都已跨上马背。三匹白马一齐嘶鸣，向前横冲直撞。

焦春雷追不上，看看那三匹白马就要冲出重围。龙灵矫一声大喝，奋起神力，施展平生罕用的"招魂十八招"剑法，这十八招一气呵成，一招快似一招，每一招都是虚实并用，专刺敌人要害穴道，厉害是厉害极了，但却甚为损耗内力，剑法一展，刚使到第七招"追魂夺魄"，那苦行僧人便气喘吁吁，竹杖一拖，闪开剑锋，让龙灵矫疾冲而过。龙灵矫心头一动，极是诧异。心中想道："以这妖僧的功力，不应如此！"苦行僧何以要假败，龙灵矫一时之间，猜想不透，时间急迫，也不容他思索，立即施展绝顶轻功，展开轻灵身法，专从空隙之处钻过，飞身追那三个白教喇嘛。

片刻之间，已追过焦春雷的前头，经过他身旁之时，隐约听得焦春雷低声说道："让他去吧。"龙灵矫身法太快，收势不及，转头一望，焦春雷已在身后数丈，却仍是扬捧作势，脚步不停，龙灵矫不由得又是心中一动，想道："难道我听错了？焦春雷是大内高手的首领，保护金瓶之责就搁在他的肩上，怎么他却说'让他去吧'？既是任让他去，何以焦春雷自己却又向前追赶？"龙灵矫心中虽然诧异，脚步却是不停，倏忽追到那三匹白马之后，那三个白教喇嘛一拨马头，三柄九环锡杖同时扫到，龙灵矫一招"长虹经天"，宝剑横空一划，将三柄锡杖一齐挡开，这三个白教喇嘛武功也是上上之选，更加以一在马上，一在马下，龙灵矫自是难占上风。忽听得焦春雷叫了一声，斜眼一瞥，只见他满面惊惶之色，遥遥向自己招手。

龙灵矫诧异之极，不由剑势一慢，那三个白教喇嘛乘机拨转马头，向斜刺疾冲，倏忽过了后面峡谷的喇叭口，清军后防较弱，被他们一阵乱打，冲出去了。龙灵矫心念一动，猛地想道："莫非这是调虎离山之计么？那白马驮的难道不是金瓶?"想是这样想，但这关系太大，万一料错，金瓶被劫，西藏清廷官吏，个个都是杀头的罪名。

龙灵矫略一踌躇，那三个白教喇嘛已冲出官军包围，正走上峡谷的斜坡，数千御林军见金瓶被劫，登时大乱，鼓噪之声如潮，后军变作前军，改转阵形，万箭齐发，千马同追，但那三匹白马乃是御苑宝马，霎眼之间，已冲上斜坡，御林军如何追赶得上?

正在这极度紧张之时，千军注目之际，忽闻得山坡上一声长啸，突然闪出一个白衣少年，衣带飘飘，拦在路中，把手一扬，三匹白马，一齐嘶叫。

那三个白教喇嘛，勃然大怒，三柄禅杖一齐向前扫去，猛然间，忽见那白衣少年双手一扬，三道暗赤色的光华电射而到，铿锵之声，不绝于耳，那三个喇嘛的禅杖，被暗器打个正着，只觉虎口疼痛、禅杖几乎掌握不牢，只听得峡谷下面，有人在大声叫道："天山神芒，天山神芒!"那三个白教喇嘛怔了一怔，白衣少年笑道："留下金瓶，快滚回去!"那三个喇嘛见大功即将告成，如何肯听，猛地拍马，一齐前冲。

只听得那白衣少年又是一声冷笑，淡淡说道："真个要见见厉害，才肯罢手吗?"右手倏地一扬，又是三道暗赤色的光华电射飞来，三个白教喇嘛举杖一挡，却都没有挡着，那三匹白马一齐嘶叫，前足人立，三个喇嘛大叫一声，从马背上一个倒栽葱撞下马来!

龙灵矫又惊又喜，心道："来的原来是天山派的高手!"眼见这白衣少年的本领尚在自己之上，足以制服那三个白教喇嘛，心中放宽，正待回去救应，斜刺里忽然又杀出五个印度僧人，一律黑色的僧服，使的也都是竹杖。原来这五个僧人，乃是那苦行僧带来的弟子。

龙灵矫功力虽高，但以一敌五，急切间，却是脱不了身。看这五个僧人的用意，是想把他拦在外围，不让他回到中军救应。龙灵矫更是起疑。斗了几个回合，只听得白衣少年大声吆喝，那三匹白马，奔回阵中，早就有清军上前接应，马背上所驮的金瓶，仍然放在金丝碧玉笼中，没有损伤一角。

那三个白教喇嘛跌跌撞撞的仍紧跟在少年后面，锲而不舍。那白衣少年回头笑道："快回青海去吧，你们都已中了我的神芒，回去静养四十九天，或者还有可治，你们活命要紧，还缠着我做什么？"三个喇嘛也都知道中了他的暗器，可是他们都恃着有一身横练过的金钟罩的功夫，以为中了暗器，亦无大碍，待事过之后再将暗器箝出，亦未为迟，听白衣少年说得如此厉害，都不大相信，又怀疑这暗器有毒，更想再决雌雄，迫白衣少年取出解药，所以仍是紧追不舍。

那白衣少年身法快极，倏即冲入阵中，围着龙灵矫的五个印度僧人一齐散开，龙灵矫正想上前道谢，忽听得武氏兄弟在阵中大叫道："经天兄，你来得好极了。那匹白马背上驮的就是金瓶，你快助我们将金瓶先拿去吧！"龙灵矫这一惊非同小可：这少年比那印度苦行僧更为可怕，若然是他伸手，谁人阻拦得住？

只听得那白衣少年一笑应道："两位武大哥，麦老前辈，我要向你们求一个情，请你们都散去吧，让这金瓶运到拉萨！"

此言一出，在场的北五省英豪都是大吃一惊，麦永明气呼呼地叫道："什么，你要替清廷保护这个金瓶？"白衣少年道："不错，我是要保护这个金瓶！"武家兄弟叫道："经天，你为清廷尽力，有何颜面见你父亲。"白衣少年笑道："这也是家父的意思。武大哥，你们先散去吧，咱们在前山相会，我再向你们解释。"武氏兄弟大叫道："我不相信！"峡谷群豪惊诧之极，"什么，他是唐大侠唐晓澜的儿子？""唐大侠怎会让儿子作朝廷鹰犬，莫非是假冒的么？""看他身手，听武氏兄弟的称呼，绝非假冒，呀，这岂不成了唐家的不肖子吗？"峡谷群豪议论纷纷，霎时之间，都停下手中兵刃，驻马而观。

这白衣少年正是天山派掌门人唐晓澜的独生儿子，名唤唐经天，唐晓澜和武家乃是世交，武氏兄弟少时也曾到天山去见过唐晓澜，故此他们认得。但唐经天还是初初出道，其他的前辈英雄，却还未知他的来历，心中都在想道："唐大侠当年和甘凤池吕四娘等结为好友，共抗朝廷，做过许多轰轰烈烈的事，三女侠入宫暗杀雍正，其中之一，就是唐晓澜的妻子。他的父母连皇帝的头都敢杀，他却要保护金瓶，真是岂有此理!"众英豪虽然震于天山剑法的威名，却不以唐经天的所作为然，个个怒目而视，有如风暴将至，喧闹顿歇，反而一片沉寂。

唐经天微微一笑，正想说话，忽听得焦春雷一声骇叫，黄龙旗下的朝廷军官纷纷呼叫，中军又乱。只见那手持竹杖的苦行僧，正趁着众人注视唐经天之际，跳上一辆骡车，骡车中突然飞出两柄铁锤，向那僧人迎头痛击，那僧人的竹杖一个盘旋，两柄铁锤腾空飞去，那僧人左手一伸一缩，倏忽之间，将两个军官都掷出车外，那两个军官也好生了得，在地上一个"鲤鱼打挺"，又跃起来，直扑骡车，苦行僧此时已跳出骡车，向西疾跑。

这几下动作快到极点，待焦春雷和一众军官发觉之时，那僧人已奔出了数十丈之遥，他的竹杖恍若灵蛇晃动，近身八尺之内的御林军，被他竹杖一沾，立即倒地。附近并无高手拦截，看看就要被他夺围而出。

唐经天大叫一声不好，拔剑便追。原来这骡车虽不起眼，驾车的骡子又瘦又小，车上的布篷亦是破破烂烂，看来似是一辆粮车，其中藏的却是真正的金本巴瓶；白马背上，装在金丝碧玉笼中的那个反而是假的。所以焦春雷刚才虽然大呼小叫，作势追赶那三个白教喇嘛，其实却是巴不得他们离开，好减少一股劲敌。而那苦行僧的五个弟子，阻截龙灵矫回到阵中，用意亦就是便利他们的师父下手。这苦行僧并不是普通僧人，而是印度喀林邦的汗王所派来的瑜伽高手，喀林邦亦有控制西藏的野心，所以也在图谋劫夺金瓶。

唐经天一路跟踪，早知个中秘密，一见金瓶被劫，大呼"不好!"拔剑便追。龙灵矫也飞身扑去，说时迟，那时快，印度僧人那五个弟子已会在一起，他们早有准备，一见师父得手、立即阻截这两个高手，这五个僧人的武功，虽然比起唐龙二人相去甚远，但他们配合有素，所用的天竺杖法，又自成一家，大殊中土，五根竹杖，首尾相连，风车疾转，牢牢地缠着唐、龙二人的长剑。唐经天正拟施用杀手，那三个白教喇嘛也折了回来，三柄九环锡杖，哗啷啷的响，狂呼疾扫，一拥而上。印度僧人加上白教喇嘛，以八人之力，合敌唐、龙二人，围得个风雨不透，更是不易冲破，这时那苦行僧怀着金瓶，已闯出官军阵外。

唐经天喝道："你们真的不要性命么？你们中了我的天山神芒，已透过穴道，深入体内，回去运功静养，还可有救，你们再一拼命，神芒钻心，那就纵有灵丹妙药，也难起死回生了！"三个白教喇嘛自恃内功深湛，不信天山神芒如此厉害，仍然挥杖急攻。这时，那印度苦行僧已奔出谷口，走上斜坡，他身法快捷之极，快马也追不上。

只听得那苦行僧一声长啸，山腰又窜出五个僧人，原来他深谋远虑，务求一举成功，带了十名弟子前来，分为两拨，五人在阵中殿后，五人在山腰接应，本来是准备应付清廷的八大高手的，八大高手已被麦永明带来的西北群豪缠住，竟无一人在后方防卫。

看看他就要奔到半山，缠着唐龙二人的那五个印度僧人正想撤退，那三个白教喇嘛仍然狂攻，唐经天大急，一算时辰已到，忽地叫道："你们三人胁下的天璇穴有何异象？"那三个白教喇嘛怔了一怔，只觉胁下穴道附近，有如虫行蚁走，麻痒难禁，而且越来越厉害。三人都是一流高手，知道这是所中的暗器，在体内顺着气血运行的迹象，不禁大惊，攻势一缓。那五个印度僧人正在欲撤未撤之际，唐经天忽地一声大喝，游龙剑扬空一闪，剑光暴长，剑花缤纷，那五个僧人都觉得剑光是向着自己刺来，五根竹杖不由得不拆散开来防御，只听得唐经天叫道："让你们也见识见识我的点穴手法，倒！"抖手之间，剑尖连刺了五个僧人的穴道，五个僧人几乎是在同一时间，一齐倒下，那三个白教喇嘛大惊，急忙闪开，唐经天与龙灵矫一掠而过。

把眼看时，只见那苦行僧已奔上山腰，丹达山高逾千丈，寻常人爬上半山，也要半日，唐龙二人尚未追到山脚，轻功再高，也赶他不上了。清军阵中一片哗叫惊呼之声，西北群雄见金瓶被异邦所劫，也都气沮，停下手来，大家都向上头遥望。

正在大家屏息而观之际，忽听得一阵琴声，随着天风，悠扬飘下，山高入云，杳不见人，琴声却是清脆可听，三千军士，过百英豪，个个惊愕，心中想道：莫非这是仙女山灵，独立峰巅，鼓琴观战。

唐经天更听得呆了，琴声隐隐，弹的正是《诗经》中“南有乔木，不可休思”那一章诗，这是冰川天女初见他时，为他所弹的歌词呵！

只见白雪皑皑的峰巅，倏地现出一个少女身影，一身湖水色的衣裳，系着大红丝巾，青山眉黛，素里红妆，颜色鲜明，雪映仙姿，更显得风华绝代！这正是他日夕思念的人——冰川天女！这刹那间，个个抬头，凝眸注望，峡谷之中，虽有万马千军，却几乎连一根针跌到地下都听得见响。

冰川天女来得之快，简直无法形容，在下面看上去，但只见裙带飘飘，恍若青女素娥，御风而降，霎眼之间，已到了山腰，恰好迎着那印度僧人和他的五个弟子。

那印度僧人也吃了一惊，只听得冰川天女淡淡说道：“把金瓶留下来，让你过去。”说话的神气，就像一个女王在颁布命令，声调虽是柔和，却毫无可以商量之余地。

那印度僧人怔了一怔，把手一挥，六根竹杖，倏地同时打出，印度僧人见了冰川天女这身轻功，已知她是个最可怕的劲敌，所以一下手便指挥弟子，六杖齐飞，这是天竺杖法中的“大天罗”杖阵，六杖齐出，纵有三头六臂，也难招架。

龙灵矫与唐经天并立而观，见此情景，不由得惊叫一声，心道：“好狠的僧人，一师五徒，竟然联手来对付一个女子。”哪知心念甫动，喊声未歇，只见冰川天女身形一晃，双指疾弹，顿时飞起一片骇叫之声，五条黑影，就像脱了线的风筝一样，自山头飘落。

原来冰川天女见他们来得凶恶，心头生气，竟发出冰宫独有并世无双的暗器——冰魄神弹，她的功力比幽萍高出不知多少倍，所以同是一枚冰魄神弹，击中敌人之时，却是大不相同，若然是幽萍

冰川天女傳

冰川天女微微一笑，接过金瓶，绸带飘开，放松竹杖，……

所发，以印度僧人那五弟子的武功，最多不过打个寒噤，还可抵御，被冰川天女击中，神弹却透过穴道，奇寒之气，登时令得他们的血液也凝结起来，一个立足不稳，跌下山谷。

那苦行僧中了一枚冰魄神弹，亦觉奇寒之气，刺体侵肤，但他的瑜伽气功，已练到了第七段境界，是天竺有数的高手，虽觉不妙，还可禁受，竹杖横飞，竟不换招，仍向冰川天女打去。冰川天女冷冷一笑，解下束衣的绸带，左手一挥，那绸带矫若游龙，一下子就将竹杖缠着。苦行僧暗运内力，竟解不开她招数。

冰川天女夺不下他的竹杖，也颇为诧异，微“噫”一声，手指又弹了两弹，那苦行僧的竹杖被绸带缠着，避无可避，胸口的“璇玑穴”和脑后的“天柱穴”又中了两枚冰魄神弹，登时连打几个冷战，气功的运用，已不能随心所欲。冰川天女叱道：“还不服输吗!”右手拔出一把寒光闪闪的长剑，略一挥动，只见一片寒光，一团冷气，好像薄霞轻绡一样，将那苦行僧笼罩当中。这时，山谷下面，隐隐传来苦行僧那五个弟子的呼号之声，一听便知他们正在逃命。

那苦行僧长叹一声，腾出左手，自怀中一探，但见宝气外宣，光芒四射，镶着大红宝石的金本巴瓶取了出来。冰川天女微微一笑，接过金瓶，绸带飘开，放松竹杖，身形一侧，让出路来，那苦行僧急忙抱头鼠窜而去。冰川天女将宝剑插回鞘中，捧着金瓶，飘然而下。清军护送金瓶的主帅和硕亲王急忙传令，把后队改为前队，分兵两翼，上去包围冰川天女。

陈天宇与幽萍正在和那红衣番僧恶斗，忽然万马无声，千军沉寂，战斗竟然停了下来。这正是冰川天女初初现身的时候。幽萍抬眼望去，这一喜非同小可，狂叫道：“天宇，你看看是谁来了?”红衣番僧也不由自己地回头一望，这一望只吓得魂魄齐飞，耳边只听得陈天宇大叫“冰川天女”之声，倏地青光一闪，陈天宇口中大叫，手底毫不放松，一招“冰河解冻”，长剑一划，红衣番僧冷不及防，胸口给他划开，幽萍道：“叫你走你不走，现在可迟了!”补上一剑，刺入胸膛，那番僧狂叫一声，鲜血四溅，陈天宇一脚将他尸体踢翻，报了杀师之仇，立即拖着幽萍，奔上前去。

这时清军正分兵两翼，要上去包围冰川天女，北五省的英豪，也纷纷拥上。冰川天女手捧金瓶飘然而下，看看就要落到山脚。

龙灵矫按剑欲动，唐经天急在他耳边说道："快快止住官兵，待我上前接她。我料她没有恶意。"龙灵矫半信半疑，他亦已认出，冰川天女就是盗去他草拟的"迎接金瓶草案"的那个神秘女子，心中实在不敢相信她会暗助自己，但见她得了金瓶，却不逃走，反而下来，心中又是捉摸不定。这时八大高手已奔出阵中，左右包抄。

忽见武氏兄弟，疾走如风，抢在大内八大高手的前头，冲出阵来，后面跟着的十多位西北黑道英雄，也一涌而上，争先迎接冰川天女。

武氏兄弟只道冰川天女是同道中人，手抚剑柄，施了一礼，道："多谢女侠拔刀相助，请将金本巴瓶交与我吧。咱们大功告成，可以随大队撤退了。"在武氏兄弟，原是一番好意，他们见清廷大内八大高手，都准备围攻冰川天女，怕她怀有金瓶，目标太大，不易逃脱，所以建议她交出金瓶，好掩护她一同撤退。

冰川天女眉毛一扬，道："你是何人？"其时清军已包抄而上，武氏兄弟急道："咱们都是来夺取金瓶的一条线上的朋友，闲话以后再叙吧。"伸手就要来接金瓶。冰川天女冷冷说道："你闪不闪开？"蓦地双指一弹，连发两枚冰魄神弹，武氏兄弟突感奇寒透骨，登时跌倒。后面的伙伴大惊，急忙抢上，冰川天女双指疾弹，又将五六个人打倒，余人急避，冰川天女冲开缺口，一掠即过。

麦永明又惊又气，清军将领喜出望外，想不到冰川天女却是站在他们这边。焦春雷一马当前，抱着狼牙棒就在马背上唱了个喏，施礼说道："女侠深明大义，助朝廷杀贼，夺回金瓶，这功劳非同小可，我焦春雷有礼了。我是内廷侍卫统领，请将金瓶交与我吧。"伸手也要来接金瓶。冰川天女眉毛一扬，淡淡说道："谁管你什么统领不统领？我没有工夫与你多叙虚礼繁文。"蓦地又是双指一弹，焦春雷登时打了一个冷战，从马背上直蹾下来。大内高手齐都大惊，急急上前，有几个抢着去救护首领，有几个抢着去攻击冰川天女，冰川天女连连冷笑，双指疾弹，刹那之间，将大内高手击倒一半。

清军个个吃惊，人人错愕，只见冰川天女笑靥生春，已是迫近阵前，想不到这样一位美若天仙的小娇娘，手底下却是如此狠辣，而且冰川天女自然带着一股凛然不可侵犯的尊贵神情。而对着这样一位貌美如花武功又深不可测的女子，弓箭手竟然不敢放箭，钩镰手也举不起钩镰枪。

麦永明正在又惊又喜，忽见唐经天从人丛中钻出，抢到自己身边，抱拳说道："麦大侠，今日绝不能夺取金瓶了，请麦大侠下令，叫众家兄弟撤退。"麦永明道："哼，想不到你与清廷一鼻孔出气!"举拳欲击，唐经天三指一扣，按着他的拳头，在他耳边低声说道："两害相权取其轻，让清廷保有西藏，总胜于让与异邦。这金瓶万万不能劫夺!"麦永明心中一凛，蓦地冷汗直流，却道："武氏兄弟他们中了那女子的邪恶暗器呢，此仇岂可不报!"唐经天道："这包在我身上给他们医治便是。快快撤退，快快撤退!"

麦永明略一沉吟，这一瞬间，他心中已反覆想了几转，他初意本是为了与清廷作对，才劫夺金瓶，想不到事情如此复杂，尼泊尔人和印度的喀林邦汗王也都为了想染指西藏而来劫夺金瓶，唐经天的"宁与清室，不与番邦。"说来确是道理。于是略一沉吟，蓦然说道："好，我依你便是。咱们等下在前山相见。"一声令下，北五省英豪扶着武氏兄弟等受伤的人都向前山撤退。

在唐经天劝麦永明之时，龙灵矫也正在劝护送金瓶的钦差大臣和硕亲王，劝他止住御林军，让冰川天女入阵。和硕亲王眼见冰川天女如此厉害，而且金瓶又在她的手中，纵算能把冰川天女擒杀，金瓶若有损坏，护送金瓶的官员，只恐个个都要问斩，如此一想，也是冷汗直流，只好听从龙灵矫的劝告，下令止住清军，不许动手。

陈天宇与幽萍二人杂在军士之中，挤到前面，忽见清军前翼，两面散开，让出一条通道，竟让冰川天女从容走进，不禁大为诧异，对幽萍笑道："看这模样，真像迎以公主之礼呢!"幽萍道："她本来是公主嘛，咦，她好像是在找什么人。”

只见冰川天女手捧金瓶，神气庄严之极，在千军万马的包围之下，从容举步，缓缓行来，美目流盼，明艳照人，被她眼光扫着的人，都觉得神摇目眩，不敢仰视。忽见她在阵中停了下来，眼光注视到一个人的身上，陈天宇跟着她的眼光望去，不禁又惊又喜，悄声对幽萍说道：“原来她是找他!”幽萍道：“谁?”陈天宇道：“就是那白衣少年!”这时幽萍也看见了，冰川天女距离她不过百来步，她几乎要叫出声来，但峡谷中静悄悄的，数千军士都在凝神观望，幽萍被这气氛吓得噤不敢声。

忽听得冰川天女微微一笑，轻声说道：“嗯，你果然在这里。”唐经天道：“你也终于下山了。”两人眼光碰在一起，冰川天女不禁脸泛红潮，唐经天一笑说道：“愧无佳句酬知己，喜见金瓶历劫回。今次你慨然相助，不只我多谢你，这里的人和西藏的官员，都要多谢你了。”冰川天女笑了一笑，若无其事地淡淡说道：“这金瓶与我有什么相干?我又不是替他们去夺金瓶，谁要他们多谢了。这金瓶有什么宝贝，值得你争我夺?我才不要呢!你曾替我的冰宫风景，题过几首佳联，我知道你想要这金瓶，现在我就将这金瓶送与你作为笔资，以后咱们谁也不欠谁的，你也就不必再来纠缠我了。”唐经天一笑接过金瓶，忽道：“你忘记一件事，咱们那日约好在冰峰下面比剑，还没有比成呢!”冰川天女眉毛一扬，道：“你还想与我比剑吗?好，那你今夜三更再到这山上来吧。”眼光一瞥，看见了陈天宇与幽萍二人。

冰川天女颇感意外，招一招手，将二人唤到跟前，问幽萍道：“你怎么也到这儿?”幽萍道：“那日我和谢姑姑去采草药，冰峰倒塌，火山爆发，熔岩阻路，回不了山，所以来了。”冰川天女道：“你呢?”眼光停在陈天宇的面上，陈天宇不知从何说起，嗫嚅说道：“我未得你的释放，只因那日地震，不得不逃出来，你要处罚便处罚吧。其他的事问你的侍女便知道了。”冰川天女道：“好，你这小伙子倒很倔强，我还真怕你逃不出来呢。你犯了我的禁令，本该终身被囚，但经过这场大难，等如死了一次，也可以作抵了。往事一笔勾销，你自去吧。”叫幽萍道：“你也可以跟我回山了。”幽萍心头一震，她下山以来，无拘无束，正自玩得高兴，尤其在见了陈天宇之后，一路同行，甚为相得，更舍不得分开，但主人有命，岂敢不遵，只好低下头来，应了一声，冰川天女瞧在眼里，也不说话。

冰川天女交了金瓶，携了幽萍，正想转身，忽听得唐经天叫道："且慢。"冰川天女道："什么？你急不及待，就想在这地方与我比剑么？"唐经天笑道："不是比剑，你的冰魄神弹太厉害了！"冰川天女甚是得意，道："你怕我的冰魄神弹，我不用它就是。"唐天经道："你用冰魄神弹打伤了我的许多朋友，请你送一些解药。"冰川天女道："原来如此。好吧，这解药给你便是。"唐经天接过解药，长揖作谢，冰川天女好像自言自语，又好像对幽萍说道："世俗之人，就是如此啰嗦讨厌。"唐经天煞有介事地说道："我再啰嗦一次，今晚之约，不要忘了。"冰川天女被他逗得笑了起来，携了幽萍，转身便走。

队伍中忽然挤出六个尼泊尔武士，走到冰川天女面前，一齐跪下，双手搭在头顶，口中喃喃有辞，状若祷告。和硕亲王甚为奇怪，问龙灵矫道："这几个番贼要不要捆缚起来？"龙灵矫道："今日之事都让冰川天女处置，否则有变。"和硕亲王虽觉此话令他不大舒服，但得回金瓶，已是万幸，也就不敢多管，勉强笑道："这女子叫做冰川天女么？名字真是奇特。"

冰川天女用尼泊尔话与那几个武士谈话，在场的人，除了龙灵矫、唐经天与幽萍外，其余无人懂得。只听得那几个尼泊尔武士众口一词，都是劝冰川天女回国。冰川天女冷冷说道："我说过的话从不更改，你们回去告诉大汗，叫他多读汉人的圣贤之书，好生治理国事。"那几个尼泊尔武士不敢作声，冰川天女问道："你们的国师呢？"武士道："他已死了。"冰川天女道："他总爱多事，无端的来抢什么金瓶？回去告诉你们的大汗，治理好自己的国家已够他费一生精力了，何必还派人到西藏来捣乱。他的国师死了也好，给他一个教训。"龙灵矫与唐经天听了，一惊一喜。

令龙灵矫吃惊的是：这冰川天女不但武功奇幻，而且还是尼泊尔的公主。唐经天喜的却是：冰川天女虽说不理世事，但看她此次所为，却是暗护中国。

冰川天女吩咐完毕，把手一挥，那六名尼泊尔武士鱼贯退出，清军早得到主帅命令，不加阻拦，让他们自去。冰川天女昂头一笑，对幽萍道："咱们也该走啦!"数千御林军屏住呼吸，目送她美丽的背影，走出阵中，恨不得能挽留她再停半刻。

陈天宇目送她们的背影，心中也是愁思如潮，只见她们主仆一先一后，缓缓走出峡谷，幽萍忽地回眸一笑，目光和陈天宇碰个正着。陈天宇心头震荡，忽地想起那藏族的神秘少女芝娜，芝娜娴静深沉，有如幽谷百合，而幽萍却顽皮活泼，有如夏日玫瑰，风情各擅胜场。陈天宇心中暗暗祷告：但愿芝娜还在人间。

忽见清军一阵骚动，原来冰川天女与幽萍已走上半山，背影在树木丛中冉冉而没，军士们纷纷站在马背，纵目遥望，发出啧啧的叹息之声。

和硕亲王松了口气，传令整队，并亲自来见唐经天。唐经天淡淡地和他点一点头，却将金瓶交与龙灵矫，一笑说道："好生保护，不要再失去了。"龙灵矫将金瓶交与和硕亲王，安置妥后，和硕亲王眉开眼笑，对唐经天道："侠士尊姓大名？此次建立大功，小王自当禀奏皇上，定有厚赏。"唐经天冷冷说道："山野小民，闲散惯了，不求功名，不求利禄，有甚厚赏，请分与护送金瓶的官兵吧。"掏出几颗药丸，交与龙灵矫道："这便是解冰魄神弹的灵药，开水服了，不出半日，便可痊愈。后会有期，我先走了。"和硕亲王见他冷淡自己，反而对龙灵矫亲热，心中甚是不快。

龙灵矫迈前半步，忽地说道："唐兄且慢。"唐经天回头说道："有何见教？"龙灵矫摸出一个五寸见方的玉匣递过去道："这件东西，请唐兄留下。"唐经天怫然不悦，说道："难道我是贪图礼物，才来护送金瓶的吗？"龙灵矫笑道："这不是我送你的礼物，这是君家故物，因缘时会，落在我的手中，我替你家保管了几十年，现在归还给你，你若有所疑惑，回去一问令尊，便当明白。"唐经天疑云大起，心中暗道："听他所说，这件东西好像非比寻常，我父亲的武功，在当今之世，数一数二，怎会有东西落在他的手上，这倒奇了。这位龙老三，武功不在我下，行径奇特，如此人才，却肯在福康安帐下当一名不大不小的官儿，难道是他当真另有来历?”当下百思不解，只好接过那个玉匣。正是：

神龙见首不见尾，玉匣藏珍侠士疑。

欲知后事如何？请听下回分解。

第十二回　琴韵寄深心　尘缘未了
边城窥隐秘　旧地重来

唐经天正自疑惑，忽听得后面三声炮响，回头一看，只见一队人马，甲胄鲜明，旌旗招展，排成两列，有如两道长蛇，蜿蜒走入峡谷。龙灵矫道："迎接金瓶的专使到啦!"唐经天道："谁是专使?"龙灵矫一招手，陈天宇从人丛中走出，龙灵矫道："便是他的父亲。"陈天宇过来与唐经天相见，相谢当日救命之恩。唐经天笑道："你的武功大有进展了，有你和龙老三在此，将金瓶护到拉萨，当可无虑。我也应该走了。"与龙灵矫点头道别，飘然走出峡谷。和硕亲王甚为不快，但他此时忙于接待专使，也就不再理会唐经天了。

唐经天匆匆赶到前山，与麦永明等西北群豪相会，群豪意犹愤愤，纷纷责问，唐经天再三解释，说明不能劫夺金瓶之理，又取出解药，将受伤诸人救治，武氏兄弟性情直率，听唐经天说得有理，说道："唐兄智虑深远，果非吾等所及。今日之事，吾等告罪了。"唐经天道："累两位兄弟受伤，我才该向你们赔罪。"武家兄弟道："怎能怪到老兄身上，那女子是唐兄的什么人，要你替她赔罪?"唐经天面上一红，武氏兄弟又笑道："那女子相助唐兄，用意虽好，手底却是太辣，他日若有机缘，我们还要向她领教领教。咱们都是天山七剑之后，到时你可不许帮助外人呵!"唐经天道："两位兄弟休要取笑。"心中却暗自笑道："大水冲倒龙王庙，本来都是一家人。她是桂仲明的孙女，算起来还是你们的长辈哩。"

唐经天别过西北群豪，独自上山。想起龙灵矫之事，疑团满腹，打开那玉匣一看，只见里面藏着一块汉玉，碧绿晶莹，中央一道红印，刻着几个篆字道："受命于天，国运久长。"唐经天大吃一惊，这汉玉玉质佳绝，价值连城，并不出奇，看这几个篆字，分明乃是帝王佩带之物，心中想道："龙老三怎么说此玉乃是我家的东西?"忽然想起母亲（冯瑛）和他谈过的父亲当年的英雄事迹，说康熙皇帝曾赐过父亲一块汉玉，不知是否即是此物?

他哪知道，原来他的父亲唐晓澜乃是康熙皇帝的私生子，唐晓澜当年入宫见母之时，康熙曾以此玉相赐。唐晓澜与冯瑛不愿儿子知道此段家世，徒增烦恼，因此在谈到得玉的经过时，只提到当时诸皇子夺位，自己因缘时会，曾偶然救过康熙，故此得玉，其他的事，一概不提。后来失玉的经过，冯瑛也只是毫不经意地谈过一次，至令唐经天今日见了此玉，心中更增疑惑。尤其是此玉何以会落到龙灵矫手里，更是百思不得其解。

唐经天思索不明，心中笑道："他日见了父母，必然分晓，何必苦思。"当下收好玉匣，独自上山。

黄昏日落，山间明月升起，这山上也有冰川，虽然没有念青唐古拉山、天湖附近的大冰川之壮丽，但蜿蜒有如银龙，围着山腰，一片银白，冰光月色，互相辉映，也似人在广寒深处。唐经天念着冰川天女，心中怅触，微喟吟道："冰河映月嫦娥下，天女飞花骚客来。我一定要把月里嫦娥，请回尘世。"

忽听得山头上一片琴声，随着天风，飘入耳鼓，冰宫侍女幽萍和着琴声歌道："云母屏风烛影深，长河渐落晓星沉，嫦娥应悔偷灵药，碧海青天夜夜心。"这是唐诗人李商隐的咏嫦娥诗，唐经天曾用过这诗的最后一句，替幽萍作嵌名联。这时听她们主仆弹奏这一首诗，心中笑道："广寒仙子，也毕竟思凡了。"寻觅琴声，攀登峰顶。

正在抬头远望，忽听得离前面十余丈处，刷啦啦的一片响，两个一身青色箭衣的人，竟在荆棘茅草之上，展开了"登萍渡水"的绝顶轻功，晃眼间便没入草莽密菁深处。唐经天心中大骇：这两人的轻功，竟然不在自己之下，不知他们何以要在深夜到此荒山。

唐经天借物障形，悄悄掩近。遥见那两人躲在乱草丛中，唐经天也躲在一块石头后面，屏息呼吸，听他们说道：“闻说今日北五省黑道上的人物都来劫夺金瓶，焦春雷他们几乎吃了败仗，幸有那龙老三大显神通，金瓶失而复得。如此看来，那龙老三也委实不可轻视呀。”这是一个苍老的男子声音。唐经天暗自笑道：“你们只是知其一不知其二，来劫金瓶的岂止北五省这一干人物，印度和尼泊尔都派有人来啊。若非冰川天女，金瓶早就被劫到印度去了。”但听他特别谈到龙灵矫，却不由得心中一动。

只听得一个女声答道：“龙老三武功超卓，却甘心在福康安帐下，当一名参赞，此事确是可疑。怪不得惠总管特别请我们出来，要摸一摸他的‘海底’（来历底细之意）了。敢情是皇上也起了疑心哩。”唐经天想道：“原来这对男女是清宫新聘的能手，他们武功，看来远远在那八大高手之上。”

歇了一歇山顶上的琴声又起，这回弹的却是苏东坡的一首小令《卜算子》，词道：

> “缺月挂疏桐，漏断人初静，时见幽人独往来，缥缈孤鸿影。　　惊起却回头，有恨无人省。拣尽寒枝不肯栖，寂寞沙洲冷。”

词意幽怨，琴声凄迷，唐经天不禁听得痴了。

忽听得那女的道：“我们明日夜间便要赶到拉萨，你却偏偏要上山来听这琴声，你安的是什么心？”男的道：“听说今日还有一个女的来助阵，敢情就是在此弹琴的人，此事甚奇，咱们既然经过，不可不看。”

那女的道：“哼，若是一个臭男子在这里弹琴，你就不会巴巴地攀上来了。”听这语气，醋味甚浓，似乎是对夫妇。唐经天心中一动，想道：“西域夫妇双修，像这般年纪而又大有来头的人物，除了姨父姨母（李治和冯琳）和我的父母之外，便数到青海灵山派的巨擘云灵子夫妇，难道这两人也应了清宫的礼聘么？”只听得那男的道：“哈，你说到哪里去了？在这山上弹琴的女子即非冰川天女，亦必是大有来历之人，咱们既奉皇上差遣，理该处处小心，既然经过，岂可不探探她的底细。”那女的道：“皇上要你探的是龙老三的来历。”男的道：“龙老三现正忙于保护金瓶，他哪料到有人暗中对他窥伺？咱们此去，必然一举成功，何况老大已先到了拉萨呢，你不用担心。咱们还是出去看看这弹琴的女子吧，从这女子的口中，也可以探听到一些龙老三的来历。”

那对男女刷啦一声从茅草丛中跳出。冰川天女弹了两阕，还未见白衣少年来到，正是芳心微愠，忽见两个相貌丑陋的男女跳出来，那男的还龇牙露齿，冲着她嘻嘻地笑，不由得大为恼怒，那女的道：“喂，你是不是日间助阵、替龙老三保护金瓶之人？”那女的见冰川天女如此美貌，丈夫又冲着她笑，无名火起，说出话来，甚不客气。

冰川天女冷冷一笑，斥道：“你这对狗男女敢来偷听我弹琴，给我滚下山去！”一扬手就是两枚冰魄神弹。唐经天所料不差，这对男女正是云灵子夫妇。他们是一派的领袖，几曾受过人这般辱骂，夫妇俩勃然大怒，正待出手，忽觉一股奇寒之气，扑面射来，不由得大为惊骇，急忙运气闭穴，饶是如此，也不由自己地机伶伶地打了一个冷战。

冰川天女见冰魄神弹打他们不倒，亦是好生惊诧，玉手一扬，又是两枚冰魄神弹，这回加重了内家劲力，可以透穴而过，云灵子急忙闪身，那冰魄神弹从他身旁掠过，爆发开来，顿时飞出一团寒光冷气。他的妻子挡冰魄神弹的手法比他还要高明，解下束身腰带，轻轻一卷，就把冰弹裹住，抖手一绞，冰弹在腰带裹碎了，化成冰水，渗了出来。那女的就把腰带当作软鞭使用，径扑冰川天女。

冰川天女也解下了束身的绸带，用力一挥，有如玉龙夭矫，立刻缠着了那女的腰带。霎眼之间，三进三退，绸带飘舞，彩色缤纷，好看之极。云灵子喝道：“你莫非就是冰川天女么？”冰川天女秀眉一扬，道：“你既知是我，还不快快滚下山去！”云灵子冷笑道：“就算你真是天女下凡，也得领教领教你的冰川剑法！”从腰间抽出一对判官笔，点打冰川天女背心上的两道大穴。

双笔挟风，点打穴道，又狠又准，冰川天女心中一凛，想不到这个丑汉竟然也是一个点穴高手。不敢轻敌，立刻用了一招“回风折柳”，身形一转，把冰魄寒光剑拔在手中。云灵子挟数十年功力，双笔一封，用了一招“横架金梁”往上一崩，满拟将冰川天女的兵刃当场折断，哪知冰川天女剑走轻灵，一沾即过，寒光冷气，耀眼沁凉，云灵子竟不由自主地打了个寒噤。

冰川天女在瞬息之间，接连刺了三剑，云灵子转攻为守，足踏八卦方位，连连后退，但双笔交叉，封闭得十分严密，笔尖指着冰川天女的穴道，随时可以伺机反击。云灵子的妻子桑青娘功力也不在乃夫之下，见冰川天女剑法凌厉，急将腰带抖得笔直，使出一路飞龙鞭法。桑青娘练的是西藏密宗的“柔功”，善能以柔克刚，那腰带挥舞起来，有缠、打、圈、匝、沾、扫、拖、卷八法，可作几种兵器使用，并能夺取敌人的刀剑，比寻常的软鞭，厉害何止百倍。冰川天女分心使剑，绸带舞成的圆圈防御稍疏，微露空隙，桑青娘的腰带立即钻入，一伸一缩，有如毒蛇吐信，竟想攻入内圈，上刺冰川天女的双目。冰川天女迫得将冰魄寒光剑横转过来，左一招“雪花六出”，右一招“积水凝冰”，左右两剑，寒光闪闪，瞬息之间，变化八个招式，桑青娘不敢强攻，抽出腰带，防护要害，冰川天女解了本身的威胁，正想掉转剑锋，云灵子的判官笔早已飞点过来，抢了先手，一招紧过一招，不让冰川天女有反攻的机会。

片刻之间，斗了三五十招，双方都是暗暗吃惊。云灵子夫妇是一派巨擘，合藉双修，在西域久享盛名，以二敌一，竟然不能取胜，心中自是无限惊异。冰川天女的剑法融中西剑法之长，精妙无比，但被他们夫妻联手围攻，却也只能打个平手，占不了半点便宜。

唐经天伏在岩石之后，看了许久，只见云灵子夫妇攻势渐渐加强，判官笔笔走龙蛇，每一招都是指向要命的穴道所在；桑青娘的腰带更是刁钻古怪之极，如灵蛇游动，遇隙即入，冰川天女渐渐处在下风。但她的剑法精微奥妙，每每在下风之际，突出奇招，云灵子夫妇摸不透她的门路，亦是有所顾忌，虽然占了上风，仍是小心翼翼，不敢有半点轻进冒险。

唐经天凝神细看，暗中揣摸冰川天女的剑法，心中叹道：“我只道天山剑法天下无敌，而今看来，她的剑法奇诡变幻，有许多地方还要胜过天山剑法，真是学无止境，必须精益求精。”其实冰川天女的剑法在奇诡变幻之处自是稍胜，但论到博大精深，沉稳浑厚，却尚不如天山剑法。天山剑法遇到功力比自己高的人，可以凝守自保，冰川天女的剑法长于攻而防守较疏，遇到功力较自己高的人，却不免稍稍吃亏。

云灵子夫妇的功力与那印度的苦行僧及龙灵矫等人在伯仲之间，若然以一敌一，百招之内，必然输给冰川天女。但而今夫妇联攻，以二敌一，自是大占便宜。但因冰川天女那把冰魄寒光剑是天下最奇怪的宝剑，寒光闪处，冷气侵肤，他们不能不分出心神，运气防御，如此一来，虽占便宜，迫切间却也难奈她何。

月亮渐渐西移，冰川天女与他们斗了一百来招，渐觉气喘心跳，暗自想道："那白衣少年为何还不来呢?"心中烦恼，不能镇定。云灵子夫妇都是老手，一见有机可乘，立即加强压力，云灵子的判官笔以泰山压顶之势，紧紧压着冰川天女的宝剑，不让她使出奇诡的变招，桑青娘的腰带又乘隙钻入，着着进迫，幽萍本是满不在乎的在旁观战，这时也渐渐有点为主人担心。忽见云灵子的那对判官笔一招"流星奔月"，双插脑门，而桑青娘的腰带也几乎在同一瞬间，攻入内圈，带上金环，琅琅作响，冰川天女的剑被封在外门，迫切之间，撤不回来，势将落败，幽萍不禁"呵呀"一声惊叫起来。

好个冰川天女，就在这将败未败、危险万分之际，显出了非凡的本领，只见她剑柄一抖，剑锋在判官笔上碰了一下，登时飞出数十百朵剑花，寒光闪闪，人影不辨，一口剑也似化了数十百口一般，这一招名唤"冰河解冻"，是冰川剑法中临危解困、败里反攻的绝招。这时云灵子的判官笔若仍然下插，准可以在冰川天女的脑门上捅两个透明的窟窿，但他们夫妇二人也必然要被冰魄寒光剑在身上戳十几道伤口。云灵子夫妇一来不识这剑法的奥妙，被她的冰魄寒光眩目欲迷，看不清敌人方位，哪敢冒然下插；二来他们夫妇俩都是老手，武林高手比武，总是未料胜先防败，久已奉为金科玉律。哪料得到冰川天女的这招剑法，全然不顾自身，狠辣无比，他们二人被冰川天女的攻势所胁，不由自己地急急抽回兵器，封闭门户，就在这时，忽听得附近有人大声叫道："好呵!"原来是唐经天在岩石后看得情不自禁，叫出声来。

此声一出，云灵子夫妇都是大吃一惊，云灵子判官笔一分，使出一招“燕子斜飞”之势，半攻半守，高声喝道：“灵山派的云灵子在此，哪条线上的朋友，请出来相会。”云灵子威震西域，他自报名头，无非是想震慑对方，令他知所顾忌的意思。不料声犹未毕，忽见两道乌金光华，电射而来，叮当一声，两支判官笔竟给敌人的暗器射得斜飞起来，招式被破、门户洞开，冰川天女的寒光剑迅逾飘风，一闪即进！

云灵子魂魄齐飞，只觉寒光耀眼，冷气攻心，无可招架，心中叫道：“我命休矣！”忽听得一声裂帛，那剑光绕顶而过，却未落下，云灵子武功也确有独到之处，就在这瞬息之间，一个“鹞子翻身”，急忙向后一纵，飞掠数丈，连爬带滚，跌下山坡。

原来那裂帛之声，乃是他妻子桑青娘的腰带被冰川天女的宝剑所割断，桑青娘见丈夫危急，挥带蛮攻，一招“玉女投梭”，腰带笔直如矢，竟当作五行剑使用，上刺冰川天女双目，冰川天女横剑将它割断，缓了一缓，云灵子才逃得出性命。

桑青娘弃了腰带，紧跟在丈夫之后，逃下山坡，两夫妇抬头一看，只见冰川天女扬剑欲追，那白衣少年却站在她的面前，指手划脚，似是作劝止之状。云灵子拔出刺在判官笔上的暗器，失声叫道：“你是天山唐晓澜的什么人？”唐经天道：“我替家父向两位老前辈问候，请恕小辈无礼。”云灵子夫妇相顾失色，凭他们有多大的胆子也不敢去招惹天山派的掌门唐晓澜，何况眼见唐经天的武功，竟然能用天山神芒射入他的铁笔，只这份本领，就不在他们之下。云灵子冷汗直流，却扬声骂道：“好呀，我不与你一般见识，我找你父亲算账去。”这当然是为了掩饰颜面，故意自高身份之言。冰川天女冷笑道：“秃驴，你还敢硬嘴，再试我一剑！”云灵子听她骂自己是“秃驴”，怔了一怔，不自觉的一摸头顶，只觉触手光滑，原来顶心的一片头发，已被冰川天女削去，这一吓非同小可，不敢再多说半句，两夫妇三步并作两步，慌忙逃下山去。

冰川天女道：“这两个贼人偷听我的琴声，虽然削了他们的兵器和头发，尚未消我心中之愤。”

唐经天说道：“世上奸邪之辈比他们可恶的多的是。你哪能时常跟他们生气。”歇了一歇，微微笑道：“你弹琴就只许我来听么？

可惜我不是伯牙，不知琴心何处?”

冰川天女面上一红，啐道：“谁为你弹琴来了？你还要不要与我比剑?”唐经天道：“不必比了，适才我见了你的真实本领，剑法确是高明，我甘拜下风就是。”冰川天女道：“我最讨厌人口不对心，你心中分明在那里说，冰川剑法也不过如此如此，哪比得上我的天山剑法。”唐经天笑道：“原来你还有看透人心事的本领么？这次你却看错了。我心中说：冰川天女的剑法果是高明，在三年五载之内，我赢不了她。”冰川天女道：“这才是真话。”原来她心内正是如此想法，她见了唐经天几次显露的本领，心中想道，自己虽然未必输给他，但在三年五载之内，却是赢他不了。被唐经天抢先说了出来，冰川天女不由得幽幽地叹了一口气。

唐经天道：“好端端的又叹气作什么?”冰川天女半晌不答，忽道：“原来你是天山唐大侠的儿子。”唐经天道：“咱们彼此的身世来历都已知道，说来不是外人，我听父亲说，他想招集天山七剑的后代和门人来一次盛会，到时我和你一齐去，让你认识你父亲昔日的朋友。”冰川天女面色微变，道：“我父亲远走域外，他早就不把自己当作天山一派了。我怎敢参加你们的盛会!”唐经天怔了一怔，不知冰川天女何为而出此言。但看她说得甚是认真，眉宇之间，竟隐隐有一种拒人于千里之外的神色。唐经天微感不快，便不再提。

唐经天有所不知，冰川天女的父亲桂华生，当年正是因为比剑输给自己的父母，一气之下，而远走异国，采集西土剑术，想融会中西之长，另创剑派胜过天山的。

只见冰川天女凝眺远方，若有所思，幽幽说道：“随缘而遇，缘尽即散。你上冰峰一场，我也替你夺回金瓶以为报答了。咱们完了这段因果，既不比剑，还是散了吧。”尼泊尔乃是佛教国家，所以冰川天女也甚受佛教影响，唐经天听了，又是一怔，沉默半晌，微笑说道：“冰峰已倒，你既入红尘，尘缘哪能便了？冰宫虽好，冷冷清清，即算真能修成仙女，也不过等于桂殿嫦娥，嫦娥也还有‘碧海青天夜夜心’的叹息呢！难道冰宫之外，就没有值得你留恋的地方?”

冰川天女心潮荡起微波，抬头一看，只见唐经天一身白色衣裳，

冰川天女傳
中國之線描及繪畫我想仍
在該走雅俗共賞之道路所
謂抽象藝术仍被絕大多數人
所不理解事物發展總有个
階段性有些東西急于求成
保留旧物都是我不取的腳
踏實地而一些蔽于目前不斷
地求新才不致于失敗而倒退
一九八五年十一月 嶺南盧延光偶誌

唐经天叫幽萍在外面等候，他和冰川天女施展绝顶轻功，夜探龙家。

在月光之下，更显得潇洒出尘，一双明如冰镜的眼睛注视着自己。冰川天女不禁面上一红，心乱如麻，竟似觉得有所留恋，至于留恋的是什么？自己也不清楚。也许就是此时此刻的美的感受，也许就是此人此语，与自己甚是投缘？但想起此人又正是自己必须与他分个高下的人，此刻不能分出，三年五年甚或十年之后，也必须与他分个高下，这才不负父亲创立剑派的遗志，思念至此，不觉惘然。

忽听得唐经天又道："你的两位伯伯，一在川中，一在湖北，你就不想去看看他们吗？他们几十年来思念你的父亲，到处请人打听。陈天宇的师父铁拐仙便是受他们所托，冒险上到冰峰，以至身死冰宫的。难道你也不动心么？"冰川天女道："什么？铁拐仙在冰宫死了？"幽萍道："不错，听说他们师徒是为了保护冰宫，以至铁拐仙被红衣番僧所伤，因而致死的。"将陈天宇告诉她的种种事情，转述给冰川天女知道。冰川天女想起铁拐仙夫妇的一片热肠，不觉黯然。唐经天道："你的两位伯伯若知道有你这样一个冰雪聪明的侄女儿，不知道该多高兴呢，你不想去会会你在中国的亲人吗？"

冰川天女道："我不知道他们居住的所在，怎样去找？"唐经天道："所以说咱们并未缘尽，不能就此分散。我陪你去找两位伯伯便是。咱们先到川西找冒川生大侠，然后再上武当山找石广生大侠。"冰川天女面上又是一红，半晌说道："好吧，那么咱们何时动身？"唐经天道："我陪你找两位伯伯之前，也请你陪我找一个人。"冰川天女道："什么人？远不远？"唐经天道："就是那个龙灵矫，咱们到拉萨找他，耽搁不了几天。"冰川天女道："金瓶已替他夺回，还找他作什么？"唐经天道："此人身份大是可疑，你可知道，云灵子夫妇，本来就是想向他找麻烦的。"将所见所闻，说了一遍，道："云灵子夫妇的武功远在焦春雷等八大高手之上，清宫却不请他们护送金瓶，而要他们乘此时机，暗中侦察龙老二的底细，可见清朝皇帝对龙老三的重视，竟似不在金瓶之下。这疑团我非揭开不可。"冰川天女眉头一皱，道："偏你这么多事！"唐经天笑道："你就是不愿意，也得陪我走一趟。"冰川天女道："为什么？"唐经天道："这样咱们就不必彼此领情，将来你再要与我比剑之时，也好说话。"冰川天女"嗤"的一笑，道："你这话说得倒是。好吧，我就先陪你去拉萨一趟。”

三人拂晓动身，除夕之夜，赶到拉萨。只见拉萨街头，人如潮涌，处处香烟缭绕，灯火辉煌，市中心的大昭寺更是饰以金箔，每层檐角，都悬以七彩玻璃灯，越发显得富丽庄严。人们在街头狂欢跳舞，或唱民歌，或诵佛曲，人群不歇地向着大昭寺欢呼。比内地的过年还要热闹百倍。唐经天心中暗道：“满清皇帝这件事倒是做得对了。他将金本巴瓶送来，从此西藏的政教制度都由中央规定，西藏与中国更不可分。怪不得西藏的人如此高兴，尽管有人挑拨汉藏满蒙各族的情感，可是他们却愿意在一个家庭之内，如兄如弟如手如足呢！这金本巴瓶就是统一的象征。”看着人们如此狂欢，想起日间金瓶到来之时，全城僧俗都去迎接，那更不知是何等热闹！他们迟来半日，错过盛会，心中暗暗可惜。

三人好不容易才挤过布达拉宫下面的广场，进入葡萄山北面旷僻的山地，山坡上有一幢形式特别的屋宇，屋作圆形，有如碉堡，四面围有围墙，这便是龙灵矫的住家。唐经天叫幽萍在外面等候，他和冰川天女施展绝顶轻功，夜探龙家。只见里面一片寂静，人们想必是都到外面凑热闹去了。他们摸到龙灵矫的书房外面，忽听得里面有脚步声踱来踱去，两人飞上屋檐，使一个“珍珠倒卷帘”的姿势，向里窥望。冰川天女与唐经天的轻身功夫好到极点，端的如一叶飞堕，落处无声。连龙灵矫竟也未察觉。两人向里一望，只见龙灵矫好似神魂不属的样子，在书房里绕来绕去。正是：

遁迹风尘人不识，问君何事却关心。

欲知后事如何？请听下回分解。

第十三回　闹市孤臣　神龙图大事
寒光热浪　冰剑斗妖邪

唐经天心中一动，想道："龙老三连日奔波，而今金瓶已安然无事，放到大昭寺了，他还有什么心事？这么晚了，还不歇息？"忽听得门外有脚步声，冰川天女与唐经天将身子一缩，隐伏在屋檐凹槽之处，只见门帘揭处，一个瘦长的汉子走了进来，乃是龙灵矫的师弟颜洛，亦即是曾经施展空空妙手，偷过幽萍的冰魄寒光剑的那个人。

龙灵矫嘘了口气，道："师弟还没睡么？"颜洛道："这半月来我真替师兄担心，如今可松口气了。"龙灵矫苦笑道："披上袈裟事更多，金瓶到后，咱们的大事正在开始呢！"颜洛道："依我看来，咱们还是暂时避开的好。"龙灵矫道："你害怕了？"颜洛道："不是害怕。但这几日来，我总似感到一种预兆，似乎咱们的行藏已被人瞧破。"龙灵矫道："福大帅也没半点疑心，你不必胡思乱想。"颜洛默默不语，似是欲说还休。

龙灵矫道："咱们十几年来，屈身幕府，为的什么？眼看目前已打下了一点根基，尤其这次经过我的策划，安然接到金瓶，福大帅更要倚靠咱们，就算有什么风浪，也可安然度过，你怕什么？"颜洛道："但愿如此。"

停了一停，龙灵矫续道："我叫你与各个土司打交道，进行得可好么？"颜洛道："还好。"龙灵矫道："幕府之中有我，这次咱们要放手干它一场。"颜洛道："大帅府中明日一早便要举行团拜，庆贺新年，并慰劳今次有功的将士，师兄，你还是早点睡吧。"龙灵矫道："你呢？"颜洛道："明日之会，师兄你是要角，我这些闲角，迟一点登场也行。我还要去巡视一遍。"龙灵矫笑道："太过于小心了，难道还有谁敢混进这儿不成？"颜洛也笑道："师兄这么快就忘了月前之事了？"龙灵矫道："世上能有几位冰川天女？何况冰川天女也不是存心与咱们为敌。"颜洛道："话虽如此，还是小心的好。"与师兄道了一声"安歇"，便自退出门去。

唐经天听了他俩师兄弟这场谈话，更是疑团满腹，不知龙灵矫打的是什么主意，要干的是什么事情？忽听得龙灵矫在房中吟道："揭地掀天为事业，翻江倒海作文章。哈哈，这金本巴瓶一到，该是我大显身手的时候了。"唐经天不禁骇然，心道："这龙老三口气好大，莫非他想造反不成？只是在此时此地，岂宜造反？"

唐经天正在心里琢磨，对他的身份尚未分明，正拿不定主意要不要下来与他相见，忽听得院子外边一声尖叫，那是颜洛的叫声，似乎是受到人暗中的袭击，龙灵矫在房中一跃而起，正想掀帘跳出，那尖叫之声尚未停止，只听得一阵怪笑，紧接而来，笑声初起时，似在几间屋外，倏忽便到了面前，端的是声到人到，快速无比！

以冰川天女和唐经天这样的武功，也不由得心中一凛，须知颜洛与龙灵矫乃是师兄弟，颜洛功夫虽然逊于师兄，在武林中也算得是一流人物，来人竟然能在瞬息之间将他击倒，这份身手，端的惊人，而且听他笑声未停，身形已现，这份轻功竟也与冰川天女在伯仲之间。

唐经天掌心扣了两支天山神芒，冰川天女也拈出两枚冰魄神弹。唐经天打了一个眼色，示意叫冰川天女暂时隐忍，只见那黑影一溜烟似的直闯进来，正遇着龙灵矫掀帘而出，骤听得铮铮数声，银光四射，那黑影倏地停住，怪声笑道："好一个'八臂哪吒招宝'的绝技呀！你的师父是四川唐老二么？"淡月疏星之下，隐约看到那黑影是个瘦长的汉子，面颊深陷，双睛如火，头发似一蓬乱草，狰狞怕人。

唐经天好生诧异，这怪客发的乃是一种歹毒的暗器三棱透骨钉，专打人身穴道，这尚不足为奇，奇怪的是龙灵矫接暗器的手法，他一招之间，便将六枚透骨钉全都收去，这正是四川暗器名家唐家的手法。唐经天听父亲说过，唐家上一辈有一个人名叫唐金峰，排行第二，人称二郎神唐老二，当年以一张弹弓称霸江湖，这怪客所指的“四川唐老二”当是唐金峰无疑，但算起年龄，唐金峰若然还在，亦当在八十开外，难道龙灵矫竟是他的弟子？而这位怪客竟是他的平辈？

只见龙灵矫拢袖一揖，恭谨答道：“正是家师。敢问老前辈此来，有何指教？”那怪客又发出怪笑道：“你在漠外十年，竟也不知道我是谁么？”倏地将手掌举起，在龙灵矫面前一晃，那手掌鲜红如血，好像剥开了皮一样，在淡淡的月光之下分外鲜明，唐经天这一惊非同小可，只听得龙灵矫在下面已叫出声来：“原来是赤神子前辈来到，请恕晚辈无知，有失迎迓。”

这赤神子是隐居在康藏边境之间的一个老魔头，所练的功夫怪异之极，要将四肢的皮肤剥去，用一种毒草熬汁洗炼，故此手足都是鲜红如血，触人即死。当年江湖上的黑道白道，全都怕他几分，大家称他为“赤神子”，真实的姓名反而不传。唐经天的父亲唐晓澜出道之时，他已在西北一带横行，后来忽然消声匿迹，据传说是受了当年天山七剑之一、女侠武琼瑶的惩戒，详细情形，却是无人知道。唐晓澜归隐天山十余年，天山七剑相继逝世，连最后的两个女侠易兰珠和武琼瑶也都死了，赤神子才偶一露面。唐经天曾听父亲道及，说是赤神子曾约过他到巴颜喀拉山的南高峰比武，他不愿与外派妖邪争胜，置之不理，赤神子遭到拒绝，也没有去找他，想不到此人却在今夜出现。

只听赤神子又怪笑道：“你既知道我是谁，就该乖乖地听我吩咐，你在西藏十多年，干了什么事情，一一从实招来。”龙灵矫道：“我十多年来在福大帅帐下作幕，所做的事情，福大帅全都知道，老前辈若然信我不过，可以去问福大帅。”赤神了冷笑道：“你拿福康安吓我吗？你瞒得过福康安，可瞒不过九重天子，你更名改姓，就以为没人知道了吗？”

龙灵矫吃了一惊，却仍是镇静问道：“我不明白老前辈说的是什么意思？我好端端的又未曾犯罪，为何要更名改姓？”唐金峰已死了十多年，赤神子只查到龙灵矫是他的弟子，却还未查到龙灵矫的来历，见龙灵矫矢口不认，拿他无法，心中火起，不理大内总管所传的要他谨慎从事的御旨，立即嘿嘿冷笑道："你推得倒好干净，好吧，你立即跟我走，有罪无罪，自然有人给你判定。"龙灵矫道："能不能跟你走，这可得问过福大帅。"赤神子怒道："你拿福康安作护符吗？福康安也未必护得了你，你听不听我的吩咐？"龙灵矫道："晚辈并非敢抗你老之命，只是职守在身，不敢擅离。"赤神子道："你这芝麻绿豆的官儿，随时可以革掉，你神气什么？"龙灵矫道："就是革掉，也得有正式的文书，或者是福大帅的手令。大清律例，一切大小官员，非经上峰差遣，不得擅离职守。正因为我是个小官儿，更不敢以身试法。"赤神子大怒道："你左一句福大帅，右一句福大帅，尽和我打官腔，哼，你当我赤神子是什么人？我不理你什么大帅，什么律例，你今晚若不跟我走，可是自己找苦来受。"龙灵矫道："我宁愿受老前辈责罚，也不敢冒犯皇法。"赤神子突然冷笑道："皇法，我就是皇法！"倏地伸出蒲扇般的大手，向龙灵矫搂头一抓。

龙灵矫早有防备，长袖一挥，向赤神子手掌一卷，立即避开，这一手是"流云飞袖"的绝招，暗藏内力，俊巧非常，只听得赤神子冷笑道："好呀，就凭唐老二传你这几手三脚猫的功夫，就居然敢与我动手动脚了？"手掌一翻，从双袖翻卷之中腾了出来，龙灵矫身法已快，他的身法更快，竟如闪电般的一闪即到，在相距丈许之处出掌，招数刚展，掌锋便拍到龙灵矫胸前，龙灵矫腾挪闪避，不敢叫他的掌锋沾上，好容易闪避了六七招，唐经天和冰川天女已听得他微微气喘。

冰川天女好生诧异，看龙灵矫的功夫，虽然远不及赤神子，但最少亦可挡他三五十招，龙灵矫的掌法绵密之极，虽处下风，未露败象，不知何以便会气喘如牛，实是莫名其妙，冰川天女看了一阵，不禁微微的"噫"了一声。

赤神子"嘿"的一声冷笑，喝道："原来你还约有能人在此埋伏，好呀，都下来吧！"口中说话，手底却是毫不放松，掌风人影之中，只听得"嗤"的一声，龙灵矫的马蹄袖竟被他扯去一截，"流云飞袖"的招数登时破了，龙灵矫大吃一惊，连连后退。就在此时，忽听得一声娇笑，冰川天女与唐经天已从屋檐上跳了下来，龙灵娇喜出望外，呆在当场。

赤神子也怔了一怔，冰川天女明艳照人，羞花闭月，赤神子揉揉眼睛，几乎不相信世间竟然有这样美丽的姑娘。冰川天女双指一弹，叱道："看什么，先打瞎你的狗眼！"赤神子正在呆看，忽见两点寒光电射而至，冷气沁入眼帘，赤神子也真了得，就在这一瞬间，只见他霍地一个"凤点头"，左手一抄，就把两枚冰魄神弹接在手中，"咦"的一声，冰水从他指缝滴下，他挥掌一洒，右掌一起，相距丈许，掌锋却倏地便拍到冰川天女胸前。

冰川天女何等功力，她所发的冰魄神弹即算唐经天与龙灵娇等辈也不敢硬接，而今赤神子接了居然无事，还能迅速出招，冰川天女也不禁吃了一惊，忽见眼前红影闪动，赤神子通红如血的手掌已拍到跟前，出招如电，掌势飘忽，这也还罢了，最骇人的是，他掌挟劲风，热呼呼的，竟似鼓风炉中喷出的一股热风。冰川天女顿感呼吸不畅，急忙使一个"风刮落花"的身法，连闪三招，骂道："好个妖僧！且叫你也见识我的宝剑！"赤神子连发三掌，连她的衣裳也沾不着，好生诧异，只见冰川天女一个翻身，冰魄寒光剑已拔在手中，剑锋一指，一道寒光，挟着刺骨的寒气，登时射到赤神子的面门！

赤神子吓了一跳，双掌齐出，热风冷气，互相抵消，倏然之间，斗了十余廿招，各自无事，赤神子自从三十年前被武琼瑶打败之后，今番初逢劲敌，精神陡振，哈哈怪笑道："妙极了，妙极了，我正热得难受，难为你玉手挥凉，给我解热！"冰川天女大怒，一柄冰魄寒光剑使得凌厉无前，她的剑法以武林罕见的达摩剑法为基础，掺以西欧及阿拉伯的剑术，奇诡无比，奥妙莫名，指东打西，指南打北，赤神子被她一阵强攻，不敢再行说笑，暗自玄功默运，将掌力热风逐渐加强，两只腿好像钉牢在地上一般，任冰川天女的剑势有如惊涛骇浪，连番猛卷，他竟不移动半步。又战了一刻，赤神子缓了口气，叫道："好，你能接到我五十招以上，后辈之中算你第一了。你是何人？师父是谁？"冰川天女冷冷一笑，道："看你修到今日，亦非容易，快快滚开，休得多事！"说话针锋相对，半点不让。

赤神子喝道："小妞儿不知好坏，祖师爷有意饶你性命，你却敢与我顶撞!"掌法一变，有如长江大河，滚滚而上，突然转守为攻。冰川天女感到他掌力越来越为沉重，虽然还能应付，额头却已微微沁出香汗。

在冰川天女与赤神子恶斗之时，唐经天却将龙灵矫拉过一边，悄悄问道："龙三先生，你端的是何等样人?"龙灵矫微微一笑，说道："你也不相信我吗?你将那块汉玉交与你的父亲，他自然会知道我的来历。"唐经天道："我不是这个意思，并非要向你查根问底，清宫对你甚为注意，派来缉拿你的高手不止赤神子一人，你若真是在西藏有所图谋，犯了'大罪'，那么趁现在的时机，赶快逃跑，还来得及！赤神子这干人有我们替你阻挡。"

龙灵矫眼珠转了几下，似是心中正在委决不下，忽然紧握唐经天的手，道："唐兄弟，多谢你啦，我不能走，你们不必管我。"唐经天见他言辞闪烁，态度模糊，好生疑惑，对龙灵矫实是捉摸不透，若说他是侠义中人，西北群豪却无一人知道他的来历；若说他是死心塌地扶助福康安，他却暗中派师弟去联络西藏的各个土司；若说他是受外邦指使，想在西藏搅起叛乱，他却又极力保护金本巴瓶。若说他是胸怀大志，想把西藏作为抗清的基地，则时地均不适宜。唐经天百思不解，对龙灵矫的底细摸不清楚，对他究竟应采取何种态度，一时之间，也就难以决断。

唐经天正想再设法套问，忽见冰川天女与赤神子互相追逐，你劈一掌，我刺一剑，兔起鹘落，电掣风驰，那庭院不过三丈见方，两个人穿梭来往，掌风剑影，此去彼来，就像数十百人在战场上恶斗一般，看得人眼花缭乱。

冰川天女剑法虽然精妙，但赤神子挟数十年功力，加上所练的世间独一无二的歹毒的邪恶外功，久斗之下，冰川天女竟渐渐落在下风，虽是互相追逐，但以唐经天这样的大行家，已看得出冰川天女的剑法渐渐被赤神子迫得舒展不开。

龙灵矫道："这老魔头的血神掌触人立死，碰它不得，你们俩人不必犯险，赶快走吧，我自有法子应付他。"唐经天目注斗场，只见冰川天女一双秋水盈盈的眼睛，也正望着自己，眼光中含有怪责的神色。他知道冰川天女的脾气，若然不能战胜，绝不肯走开。当下对龙灵矫微微一笑，说道："且待我们替你把赤神子打发之后，我再走吧。"不理龙灵矫同不同意，倏地纵身便跃入斗场。

赤神子正杀得性起，一掌紧似一掌，要强抢冰川天女手中的宝剑，忽见一道乌金光华，电射而来，赤神子把手一招，欲待硬接，忽觉那暗器挟风，劲力奇大，估量自己的功力，若然硬接，只恐要被它穿透掌心！

赤神子武功确是高强之极，就在这神芒射到的俄顷之间，忽地双指一弹，弹在冰川天女的剑上，那柄冰魄寒光剑骤然一荡，只听得"铮"的一声，天山神芒从两人的空隙之间穿过，余势未衰，射到柱上，整枝神芒，没入石柱之中。

赤神子这招实是使得险到极点，须知冰川天女的剑法也是快若飘风，赤神子出指一弹，若有毫黍之差，手指就要被剑锋削去，那时阴寒之气攻入血管，多好的内功也难抵御。但给他一弹弹个正着，冰川天女的剑势反而为他所用，劲力更增，恰恰替他碰飞了唐经天的天山神芒。赤神子露了这手功夫，唐经天固然吃惊，赤神子更是吃惊不小。他以为冰川天女在后辈之中已是独一无二，哪料唐经天年纪轻轻，看他发暗器的内家劲力，犹在冰川天女之上。不由得倒吸了一口凉气，想不到自己潜修了几十年，连两个后生小子也不能取胜。

双方动作都是快如闪电，唐经天神芒一发不中，游龙剑立刻出鞘，游龙剑是当年天山派始祖晦明禅师采五金之精所炼的镇山之宝，剑质之佳，尚在冰魄寒光剑之上，略一挥动，便见光芒四射，果然矫若游龙；赤神子反手一掌，没有打着敌人，反而几乎给游龙剑尾的锋芒扫着，急忙一个转身，用掌力迫开冰川天女的剑。唐经天的剑如影随形，跟踪又到，赤神子猛地双掌齐出，一股热风，呼呼作响，唐经天如身陷洪炉之中，迫得退后几步。赤神子脚踏五行八卦方位，不住地绕场疾走。

唐经天这才明白龙灵矫何以在十招之内，就给赤神子迫得气喘如牛的道理，原来是他掌心所发的热力在作怪。天山派的内功乃武学正宗，唐经天火候虽然稍欠，但却是家传心法，急忙凝神静气，运剑防御，果然好了一些。双剑联攻，威力倍增。赤神子若然以一敌一，原可稍占上风，而今以一敌二，那就只有退守的份儿了。

双方越战越紧，冰川天女不怕热力，步步进迫，看看就要把赤神子迫到墙边，无路可退，忽听得外面两声怪啸，又有两个人窜了进来，正是在丹达山上偷听自己弹琴的那对夫妇——云灵子与桑青娘。赤神子精神一振，哈哈大笑，但这两人却并不上前帮忙，飞入庭院，却突然一齐停住。

赤神子道："你们若是怕事，就不必来。"云灵子道："大哥，和你动手之人乃是唐晓澜唐大侠的儿子。"赤神子面色一变，忽而又哈哈笑道："你们怕他我须不怕他。在你们是一派名宿，几十岁的人却给唐晓澜的名头吓倒！好啦，你们不敢招惹天山派的人，且待我单独应付他。"言下之意，实是暗示云灵子与桑青娘去绊住冰川天女。

云灵子夫妇给赤神子说得甚是尴尬，听了他的暗示，正合心意，干笑两声，掩饰窘态，说道："我们不是怕他，不过不愿与后辈一般见识。"赤神子愠道："对目中无人的后辈，咱们也得管教管教，好，我今日就先把唐晓澜的儿子捉了。把他送上天山，先问他一个教子不严之罪。"

云灵子夫妇心中暗暗好笑，却也不愿再说，立刻抽出兵器，合攻冰川天女，把她与唐经天分隔开来。这一下形势立变，赤神子反守为攻，着着进迫唐经天。

唐经天"嘿"的一声冷笑，剑法也是骤然一变，但见剑光霍霍，有如水银泻地，紫电盘空，全身都藏在游龙剑的光幢之内。这是天山剑法最精微奥妙的大须弥剑式，剑势展开，有如铜墙铁壁，即使遇到功力比自己高的人，亦难攻入。大须弥剑式也并不是只守不攻，而是随着敌人的攻势转移的。只要对方稍一疏神，便可突围而出，立施杀手。

赤神子一掌紧过一掌，连攻了二三十招，唐经天仍是兀立如山。但赤神子每发一掌，都带着一股热浪侵来，肉掌虽然不能攻进剑墙，热浪却是无孔不入。唐经天虽是能运用内功抵御，到底不如冰魄寒光剑的天然寒气之妙，故此冰川天女独战赤神子之时，可以抵敌至一百余招之后始见下风，而唐经天挡了三十多招，却已渐感难以应付。

冰川天女独战云灵子夫妇，也是感到处在下风，但却不如唐经天之甚，在一百招之内，双方都是有守有攻，桑青娘憎恨冰川天女美貌，出手特别狠辣，那条合金的腰带，诡招百出，连用缠、打、围、推、沾、扫、拖、卷八法，有如灵蛇游动，遇隙即钻。云灵子使的判官双笔，更是专点人身三十六道大穴，加以腕力沉雄，双笔使开，既可当作点穴的兵器，又可当作五行剑运用，攻势绵绵不断。冰川天女以一敌二，渐渐感到难以化解。

唐经天全力守御，过了五十多招，双眼赤红，汗出如浆，热得越发难受了，他偷眼一瞥，见龙灵矫仍是倚门观战，既不逃走，亦不助拳，真不知他打什么主意。唐经天心中不禁发恼，又见冰川天女亦已渐渐落在下风，更为焦躁。高手相斗，最忌心神不定，唐经天这一焦躁，剑法立刻被赤神子的掌力打得散乱，微露空门。

陡听得赤神子大喝一声，乘着空隙，一掌劈进，忽见剑光一散，有如浪花飞溅，千点万点，直洒下来，赤神子眼神一花，但见四面八方人影晃动，竟辨不清唐经天身形所在的真正方向。赤神子吃了一惊，不敢强攻，急忙回掌自保，说时迟，那时快，就在这一刹那，只听得呜呜两声怪啸，唐经天已是腾出手来，连发两枝天山神芒，分射云灵子夫妇。云灵子夫妇识得厉害，双双跃开，唐经天身法何等快捷，趁着这三个人各自散开之际，已与冰川天女会合。

原来唐经天这一招也是冒险非常，这一招乃是天山剑法中追风剑式的“电射星驰”，是一连十几个虚着构成的剑式，只是剑尖颤动，并未真个出招，但因动作太快，所以在敌人看来，就似乎处处都有剑锋刺到。这一招的用处，其实只能迷惑敌人的眼目，不能真正伤人。若被对方识破，仍按原式进攻，不为所惑，则自己反要受伤。唐经天从攻守兼备的大须弥剑式，忽然改为强攻的追风剑式，原是无可奈何之着，但赤神子不识天山剑法的奥妙，果然被他骗过。到醒觉时，唐经天已与冰川天女并肩而立，联剑同防了。

赤神子气得哇哇大叫，扑上前去，云灵子夫妇也是一退复进，仍然准备合攻冰川天女。唐经天斜刺杀出，一剑横封，将云灵子夫妇挡了一挡，那一边赤神子身形方起，冰川天女的六枚冰魄神弹早已向他打来。赤神子双掌翻起热风，六枚冰魄神弹全都在赤神子头顶裂开，寒光冷气，四面弥漫，倏地就似构成一片灰色的光网，将赤神子全身包没，冰魄神弹所包的乃是亘古寒冰所发的奇寒之气，六枚齐发，厉害之极，正是赤神子的克星，赤神子掌心所发的热力，抵挡不住，不由得也机伶伶地打了一个冷战。虽然以赤神子的功力尚不至受阴寒之气所伤，但一冷一热，呼吸亦感不舒，胸口竟然作闷。

这一来形势又是一变。唐经天与冰川天女双剑相联，合战赤神子与云灵子夫妇三人，因有冰魄寒光剑挡得住赤神子掌风所发的热浪，首先不受威胁，而赤神子适才被冰魄神弹所袭，功力又不免稍受影响，此消彼长，唐经天与冰川天女以二敌三，虽然还是抢不到上风，但已打成平手。

正在混战之际，忽听得外面人声嘈杂，角门开处，一批军官走了进来，走在前面的顶戴花翎，身穿黄马褂，竟然是个有功勋的二品文官，后面跟着七八个武官，龙灵矫的师弟颜洛也在其中，走路摇摇晃晃，面色灰白，但仍然支持得住。

走在前面这个大官乃是驻藏大臣官署中专管刑名的臬司（即等于大法官），名叫宗洛，本身又是满清的宗室，后面的那些军官则是龙灵矫的同僚。原来颜洛中了赤神子一掌，虽然受伤不小，但知道事情险急，强自运气支持，急急乘马赶到官署，将他们都请了来。

宗洛一付大官的架子，喝道："你们这几个是什么人？为何在此胡闹？"唐经天微微一笑，与冰川天女收了宝剑，退了出来，朗声笑道："我们是什么人，跟你来的官儿们都知道。"那些军官们齐声答道："他们就是日前在丹达山口保护金瓶的那两位义士。"宗洛看了冰川天女一眼，露出笑容，点了点头，换了口气说道："好，那你们是有功之人，退下待赏。"咳了一声，眼光射到赤神子面上，厉声斥道："你们这几个凶徒胆子可不小哇！竟然夜入官家，持械行凶，你们目中还有皇法吗？"

赤神子嘿嘿冷笑道："皇法？老子就是奉了你们皇帝老儿之命

冰川天女傳
此书之插画有關情节环境设想
皆出于张贻来先生之心血小子由衷感谢也

唐经天与冰川天女以二敌三，虽然还抢不到上风，但已打成平手。

来的!”宗洛怒道：“你就是钦差大臣，也不能如此无礼。”众军官都动了怒，道：“内府派来的人哪会如此撒野?”“若然是奉了朝命前来，为何福大帅不知道?”议论纷纷，竟然把他们当成是冒牌的货色。

赤神子怒不可遏，将大内总管所给的委令，掷给宗洛，上面的钤记分明，果然是内廷新聘的“供奉”，这事早在龙灵矫意料之中，宗洛却是颇出意外，怔了一怔，放软口气道：“那你们到此意欲何为?”赤神子指着龙灵矫道：“这人形迹可疑，混在西藏十多年你们都不知道。要劳动当今天子请老子出山，你们还有说的?”

龙灵矫冷冷说道：“禀大人，这三人都是武林败类，以前与龙某结有私仇，而今他们混入内廷，公报私仇，假传圣旨，你问他们，是不是有钦旨指明要捉拿龙某?”清宫之中，对龙灵矫的身份不过有所怀疑，尚未查明，所以大内总管只不过是口头传下皇帝的密令，叫他们查探明白，正式的逮捕文书自然是拿不出来。

赤神子怔了一怔，道：“皇帝请我们捉一个芝麻绿豆的官儿，要什么文书?”宗洛是官场老手，这时也颇感踌躇，若然赤神子所说是真，自己包庇钦犯，罪名非小；但若果是假传圣旨，则自己任令龙灵矫被他们捉去，福大帅必然动怒。龙灵矫虽不过仅仅是个四品幕僚，但谁都知道他是福康安倚为左右手，最最宠信的人。宗洛踌躇难决，心中想道：“福大帅是近支宗室，又是皇上最宠信的人，不如由他处决。”官场之中“推”“拖”二字乃是做官的秘诀，主意一定，便即说道：“你们各执一辞，我也难于决断，不过西藏之事，皇上早有明令，交福大帅全权处理，你们前来捕人，依理当事先通知大帅。好吧，你们明天一早，都随我见福大帅去，现在谁也不许动手。”正是：

惊悉神龙图大事，又观天女斗妖邪。

欲知后事如何？请听下回分解。

第十四回　大漠传声　童心戏天女
驼峰聚会　妙计骗佳人

赤神子虽然骄横，但以宗洛的身份，又将福康安抬了出来，不由他不同意。当下说道："好吧，谅福大帅也不至于包庇钦犯。"宗洛向冰川天女打了一个招呼，道："那么两位义士明儿也一同去作个证人吧。"冰川天女道："谁耐烦理这些闲事。"唐经天一笑说道："今晚之事，诸位大人都曾目击，我们二人的身份，福大帅亦已知道，我们山野小民，不惯见官，还是免了吧。"脚尖一点，与冰川天女飞身掠出院子的围墙，回头一瞥，只见龙灵矫含笑点头，眼中表露谢意。

唐经天心中疑惑更甚，一路思量。冰川天女笑道："这龙老三也算得是个人物，不知他何以不逃？"唐经天道："我看他城府甚深，案子转到了福康安手中，想来会有转机。"两人一面走一面谈话，不知不觉到了葡萄山南面山脚，布达拉宫的灯火，遥遥的照射山脚下面的广场。那是他们与幽萍相约碰头的地方。

只见山脚下一对黑影靠得很近，似是正在隅隅细语。冰川天女笑道："看这黑影似是一个男子，幽萍怎么和他这样亲热？"悄悄掩过去一听，只听得幽萍道："小公主说暂时不回冰宫，听说要到四川去，我也许会跟她去的，咱们以后恐怕很难见面了。"那黑影道："你若碰见芝娜，千万告诉她请她回到萨迦来见我一面。"幽萍笑道："你就只挂念芝娜姐姐么？"冰川天女心道："这小鬼头也懂得卖弄风情了。"几乎忍不住笑出声来。那黑影突然向前一跃，叫道："有人！"正想拔剑，冰川天女微微一笑，跳了出来，将他的佩剑递过去道："天宇，你的功夫果然大有进境了，这都是在冰宫中偷学的吧？"

这黑影正是陈天宇，原来他也是听到龙灵矫家中有事，特来探望的，却想不到在山脚下碰到等候主人的幽萍，幽萍告诉他说，冰川天女和唐经天都进去了，不管龙灵矫的对头有多么厉害都不必担心。他们都把冰川天女与唐经天视若天人，以为他们一到，就没有什么不可以解决的问题，哪知道龙灵矫的案子，内情却是非常复杂。

陈天宇突然见到冰川天女出现，甚是尴尬，冰川天女道："我欠下你师父的情份，无以为报，你虽未经我的许可，偷学我的剑法，但那是在大地震之后，由于要保存武学之念而起，我又怎能怪责你呢。我只问你，你也来这里做什么？"陈天宇嗫嚅问道："那龙三先生怎么了，我看他倒是一个好人，你们会帮助他吧？"唐经天显出身形，微笑说道："你这小子倒有一份热心肠。"忽而面色一端，说道："但这事你还是不要多管的好。"陈天宇听他这么一说，不觉愕然。

唐经天道："令尊此次立了大功，福康安与和硕亲王定当另眼相看，他日论爵叙功，最不济也可官复原职，那时你们当可遂回乡之愿了。"陈天宇的父亲陈定基是京官，拜御史之职，只因弹劾奸臣和珅，被贬到西藏，晃眼十年，无日不想还乡。唐经天知道他们父子心事，故有此言。

陈天宇苦笑道："和珅现在正是炙手可热，权倾朝野，哪能这样容易回去。我父亲现在倒是官复原职了，可惜不是复御史之职。"唐经天道："怎么？"陈天宇道："是复萨迦宗宣慰使之职。福大帅已批准拨款重修官署，另派一队精兵，送我父亲上任了，只怕这几日就要动身。福大帅对我父亲说：你在萨迦丧兵辱命，本当有罪，现在将功折罪，已算格外开恩，你先回萨迦去吧，好好地做三两年，那时我再保举你，让你回去做京官。哼，他竟和我父亲大打官腔，我父亲还有何话可说？只好准备再回萨迦啦。"

唐经天道："咳，想不到官场如此赏罚不明。不过回萨迦也不是什么苦差使，你们不是在那里住了十年么？何必如此愁眉苦脸？"陈天宇好像满腔心事的样子，眉头深锁，欲说不说。幽萍忽地"噗嗤”一笑道：“萨迦的土司想把女儿许配给他哩，这傻小子另有心上之人，他怕一回萨迦，就会惹起麻烦。呀，你这傻小子，别人有新郎可做，高兴还来不及呢，你却慌成这个样子！”幽萍与陈天宇曾同行多日，无话不谈，故此深悉他的心思，陈天宇被她取笑，更是尴尬。冰川天女不觉笑道：“我当是什么事情，原来是这等无聊的小事，你不是长有一对脚吗？你不愿做新郎，双脚一溜，难道能强拉住你？”冰川天女哪知官场之中错综复杂的关系，一笑置之，陈天宇心中更是苦闷。

唐经天道：“你回去吧，我教你一个妙法儿。”把陈天宇拉过一边，在他耳边悄悄地说了几句。冰川天女道：“哼，你这个人总爱装神弄鬼，你教他什么坏主意，见不得人的？”唐经天笑道：“天机不可泄漏，我这坏主意，什么人都见得，就是不方便给你们听。”冰川天女道：“谁稀罕听你的！”

陈天宇愁容稍敛，说道：“那俄马登也很难对付呀。”唐经天道：“你如今的武功大非昔比，俄马登不是你的对手了。你放心跟父亲回去吧，只是要多点小心，提防他的诡计。”陈天宇一看天色，只见月亮西堕，东方天际，已微露曙光，怕父亲在家中挂念，只好向冰川天女告辞。

唐经天与他扬手道别，只见幽萍好像心神不属的样子，呆呆地望着他的背影。冰川天女笑道：“傻丫头，一个土司女儿已经够他烦了，你还想再给他添上麻烦吗？”幽萍撅着小嘴儿道：“公主，你也拿我取笑？我可不敢服侍你了。”冰川天女待她有如姐妹，平素也常说笑，见她怪不好意思的，一笑作罢。三人回到市区，已是天色大明，彻夜狂欢的人群，这时才渐渐散去。

三日之后，冰川天女这一行人离开拉萨，准备穿过西藏，进入回疆。他们在拉萨逗留三日，为的就是探听龙灵娇的事情。龙灵娇的案子到了福康安手中，果然大有转机，福康安将龙灵娇扣留起来，虽然仍是将他当作犯人，打入囚牢，但总胜于将他交与赤神子了。福康安的主意是要先问明皇上，再行发落，这样一来一回，最少也得半年，龙灵娇的案子就这样的被搁置起来，因而唐经天也放心走了。

其时已是冬去春来，积雪虽然尚未溶解，比严冬季节，却已容易行走得多。三人脚程又快，十余日后，已从西藏的南部进入了回疆的塔里木盆地。

一路行来，只见黄沙漠漠，山脉绵延，冰川天女叹道："中国地方真大，远远望去那座高插入云的大山叫什么名字？"唐经天道："那便是闻名世界的天山了，这里的山脉都是它的分支，天山山脉绵延三千多里，南北两高峰也相去一千里呢。"冰川天女本来兴致勃勃，听他提起天山，面色一沉，微露不悦之色。唐经天尚未发觉，继续说道："从此处东行可入甘肃，沿着古时汉刘邦所修的栈道，便可进入川西。若然北行，可到天山。冰娥姐姐，你愿不愿先到天山一游？"冰川天女忽地冷冷一笑，道："你当凡是天下习武之人都要到你们天山去朝拜么？"唐经天诧道："你这是什么话？令尊也是源出天山一派，怎么'你们''我们'的生分起来了？"冰川天女冷笑不答，只顾赶路，把唐经天弄得莫名其妙。

大漠上经常是数十里不见人烟，只拣有水草的地方便支起帐幕过夜，这一日他们走了一百多里，好不容易才找到一个丘陵高地，可以遮蔽风沙。他们便在背山阴处，支起帐幕。冰川天女与幽萍同宿一个帐幕，唐经天在离开半里之地，另外独自一个帐幕。这一晚冰川天女心思如潮，睡不着觉，与侍女幽萍在帐中闲话，冰川天女拿她取笑，笑她舍不得离开陈天宇，笑她一下山就贪恋尘世的繁华，幽萍笑道："陈天宇自有他的芝娜姐姐，我和他不过姐弟一般，哪谈得上儿女之情。倒是你呀——"冰川天女愠道："胡说，我有什么给你说的？"幽萍道："不错，唐相公的人品武功那倒真是没有可说的，你两次弹琴，我都听见了呢！嘻嘻，南有乔木，不可休思。汉有游女，不可求思。嘻嘻，你不怕他求之不得，辗转反侧吗？"冰川天女佯嗔道："你再乱嚼舌头，看我撕不撕破你的嘴？"

主仆正在互相取笑，忽听得远处有呜呜之声，隐隐可闻，冰川天女面色一变，凝神静听，那怪声有点似吹角之声，又似尼泊尔一种特有的乐器所发之声。冰川天女忽道："我出去瞧瞧，你不要惊动唐相公。"取了冰魄寒光剑，立刻跃出帐外，翩如飞鸟，掠入了黄沙漠漠之中。

大漠上虽有丘陵，月光却是分外明亮，冰川天女提一口气，奔出了七八里路，果然在一片草地上，见着一团人正在厮拼。刀剑碰击之声划过夜空，声声紧接，震动耳膜，打得十分激烈。冰川天女定睛一瞧，却原来是那两个尼泊尔武士合战武氏兄弟，那两个尼泊尔武士各使一柄月牙弯刀，弯刀的上半截刀柄镂空，迎风鼓荡，呜呜有声。不过，这两个尼泊尔武士的刀法虽然甚是凶猛，但武氏兄弟的剑法更加神妙，剑势如虹，杀得这两个尼泊尔武士只有招架之功，毫无还手之力。

武氏兄弟正自杀得性起，忽见冰川天女奔来，那尼泊尔武士叫道："古鲁巴，乌黑赤迷，乞儿赤赤。"冰川天女咕噜咕噜地说了几句，似乎是问话的口气，武氏兄弟一句也听不懂，武老二性子最急，骂道："有话向阎罗王说去。"骤地手腕一翻，剑锋往上一圈，剑尖一拖，朝着说话的那个武士颈上一勒，这一剑厉害非常，那尼泊尔武士的月牙弯刀正被武老大的长剑封住，撤不回来，看看咽喉就要被剑锋割断。

冰川天女叫道："剑下留人!"声到人到，武氏兄弟陡觉寒光疾射，冷气侵肤，都不由自已地倒退三步，同声骂道："你这妖女胆敢在这里横行，哼哼，若不给你一点教训，你还真当是咱们中国无人能制服你了!"双剑齐出，分刺冰川天女左右两肋穴道，这一招乃是终南派剑法中的杀手绝招，名为"长虹贯日"，双剑合使，威力更是大了一倍有多。冰川天女柳眉一竖，寒光剑骤然一抖，但见剑花错落，一柄剑就如化成了十数柄一般，武氏兄弟吃了一惊，但觉到处都是利剑刺来，急忙回剑防身。他们双剑合璧的厉害杀手，一照面就被冰川天女轻描淡写地化解开了。

但冰川天女却并不乘势反击，只见那两个尼泊尔武士已跳开一边，跪在地上，好似禀告一般，絮絮地说个不休。冰川天女挽着剑柄，东一指，西一划，好似漫不经意地将武氏兄弟的招数一一破开，偶而也问那两个武士几句，他们说的是尼泊尔话，武氏兄弟完全不懂。冰川天女本来是绷着一张俏脸，面色愠怒，随着那两个尼泊尔武士的禀告，却渐见柔和，听到后来，还点了点头，意似嘉许，微微露出笑容。

冰川天女的面色由愠怒而变为柔和，武氏兄弟却被她激得心头火起，又惊又怒，要知武氏兄弟乃是名家之后，素以剑法自负，冰川天女却一面谈话一面拆招，竟好似戏耍一般，全不把他们放在眼内。

武氏兄弟本来就对冰川天女怀有敌意，在抢夺金本巴瓶之时，若非唐经天在场劝止，他们早已想与冰川天女过招，这时见她包庇这两个尼泊尔武士，越发认定冰川天女与他们乃是一丘之貉，更兼冰川天女好似漫不经心地一面谈话一面拆招，更令他们难堪。两兄弟一声胡哨，剑法骤变，使出终南派的乱披风剑法，双剑齐飞，一正一反，全都是攻击的招数，这套剑法，共有十八招杀手，循环往复，奇正相生，因是双剑联攻，所以全无防守，真如狂风暴雨，疾卷而来，形同拼命。冰川天女也禁不住心中一凛，虽然仍是神色自如地一面和那两个尼泊尔武士说话，但却不敢像先前那么大意了。

武氏兄弟一阵强攻，但见冰川天女那把寒光闪闪的宝剑也越使越疾，竟似化成了一座光幢，罩着全身，又如在周围筑起了一座剑墙，怎么样也攻不进去。两兄弟正自惊心，忽听得冰川天女大声地说了一句尼泊尔话，向那两个尼泊尔武士挥了挥手，那两个尼泊尔武士如获大赦，在地上叩了三个响头，爬了起来，立刻飞跑。武氏兄弟怔了一怔，想去追赶，又被冰川天女的剑光罩住，摆脱不开，正自着急，忽见冰川天女笑了一声，剑光一荡，武氏兄弟的两口长剑几乎给震得脱手飞去，不由自主地急忙后退，冰川天女笑了一笑，忽然用汉语说道："这两个武士我已让他们回国了，你们也都走吧。"说得甚是柔和，但却隐有一般威严，好像是女王在颁发命令一般。

武氏兄弟是世代名家之后，江湖之上，谁都敬他们三分，除了有限的几个前辈，谁也不敢对他们下令，冰川天女说话虽然柔和，他们却是勃然大怒，武老大骂道："这两个番贼跑来捣乱，你敢擅自放走他们，你要走也不成！"武老二骂道："你这妖女，我们早看出你不是好人，莫说唐经天不在你的身边，就算他来代你求情，我也不能饶你！"两兄弟口口声声地大骂"妖女"，竟然不惧冰魄寒光剑的威力，缠斗不休。

冰川天女初见那两个尼泊尔武士之时，本来甚为恼怒，但问明之后，始知他们并不是敢于违抗自己的命令（冰川天女在夺回金瓶之时，曾吩咐过他们，要他们即行回国，不得再在中国捣乱的），而是因为回疆尚有尼泊尔国王派来的几个武士，他们想到回疆来通知他们，叫他们一同回国，哪知被武氏兄弟发现，以为他们不怀好意，一路追踪而来，终于发生了一场恶斗。冰川天女本是一场好意，意图问明是非，再行处置，初意并非偏袒那两个尼泊尔武士，却不料又引来了一场误会。

冰川天女心高气傲，被武氏兄弟你一句我一句地骂她“妖女”，还把唐经天扯了进来，纠缠不清，也不由得心中愠怒，发了脾气。

武氏兄弟各自长啸一声，拔脚便跑，边跑边骂“妖女”，冰川天女大怒，展开身形，立即追赶，那柄冰魄寒光剑忽左忽右，始终是轮流贴着两兄弟的背心，那股奇寒之气，渐渐隔着衣裳传入体内，但武氏兄弟也溜滑得很，似是猜到冰川天女的心意，料她不敢施展杀手，一觉被她的剑尖沾上，立即反剑强攻，双剑配合，招数凌厉，也往往迫得冰川天女不能不撤剑招架。就这样的直追出五六里地，武氏兄弟虽然拼力化解，但技逊一筹，冰川天女的剑尖始终是如影随形，紧紧追迫。两兄弟运气抵御，渐觉难以忍受，冷得牙齿打战。

冰川天女冷笑道：“还敢乱骂人么？”忽听得武氏兄弟又是一声长啸，土堆旁边突然现出一个少女，月光之下，看得分明，一身紫色衣裳，发束金环，长眉如画，笑得如花枝乱颤，指着武氏兄弟道：“你这两个小子如今可碰到苦头了，真是丢人现世。还不赶快给我退下去！”武氏兄弟同声叫道：“姑姑，这妖女好厉害，你得小心，还是请她老人家来吧！”那少女斥道：“胡说，你这两个草包赶快退开，这一点点事情，还要劳动她老人家出手吗？”这少女一副跃跃欲试的样子，稚气未消，看来还不到二十岁，比武氏兄弟年轻得多，但听武氏兄弟对她的称呼，她的辈分却似乎比武氏兄弟高了一辈。

这少女突然间出现，冰川天女不由得停下手来，只见那少女不住地向自己打量，忽而笑道：“你这柄剑真好玩，光闪闪的，是什么东西打的？”活像一个小孩子看到一件新奇的玩具，在啧啧称赏的神气。冰川天女不觉失笑，道：“这柄剑可不是好玩的，我想送给你玩，你也不能拿它呢，你是谁？”那少女道：“为什么拿不得？妈，你准不准我拿别人的东西？”冰川天女一怔，再一看时，忽见土堆旁边又多了一个中年女人，一身黑色衣裳，头上却结着两只丝绸白蝴蝶，笑眯眯地看着自己。冰川天女不禁吃了一惊，心道：“怎么这女人来得如此快法？无声无息，连我也察觉不出？”这中年妇人发式却作少女打扮，最妙的是她笑嘻嘻的，连神态也像一个淘气的小姑娘，冰川天女暗笑道：“真是有其母必有其女，且看她们怎样？”

只听得那中年妇人笑道：“梅儿，这位姐姐比你高明得多呢，你不信就试试看。你想拿她的东西也拿不到。喂，大武小武，过来，你们为什么和她打架？”武氏兄弟跑到那中年妇人身边，唧唧咕咕地说了一大遍，冰川天女只听到几声“妖女”的骂声，似乎是故意骂给她听的。

冰川天女一怒，正要发作，忽见那少女鼓起嘴巴道：“妈，你总是看不起我，我不是小孩子啦，你不必教我，我就试给你看。”忽地冲着冰川天女一笑道：“这位姐姐，我要借你这把剑玩玩了，你舍得么？”突然一跃而起，凌空扑下，身法怪异之极，就如一只大鸟一般，冰川天女大吃一惊，横剑一削，那少女叫道：“咦，果然是拿不得的！”半空中一个翻身，左掌轻轻向冰川天女肩头拍下，右手伸出五指，来扣冰川天女的脉门。

冰川天女的轻功已是世间少有，但这少女竟似鸟儿一样能在空中回翔转折，更是惊人，冰川天女一连三剑都被她轻轻巧巧地避开，棋逢对手，不由得精神陡长，身法一展，和她认真厮斗。

那少女窜高纵低，时而跃起，时而游走，俨似穿花蝴蝶，十指忽伸忽屈，跟着冰川天女的剑尖疾转，冰川天女赞了一声：“好俊的身法！”盈盈一笑，剑招倏变，只听得那中年妇人先赞了一个“好”字，叫道：“梅儿，小心，这是达摩剑法呀！”那少女连连躲闪，冰川天女剑法展开，一发不可收拾，但见寒光四射，忽聚忽散，轻灵处有如流水行云，狠疾处又有如冰河倒泻，那少女幸而有能够

冰川天女傳
中国线描是中国人观察世界的独特的表现手法
这手是我国美术上的国宝它并未绝路仍还有很多处女地待耕垦

冰川天女一怔，再一看时，忽见土堆旁边又多了一个中年女人，……

凌空扑击的绝技，避过了不少险招，亦觉吃力非常。

冰川天女见她比自己年小，心中怜惜，正想罢手，那少女应道：“空手打不过你，我也要用剑啦！”只见她在空中扑击而下，一个转身，手中已多了一柄精芒四射的短剑，拔剑之快，连冰川天女也看不清，冰川天女正使到一招“春风解冻”，剑尖两边晃动，上刺双目，忽见那少女一剑平挑，当中直刺，冰川天女手腕一翻，寒光剑转了一个圆圈，意欲把那少女的短剑卷走，不料那少女的剑法竟是完全不依常理，看她这一剑明明是当中杀入，不知怎的，剑锋一偏，却突然刺到了冰川天女右肋的大穴。冰川天女吃了一惊，吸了口气，脚步不移，肌肉陡地内陷一寸，那少女的剑尖已触及冰川天女的衣裳，忽觉软绵绵的毫无着力之处，就差那么一寸，没能刺进，这一剑的强劲之势反而给她化解于无形，更是大吃一惊。

冰川天女剑法何等快捷，就在这一瞬间，剑锋一转，又使出了一招“积水凝冰”，这一招一反轻灵之势，却是以沉雄的内劲直压下来，料那少女不能抵挡，那少女果然被迫得连退两步，才刷的一剑，反手劈削，这一招却是武当派中的一个寻常招数，名为“飞渡阴山”，冰川天女对武当派的剑法最为熟悉，笑道：“这一招用得不对，该用守中带攻的‘华容截道’，还可勉强抵挡。”飞渡阴山这一招依着剑势，应该在左边连刺两剑，再从右边直刺一剑，前两剑是虚招，后一剑才是实招。冰川天女深明剑理，抢先一步，封着她的左方，一举就将她的两着虚着破去，叫她根本不能从右方换招再刺。

哪知这少女的剑法奇诡无比，出剑的姿势明明是“飞渡阴山”，剑锋一到，方位却完全变了，冰川天女抢先一步，封着她的左方，她却刷刷两剑，从右斜方疾刺，高手比剑，最忌是料敌有误，冰川天女全神贯注左方，右方露出空门，回剑防身已来不及，那少女娇声一笑，剑锋一划，意欲割断冰川天女束身的彩色衣带，忽听得母亲叫道：“梅儿，小心！”剑锋一触，那腰带突然飘了起来，倒卷她的剑柄，原来这一剑若然直刺过去，冰川天女必然受伤，那少女生性顽皮，见冰川天女的衣带彩色绚烂，十分美丽，想和她开个玩笑，抢她的衣带，哪知冰川天女的功力比她高得多，身体各部份都练得柔软如绵，随心所欲，那少女稍微一缓，她已用腰劲将衣带飞舞起来，当成软索使用，那少女幸得母亲提醒，急忙移形易位，剑招立变，但饶是如此，也被冰川天女制了机先，一口气抢攻了十余二十招，迫得她只能退守，所有奇诡的攻敌剑法，全都使不出来。

那少女连走下风，突然发起娇嗔，鼓起小嘴巴骂道："你不准我还手，这样的比剑有什么意思?"好像她和冰川天女只是拆招，要冰川天女让她有攻有守，而不是真的厮杀似的。冰川天女"噗嗤"一笑，道："好，我让你还手便是。"将冰魄寒光剑稍稍从中路移开，故意露出破绽，那少女果然得机疾进，瞬息之间抢攻三招，招招不同，第一招是峨嵋派剑法中的"万水朝宗"，第二招是崆峒派剑法中的"骏马奔泉"，第三招是嵩阳派剑法中的"金针渡世"，连发三招，竟然是三种完全不同的剑法，这还不奇，最奇的是她每一招剑法都似是而非，方位角度都和原来的剑法不同，冰川天女这次是早有准备，腾挪闪展，以最上乘的轻身功夫，一一避过。但饶是如此，一被那少女抢了先手，攻守之势又是一变了。

冰川天女心中一动，想起父亲和她谈过的中国各大剑派，其中有一派是白发魔女所创的剑派，采集各家各派的剑法融于一炉，但剑式虽同，方位却异，刚刚和原来的剑法相反。天山剑法以光明正大、深厚渊博被誉为剑学的"正宗"，而白发魔女这一派剑法，却专事奇诡变幻，和天山剑法刚好是一正一反，各有擅场。冰川天女和那少女斗了三五十招，心中想道："莫非这小姑娘使的就是白发魔女的剑法?"暗暗称奇。

冰川天女所料不差，这少女所使的果然是白发魔女这一派的剑法，若遇着寻常的武学之士，纵然识破，也难抵挡，但冰川天女是何等样人，她的剑法以达摩剑法为基，又杂以欧洲和阿拉伯的剑法，怪异精妙之处，实不在白发魔女这一派的剑法之下，初时因为对那少女心存怜惜，而又出于不意，所以才几乎吃亏，而今识破了她的剑法，心神一定，那少女的奇招怪着，全都奈她不得。

那少女使出浑身解数，都被冰川天女轻描淡写地化开，沉不住气，神情焦躁，剑法渐乱，冰川天女微微一笑，道："还要比么?"那少女突然一跃而起，短剑凌空下击，疾如鹰隼，她竟然以凌空扑击的奇技配合了白发魔女所创的剑法来使用，冰川天女大吃一惊，无暇思索，身子凭空拔起数尺，也展出达摩剑法的绝招“一苇渡江”，剑刃平削，就在半空中横截过去。那少女除了能在跃起之时，像飞鸟般的回翔扑击之外，其他真实的本领与轻身的功夫，都还不及冰川天女，她这一剑本来极为冒险，不料一击不中，反被冰川天女制住，两人都是脚不沾地，凌空交手，快如闪电，冰川天女一剑削出，心头蓦然一转：这一剑若然刺实，必定穿喉而过，自己与她无冤无仇，岂可如此？但凌空交手，收势已来不及！

那少女骇叫一声，忽听得耳边母亲的声音说道：“梅儿，你还不信我的话么？”陡觉身子一轻，被人凭空提起，轻轻抛出，落于地上，举头看时，只见母亲和冰川天女都已面对面的站在地上。

冰川天女一剑削出，后悔无及，万万料想不到就在这瞬息之间，眼前黑影一闪，就在两口宝剑相接未接的交叉缝中掠过，把那少女提走，冰川天女眼观四面，耳听八方，也被这突如其来的黑影惊得呆了。她本能地身子向后一翻，只听得耳边有人说道：“小心，站稳了！”但觉此人似乎是轻轻地扶了自己一下，冰川天女立刻一个筋斗，头下脚上的一个转身，落到地上。

冰川天女惊疑不定，这个像少女打扮的中年妇人，武功之高，简直不可思议，抬头看时，只见她笑盈盈地望着自己，啧啧赞道：“好漂亮的小姑娘，有婆家没有？”冰川天女臊得满面通红，她以公主的身份，生长在冰宫之中，隔离尘世，自幼受众侍女的伺候，几曾有人和她开过玩笑，何况是初初见面的人？何况这人看来又似乎是一位前辈高手，冰川天女要骂也骂不出来。

那中年妇人笑得头上所结的两个白蝴蝶轻轻颤动，那神态与她的年纪大不相称，竟然像一个淘气的姑娘，专向她的女伴寻开心似的，只听得她又向着自己笑道：“剑法也俊极了，真是才貌双全。我给你找个婆家好不好？”冰川天女嗔道：“你这人怎么老不正经，再开玩笑，我就不客气了！”

那妇人越发哈哈大笑，道：“你年纪轻轻，怎么装模作样，就好像我的姐姐一般，哈，我的侄孙们叫你做妖女，我看你倒像个小老太婆。”冰川天女大怒，刷的一剑刺出，明知刺她不着，也要出一出气，只听得那妇人又笑道：“你对我的女儿倒是有点手下留情，但对我的侄孙却是太不客气了，你的剑法是跟谁学的，为何如此逞强?”

冰川天女愠道：“好吧，我欺负了你的侄孙，你就来惩戒我吧。”她心高气傲，明知难敌，却傲然进招，那中年妇人笑道：“你这样美丽的姑娘，我爱惜还来不及呢，怎舍得惩戒你?”忽然伸手在冰川天女的面上摸了一把，冰川天女明明见她伸手，却是躲闪不开，冰川天女怎耐得她如此戏弄，心头火起，剑法一展，疾似飘风，连连施展杀手!

那中年妇人笑道：“真是恼了我么?”又在她的头上摸了一下，冰川天女追着她的身形，刷刷刷连刺数剑，那中年妇人又笑道：“你这把剑倒真是件宝贝，可惜现在是寒天，要是夏日，带着这把宝剑，连扇子也用不着，怪不得我的女儿想借来玩。给我瞧瞧，看是什么做的?”冰川天女心中一凛，急忙把冰魄寒光剑舞得泼水不进，心中想道：“看你如何抢我的宝剑?”又想道：“可惜腾不出手来，要不然一连奉送她十粒冰魄神弹，看她吃不吃得消?”陡然间忽觉一股香风沁入鼻观，只听得“铮”的一声，那妇人双指一弹，冰魄寒光剑竟然脱手飞出。那妇人一把抄着，接在手中，翻来覆去地瞧了又瞧，笑道：“这回真是难倒我了，是什么做的连我也不知道!”冰川天女又惊又怒，扑上前去抢夺，那妇人笑道：“用不着这样着急，我不要你的!”骤然将剑柄一伸，送到冰川天女手中，手法巧妙之极。冰川天女又羞又怒，接剑使刺，那中年妇人双臂一伸，忽然将她的手腕托着，道：“让我再瞧一瞧，呀，真是如花似玉，我见犹怜。这个媒人我做定了!”在她的面上又摸了一把，骤地双手一松，笑声犹自在草原之上回旋，人影却已奔出数里之外。

冰川天女抬头看时，武氏兄弟和那少女也不见了，原来他们当那中年妇人和冰川天女戏耍之时，先自走了，冰川天女却没留神。这时遥望那中年妇人的背影在草原上冉冉消失，冰川天女不由得叹了口气，心道：“我父母费尽心血，创了这套中西合璧的剑法，以为可以天下无敌，哪知连这个妇人也斗不过。呀呀，我父亲的心愿只怕难以达到了。”她哪知道这个妇人武功之高，辈分之尊，在武林中仅仅是有限的三两个人可以与之相比!

冰川天女心头郁结，她还是有生以来第一次被人戏弄，怎么样也咽不下这口气，但却又无可奈何，只好没精打采地回去。走了半个时辰，抬头一望，只见一片冰轮，高悬天际，正是午夜时分，月光分外清明，在大漠之中，周围数里之内的景物都隐约可见。那两座帐幕，搭在山边，目标更显，冰川天女一眼望去，只见唐经天那座帐幕的外面，有着两条黑影，似是一男一女，男的自是唐经天无疑，那女的身材却不似她的侍女，冰川天女好不惊奇，再跑里许，定睛一瞧，看清楚了，原来却是适才和她交手的那个少女！

唐经天这晚在帐幕之中，翻来覆去，睡不着觉，脑海中不住地泛起冰川天女的影子，那似喜还嗔的神情，那闪烁不定、有如草原夜星的眼睛，令人眩惑的说话。冰川天女的身世之谜是揭开了，可是她为什么一听人提起天山，就有一种讨厌的神色呢？她自己也知道，她本来也属于天山一派——她是桂仲明的孙女儿呵，可是她为什么对于天山一派，总有一种“见外”的心情？这个谜唐经天怎么也猜不透。大漠上夜风呼啸，唐经天想起下山之时父母的嘱咐，叫他去找寻桂华生伯伯的下落，而今他已找到了桂华生的女儿，可是她却不愿跟自己到天山去见她父亲以前的朋友，这又是为了什么呢？唐经天想来想去，甚为苦恼。如果换是别人，唐经天一定要问个水落石出，偏偏冰川天女又是那么高傲，一副好像是与生俱来的高傲！那一股凛然不可侵犯的尊贵的神情，使得别人不敢向她多问半句！

唐经天既是疑惑，又有点不安，有点反感，这复杂的情绪，在他的心头打结。蓦然间他心头一荡：为什么自从认识了冰川天女之后，就老是这样的情绪不宁？这刹那间，他脑海中又泛起另一个少女的影子，这少女比冰川天女还小一岁，是他的表妹李沁梅，是和他从小玩到大的。可是对于沁梅，他却只是觉得她淘气好玩而已。为什么对沁梅又没有那样的心情？唐经天想到这儿，自己也莫名其妙！或者更毋宁说是：他已经窥察到自己心底的秘密了，可是下意识却不愿说出来。

外面风刮得更大了，风声中隐隐传来了一阵“呜呜”的声音，时断时续，忽高忽低，唐经天心中一凛，想道："这不是那两个尼泊尔武士的兵刃所发出的声音吗?"唐经天不比冰川天女，他有父母，有叔伯辈的武林名宿，所以虽然和冰川天女差不多年纪，见闻之广，却远非冰川天女可比，他知道尼泊尔有一种月牙弯刀，上半截刀柄镂空，迎风有声，他在日喀则的客店曾见过那个尼泊尔武士使这种刀，后来在抢夺金瓶之时又曾见过。在日喀则时，天上没有刮风，纵有微风，也被墙壁挡住，所以虽然挥动之时，也发出声音，却并不刺耳。在抢夺金瓶之时，那是在千军万马之中，这"呜呜"之声在声音的海洋中更分辨不出。如今在大漠草原之上，夜风掠过，声传甚远，唐经天一听就听了出来。

唐经天好生奇怪，这两个尼泊尔武士为何还留在中国?他走出帐幕，跳上篷顶，张目一望，只见冰川天女的背影，正在向西北方奔去，快捷如电，眨眼不见。唐经天本想跟着追踪，但心念一转，却又停住。

唐经天想的是：这两个尼泊尔武士是冰川天女的国人，他们对冰川天女敬若神明，冰川天女一去，有什么事情她自能解决。而且不知他们之间有什么秘密，若然自己也追踪跟去，只恐冰川天女以为自己好管闲事，甚或会怪自己越俎代庖。这样一想，就停止追踪，改向冰川天女的帐幕走去。

帐幕外闪出一条人影，却是冰宫的侍女幽萍。月光下只见幽萍面上略显张皇的神色，抢先问道："咦，是唐相公吗?这么晚了，为什么还出来?"唐经天道："你听到那呜呜的声音吗?"幽萍道："听到的，我猜这不过是沙漠中的怪鸟啼声罢了。"唐经天笑了一笑，道："你的公主呢?"幽萍道："她连日奔波，早已熟睡了。我听到你的脚步声，不知是什么人，所以出来查看。你快回去，吵醒了她，她又要不高兴了。"唐经天微微一笑，道声"打扰"，回到自己的帐幕，心中想道："冰川天女果然不愿自己知道。"

他虽然明知冰川天女不会有甚危险，可是冰川天女离开了她的帐幕，总叫他放心不下，更无法安睡了。唐经天索性点燃了西藏族人常备的大牛油烛，坐在帐幕之中呆守。

也不知过了多少时候，忽听得帐幕外轻微的声息，有人在外面弹了几下，唐经天跳起来道：“你回来了吗？”心中正是奇怪，冰川天女既不愿让他知道，为何又找自己？帐幕一揭，只听得一个稔熟的声音笑道：“唐哥哥，你想念着谁呵？”唐经天怔了一怔，随即笑道：“哼，原来是你这小鬼头！”这少女眯着眼睛，在烛光映照之下，一脸淘气的样子，可不正是自己的表妹，李治和冯琳的女儿李沁梅。

李沁梅道：“大武小武说得不错，有了她就一定有你，他们猜你的帐篷就在附近，果然一找便找到了。喂，你赶快求我，你所想念的人，现在如何，我可知道！”唐经天又好气又好笑，却也急于要知道冰川天女的消息，轻轻地打了她一下，道：“怎么？你见到谁来了？”李沁梅道：“怎么？你有了新的朋友，就欺负我了！我偏不说。”唐经天道：“好啦，我的小表妹，我向你赔礼了，行不行？快说。”李沁梅笑了一笑道：“我和她打了一架，果然厉害，凶得很呢！我看你也不是她的对手，你可得小心，准备将来挨打。”李沁梅一股劲地向唐经天取笑，唐经天可无心说笑，急忙问道：“怎么，你和她交了手了，她呢？”李沁梅道：“我妈妈现在正和她玩耍呢，你知道我妈妈的性子，怎知道她要玩到几时？”唐经天更是惊奇，又问道：“那么武家兄弟呢？”李沁梅道：“我那两个宝贝侄儿说你袒护那个‘妖女’，不愿见你了。其实嘛，我知道他们是因为给那‘妖女’打败，自己难为情，所以不敢见你。喂，她叫什么名字？我从来没有见过这样美丽的女子，大武小武叫她做‘妖女’，真是不该。”

唐经天哪有心情和她说笑，只是搓着手走来走去，口中不住说道：“姨妈和她动手？这怎么好？这怎么好？”李沁梅笑道：“我妈又不是要杀她，你急什么？妈也说她长得美丽，所以只是要和她玩玩呢。”唐经天心道：“呀，你哪里知道，对她岂能戏弄，你认真和她厮斗，将她打伤了也比戏弄她好。”心中颇怪姨妈越老越不正经，一生都是那么爱和人开玩笑。他却忘了，他小时喜欢姨妈更甚于喜爱母亲。

原来冯琳和唐经天的母亲冯瑛是孪生姐妹，两人的性格刚好相反，冯瑛庄重之极，冯琳却淘气非常，俗语云：“江山易改，品性难移。”这股脾气，竟然老亦依然。李沁梅的祖母是武琼瑶，武琼瑶是白发魔女的关门弟子，故此李沁梅既精通白发魔女的剑法，又从母亲处学会许多外派的武功，她的空中扑击之技，就是冯琳当年从八臂神魔萨天剌那儿学来的。冯琳不但将全身本领都传给女儿，连性格也传了给她。

李沁梅见表兄着急，越发得意，笑道：“谁叫她欺负大武小武，你不见他们那狼狈的样儿，那才真气人呢！她将剑尖贴着他们的背心，又不下手，只是戏弄，就像狸猫戏弄鼠子一般，我都看不过眼啦！我妈要给他们出一口气，非加倍戏弄她不可。喂，喂，你还没有告诉我呢，她叫什么名字？”唐经天道：“唉，你还问呢，都是自己人。她叫桂冰娥，和你祖母同辈的桂仲明就是她的祖父。你们将她戏弄，姨父一定责怪。”李沁梅伸伸舌头道：“你打算告我么？”忽而扮了个鬼脸道：“我才不怕，我怕我爹爹，我爹爹怕我妈妈，我妈妈又怕我。你呀，你告也告不入。”

唐经天拿她真没办法，心中想道：“姨妈要和她开玩笑，那就谁也阻止不来，将来再慢慢开解她吧。姨妈和小辈最合得来，她将来若知道了我姨妈的性格，也会欢喜她的。”心中自己开解，定了定神，问道：“你们怎么会到这儿来的？”

李沁梅娇声一笑，骈起双指，对准他额角戳了一下，笑道：“表哥，你真是昏了头啦。连你自己父亲三年一次的开座考学都忘了吗？”原来他的父亲唐晓澜乃是天山各派的领袖，定下规矩，每三年一次招集天山的后辈，考他们的武功本事，以定奖惩，并加以指点，这叫做小聚集；每十年一次还有个大聚集。那就不只在回疆西藏的后辈要来，即远在各地的同辈，凡属与天山七剑有渊源的都要来，即如川西的冒川生，湖北的石广生等都要来的。今年恰好是三年一次的“小聚集”之期，唐经天去年下山之时，得他父亲特别准许，若无别事，自当赶回，若因找寻桂华生伯伯，路途遥远，也可以作为缺席，准不参加，所以唐经天一时没有想起来。

而今唐经天虽然想起，却仍是有所不明，问道：“我父亲开座考学，和你们来到这儿又有什么关系？”李沁梅道：“你没有听姨父说过吗？我祖母的师姐飞红巾老前辈当年在南疆哈萨克部落，传授过酋长呼克济夫妇的几手武功，那位酋长的夫人叫孟曼丽斯，死了还不过十年，我小时候还见过她来探我的祖母呢。后来我祖母死了，她也老得不能走动了，这才没来。”唐经天道：“这个孟曼丽斯死了，和你们又有什么关系？难道说你们要到阎罗王那里找她吗?”

李沁梅啐了一口道：“你是真糊涂还是假糊涂?”唐经天笑道：“我是真糊涂。”那当然是和她开开玩笑，李沁梅却认真地说道：“孟曼丽斯死了，她还有子孙呀。本来孟曼丽斯只不过跟飞红巾老前辈学了几手功夫，也没有师徒名份，算不上是天山派的。但她孙儿近年知道姨父每三年有一次开座讲学，除了较考后辈弟子之外，还指点到会后辈的武功，所以他们也想来。我母亲看在我死去的祖母份上，准了他们，又怕他们年轻小辈，不知所在，上不了天山，所以特地来接他们。其实嘛，也是我母亲久静思动，想下山玩玩，我呀，我总是喜欢跟我母亲的，所以也就来啦。听说过了这个沙漠，南边就是哈萨克人的聚居之地了，是么?”唐经天道：“是呀，回疆地方，姨妈比我熟得多，何必问我。”李沁梅笑道：“我走这沙漠也走得厌烦了，我就怕母亲是哄我的，所以问你一问。”停了一停，继续说道：“在大沙漠边缘，我们遇见了大武小武，他说要追踪两个人，我们反正要穿过沙漠，就和他一同走，想不到今晚就遇见那个什么什么桂冰娥，哈，也就是你呀你想念的那个人。”

唐经天道：“那两个尼泊尔武士呢?”李沁梅道：“什么尼泊尔武士?”唐经天道：“就是大武小武追踪的那两个人呀。”李沁梅道：“我没有见着。他们小孩子闹着玩，我才懒得管呢。”唐经天噗嗤一笑，李沁梅道：“笑什么？哼，也许那两个尼泊尔武士给大武小武杀了，所以你的冰娥姐姐才那么生气。我妈说过，外国的武士到中国来多半不怀好意，杀伤一两个也算不了什么一回事。”

唐经天心中焦急，走出帐幕，望了又望，道：“怎么还没回来?”李沁梅道：“我妈作弄她还未够呢。”唐经天道：“姨妈等会来么?”李沁梅微微一笑，突然伏到唐经天肩上，在他耳边悄悄说道：“我妈说要给你做媒，她今晚作弄了你未来的新娘子，怕你们两个生气，她不来啦。她叫我对你说，叫你带了新娘子回天山去。既然她也是自己人，那就更该去啦。”唐经天道：“胡说。”李沁梅一本正经地道：“一点也不胡说，你到了这儿，还不回去，难道当真是只顾伴她，连姨父姨母你也不回去见见么?”唐经天心中一动，举起手作状打她，李沁梅又笑又嚷，忽见一个白衣人影，突然来到面前。

李沁梅笑声一停，“咦”了一声道：“你回来得好快呵!”唐经天赔着笑脸，迎上前去。冰川天女冷冷地看了他们一眼，突然扭头便走。她本来对李沁梅颇有好感，此际见了他和唐经天这样亲热，居然还嫌自己“回来得快”，心中不知怎的，颇有一种酸溜溜的味道，更兼受了她母亲的戏弄，气愤难平，竟然不理唐经天的呼唤，头也不回，自回帐幕。

李沁梅伸伸舌尖，道：“好大的脾气，唐哥哥，我惹恼你的冰娥姐姐了，我可不敢再留啦。”唐经天对这个小表妹实是毫无办法，啼笑皆非，李沁梅走了两步，忽然又转过头道：“记着，带你的新娘子给我们兄弟见见，今次是在慕士塔格山的驼峰聚集，你母亲替你父亲讲学呢，机会真是再好也不过了!”像银铃一般的笑声飘荡夜空，李沁梅边笑边跑，转瞬间便不见了。

唐经天一片茫然，慢慢地走向冰川天女的帐幕，只见帐中烛光已灭，依稀似听得啜泣之声，唐经天叫了一声：“冰娥姐姐”，没有回答，叫了两声，也没回答，在她的帐篷外弹了几下，也没回答，不过啜泣之声却没有了。旷野沉寂，夜风还在呼啸。唐经天道：“何苦来呢!”呆呆地站在冰川天女的帐篷外面，遥望星辰，心中思如潮涌。

突然间一个念头在心上升起，想道：“小表妹虽是说笑，但带冰娥回去见见父母也好。我父亲和几位前辈都想念华生伯伯，见了她的女儿也定然欢喜。”但随即想道：“冰娥一听我说要去天山就不欢喜，我姨妈又戏弄了她，她更不愿去了，怎好说得?”手指偶然一触，触着龙灵矫送还给他的那块汉玉，唐经天禁不住又想道：“冰娥要去见她的伯父，也不迟在这几个月的工夫，先到天山一行，倒是两全其美。既免我父母挂心，又可问那龙三先生的来历。但怎能说得动她?”想来想去，忽地心生一计，这时长夜将逝，快将是拂晓的时分了。

唐经天想出办法，精神抖擞，索性再不回去睡觉，就在冰川天女的帐幕前面徘徊漫步。眼见星月西沉，朝阳升起，大漠之上，寒气顿消，帐幕一揭，幽萍走了出来，见唐经天还在，大是惊奇，唐经天急忙上前问好，正待说话，幽萍道：“公主说，不用你陪她了，她自己会走。”唐经天怔了一怔，想不到冰川天女如此任性，自己想了半夜才想出的妙计竟是白费心机，不由得呆若木鸡，迫切之间，说不出话。

幽萍受她主人所嘱，传话之时，本是一本正经，这时见了唐经天如痴似傻的样子，不由得又觉可怜，又觉好笑，问道：“怎么，你昨晚一晚都没睡么?”唐经天凄然苦笑，不答幽萍的话，自顾自地吟道：“如此星辰非昨夜，为谁风露立中宵?”帐幕再揭，只见冰川天女也走了出来。

冰川天女本来对唐经天颇为恼怒，忽听得唐经天吟这两句诗：“如此星辰非昨夜，为谁风露立中宵!”不由得又喜又悲，心中怅触，几乎流下泪来。这两句是黄仲则诗中的名句，黄仲则是和他们同一时代的人（乾隆十四年生，四十八年卒，比他们大约大十五六岁。），清词丽句，传遍大江南北，就连漠外边疆，凡是欢喜读书的人无不能背诵他的诗句，诗名之盛，就如清初纳兰容若的词名一样。冰川天女父亲未死之时，就曾教她背过这两句诗，那时她还只是十岁的小孩子，还未懂得什么，如今一听唐经天念出，顿觉这两句诗实是出于至性至情，感人之极。尤其适合眼前的情景，就好似这是唐经天特别为她所作的一样。冰川天女幼失父母，独处冰宫，虽有一群侍女，但却从未感受过这般的关怀与爱惜。“呀，这傻子竟然为我在风露之中立了一个通宵!”心肠不由得软了。

唐经天冲口念了这两句诗，忽见冰川天女出来，面上一红，颇觉不好意思，上前强笑说道：“冰娥姐姐，你好早呵!”幽萍道：“你更早呢！喂，小公主，这傻子昨晚一晚没有睡觉。”冰川天女望了他一眼，默然不语，良久良久，忽然抬头说道：“谢谢你陪了我们这么多天，以后不必你陪了。我们自己会问路前往。”唐经天听这语气，已经软了几分，一笑说道：“大漠之中，最易迷路，也未必遇到熟悉路途之人，我反正没事，正好给你们带路，说得好好的，怎么又要单独走了。”

冰川天女心中一酸，本想气他几句，但一来冰川天女是个自尊心极强之人，不愿提起昨晚之事，更不愿显出有半点妒忌他和那个女孩子亲热之心，以免失了自己的身份；二来见唐经天那可嗤可笑可怜可悯的样儿，也不忍再用说话刺他，听他这么一说，只是微微地点了点头，说声“也好”。

三人在沙漠之中走了几日，冰川天女初次下山，又是在这种一望无际的沙漠草原之中旅行，几乎不辨东西南北，只是越走越见山脉起伏，远远那座高插云霄的大山，也越来越显现了，冰川天女奇道：“不是说要到四川吗？怎么倒好像走近天山了？”

唐经天笑道：“天山离这儿还远着呢，咱们不过抄捷径前往罢了，哪里是到天山呀。”冰川天女根本不知道路，只有跟着他走。开始几天，冰川天女对他甚是冷淡，十多天后，渐渐有说有笑。一行人穿过了沙漠，这一日到了一座大山前面，山上冰雪覆盖，半山腰处，伸出一座白雪皑皑的山峰，挡在面前，这座山峰，好像一头大骆驼，头东尾西，披着满身白色的绒毛。冰川天女心有所疑，突然问道：“这不是天山吗？”唐经天道：“这哪里是天山，你问问牧人看。”山下是一片草原，常有牧人来往，走了数里之地，果然遇见赶骆驼的人，冰川天女一问，始知这座山名叫慕士塔格山，这座山峰便叫做骆驼峰。冰川天女这才放下了心。她哪里知道慕士塔格山乃是天山山脉的分支，和天山南面的主峰已经相去不远了。正是：

不识天山真面目，只缘身在此山中。

欲知后事如何？请听下回分解。

第十五回　古窟传经　湖边谈往事
冰弹受挫　盆地觅芳踪

山上云海迷茫，雪峰矗立，像水晶一样，闪闪发光，积雪的高峰在阳光照射之下，幻出千般彩色，万道霞辉，冰川天女想起冰宫，就好像一个远离故乡的旅人，忽然看到了与故乡相同的景色，忍不住在山脚下流连观赏，啧啧赞叹，道："这山好像比我所居住的念青唐古拉山还要高呢！景色也美丽极了！只是念青唐古拉山上有一个天湖，湖光山色，互相辉映，在别的地方却寻找不到。"唐经天笑了一笑，道："这座驼峰的上面也有一个冰湖，虽然及不上天湖的波澜壮阔，但却另有一种幽美的情调。"冰川天女回眸一笑，道："是么?"似乎被唐经天所描写的景色迷住，悠然神往，忽而又叹了口气道："可惜咱们还要赶路。"

山上传来了轻微的声响，好像层冰乍裂，枯枝初燃，发出一种噼噼啪啪的声音。幽萍"咦"了一声，道："这是踏雪破冰的声音，这山峰上有人行走么?"唐经天道："适才所说的那个冰湖，不但景色美丽，湖中还有雪莲。胆大的猎人常在开春的时候攀上去采雪莲。听这声音，似乎上面采雪莲的还不止一人呢。"天山雪莲是人间奇葩，花开之时，灿如云霞，又是无上的妙药，能治败血、亏损、创伤，并可解各种奇毒。冰宫中有各种灵丹妙药，其中也有用雪莲合成的，但冰川天女却没有见过盛开的雪莲，听了唐经天的话，禁不住喜孜孜地道："那么咱们就拼着耽搁半日行程，上去瞧瞧，开开眼界。"

唐经天正是巴不得她说这句话，道："既然姐姐有此雅兴，小弟自当引路。”驼峰峭拔光滑，禽兽也难行走，平时采药的人，多是结伴同行，用长绳互相联系，以斧凿在山岩上凿开裂口，插上铁钉，攀援而上，也还常有失事的。幸唐经天这一行三人都具有绝顶的轻功，但也爬了一个多时辰才爬到上面。

只觉眼前空阔，一片光亮，山顶上有一股清泉，注入一个方圆数十丈的小湖中，湖中有闪光的浮冰和零落的花瓣，清泉后面有一丛野花，生长在纠结牵连的荆棘之中。冰川天女道：“这里面有雪莲吗?”唐经天道：“都给人采去了。”冰川天女颇为失望，但冰湖的景色实在清丽之极，足以令她流连。冰川天女举目四望，只见湖畔的雪地上许多脚印，通到花丛，花丛后面，山的那边，还隐隐闻得杂乱的脚步声。

唐经天笑了一笑，忽道：“到了这个地方，你实在应该再去看看，这是你们贵派发祥之地呵。”冰川天女道：“怎么?”唐经天道：“你祖父当年就是在这里遇到你们的师祖辛龙子的。”（事详拙著《七剑天下山》）冰川天女道：“那么这花丛后面还应该有我师祖当年的石窟。”拔出宝剑，披开荆棘，立刻往里面直走。

想不到花丛中竟辟有一条小径，外面的荆棘不过是遮掩的，铺路的泥土尚松，冰川天女心中起疑，这小路看来是新近才开辟的。

花丛后是一面石壁，石壁上凿出一个窄窄的洞窟，那形状就像一个人盘膝而坐一般，原来这乃是辛龙子当年坐关之处，辛龙子曾靠着这块石壁坐了一十九年，石壁上现出了他的身体轮廓，后来他就按照这个形状，凿成了石窟。冰川天女的祖父桂仲明是辛龙子死后遗书所传授的弟子，所以这个地方算得是武当派北宗的一个圣地，冰川天女拜了三拜，绕过石壁。

绕过石壁，人声脚步声更是清楚，冰川天女抬头一看，只见对面一块山峰斜伸出来，山腰处凿有十数个洞窟，正中的这个洞窟，外面还搭有一个竹棚，竹棚内隐有人影，山坡上山路间有三五成群的人，看来倒像赶赴什么盛会似的。

冰川天女惊疑更甚，她虽然不识江湖路道，但只要一看，就知道这些人绝对不是采雪莲的人。一个念头突然在冰川天女心中升起：唐经天为什么要诱我上这山来?

冰川天女心念一动，立刻施展登萍渡水的功夫飞掠过去，忽听得有人叫道：“兀那女子是什么人？这里不许外人赴会！”又一个声音道：“哼，她竟然还敢佩剑上山呢！”冰川天女大怒，只见山坡上两个黑衣少年，正在对着自己指指点点，冰川天女正想发作，忽又听得一声娇笑，一个女孩子带着稚气的声音叫道：“哈，唐家哥哥，你果然听我的话，真把她带来了。喂，你们休得胡说，惹恼了唐哥哥。她才不是外人呢！你们知道她是什么人？来，来，来，我告诉你们！”这小姑娘正是曾与冰川天女交过手的那个李沁梅，只见她一面向唐经天招手，一面向自己指点，和那两个黑衣少年挤眉弄眼，显然是拿冰川天女取笑。李沁梅后面还有武家兄弟和另外两个不知名字的人。

冰川天女这一气非同小可，心中骂道：“哼，唐经天你这小子竟然敢如此捉弄于我，将我带上山来给人笑话！”转过身就想找唐经天算账，只见唐经天已被那小姑娘截着，不住地说：“小表妹，你休得胡说八道，胡说八道！”

冰川天女更是气怒，刚转身奔出两步，忽见眼前人影一晃，一个美貌的中年妇人悄没声息地拦在自己的面前，正是曾羞辱过她的那个妇人，只见她微微笑道：“这位姑娘，你是和经儿同来的吗？”冰川天女大怒，不假思索，一抖手就是六枚冰魄神弹向那美妇人飞去！六枚齐发，威力奇大，即使赤神子也禁受不住，冰川天女被这妇人戏耍，心中气恼，又知道自己不是她的对手，所以一出手就用这种世上无双的暗器取胜。

那妇人“咦”了一声道：“这是什么玩艺？”只见她五指齐挥，有如一朵兰花突然开放，姿势美妙之极，叮叮声响，五枚冰魄神弹触指飞扬，在空中飘飘荡荡，既不破裂，亦不落下，力道用得之巧，真是出神入化。但这还不足为奇，更令冰川天女吃惊的是：最后一枚冰魄神弹，她竟然用口咬着，舌尖一卷，吞了进去，微微笑道：“原来是冰魄精英，比这山上的清泉好喝多了。”冰魄神弹的奇寒之气，内功火候未到的，只要触着便会生病，内功好的，若被打中穴道，亦要禁受不住，至于能够把它吞下，当作雪水一般吃掉，那简直是难以想像！

冰川天女凛然一惊，转身便走，只见那美妇人身形一起，双袖一卷，把弹上半空的五枚冰魄神弹都接入袖中，笑道：“这暗器我倒未尝见过，倒得仔细瞧瞧。喂，小姑娘，我与你素不相识，为何你一见面就用这种厉害的暗器打我?”冰川天女领教过这妇人淘气的手段，只道她又要来戏弄于己，心想这妇人本领比自己高出十倍，要逃也逃不掉，心中一定，反而站住，愤然骂道：“你若然是前辈高人，就不该如此两次三番戏弄后辈。哼，哼，天山派的真会恃强欺弱，现在我才相信。”那妇人怔了一怔，心道：“我儿时戏弄过她，为何她如此骂我?”

原来这妇人并不是李沁梅的母亲冯琳，却是唐经天的母亲冯瑛。冯瑛冯琳是一对孪生姊妹，性情大不相同，相貌完全一样。冯瑛是当年天山女侠易兰珠的衣钵传人，又得过吕四娘的指点，比她的丈夫，现在天山派的领袖唐晓澜的武功还高明得多，当今之世，无人可以与之相比！这次驼峰聚会，就是由她主持的。

冯瑛性情柔和，见冰川天女发怒，更觉楚楚可怜，本来想拿着她问话的，听她如此一说，反而退后三步，笑道：“你对天山派的成见也未免太深了，好吧，我不逼你。你愿说便说，不愿说我也不问你的来历因由。”冰川天女叫道：“萍儿，下山!”话声未说完，身形已掠出十数丈外，冯瑛见了，也不禁暗暗赞道：“当年我在她这般年纪，也没有她这样高明的轻功。”

冰川天女疾跑，隐隐听得唐经天在后面呼唤，冰川天女气恼之极，头也不回，霎眼之间，就跑过一个山坳，忽听得一声笑道：“梅儿说你一定会来，我还不相信呢。哈，你果然来了。看来我这个媒可要做定了!”只见一个妇人拦在前面，笑得头上的两个蝴蝶结也迎风摆动，冰川天女不知这是冯琳，还以为是适才与自己交手的那个妇人，故意抄小径追来将她戏弄，一晃身向斜坡奔下，正想出言骂她，忽然斜坡上的乱石堆中又窜出一人，却是赤神子。

原来自龙灵矫在拉萨被福康安扣留之后，福康安要遣人上京，问明真相，不肯将龙灵矫交与赤神子。赤神子无法，只好派云灵子先赶入京，禀告大内总管，一面留下桑真娘在拉萨监视，而自己则暗中追踪唐经天和冰川天女，顺路想再邀一两位强手相助。

赤神子自思：若然以一对一，则唐经天和冰川天女都要比自己稍逊一筹。但以一对二却是难以取胜，因此只敢暗中追踪，不敢露面。

这一日来到了慕士塔格山的驼峰之下，见唐经天等一行三人攀上山峰，赤神子也追踪而至，因他不识山路，又是待唐经天等人攀上半山才跟上来的，故此赶到之时，已经是冰川天女逃下慕士塔格山的时候了。

赤神子突然碰着冰川天女也是吃了一惊，但见她只是一人，而且神情狼狈，似乎刚刚给人打败的样子，又不禁心中暗喜，便突然窜了出来，迎头就是一掌。

冰川天女前后受攻，暗叫一声苦也，心中想道："赤神子犹可抵敌，那妇人却是太过厉害。"不敢退后，只好向赤神子疾攻，一抖手先发出三枚冰魄神弹，随即把寒光剑一挥，护定身躯，疾冲而过。

赤神子知道冰魄神弹厉害，好生溜滑，陡然一个转身，移形换位，避开冰魄神弹，一下子便到了冰川天女右侧，更不换招，手腕一翻，立刻变为擒拿手法，硬抢冰川天女的宝剑。

冰川天女正觉着一股热气扑面喷来，正想横剑削下，忽觉背后衣袂带风之声，颈项一凉，耳边听得那妇人笑道："今日天时不正，又冷又热，你们捣什么鬼?"原来冯琳飞身赶到，她见赤神子相貌古怪，掌发热风，而冰川天女则发出一种带着奇寒之气的暗器，两者都是她未曾见过的"宝贝"，她一淘气，便在两人的颈项各吹了一口凉气。

冰川天女一跃跳开，那山坡铺满冰雪，冰川天女在冰峰之上长大，溜冰滑雪是她最擅长的技艺，闪开之后，不假思索，便在峭滑的山坡上直溜下去。那赤神子却不知冯琳是何等样人，恨她放走敌人，又被她连吹三口凉气，气得哇哇大叫，转过身来，举掌便劈冯琳。

冰川天女溜到山坡，山风吹来，隐隐听得唐经天呼唤自己，心中一动，脚步稍慢，忽见山坡转角处又窜出两人，却是与李沁梅在一起的那两个黑衣少年，高声叫道："留下剑来，让你下山!"这两个少年，一个是李沁梅的哥哥李青莲，一个是唐晓澜的徒弟，当年无极派大师钟万堂的侄孙钟展，两人一般年纪，一样打扮，就如兄弟一般。这两人都属少年好事之流，被武氏兄弟唆使，预先走开，悄悄到这里埋伏，想折辱一下冰川天女，替武氏兄弟出口闷气。

冰川天女柳眉一扬，冷冷说道："我不信你们天山弟子就有这么霸道!"脚尖一点雪地，箭一般的立刻到了两个黑衣少年的面前，一招"千里冰封"，寒光剑挥了一个圆弧，立即把两个少年的长剑圈在当中。她的滑雪本领举世无双，比"陆地飞腾"的轻功还要快得多。

两个黑衣少年吃了一惊，双剑刚刚展开，就被冰川天女宝剑的冰魄寒光裹住，冰川天女剑柄转了几转，两个少年的长剑几乎给她绞得脱手飞去。冰川天女心中恼怒，立意要将他们的兵刃反夺出手，剑光越收越紧，绞转也越来越快。钟展是唐晓澜所收的唯一弟子，武功火候虽然远不及他的师兄唐经天，但亦已得天山剑法的真传，临场亦较镇定，见冰川天女的剑运转如风，难以相抗，突然悟出以静制动之道，趁着冰川天女在两招之间，劲力一紧一松的连接间隙，突然使出一招"江海凝光"，这是天山剑法中"大须弥剑式"的一招最稳健的防守招数，全身劲力都凝在剑尖，冰川天女正自得心应手，忽觉敌人的长剑竟似化成了一条铁柱，绞之不转，怔了一怔；李青莲学的是白发魔女这一派的奇诡剑法，趁机将长剑向前一探，立刻消解了冰魄寒光剑的绞转之势，刷刷两剑，指东打西，似左反右，马上转守为攻。

论到真实的本领，冰川天女固然要比钟展李青莲任何一个都强，但两人联剑攻她，冰川天女却要稍稍吃亏，幸而冰川天女曾见过李沁梅所使的奇诡剑法，知所应付，更兼在雪地之上斗剑，冰川天女最是擅长，因此在二三十招之内，冰川天女还是攻多于守。李青莲和钟展暗暗吃惊，各呼惭愧，心中想道："怪不得武家兄弟吃了大亏，这妖女果然厉害，竟能独挡天山两派的剑法。"冰川天女也是暗暗吃惊，心道，天山弟子果然名不虚传，连两个后生小辈也有这么高的本领。

双方都感到敌人难以应付，正自斗得紧张，忽听得那中年妇人

冰川天女传
一九八五年十一月画梁羽生先生之小说

冰川天女正自滑雪下山，忽听得唐经天的呼唤之声，越来越近。

的声音，自远远的山头传下：“莲儿展儿，让她下山，快快回来。”冰川天女不由得大吃一惊，这声音明明是在远远的山头传来，居然像在耳边呼唤一般，这还罢了，另有一事，最令冰川天女怀疑难释。

那中年妇人明明就在山坡之上将赤神子戏弄，何以声音却似从驼峰之上传来？冰川天女不知，这发声呼唤的乃是冯瑛，将赤神子戏弄的却是冯琳。

钟展和李青莲听到师母姨母的命令，哪敢不依，疾攻两剑，想把冰川天女迫退几步，就立刻脱身奔回驼峰。冰川天女早料到他们有此一着，也是冰川天女心高气傲，明知他们要撤走，却立意要挫折他们一下，趁着他们双剑要收未收之际，突然反削两剑，钟展已见机转为守势，还能抵挡，李青莲正采攻势，被她一绞，借势激荡，手中的长剑竟然脱手飞出，“呛啷”一声，掉在雪地上。冰川天女冷冷一笑，道：“看到底是谁解剑？”脚尖一点，又已滑出十余丈远。李青莲气得哇哇大叫，只好回山。

唐经天本意是将冰川天女哄来，让她拜见自己的父母，一叙世交之谊，好消释前嫌，哪知弄巧反拙，冰川天女却把他的母亲误作他的姨母，竟然出手打他的母亲。唐经天知道母亲端庄凝重，与姨母的性好戏谑截然不同，不禁暗叫“糟糕”，担心母亲会因此不喜欢冰川天女。尴尬之极，好不容易摆脱了他小表妹的胡缠，急急自后追来。

冰川天女正自滑雪下山，忽听得唐经天的呼唤之声，越来越近。冰川天女恼恨难平，怒气未消，对唐经天的呼唤理也不理，到唐经天相距十余丈了，才回头一望，鄙夷一笑，哼了一声，唐经天道：“冰娥姐姐，你听我说。”冰川天女拾起一块雪块，劈面就打，愤然说道：“我今日才知你的为人，我是给你寻开心的吗？”脚尖一点，又滑出十余丈远，唐经天叫道：“你听我说了再走也不迟！”冰川天女又回头掷了一块雪块，道：“谁听你的说话？你再也不要跟我说话。”

唐经天也是个带有几分傲气的少年人，冰川天女在气头上的说话令他甚是难堪，他顿然止步，正欲另外想法，驼峰上又飘下了他母亲的呼声："经儿，回来!"接着是一个严厉的声音："经儿，不许你拦截这个姑娘。"这是他父亲唐晓澜的山顶传声。原来唐晓澜夫妇起初本以为冰川天女是儿子新交的友人，心中虽然有些不满他擅带外人参加聚会，但也还没有什么，后来见冰川天女莫名其妙的，一见面就用极厉害的暗器偷袭，又误以为她不知是哪个邪派高手的弟子，特地趁此盛会来向他们挑衅的，因此一误再误，误以为最初的想法错了：这女子不是儿子带来的友人，误以为唐经天去追她是想将她截回，交给自己处罚。以唐晓澜夫妇的身份，绝不能与后辈为难，何况冯瑛又早已答应让她下山，故此唐晓澜夫妇都先后出声拦阻儿子。唐经天只好停步不追，只见冰川天女在雪地上滑走如飞，那积雪的山坡削滑异常，转瞬之间，冰川天女的背影已只看见一个黑点，好像雪地上飞滚的弹丸，眨一眨眼就滚到山谷下面去了。

唐经天一片茫然，心头郁郁，走回驼峰，经过山腰之际，忽听得冯琳笑道："经儿，你看我耍这个老猴儿。瞧清楚了，这一招你不可不学。"山坡上，冯琳正在捉弄赤神子，就如灵猫戏鼠一般，忽而向他吹一口冷气，忽而绊他跌了一跤，赤神子暴怒如雷，凭着听风辨器之术，听出冯琳正在背后偷袭，背心一撞，呼的反手一掌，冯琳三指一扣，用猫鹰撕抓的绝技扣他脉门，赤神子万料不到她的招数如此刁毒，竟然在自己掌力笼罩之下，伸指欺到跟前，脉门是人身要害，若被她扣着，多好武功，亦无能为力，急忙缩手，却还是给冯琳的指尖轻轻弹了一下，"啪"的一声，赤神子的手掌被弹得反打回来，在自己的面上狠狠地打了一记，热辣辣的半边面孔登时肿了。冯琳笑道："这一招叫做自打耳光，好不好玩?"唐经天本来郁郁不乐，也禁不住哈哈笑了起来。

赤神子几十年苦练，想不到二次出山，便遭如此折辱，气得哇哇大叫，双掌一错，先护着全身要害，再运起真气，发动掌心的热力，狠狠扑击冯琳，唐经天在三丈之外，也觉热得难受。冯琳皱了皱眉，道："你这鬼样儿真令我讨厌，这对狗爪子也会冒气，哼，哼，且给点厉害让你瞧瞧。"忽而转头向唐经天道："经儿，你知道这老妖怪是什么东西吗?"唐经天道："嗯，他是清廷的鹰犬。"冯琳本意是将他戏耍，要待问清楚后才决定出手的轻重，一听他是清廷鹰犬，嘻嘻笑道："那就妙极了，好，你既仗这对狗爪子欺人，我就把你的这对狗爪子切下来。"唐经天道："姨母，宝剑给你。"冯琳道："哼，切这对狗爪子要什么宝剑，你瞧我的。"

只见她笑得如花枝乱颤，头上的两个蝴蝶结随风摇动。冯琳突然将头上的蝴蝶结解下，那蝴蝶结是用十数根彩色的丝线拧成一股细绳捆着的，蝴蝶结一解，那股彩绳抖了开来，轻飘飘地飞扬，冯琳道："好，你瞧清楚了。"左右两手各执一股彩绳，向赤神子身上一抛，就要缚他的两手。赤神子大怒，喝道："妖妇，你敢如此欺我?"横掌如刀，直上直下地乱削，心道："你这根彩绳如何缚得住我。不给我指甲撕断，也得给热力烧毁。"哪知这彩绳飘飘晃晃，不比寻常兵器，既不会被敌人抓中，又不受掌风之力，赤神子只见眼前彩色缤纷，那五彩头绳，在眼前晃动，不觉目眩神迷，心烦意乱，忽听得冯琳叫道："着!"赤神子两边手腕都给彩绳缚着，勒得不能动弹。冯琳暗运内力，力透丝线，把那股彩绳变得有如一根网线，入肉数分。内功练到最高境界，可以摘叶伤人，飞花杀敌，冯琳用头绳捆敌，就是这种功夫。

冯琳所学的武功之杂，天下无双，这一手功夫本源出于西藏红教的"飞绳解腕"，西藏人用绳索可擒犀牛，犀牛力大，缚在它身上任何部份，绳索都会被它拉断，只有缚着它的前足软蹄，它才不能发力，乖乖驯服。当年红教的祖师喀尔巴见西藏人活捉犀牛，悟了此理，创出"飞绳解腕"的功夫，只要用软绳缠着敌人的脉门，那就纵令敌人有金刚大力，亦自发挥不出。冯琳小时候曾在当时的四皇子胤禛（即后来的雍正帝）府中学会这手功夫，到她归隐天山，又练成了正宗的内家气功，更把"摘叶伤人，飞花杀敌"的内功运用上了，所以虽然只是一根极细的彩绳，也可当成钢丝使用，比红教的"飞绳解腕"更要厉害多了。

赤神子双手被缚，脉门给绳缠紧紧勒住，血脉不能畅通，不但手腕疼痛，愈来愈甚，呼吸亦觉紧迫，内力运不出来，两眼睁得大如铜铃，晕眩虚软，就如患了重病一般，叫也叫不出来。唐经天见此形状，心道："不用半个时辰，赤神子的手掌就算还未给勒断，也要气绝身亡。”心中殊觉不忍。忽见人影一晃，对面的山头有人叫道：“琳妹，你这玩笑也开得太过份了！”在山头上站立的人正是唐经天的父亲唐晓澜。

冯琳道：“你不知这人多可恶，他是清廷的鹰犬呢！”唐晓澜看清楚了，摇了摇头，又传声叫道：“这人是你的婆婆（武琼瑶）当年曾释放过的。难为他练了几十年，若非大恶，还是饶了他吧。”冯瑛也在驼峰上传声说道：“琳妹，你怎么还像小时候的任性，用这样狠毒的手段。放了他吧，我不高兴见他的神气。”冯琳最是敬畏姐姐，微微一笑，将彩绳收了，道：“好，以后这人若与经儿作对，我可不理。”赤神子双手一松，深深地吸了口气，一跃跃开，低头一看，只见双腕如给火绳烙了一道圆圈，入肉数分，惊骇之极，听唐晓澜的称呼，知道这妇人是唐晓澜的小姨冯琳，抬头一看，冯琳似笑非笑地还在冷冷地盯着他。赤神子打了一个寒颤，心知唐晓澜夫妇的武功还在冯琳之上，想起自己以前要找唐晓澜比试，真是不知天高地厚，哼也不敢再哼，急急下山逃走。

唐晓澜招手道：“经儿，你过来。”与唐经天回到驼峰，进入当中的石窟，这些石窟，都是为了这次聚集而开辟的。当中的石窟是唐晓澜夫妇所居。唐晓澜将儿子带入洞窟，又将李治冯琳夫妇请了过来。这才盘问儿子道：“经儿，适才那女子是何等样人？你是不是认识她的？为何她一见面就用冰弹打你的母亲？”唐经天道：“她是冰川天女……”唐晓澜已有二十年不在江湖道上行走，奇道：“有这样古怪的名字。”冯琳插口笑道：“她这一打打得真好！”冯瑛诧道：“怎么？”冯琳笑道：“姐姐呀，你做了我的替死鬼了，她本来是要打我的。”

冯瑛知道妹妹的脾气，笑道：“一定是你招惹了她，这个小姑娘我见犹怜，你却去作弄她，真是为老不尊。”冯琳道：“姐姐好偏心，新媳妇未入门，就先帮她来数说我了。我不过逗她玩玩而已，谁欺负她了。”冯瑛道：“什么？经儿，如此说来，这姑娘是你特地带她来见我们的了。”唐经天道：“娘别听姨妈的胡说。”冯琳笑道：“姐姐，你不知他们多亲热呢？”当下将那晚遇到冰川天女之事说了，又指着唐经天道：“你敢说你不是特地带她来的么？”唐经天道："不错，我是特地带她来的，可是你知道她是什么人？"冯琳道："就是不知呀，知道了，我们还问你？"唐经天道："爹，你不是叫我下山之后，顺便寻访桂华生伯伯的下落吗？桂华生伯伯已经过世了。这个冰川天女，就是桂华生伯伯的女儿，她可不是外人，你不怪我带她回来参加这次的聚集吧。"

此言一出，众人都是又惊又喜，急问其详，唐经天将两上冰峰，邀冰川天女保护金本巴瓶等等情事说出，说到冰宫的仙境时，众人都悠然神往，如听神话一般。冯瑛道："想不到桂华生却有这样的奇遇，还生下一个这么天仙般美丽的女儿。"冯琳笑道："你赶快叫经儿将她追回来，要不然就要给别人抢去了。"唐经天不理姨妈的戏谑，对父亲道："只是我有一事未明，按说她本是天山一脉，何以一提到天山之时，她总是一副漠然的神气，好像甚为见外。天下武林人士所向往的天山，在她心目之中，竟似是一个讨厌的地方。"唐晓澜皱皱眉头，亦觉十分不解，冯瑛心思灵敏，想了想，笑道："琳妹，这又是你种的恶果。"冯琳道："怎么，你总是把什么过错都推到我的身上！"撅起嘴儿，就像一个淘气的小姑娘。

冯瑛说道："经儿，你听我说一个故事。约三十年前，那年的天下暗器第一高手唐金峰有个女婿，叫做王敖，用白眉针伤了你的姨妈，你姨妈一怒，将他杀了。唐金峰带了女儿来寻仇，那时我住在山东大侠杨仲英的家里，唐家父女把我当作你的姨妈，我助杨大侠将他们杀退，误会更深。那时桂华生是唐家的好友，第二次唐金峰邀了桂华生来，我们不知道他是桂仲明的儿子，那桂华生剑法非常厉害，竟将杨仲英的宝贝女儿迫得跌下湖中，被山洪卷去。"说到此处，朝唐晓澜笑了一笑，原来杨仲英的女儿杨柳青曾是唐晓澜的未婚妻，后来二人解约之后，唐晓澜才与冯瑛结婚的。冯瑛笑了笑，续道："你爹爹那天恰巧也在那儿，大为恼怒，就要与桂华生拼个死活，后来我们用天山剑法把他迫得也几乎跌下湖中，险丧性命。幸得吕四娘及时赶到，这才救了他。其后杨家姑姑没有死，你爹爹将这事也忘怀了。桂华生却从此失了踪，大约他一生都记着此事。"

唐经天道："原来如此，这就怪不得了。"冯瑛道："怎么？"唐经天道："怪不得桂华生伯伯要远游异国，博采中西剑法之长，另创新招，而冰川天女也一再要与我比试剑法了。"唐晓澜叹口气道："想不到桂华生如此好胜。"冯瑛道："难得桂华生如此苦心，从此中华剑派，又增异彩，武学日新又日新，这岂不可喜可贺。"唐晓澜点了点头，默然不语。

唐经天忽然问道："娘，你刚才所说的那个天下暗器第一高手唐金峰，是不是排行第二，人称唐二先生？"冯瑛奇道："你怎么知道？"唐经天道："这唐二先生有没有嫡传弟子？"唐晓澜面色微微一变，急忙问道："经儿，你这次下山，遇到什么异人？"唐经天道："有人托我将一件东西带回交给爹爹，他说这件东西本来是我们家里的。"冯瑛冯琳听了都不觉大奇，唐晓澜两眼闪闪放光，道："拿给我看。"唐经天将那块汉玉掏了出来，交给父亲，唐晓澜再三摩挲，忽然叹了口气，过往的冒险经历，一一涌上心头。冯瑛道："这是谁交给你的？"唐经天道："就是福康安的幕客，名叫龙灵矫的那个人。"唐晓澜忽然摇了摇头，道："什么，姓龙的？不，藏有我这块汉玉的人，绝不能是一个普通的幕客，他用的一定是个假姓名。"唐经天道："爹，你说得不错。赤神子找他晦气，也说他是个更名改姓、图谋不轨的人。但赤神子只查到了他是唐金峰的徒弟，却不知道他的真姓名。爹，他到底是谁？"

唐晓澜道："他是年羹尧的儿子！"唐经天吃了一惊，年羹尧一代枭雄，当年唐晓澜夫妇与江南七侠等天下英雄，都把年羹尧当作第一个大对头，那些惊心动魄的故事，唐经天不知听父母说过多少遍。

唐经天道："原来他是年羹尧的儿子，怪不得他在西藏拉拢土司，密结党羽，看来他想在边陲发难，自建皇朝，成则可与清廷分庭抗礼，败亦可割据一方了。只是西藏形势复杂，在那里举事，只恐反被外人乘虚而入。"唐晓澜道："我儿所见甚是。"当下沉吟不语。冯琳插口道："你怎么知道他一定是年羹尧的儿子？"唐晓澜道："胤禛登位之后，我私入皇宫，被哈布陀了因等所擒，康熙皇帝给我的那块汉玉被他们搜去，那时年羹尧是他们的半个主子，他们所搜得的东西既然不在雍正手中，那就当然是在年羹尧的手中了。”

冯琳道：“若此人真是年羹尧的儿子，被当今天子查明身份，那是必死无疑。你救他不救?”唐晓澜道：“他父亲是我们的死对头，他可不是。再说，他一意抗清，想必还把我们引为同道：看他叫经儿将汉玉交回，其中实有深意。”冯瑛道：“这意思显明不过，他实是想与我们结纳。”冯琳道：“年羹尧此人，现在提起。我还恨之入骨。但愿他儿子不像他。”忽然幽幽地叹了口气。

冯琳平日笑口常开，好像天地之间，从无一件事情，足以令她忧虑。唐经天还是第一次见他姨母叹气，心中好生诧异。唐经天有所不知，原来他姨母冯琳在年家长大，与年羹尧曾是青梅竹马之交，年羹尧对她极有情意，后来冯琳发现了年羹尧凶残卑劣的真面目，这才反脸成仇，恨之入骨。但到底有过一段故人情分，而今她听得年羹尧儿子的讯息，怅触往事，免不了分外关心。

冯瑛看了妹妹一眼，微微笑道：“但愿年羹尧的儿子不似他的父亲。但我们不明底蕴，也不便贸然相救。这样吧，经儿，你不是要往四川吗？顺道可以一访唐家，告知他们龙灵娇的下落，唐家是武林世族，按江湖的规矩，也该让他们作主。”唐经天正怕父母要将自己留下，闻言大喜，冯瑛又笑道：“你见了桂家妹妹（指冰川天女），可以告诉她说我很喜欢她。也可以请冒伯伯劝劝她，释了前嫌，三年之后，再请她回来聚会。”冯琳忽然一本正经地道：“经儿，我教你一个妙法，你再找她比剑，故意输给她一招就行啦。”唐晓澜摇了摇头，道：“为老不尊，专教小辈作伪。”冯琳煞有介事地说了，随即自己却禁不住哈哈大笑起来。

第二日唐经天再下驼峰，续往东行。他本来的路线是自陕入川，而今绕了一个弯，只能取道青海，经过昌都地区，进入川西了。

唐经天一路探听，总探听不出冰川天女的行踪，心中大是挂虑，怕她不识道路，不知撞到哪儿。

走了十多天，这日已进入青海中部的柴达木盆地，一大片草原，莽莽苍苍，遥接天际，草原上虽间有黄土沙漠，但大部分都是肥沃的黑土，落叶成层，野羊一群群地在草原之上奔走。唐经天在大草原上策马奔驰，胸襟开阔，豪兴遄飞，心中想道：“这一大片盆地，若然将之开发，不知能养活几千万人？可笑古往今来，多少英雄豪杰，争王争霸，徒苦黎民，有这么一大片肥沃的草原，却千万年来都任之荒废。”

唐经天正在极目遐思，忽听驼铃混和马铃，一队旅人迎面而来，有男有女，有老有幼。唐经天颇为奇怪，心道：“现在已是开春时分，只有北方的人往南方，何以这队旅人却从南边来？”上前一看，只见那些旅人都面有仓皇之色，好像一群逃犯，仆仆风尘。

唐经天好奇心起，上前便问，队中的一个老者瞧了他一眼，道：“就只你单身一人吗？”唐经天道：“是呀。请问老伯何以要离开南边这水草丰饶之地，是要到西藏经商的吗？”那老者摇了摇头，道：“只你单身一人，那倒无甚忧虑，你可以继续赶路。再走两天，就是吐谷浑汗王治下的大城哈吉尔了。”

唐经天奇道：“为何单身一人，便无忧虑？”那老者道：“白教喇嘛的法王不知为什么要挑选秀女，专捉年青的女子，外地来的女客，只要相貌娟秀，一给那些喇嘛发现，便拖了去。弄得城中风声鹤唳，我们经过那儿，不敢停留，马上便走。听说前天还有一个会武功的年青美貌的单身女客被他们捉去了呢！”唐经天听了，大为奇怪，道：“白教喇嘛的法王又不是皇帝，为何要挑选秀女？”那老者道：“我们也不知道呀。有人说是要拿去献给神的，那就更可怕了。不过好在他们只捉女的，不捉男的，所以你倒不必担心。”唐经天皱了皱眉，心道：“白教喇嘛的法王乃是一派之尊，都是说要护持佛法的，何以如此胡为。而且喇嘛教不比其他邪教，也是佛门的一个别派，从来未听说过喇嘛教要童男童女祭神的，这究竟是怎么回事？我本来不想到哈吉尔，现在却是非去不可了。”当下别过那队旅人，立即赶路。

唐经天马行快疾，第二日中午，便到了哈吉尔城。哈吉尔在柴达木盆地的边缘，算得是个大城，但比之中原的城市却相差甚远，城中人口，不满一万，只有几条街道，除了酒楼客店之外，普通民居，家家闭户，更令人有萧条之感。唐经天拣了一家客店，安置好马匹之后，便将店小二唤来，命他打酒，并重重地赏了他一笔小账，那店小二甚是欢喜，和唐经天缠七夹八地闲聊。

唐经天问道："听说你们这里的法王要挑选秀女，有这事吗？"店小二道："有呀。你不见那些民居都闭了门户，年青的女孩子都不敢出来吗？不过，这事情已经过去，听说他们也已挑选够了，今天已经没有喇嘛搜捉女子的事情发生了。"唐经天道："为什么要挑选秀女？是祭神吗？"店小二道："法王的命令，谁敢去问？只听说从西藏来了一个大喇嘛，法王要招待他，再过两天，就要开一个盛大的法会，是不是祭神，我们也不知道。"唐经天听了，更为奇怪，须知白教喇嘛是给现在西藏当权的黄教喇嘛，在明末崇祯年间，驱逐出西藏境外的，百多年来，两教如同水火，互相仇视，怎么从西藏来的黄教大喇嘛，这儿的白教法王反而会隆重招待？

那店小二又道："好在你是单身男客，若是女的，捉了去连家人也不知道。前两天就有一个外来的女子被喇嘛捉去，她还会武功呢。"唐经天心中一动，问道："你怎知她会武功？"店小二道："就在我们对面的这家酒店捉去的，我还去瞧了热闹来呢！那女子的服饰像是从西藏来的，不但会武功，还会妖法！"唐经天道："胡说，光天化日之下，有什么妖法。"店小二道："你不信吗？我亲眼见的。起初有四个小喇嘛捉她，她一拳一脚就打翻了两个，还有两个，只见她把手一扬，就有一团白茫茫的冷气射出来，那两个小喇嘛登时大打冷战！你说是不是妖法？"

唐经天吃了一惊，这暗器分明是冰魄神弹，冰川天女绝不会被喇嘛捉去，难道被捉的竟是她的侍女幽萍？只听得那店小二又道："你说这妖法厉不厉害？但妖法究竟比不上佛法，那四个小喇嘛被打倒后，又来了两个大喇嘛，他们不怕妖法，那女子发出的寒光冷气，两个大喇嘛只打了一个寒噤，立即就伸手把她捉了。"唐经天心道："如此说来，这白教法王手下，倒很有几个能人。幽萍被捉，冰川天女必然不肯干休，真想不到踏破铁鞋无觅处，得来全不费工夫。我只在这里等她便是了。"当下向店小二探问喇嘛寺院的所在，店小二道："客官也想去进香吗？那寺院平日热闹非常，这几天恐怕没有什么人去了。但你是外来香客，去也不妨。那喇嘛寺庙是我们这里最大的建筑，你既来到这儿，去瞻仰一番，也是应当。"唐经天问明了地址，小睡片刻，吃过午饭，便到白教喇嘛大寺去。

这座喇嘛寺院，比起拉萨的布达拉宫，那自是远远不如，但亦甚为雄伟，几十座大大小小的殿宇，在半山上毗连而起，金碧辉煌，外面三座大殿供奉着诸般佛像，任人参拜，香客虽然不算拥挤，但亦络绎不绝。唐经天杂在香客之中，听他们谈论，他们对前几日的搜捉少年女子之事，虽然议论纷纷，但对那白教法王，却是十分尊敬，有的还说："活佛要这样做，必定有他的道理，那些女子，得沾佛泽，正是她们的福气，我们妄自谈论，不怕堕入拔舌地狱吗？"看他们对活佛狂热崇拜的情形，竟不在西藏的喇嘛教信徒之下。唐经天心道："经过了这一场事情，还有这么多善男信士前来进香，看来这白教法王，也自有得人尊敬之处。"

唐经天看清楚了白教喇嘛寺的形势，回到客店，睡了一觉，三更时分，换了黑色的夜行衣服，蒙上面巾，悄悄离开客店，施展绝顶轻功，便到喇嘛寺去，想探个水落石出。

寺院规模甚大，也不知哪里是法王的宝殿，唐经天选当中的一座殿宇飞身掠进，只见院落沉沉，内中隐隐有笙歌奏乐之声，唐经天皱皱眉头，跳进里面，忽见两个小喇嘛迎面行来，唐经天隐身一棵菩提树后，只听得一个小喇嘛道："咱们这里也有圣女了，她们念经唱佛曲，唱得真好听，听说还要练舞呢，从今以后，可热闹了。"另一个小喇嘛道："你这小鬼头休要动了凡心，多瞧她们一眼也有罪，犯了戒律，可不是当耍的。"那小喇嘛道："你休得胡说，你才动了凡心呢。我只是远远地听，你却三次从圣女的宫前走过。"唐经天一跃而出，双臂一伸，将两个小喇嘛拿着，低声喝道："我问一句你们答一句，若敢叫嚷，就杀了你。"他用的是小擒拿的手法，扣着两个喇嘛的手腕关节，叫他们动弹不得。

两个小喇嘛惊得呆了，唐经天问道："哪里来的圣女？是前几天捉来的那些女子吗？"两个小喇嘛点了点头。唐经天道："她们关在哪儿？"小喇嘛道："她们住在靠近法王宝殿的那座圣女宫里。"唐经天道："你们佛门弟子，把年青女子捉进来做什么？"小喇嘛道："这是她们的福气，法王要她们做第一批圣女。"唐经天道："要圣女做什么？"那小喇嘛露出奇怪的神气，好像嘲笑唐经天的无知，道："男的当喇嘛，女的当圣女，那是经文上也有说的，你问得好奇怪!”唐经天怔了一怔,这才想起在喇嘛教的几种派别中,红教黄教都不收女的,只有白教,据父老传言,可以收女的信徒。只因白教在百多年前就被逐出西藏,所以这教规在西藏已很少人谈论,连唐经天一时也想不起来。原来圣女就是女喇嘛的意思。

唐经天心中稍宽,又问道:“没有人骚扰她们吗?”小喇嘛虽然在唐经天手掌之中,也露出愠怒的神色,连道:“罪过,罪过。你怎么敢如此说?圣女宫中,男子不许进去。只有几位老圣母教她们念经,要有法事她们才出来的。”唐经天道:“被你们捉来的圣女,是不是有一位会武艺的女子?”小喇嘛道:“听说有这么一位;但她不肯做圣女。这是她与佛无缘。活佛也不勉强她的。”唐经天道:“她也关在圣女宫吗?”小喇嘛道:“我已说过我们都不能进去,怎知她是不是在那儿?”唐经天道:“那么法王殿的所在,你们总该知道了?”那小喇嘛指一指正中的殿宇,道:“你是什么人?”唐经天问明之后,不理会他们,顺手将他们点了哑穴,叫他们在十二时辰之内,不能说话。

正中的那座殿宇圈在围墙之中,顶上铺着金黄色的琉璃瓦,唐经天料想是法王的宝殿。将两个小喇嘛放在树后,跃过围墙,只见佛殿之前,有两个白衣喇嘛守护,唐经天的轻功本事,已到了炉火纯青之境,真如一叶飘堕,落处无声,两个白衣喇嘛似有警觉,探头探脑,一副疑鬼疑神的神色,月光下看得分明,原来就是以前到西藏抢夺金本巴瓶的那两个白教喇嘛。唐经天曾与他们交过手,知道他们武功不弱,虽然拦阻不了自己,但一被发觉,就是一场大大的麻烦。

院子里多的是百年老树,唐经天就隐身在一棵枝叶茂密的参天古树之中,树顶上有几只大鸟栖息,似乎也发现下面有人,振翅拍动不已。唐经天摘下一片树叶,轻轻一弹,使出摘叶飞花的暗器功夫,那片树叶穿枝飞上,在树顶栖息的大鸟都给振翅飞起,发出叫声。那两个喇嘛道:“原来是鸟儿作怪。”唐经天是何等功夫,趁着他们凝望飞鸟,背向自己之际,一个飘身,倏忽之间,已掠进了法王宝殿,藏身檐角,真要比飞鸟还快捷,饶是那两个白教喇嘛,也丝毫没有发觉。

唐经天悄悄向里张望，正中一座房间，距他藏身之处有数丈之遥，隔着窗纱，只瞧见两个人影，一个高大的影子坐在当中，想必就是法王，另一个站在旁边的，当是侍者。唐经天凝神静听，只听得那法王道："咱们几代祖师，盼了百多年，终于盼到了。班禅的佛使说，要请咱们回去，以后大家不要再争斗了。阿难尊者，你的意思怎样？"那个叫做阿难的侍者说道："这都是沾活佛的威望灵光，不过——"那法王道："不过什么？你是说咱们这次回来，还不够光彩吗？"阿难道："我不是这个意思，不过咱们在这里是至高无上——"那法王接口道："回去之后，就是寄人篱下了，是吗？我告诉你，班禅的佛使已转达了西藏两位活佛的意思，划出三个地方让咱们建立寺庙，彼此相容。纷争了百多年，我也不想再动干戈了。"唐经天心道："这法王倒有一些见识。"白教当初是给黄教用兵力逐出西藏的，若然再打回去，西藏难免战祸。

那法王又道："我也不想离开这儿，将来西藏的那三处地方就由你主持。"说到这儿，唐经天只见阿难的黑影合十俯腰，想是谢恩。那法王叹了口气，道："能再回西藏，总算了了祖师的心愿。有三处地方，我也心满意足了。那批圣女怎样？"阿难道："除了几个人外，其他的都愿听活佛的法旨。"那法王道："咱们也不要勉强她们。百多年前，咱们的祖师在西藏掌教之时，民间的女子争着来做圣女，这里的风俗不同，汉人占了大半，他们不知做圣女的光荣，所以难免大惊小怪。百年来我们不召圣女，就是为了这个缘故。而今既然准备回到西藏，不能不恢复旧时的仪礼，寺庙落成的开光大典，没有圣女的奉神歌舞，那还成何体统。"唐经天心道："原来如此，倒还情有可原。我几乎将他们当作淫僧看待呢。"那侍者道："是呀，他们大惊小怪，真是不好。"那法王道："也不能怪他们，汉人连把儿子送来当喇嘛的都不多，何况要他们的女儿。那些不愿当圣女的多半是汉人，是么？"侍者点了点头，正想说话，那法王又道："咱们这次事出匆忙，不向他们事先说明，也不大好。这样办吧，明日咱们开个法会，你派人去请城中的士绅父老来随喜，顺便向他们解释清楚。不愿当圣女的，都让她们的父母领回去。"阿难道："有一个不愿当圣女的，不是汉人，从服饰上看，是从西藏来的，她打了我们的喇嘛，这怎么办？也放回去吗？”打骂喇嘛是一桩大罪，法王似乎踌躇不决，良久说道：“事情过后再说吧，也不要难为她。”阿难道：“听说她不肯吃东西。”法王道：“明儿我叫老圣女跟她说去。”

说到这儿，那法王突然站起身来，道：“倒一杯酒给我喝喝。”只见他持着酒杯，走近窗前，忽地推开了窗，双指一弹，酒杯径向唐经天匿身之处飞去。

那酒杯劈空打出，其声呜呜，竟似一支响箭，劲力之强，可以想见，而且听风辨器，那酒杯竟是朝着唐经天胸口的“玄机穴”打来，虽然在昏夜之中，认穴不差毫黍。唐经天不由得心中一凛：想不到这白教法王竟有这么俊的暗器功夫！唐经天伸指一弹，猛然间，又闻得一股酒香，迎面喷来，只见眼前一条白练，倏地散开，化成白蒙蒙一片的“酒浪”，酒花如雨，四处飞洒。原来那白教法王，把酒杯和酒，都当成了暗器。

唐经天伸指一弹，“当啷”一声，酒杯碎裂，饶他闪避得快，衣袖上也沾了几点酒珠，刺穿了几个小洞。这一手功夫，和唐经天刚才用树叶打鸟的功夫，同属一路，都是第一流的上乘内功。唐经天大吃一惊，只听得那法王叫道：“什么人如此胆大。”声到人到，倏地穿窗飞出，他披着大红袈裟，就像一片红云，当头压下，唐经天双脚勾着屋檐，上半身已倾斜在外。

那法王大喝一声，双掌一推，只觉来人竟似铁铸一般，推之不动。那法王倏地缩回右掌，劲力一收，唐经天蒙着面巾，两只眼睛，露在外面，那法王撤回右掌，骈指如戟，就挖唐经天的面上双睛。左手仍然与唐经天的双掌相抵，猛力推压。唐经天正在暗运内力，忽觉左边受攻的劲力，突然消失，而右边的劲力，却忽尔增强一倍，高手比试，最忌不知敌人的攻势所在，那法王双掌的攻势突然转换，劲力一收一紧，唐经天失了平衡，上半身摇摇晃晃，已将跌倒，忽又见那法王伸指点他的面门，这一招更是毒辣无比！

唐经天正想出杀手化解，蓦然间心中念头一转：这法王乃是一派之尊，打伤了他，牵涉太大。那法王双指点出，忽觉敌人的劲力也是突然一收，但见敌人的身躯凭空拔起，已闪转了身，就要跃下。

那法王“嘿”的一声冷笑，心中想道：“你这手轻功，虽然超妙绝伦，同时避开了我指掌的两路攻势，但无奈你的背脊已卖给我了!”当下右手又变指为掌，一招“手挥琵琶”，向唐经天背心猛击，但听得“蓬”的一声，如击败革，唐经天似弹丸一般，直给他击出墙外，那法王也哎哟一声，倒在瓦面。原来唐经天在他掌击背心之时，也反手一拂，用天山派独特的“拂穴”手法，只在一拂之间，五根手指，就连点中了他的五处穴道。

白教法王急忙运气解穴，他内功精湛，是白教喇嘛有史以来的第一人，运气三转，已自冲关解穴，只是四肢麻痹，还未曾完全恢复原状。那法王也不禁又惊又诧，心中想道：这人的功夫绝对不在我下，他本来可以化解我的招数，何以却如此冒险，硬生生地挨我一掌？正是：

有心犯难求真相，换得法王另眼看。

欲知后事如何？请听下回分解。

第十六回　圣女宫中　疑云迷侠客
喇嘛寺里　法会起干戈

外面两个白教喇嘛，闻声惊起，正待跃出围墙，往外追赶，那法王传声斥道："你这两个脓包，想白赔上性命么？他受了我的一掌，不过三天，必然送命，你们追他做什么？"说完之后，低低地叹了口气，心中想道：这人修到如此武功，亦非容易，却不知是受谁指使，到此窥探，白白赔了性命。心中大是后悔。

且说唐经天挨了那掌，背心隐隐作痛，溜回旅店房间，解下里面的金丝软甲，就着房中的铜镜一照，只见背心瘀黑一块，亦是不禁骇然。他拿起那件金丝软甲，心道："幸而有这一件宝贝，要不然真会给他震伤内脏。这法王的功力，果然非同小可！"

原来唐经天这副金丝软甲，有个来历，那是他母亲冯瑛，在周岁之时，无极派的宗师钟万堂送给她作见面礼的。这金丝软甲是用喜马拉雅山上金毛吼的背上金毛编织成的，又软又轻，刀剑不入，掌力更不能震碎。那白教法王的掌力，本有开碑裂石之能，但受了软甲一隔，传到唐经天身上的劲道，自然消了一半，加上唐经天本身的功力，内脏虽受震荡，却无大碍。唐经天还不放心，又用天山雪莲所练成的碧灵丹，内服外敷，然后安安静静地睡了一大觉。

第二天一早起来，那店小二进来闲聊，两人不免又谈起白教法王之事，那店小二道："他们都说前两天喇嘛寺搜捕美貌少女，必有来由。法王今晚大开法会，请了许多士绅，让他们拈香随喜，还请了那些被捉进喇嘛寺的少女的父兄，听说一共请了百多位外人，这是自喇嘛寺建成以来，从所未有之事。明天一早我们就知道喇嘛寺为什么要抓少女了。”唐经天笑道：“他又不请你，你哪能这样快知道？”那店小二满脸神气地道：“他虽然不请我，可是却请了咱们掌柜的，掌柜的回来，还会不和我说？”原来开设这间客店的主人，也是城中二流士绅，叨在被请之列。唐经天大喜，又和他聊了半个时辰，探听关于这间客店主人的事情，原来这位掌柜是继承父业，年纪甚轻，还不到三十岁。唐经天又打听到了今晚的法会是凭帖入座，想他所请的宾客甚多，必不会仔细盘查。

黄昏过后，唐经天早已探听清楚，悄悄溜入掌柜的房中，伏在屋梁之上，只见那店主人高兴非常，拿出黑缎马褂，正在更衣，那张描金的大红请帖，就放在炕上，唐经天刮下墙上的泥屑，搓成了一个小小的泥丸，轻轻一弹，就打中了那店主人的昏睡穴，非过十二个时辰，不能自解。

唐经天从梁上跳下来，将店主人放在炕上，给他盖好了被，笑道：“让你好好睡一大觉。”换了他的衣裳，店主人的身材和唐经天倒差不多，只是面庞稍为瘦削紫黑，唐经天取出随身携带的“易容丹”（这是古代走江湖的黑道人物所必备的东西，亦是原始的化装术用品，有清一代以甘凤池最为擅长，唐经天的父亲唐晓澜就是从甘凤池学到制练易容丹的法子的）。调了一点煤灰，用热水化开，搽在脸上，抹干了手，随即取了法王那张请帖，微微一笑，悄悄溜出客店。

喇嘛寺的知客僧并不认识所有邀请的客人，加之千百年来，从无人敢到喇嘛寺捣乱，而喇嘛寺中又是高手如云，故此并无特别防备，果然给唐经天料中，没有经过仔细的盘查，只是凭着请帖，就放入了。

法会宏开，正中大殿招待的是各处喇嘛寺院的主持和其他贵宾，东边偏殿则招待城中的士绅和被捉去当圣女的家长，酒过三巡，白教法王的首座弟子阿难尊者走来敬酒，朗声说道：“今日有天大的喜事告与你们知道，西藏的活佛与咱们的活佛已经讲和啦！”座上士绅一齐欢呼，过去百年，两教大小冲突不下数十次之多，人命财产的损失难以估计，今日一旦化干戈而为玉帛，自然个个喜悦。有些士绅，欢呼之后，忽地醒起不妥，又纷纷说道：“咱们愿活佛永远驻锡青海，不要离开我们。”阿难尊者微微一笑，说道：“班禅活佛已与法王讲好，西藏拨出沁卡、萨迦、琪布三个地方，由咱们建立寺院，法王在寺院建成之时，自当前去主持开光大典，大典过后，教务便由兄弟主持，法王体谅你们，他会再回来永远荫庇你们。”众人又是一阵欢呼。阿难尊者所宣布的事情，唐经天早已知道，但西藏所拨出的那三个地方，却还是第一次听到，心中不觉一动：那三个地方之中的萨迦宗地方，正是陈天宇父亲的官衙所在之地。

阿难尊者待欢呼声停下之后，面容一端，继续说道：“为了到西藏主持寺院开光大典，咱们按照教规，挑选圣女。能当上圣女的，都是与佛有缘，天大的福气。但法王为了体谅你们，有不愿女儿当圣女的也可以坦率陈明，法王准许他们领女儿回去。”此言一出，满座无声，阿难板起面孔，再问了一次，结果三十六个圣女的家长，只有七人敢说出要领女儿回去，十多个人不敢做声，还有十多个人则衷心喜悦地叩谢活佛的恩典。

阿难尊者说完之后，又敬了一道酒，微笑说道：“法王今日特准你们拈香随喜，你们现在就可进入正殿，在阶下排列，不准拥挤争先，自有法坛使者收你们的佛香，替你们通名禀告。”阿难先走，接着那些宾客便鱼贯而入，排列阶下。唐经天自亦混杂在众人之中。

大殿雄伟非常，殿上百余喇嘛，阶下百余宾客，地方还是绰有余裕。殿上神龛数十，各式佛像，奇形怪状，大殊中土，忽然众声俱寂，那白教法王，缓缓起立，走到主座的如来佛像之前，燃点第一支香，唐经天昨夜虽曾和他交手，而今始瞧得真切，只见那法王身材魁伟，面如满月，不怒而威，端的是法相庄严，是一个有道高僧的模样。唐经天心道：幸喜昨晚没有鲁莽从事，但他拿了冰川天女的侍女，冰川天女岂肯与他干休。

法王点了第一支香后，法坛使者便接受宾客的藏香，插进各座佛像前面的香炉，代为通名禀报。香烟缭绕之中，忽然钟声齐鸣，佛殿后走出两队白衣少女，每边都是一十八人，由两个年老的“圣母”率领，口宣佛号，手舞足蹈地在佛像之前，随着钟声的节奏，跹跹起舞，且舞且唱，唱的是喇嘛教经文中的佛曲，阶下宾客，虽然十九不懂，但亦觉得音韵悠扬，十分悦耳。那些小喇嘛，更是个个伸长了颈项，听得出神。

那法王拍了两下手掌，仪式完成，两队少女鱼贯退入，只有一个领队的“圣母”留着未走，走到法王跟前，低声禀告。法王说话，大殿之上，谁敢喧哗。唐经天内功精湛，听觉极为灵敏，只听得那圣母说道：“我已劝过她了，她还是不肯答允。”那法王道：“好，那你就领她出来。”

唐经天心弦颤动，目不转睛地注视大殿旁边的月牙角门，想道：等会幽萍被带出来，要不要立即冲上前去将她救走？

主意尚未打定，只听得细碎的脚步声从殿后走来，角门中白衣飘动，刚才进去的那个圣母已带了一个少女出来。这刹那间，大殿上下，寂静无声，数百人个个仰头而视，连一根针跌在地下都听得见响。

那是一个披着白纱的藏族少女，只见她紧紧闭着嘴儿，一双明如秋水的眼睛凝望着前面的人群，显出一派茫然的神色，冰冷的面孔，瞧不出一点表情，既不是害怕恐惧，也不是愤怒悲伤，面对着数百的陌生人，她连眉毛也不动一下，好像面前一切都不存在似的，殿上红烛光辉，如同白昼，在烛光映照之下，更显得冷艳无伦，她的面貌有点像冰川天女，但却并不是冰川天女的侍女幽萍！

唐经天一心以为这被擒的少女定是幽萍，哪知却是一个从不相识的藏族少女，但却又似在什么地方见过一面似的。唐经天惊诧之极，他知道得清清楚楚，地震之后，逃下冰宫的侍女，只有一个幽萍，这少女既非幽萍，何以她又能使出世上所无、冰宫独有的冰魄神弹？唐经天苦苦思索，不禁呆了。

唐经天不知，这少女正是陈天宇的心上人儿，那神秘的藏族少女芝娜。唐经天初上冰宫与冰川天女比剑之时，她也曾杂在侍女群中观看，只是那时唐经天全神注在冰川天女身上，哪留意到杂在众多侍女中的她。

那圣母走到法王跟前低声说道：“就是她了。她不但娟秀圣洁，还会几手武功，我本想叫她在将来的萨迦寺院中做圣女主持的，哪知她与佛无缘，只好罢了。”这几句话，阶下诸人只有唐经天听得清楚，这一瞬间，忽见那藏族少女的秋波一转，目光缓缓移动，朝着那法王看了一眼，脸上掠过一丝惊异的神色，盈盈眉眼，若有所思，但亦是一掠即过，随即又是冰冷如前。

曾与唐经天交过手的两个白教喇嘛，这时也侍立法王左右，其中一人上前禀道："这妖女曾用邪毒暗器打伤了咱们寺中的喇嘛，放她不得。"那法王面容沉肃，一声不响，也不知他打的是什么主意。

与白教法王并肩而坐的是吐谷浑的大汗，自芝娜一走出来，他就目不转睛地注视着她，这时忽然站了起来，向法王合十一拜，低声说道："求活佛慈悲，饶了这个女子，让我带回宫去处置。我愿替这女子赎罪，重修佛殿，再饰金身。"

法王管教，大汗掌政，在西藏青海等地方，教权高于政权，法王尊于大汗。但白教喇嘛，逃至青海，到底是托庇于大汗治下，靠大汗作护法。吐谷浑大汗此言一出，白教法王眉头一皱，看来甚是踌躇，久久尚未答话。

唐经天暗自动怒，听这说话，吐谷浑大汗心中实是不怀好意。这少女虽然不是幽萍，唐经天亦不愿她落在大汗手中，心头正自盘算救她之计，殿上贵宾席中，忽然走出一人，亦走到法王跟前合十一拜，朗声说道："这妖女似乎别有来历，求活佛恩准，让我试她一试。"唐经天在阶下看得分明，这人竟然是与赤神子一道，曾在拉萨缉拿龙灵矫的那个云灵子。

云灵子是清廷大内的"供奉"，为龙灵矫之事，回京禀报，路过青海，他与白教法王以前相识，特来观礼的。以云灵子的身份，乃是清廷的使者，吐谷浑的大汗虽然割据一方，形同独立，名义上到底是受清廷管辖，听了云灵子之言，心中虽然恼怒，却也不便发作，但亦变了面色，冷冷说道："你待怎生试她？"云灵子笑道："大汗放心，我总不至于毁了她的容颜便是。"云灵子自恃武功，竟然不理吐谷浑大汗的恼怒，亦未得法王的点头，便走到了芝娜面前，伸出双指，忽然照着芝娜胸前的"乳突穴"一戳，这一招既轻薄又狠毒，看来是云灵子有意迫芝娜出手招架。

原来云灵子到了哈吉尔，听说芝娜曾用过那种会令人发冷的暗器，也与唐经天一样，怀疑芝娜是冰川天女的侍女幽萍，见了之后，始知不是。但冰魄神弹只有冰宫才有，云灵子虽然未曾目击芝娜使过冰魄神弹，心中到底疑团莫释，怀疑她纵不是冰宫侍女，也必有点渊源。云灵子夫妇吃过冰川天女的大亏，对冰川天女恨之入骨，故此立心要与芝娜为难，有意试她一试，看她的武功，是否与冰川天女一路。

只见他双指打了一个圈圈，缓缓戳下，吐谷浑大汗勃然大怒，怒声喝道："休得亵渎圣女！"一跃而起，喝手下上前拦阻，云灵子头也不回，手指已然戳到芝娜胸前，忽地一声厉叫，倒跃丈余，背心一撞，将大汗手下的两名武士撞得四脚朝天，爬不起来。而云灵子亦捧着手腕，额上沁出黄豆般大小的汗珠，一时之间，竟然说不出话。

白教法王大为惊骇，云灵子的武功他素所知道，并不在他之下，心中想道："这女子虽会武功，但比起我座下的白衣喇嘛，亦还相差甚远，何以云灵子会吃了她的暗算？"惊骇之下，竟自忘了"活佛"的身份，离座而起，上前察看。

忽见那藏族少女回身合十，盈盈说道："谢活佛恩典，小女子愿舍身献佛，永为侍女。"此言一出，"圣母"与一众喇嘛都大感惊奇：这女子曾绝食两日，任凭如何劝解，总是不发一声，不料到了此时，却突然在法王面前应允。那"圣母"首宣佛号，认为那是活佛的感召。

法王眼利，却见芝娜胸前，多了一件饰品，乃是一块用象牙雕成的小圆牌，上面写有几行梵文，竟然是喇嘛教中，颁给德行圣洁的善男信女的护身灵符。喇嘛教以白象为尊贵之物，因此用象牙雕成的灵符最为珍贵，颁给女子的更是极为少有。芝娜本来是沁布藩王的独生女儿，沁布藩王在以前的西藏诸藩之中，领地最广，势力最大，班禅喇嘛亦曾靠他护法，所以赐了他女儿一面象牙灵符，无非是保佑她吉祥如意、百邪不侵的意思。喇嘛教中相信这种灵符有很大的驱邪效力，非与佛有缘，或被认为德行圣洁的善男信女，活佛不会恩赐，但芝娜却是例外。她三岁之时，父亲就求了活佛把这道灵符让她佩戴了。

黄教白教虽然作对，但却是同出一源。黄教活佛以“佛”的名义庇护的女子，白教亦当尊重，那法王不知道芝娜本来的身份，还以为她原就是黄教中的圣女，听她说愿永远献身白教，作为他教中的圣女，自然是心中欢喜。正想说话，忽听得云灵子哇哇大叫，原来是他自己通了穴道，盛怒之下，一时之间，却还未能说出话来。

白教法王把手一挥，道：“呼儿鲁赤，哈乞兀拉玛赤赤。”这是藏语，意思是说，你还要运气疗伤，不可妄动。云灵子怔了一怔，倏然止步。忽见吐谷浑大汗带着两名武士，奔上前来，大声呼喝道：“把这野人撵走，哼，哼，谁敢侵犯我的圣女。”两个武士去撵云灵子，大汗却奔向芝娜。白教法王微微一笑，转头说道：“大汗，你说得很对，她现在已是我教下的圣女，谁也不能侵犯她了。”吐谷浑大汗倏然变色，垂手说道：“有活佛庇护，那我就不必多事啦。”法王以活佛的身份在圣殿之上说出要庇护芝娜的话，吐谷浑大汗纵然心有不甘，也不敢再向法王求索了。殿上的喇嘛都感奇怪，法王竟肯为了这个不知名的藏族少女，第一次和大汗抬杠。众人的目光都集中在法王和大汗的身上，大汗的面色显得甚是尴尬，背转了身，还未举步，忽又听得“砰砰”两声巨响，原来是自己的两名武士，又被云灵子摔倒地上。

吐谷浑大汗勃然大怒，他奈何不了活佛，把一腔怒气都发泄在云灵子身上，大声喝道：“来人啦!”他带来的在阶下护卫的武士都奔上殿来，眼见就是一场围殴。

唐经天杂在阶下的人群之中，举头仰望，心中笑道：“这局面可难收拾，且看法王如何应付?”法王缓缓走向大汗，背向芝娜，忽有两条黑影疾如鹰隼地从法王身边窜过，奔向芝娜，双双出手，搂头便抓，这两人却是法王的护坛弟子，也即是曾与唐经天交过手的那两个白教喇嘛。这两个喇嘛以前奉法王之命进西藏抢夺金本巴瓶之时，曾得过云灵子的助力，这时见云灵子受伤，他两人生性鲁莽，也不去想云灵子的武功比他们强得多，只道云灵子是受了芝娜所伤，而芝娜的暗器却是他们所能克制。

法王心中方自思量如何调解，待发觉之时，拦阻已来不及，正想出声喝止，忽听得一声清脆的笑声，那两个白教喇嘛登时打了一个寒颤，跳起一丈多高，众目睽睽之下，只见两个少女笑盈盈地走上圣殿，前面的少女一身湖水色的衣裳，脸如新月，浅画双眉，碧绿的眼珠有如黑夜中闪闪放光的两颗宝石，姿容淡雅，令人一见就起了一种飘飘出尘的感觉，几疑是素娥青女，滴落人间，那绝世姿容，把殿上的芝娜也比了下去。霎时间，连奔去撵云灵子的那些武士也都不由自己地停了下来，呆呆向她注视。

后面的那个少女，也是一式打扮，但头上的秀发却梳成两条辫子，束以红绫，似笑非笑，现出一脸顽皮的稚气，跟着前头那个少女，就好像丫鬟跟着小姐一样，虽然比不上主人的仙姿绝俗，却也美艳如花。大殿上下，有四五百人之多，外面还有护坛的喇嘛弟子，这两个少女突如其来，竟无一人发觉。

唐经天虽料到冰川天女会在此地，却想不到她会在这个场合之下突然出现，几乎忍不住叫出声来。只见冰川天女带着幽萍，轻移莲步，倏忽便到了那藏族少女的身边。那两个白教喇嘛刚刚落地，认出是保护金瓶的冰川天女，勃然大怒，四拳齐出，冰川天女脚步丝毫不动，衣袖忽地一挥一卷，轻轻一送，两个喇嘛水牛般的身躯，竟然飞出了一丈开外，直滚到法王的脚边。这是最上乘的“沾衣十八跌”的功夫！冰川天女一把拉着芝娜，便向外走。这一瞬间，众人的目光都跟着注视那被摔倒的两个白教喇嘛，只有唐经天目不转睛地盯着冰川天女，只见她眼睛眨了两下，似乎是见到了芝娜所佩戴的灵符，轻轻地“噫”了一声，芝娜与她耳鬓厮磨，似乎在她的耳边悄悄地说了两句话。

白教法王沉声喝道：“都给我站住！”身形一晃，倏地也到了冰川天女身边。唐经天心中大急，这两人武功都足以震世骇俗，一交上手，只恐自己也拆解不开。忽见那藏族少女，退了两步，向着冰川天女盈盈一揖，清声说道：“白教修女，拜见护法。”白教法王吃了一惊，眼光落处，只见冰川天女的胸前，也佩着一道灵符，发散着淡淡的幽香，正是佛教中视为异宝的贝叶灵符，这种灵符，除了有限的几个高僧活佛，以及曾以大力护持过佛法的世上君王之外，其他佛门高弟，一生之中也未必能见过一次。

原来冰川天女这道贝叶灵符，是她的母亲华玉公主遗给她的。

冰川天女傳
一九八五年十一月畫于羊城

众目睽睽之下，只见两个少女笑盈盈地走上圣殿，……

尼泊尔是个佛教国家，前任国王一生护法，所以得了一道标明他护法身份的贝叶灵符。他生前本想依照西方的继承大法，将皇位传给女儿，是以这道贝叶灵符也就传到了华玉公主手上。冰川天女以前独住冰宫，与世隔绝，母亲给她的这道贝叶灵符，她从未向人展示，谁也不知此事。

冰川天女这道贝叶灵符，比起芝娜那个由活佛所赐的护身灵符，不可同日而语，芝娜是“圣女”身份，地位还在大喇嘛之下，而冰川天女则是“护法”的身份，与活佛可以平起平坐。故此当冰川天女向白教法王施礼之时，白教法王也恭恭敬敬地还了一礼。在场僧俗，连唐经天在内，不明所以，见法王还礼，都不禁骇然。

唐经天再转眼一看，只见幽萍傍着那藏族少女，正自叽叽喳喳地说个不休，语声极低，说的又是藏语，唐经天凝神静听，只听得“萨迦宗”和“陈天宇”等名字，那藏族少女仍是一派漠然的神色，眼光闪烁，似乎是示意幽萍不要多说。唐经天心中大疑，忽听得白教法王沉声喝道：“嚓，你是何人?”正指着自己。原来唐经天听得忘形，不知不觉地挪动身子，挤到了队伍前面。

与此同时，云灵子一声大吼，忽地向冰川天女冲来，白教法王展袖一拂，喝道：“云灵子休得无礼!”云灵子手指拈着一根黑漆发光的芒刺，叫道：“你看这是什么？这是天山神芒！天山派的人勾结这个妖女到此捣乱，活佛，你还不将他们拿下吗?”原来云灵子适才所中的暗器，正是唐经天偷放的天山神芒，他穴道一解，就近便向冰川天女发难。

白教法王心中一凛，袍袖再展，喝道：“云灵子休得胡言，这位女菩萨是我佛门的护法。”云灵子被法王一拂，倒退三步，暴怒如雷，但却不敢向法王发作。这时大汗带来的武士已是纷纷奔向云灵子，云灵子大喝一声，双手直上直下，把一群武士打得翻翻滚滚。大汗叫道：“反了，反了!”云灵子推开喇嘛，奔下石阶，登时大乱。

唐经天仍是目不转睛地盯着冰川天女，冰川天女适才当云灵子冲向她时，微微一闪，彩袖轻舒，似乎是避开强敌，却面对着唐经天，闪开之际，那长袖在空中挥舞，卷了一个草书“走”字，分明是向唐经天示意，叫他速走。唐经天更是起疑，忽见眼前人影疾奔如箭，云灵子已经冲至，那两个白教喇嘛也跟着奔来。

唐经天一个“盘龙绕步”，左手骈指前伸，右手虚握，向后一拉，作张弓放箭之状，这正是天山派一个极厉害的招数，名为“后羿射日”，前面用的是铁指禅功，后面用的是肘锤。云灵子武功本来就逊唐经天一筹，更兼在受伤之后，更非对手，被唐经天铁指一戳，他恃着有“铁布衫”的横练功夫，挺起肩头，往前一撞，只听得“喀嚓”一声，肩上的骨头断了两根，痛得几乎晕倒。那两个白教喇嘛正好奔至，恰又碰上了唐经天的肘锤，前面的喇嘛受他的肘锤一撞，向后跌翻，又碰倒了后面的喇嘛，变成了两个滚地葫芦。

云灵子是一派宗师，武功确有过人造诣，受了一指，屏住呼吸，忽地提一口气，又再翻身扑上，只见两点寒光，骤然在唐经天与云灵子之间散开，唐经天以为冰川天女出手相助，不以为意，忽觉面上冰凉，湿漉漉的好不难受，唐经天本能地将衣袖一抹，只听得那两个白教喇嘛大声叫道：“不要放走此人！”白教法王这时也看清楚了唐经天的身法，认出他就是昨晚来的蒙面怪客。

白教法王向冰川天女稽首说道：“多谢女菩萨出手相助”，就欲下场，亲自捉拿。冰川天女微笑说道：“活佛既已认清此人面目，何故尚动无明。活佛难道还想与西藏的黄教大动干戈么？”

白教法王怔了一怔，道：“女菩萨何出此言？”冰川天女道：“此人助清廷与黄教夺回金本巴瓶，活佛想是知道的了？”这时那两个白教喇嘛正在破口大骂，骂唐经天以前在峡谷抢夺金瓶伤了他们之事。法王向冰川天女看了一眼，心中甚是疑惑，冰川天女道：“当时替黄教夺回金瓶，我也在场。”白教法王怀疑的正是此事，他从那两个白教喇嘛口中，已知道当时的两个劲敌，除了一个天山派的弟子之外，还有冰川天女这么一个人，心中想道：“她是佛门护法，护的到底是谁？难道云灵子所说是真，她竟是与我作对来的？”

只听得冰川天女道：“黄教白教同出一源，既已讲和，就不该再与此人为难。金瓶留在拉萨，正是两教之福，活佛该不嫌我多事吧。”白教法王本是聪明杰出之士，听了此言，凛然一惊，想道：“果然亏了他们，当日假如金瓶让我们夺了，今日如何能订和约。

原来他们早已具有深心，暗中消弭我两教的祸患来的。”想到此处，不由得对冰川天女施了一礼，拍了一下手掌，急忙叫那两个白教喇嘛回来。其实抢夺金瓶之事，全是唐经天的策划，冰川天女只是后来才从唐经天的口中知道他的用心，而今转述出来，不过是想法王不与唐经天为难而已。

唐经天见冰川天女突然用冰魄神弹袭击，使自己露出本来面目，先是莫名所以，随即想起，这是冰川天女要迫自己离开此地，心道：她既不愿在此和我相认，那确是非走不可了。但云灵子与那两个白教喇嘛缠得甚紧，以三敌一，唐经天一时之间竟自不能摆脱，也无暇分心听冰川天女与法王的谈话，正在高呼酣斗之间，忽听得法王将那两个喇嘛唤了回去，唐经天正愁白教法王也下场动手，如此一来，倒是大出他意料之外。

敌人三去其二，云灵子来不及撤走，只听得唐经天一笑说道：“老前辈请恕我无礼了。”左右开弓，呼呼两掌，都打中云灵子要害，更妙的是他用的乃是阴力，表面并不受伤，过后方才发作，云灵子左右树敌（大汗的武士也要擒他），又要维持面子，不愿请求法王荫庇，即在寺中疗伤，却强用轻功提纵之术，跳出墙头，以至他后来静养了一个多月，方能复原，武功也从此减了三成，上京禀报龙灵矫的事情，也因此延误了。

唐经天一见云灵子跃出墙头，跟着也从另一面高墙跃出。跃出之时，回头一望，只见冰川天女正在朝着自己微笑。正是：

冰弹突袭犹含笑，莫测芳心意若何？

欲知后事如何？请听下回分解。

第十七回　大漠藏龙　九重惊蛰伏
风尘侠隐　一剑看雄飞

唐经天回到客店，客店中的伙计正在闹得手忙脚乱。原来他们见主人迟迟不去赴法王之约，起初尚不敢催，后来见天已入黑，主人尚未出房，掌柜的大了胆子，推门入内，只见主人熟睡如死，唤之不醒，不禁大惊，以为他是中了邪，正在外面请了巫师前来，忙着替他禳解。唐经天甚是好笑，悄悄将法王的请帖，再送回店主人的房中。又替他解了穴道。住客们大半惊醒，到庭院去瞧热闹，唐经天神不知鬼不觉地回到房间，将行李收拾好，打了一个包裹，留下了一锭银子，又悄悄地溜出了客店。

他对今晚之事，甚多不解。首先是那藏族少女究竟是何等样人，何以她起先誓死不从，其后又甘做白教喇嘛的圣女？冰川天女初次下山，不识道路，何以会撞到此地？是否巧合？冰川天女迫他走却又向他微笑，是恼他还是谅解了他？冰川天女也曾为黄教保护金瓶，何以白教法王却又对她以礼相待？种种疑团横亘心中，他一心想见冰川天女，听得敲过了四更，又再奔向白教的喇嘛寺院。这一次是熟路重来，不用摸索，便直奔东边的“圣女宫”。他打定主意，先去查探那神秘的藏族少女，不愁不知道冰川天女的下落。

“圣女宫”重门深锁，果然禁卫森严。唐经天略一踌躇，便飞身掠上瓦面，其时所有的“圣女”都已回来，宫中的灯火亦早已熄灭，但那些“圣女”经过今晚的一场大闹，都睡不着觉，犹自在房中谈论不休。唐经天在瓦面上蛇行兔伏，但闻得处处莺声燕语，夜风穿户，脂香扑鼻。唐经天皱了皱眉，辨不出那藏族少女的口音，又不敢闯进“圣女”的香闺去逐间查访。

一抬头，忽见东面小楼一角，尚有残灯，唐经天跳过两重瓦面，看清楚时，琉璃窗上，现出三个少女的影子，可不正是冰川天女主仆和那藏族的少女。唐经天心中笑道：“这可真是踏破铁鞋无觅处，得来全不费功夫。”悄悄掩近，只听冰川天女说道：“这几页是我抄给你的打暗器的手法，你藏好了。”那藏族少女道：“姐姐大恩，我到死也不忘记。”唐经天心道：“她们果然是相识的。但多少武功，为什么专教她打暗器呢？”只听得幽萍“噗嗤”一笑，说道：“你死呀活呀地乱说，我舍得你死，有人可舍不得你！”窗内人影闪动，那藏族少女去撕幽萍的嘴，幽萍又道：“我可是说真的，别人在真心地等你。”唐经天心中一动，想道：“莫非是这女子有心上的人儿在萨迦，他又是谁呢？”唐经天虽然聪明，却想不起那是陈天宇。因为唐经天曾亲眼见过陈天宇和幽萍亲昵的情形，猜不到陈天宇的意中人不是幽萍，却是面前这个藏族少女。

琉璃窗上，冰川天女倩影如花，只听她低声喝道：“幽萍别胡闹啦，芝娜妹子，你好自为之，珍重，珍重！”唐经天只道她就要告辞，忽见她手指一弹，“啪”的一响，楼上有人叫道：“好贼子，居然敢闯到这儿来啦！灵獒咬他！”接着一声怪啸，突见四条小牛般大的怪兽发出吼声，向着唐经天扑来，竟是西藏所特有的一种狼犬，是野狼和狗杂交所生的，凶恶异常，比狼还要厉害，似这般大小的更是少见！

四条狗露出白巉巉的牙齿，分成四路攻来，居然似懂得武功的人一样，分进合击，唐经天一个闪身，反手一掌，刚将一条狗打开，两侧“汪汪”吠声，腥风扑面，一条狗从正面咬他咽喉，另一条狗从侧面窜进，前爪搭上他的肩膀，唐经天沉肩一甩，左手一抓，将两条恶犬都摔出一丈开外，陡听得又似半空中起了一声霹雳，押阵那条恶犬似乎是群犬的首领，碧油油的双瞳好像放射怒火一般，巨尾一剪，腾空窜起，向着唐经天一剪一扑，临敌之势，竟如猛虎。

唐经天身形一转，待那猛犬双爪搭来时，陡地飞起一脚，不料这条恶犬竟是久经训练，知道趋避，唐经天没踢中它，不由得怔了一怔，想道：“这条狗闪避之快，竟胜似练过十年的轻功之士！”心存怜惜，本来他这一踢，乃是鸳鸯连环腿法，踢了左脚，右脚随之而发，两脚踢出，非中不可。只因心存怜惜，左腿一抬，并不踢出，那条猛犬，何等快疾，随着唐经天的身形，张牙舞爪，又再扑到。

适才被打开的三条猛犬虽然跌得不轻，但这种狗皮粗肉厚，并没受到重伤，吃了大亏，更加愤怒，嘻嘻狂吠，又再合围，这一回，四条猛犬都似知道敌人厉害，竟如高手对敌一般，有攻有守。唐经天手脚一动，它们就立刻窜开，冷不防就是一口，楼上的啸声，亦若合符节，在上面隐隐指挥，四条狗随着啸声，忽分忽合，忽进忽退，和唐经天纠缠不休，“圣女宫”中登时人声鼎沸。

唐经天合十一揖，使出内家真力，将四条猛犬迫出离身八尺之外，朗声说道：“在下此来，只欲一见敝友，并无恶意。贵主人请将灵獒唤回，若再纠缠，请休怪在下打狗不看主人面了。”

楼上啸声蓦然停止，只见一个青衣老妇，手挥长剑，一跃而下，骂道：“你这恶贼，今日在宝殿之上闹得还不够么？圣女宫中，岂是你这臭男子来得的？胡言乱语，亵渎神灵，吃我一剑!”居然是极上乘的西藏天龙派剑法，唐经天不得不闪，那四条猛犬，又随在主人之后，窜上前来猛啮。唐经天一看，这青衣妇人原来就是日间率领“圣女”出来谒见白教法王的那个“圣母”。

唐经天一指楼房，道：“我确是来访朋友。”那圣母越发大怒，斥道：“再出污言，叫你死无葬身之地!”要知她教中的圣女何等贞洁，连男子多看一眼，也不可以，怎能与外人交为朋友？唐经天之言，实是犯了她教中的大忌，也就怪不得要被她目为狂妄之辈了。她一面挥剑疾攻，一面指挥四条灵獒猛啮，叫唐经天不能分辩。

冰川天女不肯下楼相认，唐经天为难之极，又怕那白教法王到来，更是纠缠不清，把心一横，双掌一错，突然将一条猛犬提起，旋风一舞，向着另一条猛犬一掷，两条猛犬碰个正着，同时惨叫一声，摔倒地上，再也爬不起来。那圣母大怒，刷刷刷，连刺三剑，唐经天一个“盘龙绕步”，翩如飞鸟，从她身旁掠出，伸手一抓，用“小擒拿”手法抓住了从侧边扑来的猛犬，仍依前法，旋风一舞，向另一条猛犬掷去，岂料这条猛犬正是最厉害的那一条灵獒，亦是群犬的首领，竟然在半空中怒叫一声，翻身扑下，非唯闪开了唐经天这一掷，而且双爪堪堪搭上了唐经天的衣裳。

唐经天使出“沾衣十八跌”的上乘内功，振衣一弹，将那条猛犬弹开数尺，一闪身又避开了那圣母的一剑，忽听得铮的一声，眼前寒光闪闪，冷气森森，唐经天知是冰魄神弹，双指一嵌，将冰弹捏在手中，只觉内中有物，冰弹触体遇热便化，藏在冰弹内的纸团却留在他的手中。唐经天正自一愣，忽听得冰川天女叫道：“你寺中有事，我不便再留，圣母，请恕我先走啦!”楼上飞出两条白衣人影，冰川天女携着幽萍，已是飘然而去。

唐经天无心恋战，突发一掌，将那圣母迫开，飞身窜出，便欲逃跑，圣母气得咬牙切齿，叫道：“灵獒，追他！哼，你亵渎神灵，又气走护法，把你喂狗，也是该当!”那条猛犬一下子扑到唐经天背后，唐经天知道厉害，迫得回身抵挡，这狗灵敏机警，用擒拿手抓它不着，打死了又觉可惜，一时之间，唐经天拿它无法，被它缠着，那圣母又挥剑攻来，圣母宫中亦已发出警号!

唐经天一皱眉头，突然心生一计，待那猛狗扑来，将长袖挥出，轻轻一带，那条狗收势不住，被他一带，竟扑到“圣母”身上，唐经天这一招快捷之极，那圣母尚未看得分明，忽听得耳边“汪”的一声，震耳欲聋，脸上腥气扑鼻，原来是那条狗张口狂吠，滴下口涎，溅了“圣母”满面，圣母大怒，骂道：“畜生”，将狗摔开，只听得哈哈大笑之声，唐经天跳出围墙去了。

唐经天跑到外面，张眼四望，哪里还有冰川天女的踪迹。冰川天女的轻功比他还要稍高一筹，又先走一刻，要追也追不及。唐经天叹了口气，打开纸团，借着月光一看，上面写着一行小字：“休要多管闲事!”唐经天不觉心中苦笑：“我只是欲见你一面，你不见我也还罢了，却三番两次将我戏弄。”回头一望，“圣女宫”隔邻的法王宝殿，亦已灯火通明，唐经天心道：“白教法王必然惊起，呀，想不到糊里糊涂与他结了仇。那藏族少女既然甘心愿做圣女，我也不必再去救她了。”

唐经天一口气奔出了哈吉尔城，心中闷闷不乐，忽地想道：“冰川天女总要到川西去找她的伯伯，就算她不识路途，多费些时日也终能寻到。我不如到冒伯伯那里去等她。”主意打定，胸中郁闷稍舒，于是在山冈上胡乱睡了一觉，第二日便续向东行。

从青海越过巴颜喀拉山，便是四川西部，川西古称荒僻的“野人”之地，唐经天走了数日，不见人烟，好在野果甚多，渴了摘果子食，饿了就打野羊烤吃，倒也不愁。这一日，踏进了川西的天险雀儿山，过了雀儿山，就是汉人的地区了。

雀儿山天险端的名不虚传，虽然没有天山高峻，但四周高峰犬牙交错，行经山脊之时，遥望四周群山，都好像披着雪衣俯伏在山脚底下，俨如一群或跪或卧的羊群，蔚成奇景。触目所及，到处都是嵯峨怪石，突出雪上，远远望去，又好似一排精工雕刻的屏风。

走了两天，山势愈来愈险，这一日唐经天翻过了山脊，远远见到山背升起的袅袅炊烟。唐经天心中一喜，但随即想起，群山重叠，虽似近在眼前的景物，也常常要跑大半天，要找到那山背人家，只怕还得两天路程。唐经天放快脚步，忽见天色突然阴暗，原来已走到雀儿山最险窄之处，两面山峰，紧相合抱，山石层层对立，最狭窄处，相去不过二三丈距离，曲曲折折，好似重门深锁。走了一段，忽听得前面有喘息之声。

只见一个衣衫褴褛的汉子，身倚危崖，气喘吁吁。唐经天喝道：“你是谁?”那汉子咿咿呀呀的发出两个模糊的声音，唐经天再走前两步，那汉子突然伸出两只手来，喘气说道：“那位客官，可怜可怜我这小叫花吧!”

唐经天张眼一望，蓦然吃了一惊，这汉子伸出来的两条手臂，上面结满一个个大大小小的疙瘩，十指弯曲，满面红云，面上下颊，左右也各有一个疙瘩，看来竟是个周身毒发的大麻风。唐经天虽无世俗之见，在这阴森可怕的山道骤然见着这麻风的怪相，也不由得倒退三步。那汉子张着一双失神的眼睛，呆望着唐经天，好像是饿了几天的样了，静候他的布施。

唐经天一定心神，深觉奇怪，麻风患者南方最多，西北极少，在川西“野人”之地见到麻风，已是一奇，这雀儿山是人迹罕到之地，这麻风却居然能来到此处，更是一奇。但随即想道：“是了，他一定是逃避世人，涉过万水千山逃到此处来的。”（要知清代的医学远不如今日发达，麻风本来不会传染，但当时的一般人却深信麻风必会传染，把麻风患者看成最最危险之人，一发现有人患了麻风，就立刻要将那人烧死，将骨灰深深地埋在地下。）由于西北麻风患者极少，识得此病的人不多。因此有些病人，不辞翻山涉水，希望能来到西北山区，苟延残喘。这等于长途逃难，但逃难尚有人布施，麻风却是人见人怕，麻风患者不敢投村宿店，不是饥饿而死，便是力竭而死，能到西北逃生者百不得一。

唐经天思念及此，不觉起了怜悯之情，想道："他身罹恶疾，宁愿逃入深山与鸟兽为邻，这是何等可哀，又需要何等勇气！"便从囊中取出一条烤熟的羊腿，掷过去道："给你！前面野果极多，你可以自己采摘。"羊腿落在那人跟前，那人却不俯腰去拾，他眼睛却突然一闪，一双晶亮的眸子，发出骇人的光芒。这刹那间，唐经天忽觉此人虽然形容丑怪，但却是眉清目秀，不类常人。尤其在眼睛张开之时，那眼光如同闪电，竟似练武之人一样。那麻风患者双眼一张便合，又变得憔悴无神，慢慢弯腰去拾那条羊腿。唐经天道："喂，你叫什么名字？是练过武的么？"那麻风坐在地上，捧着羊腿大嚼，竟似听而不闻。

唐经天心道："嗯，他是饿得慌了。"又暗笑道："我问他这些干嘛？就算他是武学中人，我也不能与他做伴。何况，我又急着赶路。"只见那麻风患者一下子就嚼了半条羊腿，倏地又张开了眼睛，狠狠地盯了唐经天一眼，那眼光似是愤怒，又似憎恶，比适才更是骇人。在如此阴沉的山谷之中，一个大麻风露出如此的眼光，唐经天也不由得打了一个寒噤，提起脚步，展开身形，在他身边疾掠而过。

走不到十步光景，刚到山坳之处，忽听得轰的一声，一块磨盘般大小的巨石，突然从上面掉下来，山道狭窄，转身亦难，唐经天奋起神力，双臂一托，将那大石一掷，只听得轰轰之声，震耳欲聋，那块巨石带动山泥，堕下深谷，唐经天回头一瞧，只见那麻风提着一根拐杖，顶着上面的一块大石，唐经天喝道："你干什么？"话犹未了，又是轰隆一声巨响，那块巨石凌空飞堕，声势比刚才还猛。唐经天站稳脚步，大喝一声，双臂一托，又将那块巨石掷下深谷。泥土飞溅，枝叶飞舞，霎时之间，竟自张不开眼睛，待到张开眼睛之时，那麻风已不见了。

唐经天大愤，喝道：“素不相识，你为何加害于我?”“你为何加害于我? 加害于我，于我……”群峰回响，久久不绝！那麻风患者已不知躲到哪儿去了！

唐经天自下山以来，亦曾经历过不少惊心动魄的怪事，但从无一次有今日之怪异！这大麻风竟然是个具有绝顶武功的异人，此事已是不可思议！更令唐经天百思不得其解的是：他对这个麻风有恩无仇，实不明他何故如此阴险伏击，难道真是泯灭了人性不成。

走出山坳，天空豁然开朗，山路盘旋倾斜，这是雀儿山的南面，形势远不及北面险陡，有山路即是已有人迹，唐经天舒了口气，一直奔出十余里地，再也不去想那莫名其妙令人憎厌的麻风。

第二日傍晚，已下到半山，山坡上有间泥屋，屋边一个草棚，屋中升起缕缕炊烟，晚风中还吹送来烤肉和米饭的香气。唐经天看这泥屋的式样，形如马房，东西长达三丈，宽亦丈余，知道这是山户人家，特地辟来招呼过路的旅客，以及准备上山采药或打猎的人们投宿的，换言之，即是简陋的山中客店。唐经天这几天来只是吃烤羊肉和山果，极想一尝白米饭和蔬菜的滋味，也想能够安适地睡一觉，便到那泥屋敲门求宿。

屋主人是个五十岁左右的山民，相貌朴实，见唐经天求宿，笑道：“我这儿好几个月没有人来，一来便是一大堆，客官，你今晚不愁寂寞了。里面有南方来的药商，有十几个人呢!”唐经天交了一锭银子，叫他做饭，进入屋中，只见里面堆有十几挑药挑，两个中年镖师偷偷地拿眼睛瞟着自己。忽地听得当中那个老年镖师咳了一声，两个中年镖师低下了头，装作若无其事的样子。

除了三个镖师之外，还有七八个精壮的汉子，横七竖八地卧在地上，拿扁挑当作枕头，想是药行的伙计。屋中一个五十左右满面油光的商人，傍着那老年镖师，也偷偷地拿眼睛瞟唐经天，眼光落到他的剑穗之上，剑穗两边摆动，他的眼光也似乎晃来晃去，露出惊惧的神情。

唐经天微微一笑，拱手说道：“诸位是到青海去吗?”那老镖师淡淡地打了个招呼，药商“嗯”了一声，并不答话。唐经天道：

“兄弟是到川西去的，今晚幸会，大家有伴了。荒山野岭，人多胆壮，可以好好地睡一觉。”那两个中年镖师皮笑肉不笑地“哼”了一声，那老年镖师道：“好说好说，兄台是从北面翻过山来的吗?”唐经天道：“不错，这山路可真不好走!”那老年镖师道：“兄台单身独行，胆气过人，佩服佩服！老朽吃这口镖行饭，全靠外面朋友的帮忙，不怕兄台见笑，若只是我一个人，我也不敢翻过这雀儿山。”说着，用眼睛睨唐经天。

唐经天暗暗好笑，心道：“这老儿定是将我当作独脚大盗了。”拱手说道：“老师父太客气了，还未请教大名。”那老镖师道：“敝姓郭，贱字台基，转请兄台高姓大名。”唐经天也说了。那老镖师似乎不愿和唐经天多说话，交代了江湖套语之后，唐经天问一句他答半句，敷敷衍衍，绝不多言。

唐经天知道江湖禁忌，亦知道他们暗中对自己戒惧，便也不再多问，心中却自想道：“郭台基，这个名字可没听过。”康藏青海新疆等地，有几种贵重的药物，如犀牛黄、麝香、熊胆之类，但对普通药物，却极缺乏，故此每年都有一二帮财雄势厚的大药商，运各种药物到康藏，交换当地的特产回去，每做一次生意，少说也有十万两银子以上的交易，替这等药商保镖的人，非有惊人的本领，可不敢迢迢万里，跋涉长途，走这不毛之地。

吃过晚饭，药行的人在屋子当中燃起一大把枯枝，围着火堆睡觉，那三个镖师，轮流守夜，唐经天自在一个角落展开随身携带的轻便卧具睡了。

刚阖上眼睛，忽听得外面有脚步之声，那两个中年镖师一跃而起，道：“来了，来了!”老年镖师“嘘”的一声，道：“闹什么，给我躺下。”那屋子的两扇板门，照着山中客店的规矩，为了方便客人的投宿，终夜都是虚掩着的，那脚步声来得快极，一下子就到了门前，门未推开，就听得嘻嘻哈哈的笑声，唐经天和那三个镖师都怔了一怔，笑声清脆非常，来的竟是女子!

只见两个女子先入门来，后面跟着一个男子，那两个女子一老一少，相貌相似，似乎是母女，少女的头上插着一朵野花，春风满面，一进门便嚷道：“哈，这么多人，可真热闹!”那中年妇人穿着一件绣有白牡丹花的浅红衣裳，画着两道长长的眉毛，伸出指头在嘴边嘘了一声，道：“说话小声点儿，别吵醒了客人！”是教训女儿的说话，但神情语气，却没有母亲的威严。唐经天心中暗暗好笑，想道：“我姨妈（冯琳）是女中怪物，这妇人看来也和她差不多。”

这两母女腰间都挂着一张弹弓，嘻嘻哈哈的像一对不知世故的姐妹，眉宇之间却隐隐透着一股迫人的英气，跟在她们背后的那个男子，年约五旬，身材魁伟，虎背熊腰，出步沉稳，虽没见他身上带有兵器，显然是个江湖上的大行家。

药行的人本来就没有睡，这三人一来，个个都偷偷用眼睛瞟她们，尤其是那两个中年镖师，自那两母女一跨入门，眼睛便不离左右。那少女忽地格格一笑，蓦然斥道：“要就大大方方地看个饱，鬼鬼祟祟地偷偷张我干什么？”

两个镖师臊得满面通红，一瞪眼睛，就想发作，后面那身材魁伟的老者一步跨上前来，双拳一拱，说道：“小女娇纵惯了，请各位恕她年幼无知，休与她一般见识。”将女儿推上一步，道：“霞儿，还不给伯叔们赔礼么？”那两个镖师正自咕哝：“什么路道……”见那男子赔话，又叫女儿赔礼，难以发作，反觉不好意思，那少女忽道：“喂，你们说什么？爹，你听，他们骂我！”那身材魁伟的老者面色一沉：“野丫头，一出门就到处惹人笑话。”那老镖师咳了一声，急忙站起，道：“小孩儿家说笑，老兄不必当真，我这两个伙计粗粗鲁鲁，不知礼数，这位姑娘，你也莫怪。”

镖行伙计和那少女都沉着面孔，走过一边，中年妇人道：“老爷子，别唠叨啦，不是说人家要睡觉吗？”她平素宠惯女儿，见镖行伙计和她女儿“吵架”，也不问谁是谁非，心中大不高兴，这一句话明里是说她的老伴，暗中谁也听得出来，她是恼了镖行的人。老镖师心内嘀咕，心道：“江湖道上，最忌和尚、道士、书生、妇人之辈，这两个雌儿，背着一张弹弓，又不像卖解的娘儿，今晚可得小心防备。”

这对母女离开镖行的人，想找寻一处合适的地方，展开卧具，唐经天倚着墙壁，还未卧下，一抬头，忽见那中年妇人目露异光，一步一步向他缓缓行来，走到离他数步之地，忽然站住，直上直下地打量他，脸上泛起一层红晕，手捻裙带，好像一个娇羞的少女，突然之间，碰到了多年不见的情郎。那身材魁伟的老者走来道：“青妹，咱们到那边墙角去吧。”忽然双眼发光，也呆呆地望着唐经天。唐经天奇怪之极，心道：“这两天怎么老是碰着莫名其妙的事情?”

那老者呆了一呆，似是发觉了自己的失态，尴尬一笑，拱手说道：“小哥，你贵姓?”唐经天道：“小姓唐。”那中年妇人失声说道：“嗯，你姓唐?”药行的伙计不知是谁“嘘”了一声，那老者道：“说话小声点儿。”那中年妇人压低声音问道：“唐相公，你是从哪儿来的，要上哪儿去?”那少女噗嗤一笑，道：“妈，你怎么这样盘问人家?”

唐经天稍稍迟疑，终于答道：“我从西藏来，准备到川西去找个朋友。”那中年妇人道：“嗯，从西藏来的?看你的样儿，练过好多年的武功吧?”眼光落在他的游龙剑上，唐经天将这柄剑枕在身下，只露出半截剑柄。那少女又是“格格”一笑，道：“妈，你真是老糊涂啦!你不见人家带着剑吗?还用问的?”唐经天道：“单人独行，带把剑不过壮壮胆子罢了，我哪懂什么武功?”

那老者微微一笑，似是赞他谦虚，又似嘲他说谎。那中年妇人忽道：“我向你打听一个人，也是姓唐的，不知是否你的本家?”唐经天道：“谁?”那中年妇人道：“这个人叫做唐晓澜!”

唐经天心头一震，须知他父母当年大闹清宫，杀了雍正，虽然事隔多年，到底还是朝廷的钦犯。唐经天在陌生人的面前，如何敢泄露出来?那妇人一对水汪汪的眼睛，含着焦急与期待的神情，看来实无丝毫恶意，唐经天定一定神，微微笑道：“唐大侠的名字我是听说过的，但他乃一派宗师，我仰慕非常，却是无缘拜见。”那中年妇人好生失望，那少女笑道：“妈，你时常和我们提起唐伯伯，想这位唐伯伯高处天山，寻常人岂能见到?你碰到从回疆西藏来的人便问，也不怕人笑话么?”装出她父亲平日说话的神气，那妇人给她的女儿逗得笑起来，斥道：“小丫头，你倒教训我起来了?”

唐经天怕她啰嗦盘问，打了一个呵欠，那老者道：“霞儿，青妹，这位小哥明天还要赶路，咱们也该安歇啦。”在离唐经天数尺之地展开卧具，倚着墙壁，半坐半卧，闭目假寝。

两日之间，连逢许多怪异之事，唐经天哪睡得着，心中仔细琢磨，猜不透这父女三人的来历。偷眼斜窥，只见那两个中年镖师，手中提着兵刃，守着火堆，也时不时地偷窥她们，那老镖师则呼呼地打鼾，唐经天一听，就知他是假装熟睡。

也不知过了多少时候，药行的伙计熬不着疲倦，鼾声大作，都睡着了。那老镖师忽地张开眼睛，低声说道："小心！"随即提起一支烟杆，那烟锅有茶杯口般大小，黑黝黝的，显是铁铸的烟杆，那老镖师装了一袋旱烟，呼呼地吸起来。忽听得"轰隆"一声，两扇板门给人一脚踢开，涌进十几个人，走在前头的是个四十左右、身材高大的汉子，提着一张弹弓，哈哈笑道："好极，好极，肥羊都赶到屋里来了，咱们可不用费力啦！"

那两个中年镖师霍地跳起，便欲上前迎敌，那老镖师一迈步，拦在他们前面，将旱烟管徐徐一挥，左手抚着烟管，团团一揖，朗声说道："朋友们请了。在下是北京振威镖局的郭台基，在镖行上混口饭吃，请恕在下眼拙耳朦，不知寨主在此开山立柜，未投拜帖，失礼之极。俺郭某在这厢赔罪了。"

盗魁后面的人哈哈大笑，有人叫道："咱们才不理这套虚礼繁文。咱们可只知道肥羊到口，就得随手擒来，沽之哉！当家的，你说可是?"那盗魁打量了郭台基一眼，笑道："小三子休要油嘴滑舌，俺瞧这位郭镖头也是一尊人物，江湖上哪里不交朋友，就这么办吧，这批药材，可巧正合山寨之用，咱们就不客气要留下啦，镖行的伙计可以走开，应得的镖银咱们也都不要。好，郭镖头，你瞧这样可够朋友了吧?"那药商吓得抖抖索索，瞧着郭镖头，生怕他与强盗妥协。

郭台基仰天打了个哈哈，道："多承寨主手下留情，本该听寨主的吩咐，只是食君之禄，担君之忧，雇主就是咱们镖行的衣食父母，咱们若是只图自己，弃了衣食父母，以后这镖行的生意也不用做啦，镖行上下数十人都得饿死，寨主，俺老朽还得请你体谅下情。"

那盗魁冷冷一笑说道："郭镖头果然够义气，但俺兄弟们若不做买卖，难道郭镖头叫我们喝西北风不成?”那两个中年镖师道：“他们既然不卖面子，师父，咱们还与他多说做甚？嘿，说不得只有兵刃上定输赢了!”那盗魁哈哈大笑，道：“还是这两位少镖头干脆!”蓦地弹弓一拽，那两个中年镖师举刀相格，忽听得“啪”的一声，那弹丸忽地裂开，挟着一溜火光，登时燃烧了衣服，那两个中年镖师就地一滚，皮肉焦痛，跃起来时，只见老镖师已与盗魁斗在一起。

那老镖师年纪虽老，身手可是矫捷之极，盗魁还来不及拽弓，他的旱烟袋已迎头磕下，盗魁赞了一个“好”字，将铁胎弓一拉，用弓弦来割老镖师的手腕，这一招使得甚是怪异，那老镖师一个转身，烟杆反手一送，倏地当成小花枪使用，跟着一个“进步连环”，烟袋一敲，变成了铁锤的手法，再一转，却又当成了判官笔，点打那盗魁肋下的软麻穴。那盗魁举起铁弓，左迎右挡，也是接连用了三种手法，解开了老镖师三种不同的招数，哈哈笑道：“振威镖局的镖头果然名不虚传，但碰到俺飞火弹朱定，这威也恐怕不能扬啦!”手法一变，一张铁弓盘旋飞舞，弓背扫击，弓弦拉割，咄咄迫人。用铁弓当作兵器，乃是在十八般兵器之外的独特武技，那老镖师可还没有见过，饶他有数十年火候，也只是堪堪抵挡得住。

那两个中年镖师在地下爬起，盗众已蜂拥而上，药行的伙计也群起迎敌，两边人数差不多，盗众胜在通晓武艺，药行则有两个镖师力战，等于平添了十来个人，这混战一时间难分上下。

唐经天坐了起来，不愿先露身份，且瞧那父女三人的动静。只听得那少女格格笑道：“妈，这强盗也会使弹弓呢!”那中年妇人道：“呸，天下之大，就只有你会使弹弓么?”那少女道：“嘿，天下之大，就只有咱们杨家的弹弓打得最好，妈，我可记得你说过这话。”那中年妇人道：“你忙什么？且让他们吃点苦头。”唐经天心中一动，想道：“杨家的弹弓？哪一个杨家的弹弓?”

忽听得那盗魁一声怪啸，弓弦一弹，在老镖师的肩上拉了一道长长的口子，那老镖师踉踉跄跄倒退三步，大喝道：“俺与你拼了!”那盗魁哈哈大笑，道：“别忙，时候有的是!”蓦地张弓连发，嗖嗖嗖，一连打出十几枚连珠弹。

那少女笑道："这两下手法还算不错。"那盗魁的硫黄火焰弹一发，立刻有几个药行伙计应声倒地，还有几个给烧焦了皮肉，急忙伏地打滚。那盗魁弹弓连曳，忽听得那老者道："霞儿，瞧你技痒难熬，现在可以出手啦！"

那少女格格一笑，蓦然起立，弹弓一曳，疾似流星，把那盗魁的火焰弹都在空中碰裂，火星四处飞散，那盗魁大怒，一个闪身，避开了那老镖师的一击，弹如雨发，都向那少女打来！

那中年妇人道："霞儿，你的打法还不成，你瞧清楚了！"弹弓一曳，俨如冰雹乱落，将那些火焰弹都撞了回去，弹丸竟似长着眼睛一样，都落到盗众的身上，烧得他们滚地哀号，盗魁也几乎着了一弹，勃然大怒。那老镖师正在追击盗魁，要与他拼命，骤见这两母女出手，怔了一怔，那盗魁反身一个"蹬脚"，向老镖师胸口倒踢，眼见那老镖师就要受伤，那身材魁伟的老者道："青妹，你收拾这些盗党。"身形一起，俨如兀鹰下击，一把就将那盗魁倒提起来，摔出门外。

忽听得一声怪笑，纷乱之中谁也没有瞧出，竟然又有一个陌生的汉子溜了进来，唐经天听这笑声，心头一震，张眼瞧时，只见来人披着一身破破烂烂的麻衣，提着一根黑漆漆的拐杖，满面红云，下颊两个疙瘩，一笑之时，牵动肌肉，更显得丑恶怪异，此人非他，正是他前日在雀儿山最险峻之处所碰见的怪麻风！

唐经天斜倚墙壁，将上衣一拉，遮了半边脸孔，只见那麻风少年伸手一格，那老者登时退了三步，怒声喝道："你是谁？"

那麻风恶丐笑道："你不知道我，我可知道你！你在山东鼎鼎大名，我以为你还在山东，曾访过你两次，都没见着，谁知你却在此。哈哈，真妙极啦！听说你的五行拳是大江南北的第一高手，我倒要见识见识！哎，还有你这位夫人听说是铁掌神弹的后人，唉，余生也晚，来不及见铁掌神弹，却幸还能在这儿遇到二十多年前名震江湖的前辈女侠，说不得也要一并领教啦！"

适才被老者摔出门外的盗魁，又走了进来，听了这恶丐的说话，一时未瞧清楚，以为他是个独脚大盗，大喜过望，叫道："喂，肥羊各分一边，一碗水大家喝啦！"那麻风倏地睁眼道："谁理你的肥羊？你给我滚!”双手一举，那盗魁和老者瞧清楚了他手臂上大大小小的疙瘩，不由得都骇叫一声，只见那麻风恶丐伸手一挥，将那个盗魁连同一扇板门，都撞得飞出外边，山风中隐隐闻得那盗魁的哀号，竟不知给摔到哪儿去了。正是：

游戏风尘一异丐，少年英侠也心惊。

欲知后事如何？请听下回分解。

第十八回　青女素娥　浮云掩明月
奇人疯丐　铁剑骇英豪

盗徒们吓得魂飞魄散，也顾不得皮肉的灼伤，连那些还在地上打滚的，也发一声喊，连爬带滚，纷纷夺命奔逃，镖行和药行的伙计，如见鬼魅，远远避开，缩到墙边，连那个老镖师也吓得呆了。

那老者刷的一下面色变得灰白，叫道：“你就是专与天下英雄作对的毒手疯丐？”那麻风道：“哈哈，不错，够资格与我作对的英雄可不多，你们的五行拳呀，神弹子呀，还不赶快施展？”那老者叫道：“霞儿，快走！”反身一跃，拾起一柄镖行伙计所用的长刀，没头没脑地便向那麻风急斫。他本来以五行拳著名，用刀实非所长，只因瞧见了那大麻风长满疙瘩的双臂，心中发毛，不敢与他肌肤相接。他虽然不长于刀法，这几刀也劈得虎虎风生。那麻风双目一睁，哈哈笑道：“你不敢与我碰手碰脚？我偏要叫你尝尝我身上的脓血！”他将铁拐交给左手，舍而不用，单手风车般地疾转，直在刀光之中迫近老者身前。

那中年妇人喝道：“霞儿，快走！”弹弓一曳，连发三弹，一取那疯丐面上的“眉尖穴”，一取胸前的“灵府穴”，一取下身的“会阴穴”，这三弹连发，曾打败过不少名家高手，厉害无比。那疯丐叫声：“杨家神弹，果然名不虚传！”霍地一个“凤点头”，闪开了奔上盘的弹子，双指一嵌，接了奔中盘的弹子，铁拐一拨，将奔下盘的那颗也反击得无影无踪。蓦地一声怪叫，张口一咬，咬着那长柄弯刀垂下的刀环，那老者一生走南闯北，不知会过多少高人，却从未见过这个怪招，虎口一麻，长刀竟给他咬去。那疯丐嘻嘻怪笑，手臂一横，伸掌就抹那老者的口面，老者大吼一声，兜胸就是一拳，临急之时，使出了五行拳的杀手，那疯丐一声怪叫，腾地倒跃三步，拐杖往地上一点，鬼魅一般，又到了老者的身前，嘻嘻笑道："我不信你能挡我三招!"那老者这拳少说也有七八百斤气力，兜心一拳，竟打他不倒，这真是从所未有之事，心中又惊又急，蓦见那疯丐又举起手臂，伸掌来抹，待要跃开，却给他的铁拐一把勾住了颈项。

那少女疾发弹子，她的"隔衣打穴"功夫，还未练得纯熟，用的是"满天花雨"的手法，一发就是一大把。那疯丐铁拐一勾，先把那老者绊倒，嘻嘻笑道："待下再叫你尝尝滋味!"铁拐盘空一舞，少女的弹子都给他的杖风震得化为粉屑。那疯丐叫道："好，先请你这位如花似玉的小姑娘尝尝我身上的美味!"铁拐点地，凌空飞出，少女骇极大呼，一跤跌倒地上。那妇人急发弹子，连打疯丐身上七处大穴，虽明知伤他不得，但救女情殷，只盼能将那疯丐暂时迫开，不叫他玷污了女儿。那疯丐竟然理也不理，弯腰伸臂，就要抱这个晕倒地上的小姑娘。

忽听得呜呜两声，只见暗赤色的光华闪了两闪，那疯丐一声怪叫，跃起丈高，几乎碰到屋顶，铁拐一挥，凌空下击，那妇人大为惊骇，将弹弓掷于地下，取出柳叶双刀，连忙招架，那疯丐势如猛虎，左右一扫，当中一击，不过三招，就将那妇人的柳叶双刀全都击飞，忽地张口一吐，叫道："混小子，你也来了!"

那妇人吓得魂不附体，张眼一瞧，只见寒光刺目，剑气如虹，一个白衣少年正在与那疯丐恶战，中年妇人一跃而起，叫道："游龙剑!"

这白衣少年正是唐经天，他在那两母女最危急的时候，用极巧妙的手法，发出两支天山神芒，杂在弹子之中打出，那疯丐闭了全身的穴道，他又不知天山神芒的厉害，以为闭了穴道，纵被打中也是无妨，哪知这两支神芒配上唐经天的内家劲力，竟破了他闭穴的功夫，神芒钻头，直攻心肺，那疯丐受了重伤。

唐经天一发神芒，立刻出手，那疯丐兜头一吐，唐经天疾闪闪开，拔出游龙宝剑，岂知就在这瞬息之间，只听得嗤嗤两声，唐经天绝料不到这疯丐的暗器竟然是在口中吐出。他初意只是避他口涎，退开不过数尺之地，不料嗤嗤两声，手腕上似给大蚂蚁叮了两口一样，并不疼痛，但却麻痒之极。唐经天大怒，喝道："你这厮简直是一条逢人便啮的毒蛇!"那疯丐哈哈笑道："你说得一点不错，你就是今晚第一个给毒蛇咬着的人。"唐经天运剑如风，刷刷刷，霎眼之间，连发三剑，疯丐那双手拿着铁拐，两边一扯，忽地扯出一把黑漆发光的铁剑，原来那铁拐中空，竟是一个奇特的剑鞘。

唐经天的游龙剑何等厉害，铿锵一声，斫在那麻风的铁剑上，登时溅起一溜火光，将那柄铁剑斫了一道口子，那麻风"噫"了一声，挥剑斜劈，唐经天的宝剑削铁如泥，斫它不断，也自大出意外。只见那麻风剑招完全不依常轨，看似杂乱无章，其实每一招都有极深奥的变化，一连挡了他追风剑法的十八招进手招式，丝毫不露破绽，这麻风的内力也大得出奇，以唐经天所修的纯净内功，竟然占不到半点便宜。

那中年妇人救醒女儿，那老者亦已跳起，三人同时大呼，帮唐经天斗这恶丐。这恶丐右手挥舞铁剑，敌住唐经天的游龙宝剑，左手挥舞"剑鞘"敌住那父女三人的兵器，右手守多于攻，左手却是攻多于守。唐经天使出追风剑法的精妙招式，霎眼之间，斗了二三十招，那疯丐头上冒出腾腾热气，汗流满面，唐经天知道神芒已循着穴道攻他心肺，手底更不放松，刷刷两剑，分心直刺!

那疯丐双眼一睁，目光如电，扫了一下，蓦然喝道："浑小子，你动了真气，还要命么?"唐经天咬牙一剑，那疯丐举剑一挡，在火星蓬飞中忽然一个筋头，翻出门外，唐经天举步欲追，忽觉遍体有如针刺，一股腥气似从心肺之间泛出，直冲喉头，陡然间，但觉金星乱冒，眼前一片黑漆，跌倒地上。

唐经天急急运气镇护心神，只听得满屋子的脚步声，哗叫声，道谢声，那老者道："老镖头且休言谢，请来帮眼看看这位朋友受的到底是什么伤?"唐经天口不能言，心头也渐觉麻木，迷糊中似听得周围纷纷议论的声音："咦，这是什么暗器?""不可乱用解药，用得不对，反而会加重伤势。""咦，怎么好像蛇咬的伤口?""看，这脸上的黑气，真像是被毒蛇咬的!""谁带有金针，刺一点毒血看看。”“不必看啦，这暗器准是用毒蛇的口涎炼的。”这时间唐经天只觉脑袋好像有一块铅似的，越来越沉重，身上好像有无数小蛇游动，乱啮乱咬。唐经天想叫他们取出他囊中的用天山雪莲所炮制的碧灵丹，只是舌头亦已麻木，旁边的人只听得他发出“咿呀”的模糊声音，越发手忙脚乱。再过片刻，唐经天隐隐听得有人说道：“且看这个药能不能用?”眼睛一黑，立刻失了知觉。

到唐经天有了知觉之时，已是七日之后。唐经天可不知道过了这么长的日子，只觉得似从一场恶梦中醒来，迷迷糊糊地依稀记得前事，张眼一瞧，但见红日当窗，窗外花枝颤动，房中缕缕幽香，很是舒服，耳边听得柔声说道：“谢天谢地，醒过来啦!”只见那两母女坐在床前，含笑地看着自己，那柄游龙宝剑，悬在床头。

唐经天道：“我怎么会在这儿？这是什么地方?”那中年妇人道：“霞儿，端一碗参汤来。”柔声说道：“你中了那疯丐的喂毒暗器，已躺了七天啦。这儿是我们的家。”唐经天闭目一想，想起那疯丐的怪状，打了一个寒噤，道：“多谢你啦!”那妇人道：“我们才该谢你。”少女端了参汤进来，唐经天呷了两口，神智更见清醒，那妇人道：“霞儿，把唐哥哥换下的衣服拿出去，那两件新衣裳你缝好了没有?”少女答道：“早缝好啦。”唐经天闻到衣衫上的一股腥臭之味，又见这两母女双眼发红，想是熬了几个夜晚，守护自己，心中大是过意不去，道：“活命之恩，终身不忘!”那少女格格一笑，道：“妈，他爹爹当年是不是也这样文绉绉的?”那妇人笑道：“这暗器的毒真是人间少见，说来还是你自己医好的，多谢我们做什么?”唐经天道：“怎么?”那妇人笑道：“幸好我认得你这把游龙宝剑，又知道碧灵丹的用法，要不然我也束手无策。”

那妇人笑了一笑，往下说道：“先是那药商看出这是蛇毒，送了你两丸专解蛇毒的药丸，那药商原来是专卖北京最著名的乐家药材的，他感谢我们打退强盗，不惜以最珍贵的灵药相赠，但也只是能暂时阻遏毒气不至发作，我们雇了一乘竹轿，将你抬回家中，替你推摩挤血，都没有用。我忽然想起，你既是这柄游龙剑的主人，囊中定有天山的灵药碧灵丹，我用雪水将灵丹开了，一半内服，一半外敷，呀，那疯丐的暗器，奇毒真是世间罕有，以天山雪莲这样善解各种无名肿毒的灵药，也得花七天工夫！”

唐经天神智清醒，想起那晚之事，又听她现在的说话，不由得问道：“你认得我爹爹吗？”那妇人微微一笑，脸上忽然泛起一层红晕，就像那晚她初见唐经天之时，一模一样，轻掠云鬓，低声说道：“何止认得，我们还是青梅竹马之交呢！你爹没有和你提过铁掌神弹杨仲英的名字吗？我就是铁掌神弹的女儿。”唐经天叫道：“呵，原来你就是杨柳青，嗯，杨伯母。我妈常说起你。”那妇人柳眉一扬，道：“你妈好？”唐经天道：“好。我妈说廿多年前，他们都曾受过你父亲的大恩，我爹曾在你爹门下习技五年，说来你该是我的师叔。”那妇人想起廿余年前的情事，尴尬笑道：“你爹爹好？”唐经天道：“好。我爹在天山之时还供奉有杨师祖的灵位呢。”那妇人这才真正开颜一笑，道：“我们本来是要到天山探望你的父母的，想不到在这儿遇见了你。这也真是缘法。”

原来这妇人名唤杨柳青，曾经是过唐晓澜的未婚妻，后来解除了婚约，才改嫁五行拳名家邹锡九的。女子最难忘初恋情人，杨柳青虽然生了女儿，心中还不时会忆起往事，与唐晓澜多年不见，难免悬念。邹锡九也知道妻子情意，深知她与自己已是一对恩爱夫妻，对唐晓澜的忆念绝非旧日之情，而且他也想见唐晓澜一面，因此陪着妻子远来。他们本来是在山东杨仲英的旧家居住，三年之前，为了一桩事情，才搬到四川来的。

唐经天中毒太深，醒后数天，才能扶壁试行，看来非疗养一月半月，难以恢复。因此只好在邹家住下来。邹家三父女对他爱护备至，尤其是杨柳青，简直将他当成亲生儿子一般，百般呵护。杨柳青的女儿邹绛霞天真活泼，有如依人小鸟，时常请唐经天指教武功精义，唐经天初初伤愈，她就扶他在庭院里散步，唐经天心无邪念，也并不以为意。

过了十天，唐经天除了体力尚差之外，毒气已经去尽，人亦渐渐复原，这一晚和邹绛霞在屋外散步，屋外花影扶疏，月光如水，这时已是春尽夏来，茉莉花开得正香，晚风吹来，中人欲醉。

邹绛霞笑语盈盈，不知怎的提起天山，邹绛霞问道：“天山之上好不好玩？”唐经天道：“住惯了不觉怎样，若没有到过的人，样样都会觉得新奇，那里终年积雪，冰河交错，从山顶望下，就像千百道银色的长龙一样。”邹绛霞道：“呵，那岂不成了神话中仙女所居的琉璃世界了?”唐经天道：“我还见过冰宫呢!”骤然想起冰川天女，不觉黯然。邹绛霞道：“在天山上吗?”唐经天道：“不，不在天山。”邹绛霞忽然发现唐经天似是有点郁郁不欢，忙问道：“提起天山，你定想家了？待你伤好之后，我们都陪你去。”唐经天道：“不，我还要到川西一趟。”邹绛霞道：“在天山上，寂不寂寞?”唐经天道：“我们有几家人家，时常来往，也不算寂寞。我姨妈也在天山，她最欢喜顽皮的女孩子。”邹绛霞道：“嗯，我听妈妈说过，她说你妈姐妹俩非常相像，好玩得很。”唐经天笑道：“她们本是一对孪生姐妹，有时候连我也分辨不出来。”邹绛霞道：“你的表兄弟像你么?”唐经天道：“不像。”忽地笑道：“我表妹倒有点像你。”邹绛霞道：“你的表妹美么?”唐经天道：“很美，像你一样。”邹绛霞道：“你说谎，她一定美得多!”忽地笑道：“我妈说你神情举止，都像你父亲少时一样，那么你也一定是个多情种子了?”

此话突如其来，唐经天一怔道：“什么?”邹绛霞道：“你爹以前在我外祖家曾写过一首词，那张词笺，我妈还收着，我瞧着好玩，带在身边，想请你解给我听，我不大懂，但读起来也觉得写词的人，一定多情得很。”邹绛霞女孩儿家，口没遮拦，唐经天听她谈论自己的父亲，却有点不好意思，但心中好奇，便道：“你带在身边么?拿来给我瞧瞧。”

那张词笺已有点残破了，但每一个字都还完整，填的词牌是《百字令》，词道：

“飘萍倦侣，算茫茫人海，友朋知否?
剑匣诗囊长作伴，踏破晚风朝露。
长啸穿云，高歌散雾，孤雁来还去!
盟鸥社燕，雪泥鸿爪无据!

*　　　　*　　　　*

云山梦影模糊，乳燕寻巢，又惧重帘阻；
露白葭苍肠断句，却倩何人传语?
蕉桐独抱，霓裳细谱，望断天涯路!

素娥青女，仙踪甚日重遇。”

这首词本来是唐晓澜当年思忆吕四娘而写的，杨柳青一知半解，却误会成是为她写的，保留至今。邹绛霞道：“你妈真好福气，你爹爹把她当成仙女呢！你妈那时候为什么将他冷淡?”她把词中的“素娥青女”当成是唐经天现在的母亲，唐经天却是心中奇怪。

唐经天反复吟哦，细味词中之意，乃是怀念远人，而又有一种“可望而不可即”的幽怨，唐经天心道：“那时父亲正住在杨家，这首词自然不是写给杨柳青的了。”他也不知此词来历，只道是父亲当年写给母亲的词笺，暗自笑道：“我只见爹爹和妈妈相敬如宾，原来当年也曾闹过一场别扭。”邹绛霞微微笑道：“有其父必有其子，想来你也是个多情种子的了，可惜你的小表妹不在身边呵。”

这首词缠绵悱恻，如怨如慕，唐经天反复吟哦，想起冰川天女，不觉痴了。见邹绛霞笑语盈盈，一副无邪的天真少女神态，心中暗自笑道：“你哪里知道，我的小表妹不过像如今之你，当年你母亲一样，而我也和我父亲一样，心中怀念的实是另有其人。”

邹绛霞见唐经天忽而沉思，忽而微笑，既似意恼，又似神伤，只道是自己说错了话，撩起他的情绪，心中暗暗后悔。忽听得唐经天轻轻咳了一声，茉莉花下，她的母亲走了出来，邹绛霞嗔道：“妈，你为什么偷听我们说话?”杨柳青笑道：“你们说了什么话来了？连妈也听不得。”她俩母女有如姐妹，说惯笑话，唐经天却是有点尴尬，问道：“伯母这么晚了，还一个人出来?”杨柳青看了他们一眼，道：“是呵，是很晚了。”

唐经天面上一红，只听得杨柳青缓缓说道：“经天，你现在尚未完全恢复，霞儿你陪唐哥哥玩，可不要离开家门太远。”邹绛霞见母亲这回说话，不似取笑，问道：“这是为何?”杨柳青道：“经天，你还记得那疯丐吗?”邹绛霞打了个寒噤，抢着说道：“这丑八怪，死麻风，烧变了灰我也记得。”唐经天笑道：“其实他也不算丑怪，不是有意地吓人的时候，看来倒是一个眉清目秀的少年。”话说出后，心中忽然一动，暗暗诧异。

唐经天曾听父母谈过他们当年在海岛上大战毒龙尊者之事，毒龙尊者曾经是个大麻风，后来逃到海岛中自己疗好，因而憎恨世人。唐经天曾读过一些医书，心中想道："像他那样满身疙瘩，麻风病该是染得很重的了，何以眉毛并不脱落？莫非他也是和毒龙尊者一流人物？"又想道："若然如此，那他的病也该早已治好。何况毒龙尊者当年逃到海外，练了几十年才练到上乘武功。他这样年青，患了麻风，自然无人肯教，他又怎么练到了一身上乘的武功？"忽然想起莫非他是毒龙尊者的徒弟，但这是绝不可能之事。他的母亲曾经谈及，当吕四娘将毒龙尊者收服之后，毒龙尊者回到中原，不到三年就死了。那时这疯丐最多不过是三两岁，说话还未说得清楚的娃娃。

唐经天本是个心思灵敏的人，病愈之后，神智清明，细想那疯丐的音容举动，只觉有不少可疑之处，问杨柳青道："伯母，你提起这个疯丐，莫非他又在附近出现了？"杨柳青道："不错，邻县一个武师前来报讯，说是他们那儿发现这么样的一个怪人，专与武林好手作对，听说唐老太婆也给他打了，那位前来报讯的师父还想邀请霞儿的爹去助拳呢，他却不知我们早与那疯丐会过了。"唐经天一想，自己尚未复原，若然那疯丐一来，的确无人是他对手。邹绛霞问道："是那个曾教我打过暗器的唐老太婆么？"杨柳青道："不错。"笑对唐经天道："廿多年前，她的丈夫被你的姨母所杀，那时她曾几次向我们寻仇，后来得人化解，如今与我们反而成为了好友了。"她们所谈的"唐老太婆"就是唐赛花，算起辈分来亦即龙灵矫的师姐。唐经天心中一动，他本来要去寻访唐家的人的，却原来就在邻县。

邹绛霞骂道："该死的大麻风，真是像乱咬人的疯狗一般。"唐经天道："伯母可知道他的来历么？"杨柳青道："听你邹伯伯说，这疯丐是最近两年才出现的，他从中原到西北，专找武林中的成名人物，羞辱一番，便扬长而去，谁也不知道他的来历。"唐经天沉吟不语，心中反复思量，不得其解。忽听得杨柳青道："这个疯丐已经够怪了，还有更怪的呢！"邹绛霞道："怎么个怪法？"杨柳青道："居然有两个美若天仙的女子肯与这大麻风一道。"唐经天吃了一惊，道："什么？"杨柳青道："有人见他们三人一道，还有说有笑呢。听说那两个女的也曾进入唐家，详细情形可就不知道了。"

冰川天女傳

冰川天女一看，只见岩石之下，卧着一个疯丐，挡着去路。

唐经天大为奇怪，心中想道：“难道这两个女子竟是冰川天女与她的侍女幽萍？”想冰川天女何等高傲，等闲之人都不放在她眼内，她肯与那麻风一道？此事说来实是过于怪诞，难以入信。但除了她们二人，又还有谁称得上“美若天仙”？

他没想到，这两个“美若天仙”的女子，当真就是冰川天女和她的侍女幽萍。她们到了哈吉尔，得见白教法王，问明了入川的道路，方向是走对了，可是却走了几次岔路，进入雀儿山时，反落在唐经天之后。这天她们也到了雀儿山的险峻之处，幽萍忽然低声惊呼，跃后数步，冰川天女一看，只见岩石之下，卧着一个乞丐，挡着去路。这乞丐衣裳破烂，露出两条手臂，臂上结满一个个大大小小的疙瘩，还有几处疮口，现出暗紫色的皮肉。面上一片红云，略带浮肿，形象十分难看，冰川天女不识麻风，见了这乞丐奄奄一息的样子，起了怜悯之心，略一思量，对幽萍道：“救人一命，胜造七级浮屠，你把他扶起来，待我看看。”幽萍想不到主人竟有如此吩咐，大感为难。

冰川天女道：“此地人迹罕到，我们不救他尚有谁救他？幽萍，你快去将他扶起。”冰川天女未经世故，一片好心，却未想到，既然此地人迹罕到，这乞丐就定非常人。幽萍无奈，上前两步，瞧了那乞丐一眼，道：“我看他只怕不能活了。”冰川天女道：“你怎么知道？”幽萍折了一枝树枝，轻轻一撩，道：“你看他僵卧如死，已经不能动了。”话未说完，那乞丐忽然打了个呵欠，伸了一个懒腰，坐了起来，张开两只呆滞无神的眼睛，木然地看了冰川天女一眼，呻吟说道：“我快死啦，你们还欺负我吗？”冰川天女听他说话，声音虽然微弱，却无气败神衰之象，于是对那乞丐微微笑道：“你一定是饿了多天了，先吃点东西。”将一只熟羊腿递到他的手中，那麻风漠然无动于衷，既不感激，更无道谢，将羊腿拿了过来，片刻之间，嚼得干干净净。冰川天女道：“你怎么长了满身毒疮呵？”那乞丐把眼一睁，道：“我生来就是如此，你怕看就走远些。”冰川天女道：“我不是讨厌你，我是想给你医治。”那乞丐道：“你给我医治？”眼睛眨了一下，随即又毫无表情。

冰宫中有的是各种灵药，冰川天女随身亦携有多种，只道他患的是一般毒疮，便拿出一瓶专解无名肿毒的药粉，递给他道：“你将这药敷上，看看如何?”那乞丐敷了手面之后，打开赤膊，背上有一个个坟起的结节，道：“我敷不到。”冰川天女道：“幽萍，你给他敷。”幽萍不敢不允，折了一支树枝，裹以白布，在山涧中一浸，醮上药粉，替他搽了背脊。那乞丐道：“这药凉浸浸的，果然不错，但我这疮以前也曾医过，百药无效，你的药未必就能将我医好。”冰川天女道：“再过两天，若这药无效，就再试第二种。”幽萍急道：“我们还要赶路呵!”那乞丐盯了幽萍一眼，道：“好极啦，我正愁找不到食物，同你们走，既有药医，又不愁没吃的。”冰川天女本未想到与他同走，但话一说出，那乞丐立即缠上，冰川天女稍一踌躇，道：“好，救人救彻底，那你就跟着走吧，你能走吗?”那乞丐道：“我一吃饱，走山路那是毫不费力。”拾起拐杖，就跟在冰川天女后面。

冰川天女同他走了两天，到了雀儿山的南面，远远望去，已可见到山下的人家。这两天来，那乞丐都是一声不响，冰川天女打了野兽，烤熟了分给他吃，他亦照样大嚼，并无道谢，药敷了两天，他身上的红肿稍退，尚未知效果如何。幽萍心道：“过了雀儿山，就是人烟稠密之地，带着这样一个乞丐同走，岂不教人笑话?”正想和冰川天女说，那乞丐忽然坐了下来，对冰川天女道：“你不怕我吗?”冰川天女奇道：“我为什么怕你?”

那乞丐喃喃自语道：“嗯，世上谁都怕我，就只有你不怕我。”幽萍噗嗤一笑，道：“你有什么本领，别人要怕你?”那乞丐道：“不错，你说得对，别人不是怕我，是讨厌我!”冰川天女瞪了幽萍一眼，那乞丐又道：“你为什么救我? 你不讨厌我的毒疮吗?”

冰川天女道：“我母亲一生崇信佛法，她对我说过佛祖的故事，佛祖曾割肉喂鹰，舍身救虎，又说‘我不入地狱，谁入地狱?’为了救人，佛祖宁愿如此，我虽然不是佛门弟子，但母亲的话却没有忘记。”那患麻风病的乞丐双眼一睁，似愠似怒，却忽地冷冷一笑，道：“原来你之救我，竟是当成下地狱救人一样，那我岂不成了地狱中的恶鬼了?”冰川天女道：“我没有这样的意思，嗯……”心中感觉这乞丐无可理喻，本想解释却又忍着。

那乞丐又看了冰川天女一眼，道：“你身佩宝剑，想必是个大有本领之人了？你的宝剑可以借我一看么？”幽萍又噗嗤一笑，道：“我们的公主本意是要救你，她的宝剑若然借给你看，那就反而害了你了。”那乞丐道：“怎么？”幽萍道：“她的宝剑不是常人所能看的，看了不死也得大病一场。”那乞丐道：“这样厉害？”言下之意，大不相信，忽又拍掌笑道：“那更妙了，我既怕野兽吃我，又怕别人害我。你们既有这样大的本事，又有这样厉害的宝剑，那我跟着你们，就什么也不用怕了。”幽萍眉头一皱，道：“谁要你跟！”那乞丐道：“救人救彻底，你们刚才说得如此好听，现在又不理我了吗？”幽萍心道：“那都是小公主惹的麻烦，我几曾说过救你？”冰川天女心中一动，道：“你既然愿意跟我们走，那就一同走吧。”这乞丐居然能看出她的宝剑，冰川天女也不禁暗暗心疑了。

幽萍无奈，只好让那个乞丐跟着她们，走了半天，眼前一亮，只见一条瀑布像一张珍珠帘子从山上倒挂下来，那乞丐道：“我走不过去啦。你背我过去。”幽萍大怒道：“你这个人怎的如此不知自量？你就是我的父亲我也不能背你。”那乞丐道：“那还说什么入地狱救人？上有瀑布，下有山涧，你们跳得过去，我可不能。”索性在山涧边大马金刀地坐了下来。幽萍哭笑不得，怒道：“小公主不要再理他啦！”冰川天女道：“且慢。”正想说话，忽听得一声怪笑，声震山谷，半山乱石堆中忽然跳出两人，为首的正是赤神子。

赤神子晃动鲜红如血的手掌，哈哈笑道：“小妖女，咱们又碰上啦，唐经天那臭小子今日可不能再庇护你了！”纵身一跃，立即跳到冰川天女跟前，双掌一错，连环拍出。后面那人也跟着一跃而下，冲着幽萍就是一拳，幽萍飞身闪避，但那人拳势来得猛极，幽萍刚一闪身，拳风已到背后。

这人乃是赤神子邀来的助手，名叫谷石君，是雀儿山的野人，练就一身金钟罩功夫，刀枪不入，他一身之力可以击毙猛虎，赤神子在慕士塔格山的绝峰之上，吃了冯琳的大亏之后，心中不忿，仍想与唐经天为难，所以邀了他来，准备对付唐经天与冰川天女，今日在此撞上，见唐经天不在，赤神子更是气焰高涨。

谷石君一拳直击，幽萍闪身一跃，谷石君手臂一弯，斗大的拳头横勾了过来，看这拳势幽萍万万躲闪不了，冰川天女正在抵御赤神子的急袭，无暇回顾，见此情状，叫了一声：“不好!”忽见谷石君一个踉跄，几乎跌倒，大声骂道：“你找死么?”原来是那个乞丐，不知怎的，忽然在地下一滚，恰恰滚到了谷石君与幽萍之间，就像一块拦路的石头一样，谷石君几乎给他绊跌。

谷石君大怒，提起右足，一脚踹下，那乞丐“哎哟”一声，抱头一滚，谷石君这一脚快捷异常，竟然没有将他踹着，不觉怔了一怔，陡见眼前寒光连闪，冷意沁人，冰川天女连发三枚冰魄神弹，都打中了谷石君的穴道。

谷石君一身铜皮铁骨，被寻常的暗器打中穴道自是无妨，但那冰魄神弹挟着奇寒之气，从毛孔之中钻入，谷石君也不禁打了一个寒噤，冰川天女趁此时机，冰剑一展，已将幽萍护住。

只见那乞丐滚到数丈外，头枕一块大石，眼睛半开半闭，懒洋洋地看着眼前这一场凶恶的厮杀，赤神子喝道：“哪一条线上的朋友，识相点儿。”那乞丐伸了一个懒腰，叫道：“城门失火，殃及池鱼，不妙！不妙!”突然又是一滚，赤神子身形方起，他又已滚到三丈开外，枕着另一块石头，仍然是懒洋洋地眯着眼睛，装出一副没事人的闲观神气。赤神子这飞身一扑，本想将那乞丐一掌击毙，一击不中，也不禁心中凛然。正想追踪，再施杀手，却听得谷石君大叫一声，原来他又中了冰川天女一剑。

谷石君的硬功已到了登峰造极的地步，但冰川天女的宝剑是世间独一无二的宝物，她不用损伤敌人的皮肉，只那股奇寒之气，已令人禁受不住。谷石君的内功未到火候，被她在瞬息之间，连刺三剑，体内的血液，都几乎冷得凝结，禁不住哇哇大叫。

赤神子当初邀谷石君相助，原是想用来对付唐经天，不想唐经天不在，他那一身金钟罩的功夫，却恰恰被冰川天女的冰弹冰剑克制，展不出来。赤神子顾不得那个乞丐，急急回转身来，先解谷石君之困，只见他呼呼呼连发三掌，热风四播，冷气全消，谷石君身上暖和，精神一振，又再挥拳急上，助友强攻。

冰川天女剑走轻灵，剑锋指处，寒光四射，赤神子运掌成风，每发一掌，亦是热浪袭人。此往彼来，冷热交战，剑掌争雄，论功力是赤神子深厚，论剑法是冰川天女神奇。各有擅长，相差无几。但谷石君那一身横练的功夫，却远非幽萍所能抵敌，战了半个时辰，冰川天女还没有什么，幽萍却已娇喘吁吁，险象四露。赤神子一阵强攻，陡地大喝一声，一个“雪花盖顶”，拍向冰川天女脑门。冰川天女迫得挪动脚步，回剑横削，就在这一刹那，她与幽萍之间，已是露出空隙，赤神子左臂一抖，陡地暴长几寸，向幽萍搂头抓下。

幽萍吓得呆了，忽觉小腿冰凉，有人在地下将她的小腿一抱，幽萍一个倒栽葱向后直跌，被那人推出三丈开外，低头一看，只见小腿上湿涩涩的，印着两个大掌印，那疯丐正横卧路中，两边滚动。抱她小腿的人，不是这疯丐还有谁？幽萍一看掌印，想起这是满身长着毒疮的疯丐印上的，不觉一阵恶心，哇的一声，吐了出来。

谷石君恰好挥拳攻上，忽见那疯丐又莫名其妙地滚来，不禁大怒，喝道：“你这臭叫花是成心混搅来的？”双脚齐起，连环疾踢，那疯丐仍是懒洋洋地眯着眼睛，忽地一个鲤鱼打挺，坐了起来，嚷道：“这是你家的地方么？老子喜欢在这里睡觉，天子也管不着！”“唏”的一口唾涎向谷石君吐去，谷石君踢他不中，怕他的口涎飞溅，急忙向旁斜跃，忽听得赤神子叫道：“谷兄弟，小心了！”只听得嗤嗤声响，谷石君万万料想不到这疯丐的暗器竟是杂在口涎之中喷射出来。只觉肩上一阵麻痛，登时晕眩，那疯丐身手好不快捷，身子仍然坐在地上，双足一个盘旋已滚到谷石君跟前，伸出铁拐，喝一声“着！”把谷石君勾倒，冰川天女刷的一剑，将他刺个正着。

赤神子内外功夫都有极深厚的造诣，疯丐那一口唾涎暗器，并没有将他射中，大家身法都快到极点，就在冰川天女剑刺谷石君的同时，他与疯丐已碰在一起，赤神子双掌一分一合，展出杀手神招，上扼喉咙，下抓胸口，那疯丐横拐一勾，忽觉热气攻心，几乎透不过气，大叫一声：“乖乖不得了！”被赤神了的掌锋一带，“卜通”一声跌入了山涧之中。

冰川天女急忙上前迎敌，赤神子忽地面色一变，头上冒出热腾腾的白气，飞身一掠，不接冰川天女的剑招，跃过数丈宽的山涧，向山上急奔，连谷石君的死活也不顾了。冰川天女大为奇怪，抬头一看，只见那疯丐赤着上半身，坐在山涧中的石块上，动也不动一下，冰川天女一眼瞥去，低呼一声，呆呆怔了！

那疯丐的两条手臂，本来是结满一个个大大小小的疙瘩，十指弯曲，满面红云，面上下颊，左右也各有一个疙瘩，形貌十分难看；如今在山涧之中一浸，但见皮光肉洁，目秀眉清，虽然还不及唐经天那么俊朗挺拔，却也长得不俗，冰川天女惊诧之极，一时之间说不出话来。

忽听得幽萍一声惊呼，冰川天女随着她所指的方向看去，只见那谷石君的手臂肿得像吊桶一般大小，面目瘀黑，肌肉抽搐，口中发出模糊的凄厉的叫声，看那样子，竟像是给极厉害的毒蛇咬伤一样，叫了几声，在地上打了几个大翻，忽地张口一咬，狠狠地咬着一撮草根，双手乱抓乱挖，显见难受之极，冰川天女不忍，随手捡起一块石子，双指一弹，打入了他的死穴。

那疯丐纵声大笑，道："只便宜了那赤神子。没有打中他的要害！"冰川天女叫道："你是谁?"那疯丐双脚一跳，跃上草地，拾起那根黑漆漆的铁拐，磔磔笑道："我是个神憎鬼厌的大麻风！"冰川天女博览群书，记起汉人的医书中有过这个病名，叫道："什么?你是麻风?"那疯丐一声不响，忽地将铁拐两边一扯，那铁拐竟然是镂空了的，疯丐扯出一把黑漆发光的铁剑，将中空的铁拐倒转，在掌心上一捺，随即伸手在面上一抹，幽萍一声骇叫，只见那疯丐在瞬息之间又恢复了原形，臂上长出疙瘩，面上现出红云。

冰川天女柳眉一皱，道："既已露出本来面目，为何还要弄鬼装神?"冰川天女这时已经看出，那疯丐的可怕相貌，乃是故意弄出来的，他臂上的疙瘩，乃是暗运内劲，将肌肉迫起，形成了一个个的结，面上的红云，却是染上去的，那药料就贮藏在铁拐之中，若非亲眼见他涂抹，谁也看不出他是假装。

那疯丐眼光一扫，忽地又纵声怪笑："什么叫做本来面目？你知道我的本来面目是什么?"向前一跃，信手一剑，就向冰川天女劈去。

这一下大出冰川天女意外，叫道："你干什么?"那疯丐不由分说，刷、刷、刷一连进了三式剑招，每一招都是凌厉之极，冰川天女也曾见过听过无数怪异之事，却从无一件比得上今日之事的怪异绝伦，以冰川天女的绝顶轻功，也险险躲避不开，幽萍叫道："公主拔剑！"冰川天女一个"乳燕穿帘"，避开了疯丐的四五两招，冰魄寒光剑一个回环疾削，那乞丐打了一个寒噤，哈哈笑道："我就是要见识你这把宝剑！"口中说话，手底却是丝毫不缓，左剑右拐，乱劈乱刺，竟似天风海雨，迫人而来，每一招都藏着极复杂极厉害的变化，冰川天女迫得展开中西合璧的独门剑法，将他挡住。

那疯丐腕力奇大，冰川天女试了几招，只要一碰着他的铁剑，虎口便隐隐发麻。冰川天女抖擞精神，剑走轻灵，不与他的铁剑正面交锋，却展开了绝妙的身法，一口冰魄寒光剑就像化成了数十口一般，但见冷气腾空，寒光匝地，将敌我双方都笼罩得风雨不透，若是武功稍逊之人，纵不中剑受伤，也会冷个半死，那疯丐却视若无事，哈哈笑道："妙极，妙极！省得叫人扇凉。"两人在片刻之间，交换了五七十招，难分上下。幽萍见那疯丐的铁剑虎虎生风，不禁为主人暗暗忧虑。

冰川天女心道："这疯丐定是另有来由，我何苦与他死拚？"使出达摩剑法中的神妙招数，一招"玉女投梭"，寒光起处，将那疯丐乱草般的头发削去了一大络。与此同时，那乞丐的铁剑一挥，也正好与冰魄寒光剑碰个正着，但听得"当啷"一声，冰川天女的宝剑，脱手飞上半空。原来那乞丐也抱着同样的心思，双方都想略占上风，便行收手，冰川天女的剑势较为迅捷，抢了先机，但那疯丐内劲较强，趁势一挥，也磕飞了冰川天女的宝剑，论起来还是各不输亏。

这几下动作如电，幽萍哪看得清楚，见主人的剑被疯丐磕飞，不由得骇叫一声，脱口骂道："贼麻风，狗咬吕洞宾，不识好人心，我家公主怎样对待你来，你却恩将仇报！"那疯丐昂头一笑，嗤嗤声响，两点黄豆般大小的黑点，朝着幽萍劈面喷去，冰川天女大骇，剑已落手，扑救无及，幽萍急忙使个"镫里藏身"，扭腰闪避，只觉两鬓沁凉，两边的头发给他割去了一绺。

冰川天女纵身一接，将冰魄寒光剑接在了手中，护着侍儿，正要发作，忽见那乞丐呜呜哭泣，哭得鸟飞猿跃，到了后来，竟是大放悲声，闻者心酸。冰川天女道："咦，你怎么啦？有什么伤心之事？”

那疯丐将铁剑插入鞘中，又成了一支铁拐，一拐一拐地走到溪边，掬起山涧清泉，在面上一抹，一刹那间，红云尽退，疙瘩全消，又变成了一个眉清目秀、唇红齿白的少年。他向冰川天女一揖，道：“我为你破了誓言，你是这世上第一个不讨厌我的人，好，你们走吧！”冰川天女道：“你这话是什么意思？”那疯丐道：“我立誓与天下武功高强之人作对，你与我打成平手，本来我要与你再决胜负，现在算啦。”

冰川天女道：“这是为何？”那疯丐道：“就因为你不讨厌我。”冰川天女道：“除我之外，也不见得人人都讨厌你。”那疯丐道：“除非是吕四娘还在人间。我师父说，这世上就只有吕四娘一人不讨厌麻风。”冰川天女曾听父亲说过吕四娘的名字，知道她是当今天下的第一高手，但却不明吕四娘怎地与这疯丐扯上关系，奇而问道：“你怎知她不讨厌麻风，而且，你实在也不是麻风！”

那疯丐抹干眼泪，忽地又纵声长笑，道：“我师父说的，哪能有假？这世上就只她一人不讨厌麻风，不，现在连上了你，有两个人啦。”冰川天女道：“你明明不是麻风，你师父难道是麻风吗？”那疯丐道：“我与我师父一般，若不是我的师父，我就早被世人抛弃，死在路旁了。”冰川天女一诧，心中想道：医书上说，麻风无法可治，听这人口气，又却像他师徒本来是个麻风，后来医好了的。好奇之心一起，不肯放他便走，又问道：“你师父是谁？”那疯丐瞪了她一眼，道：“我也不知道我师父是谁！”冰川天女道：“哪有这个道理？”那疯丐道：“你三四岁之时，是否全懂人事？”冰川天女道：“咦，你是三岁之时便入师门的？”那疯丐道：“不错。我刚学会满山爬走之时，我师父便死了。”冰川天女点点头道：“嗯，你真可怜！”

那疯丐面色一沉，喝道：“我不要人可怜！”举起铁拐，作势欲击，忽又缓缓放下。冰川天女道：“你师父……”她本想问：“你师父既然在你三四岁之时便死，你又从哪里学来这一身上乘的功夫？”却见那疯丐双眼圆睁，大声喝道：“我不许可怜麻风的人再提我师父的名字！”幽萍小声道：“公主，咱们走吧！”

冰川天女摆了摆手，面向那个疯丐，道：“你叫什么名字？这总可以问了吧？”说得甚为委婉，那疯丐看了冰川天女一眼，叹了口气，低头说道：“你是第一个肯问我名字的人。好，我就告诉你吧，我叫金世遗，这名字是我师父起的。”冰川天女冰雪聪明，一听这名字，便知这是“今世遗”的同音，心道：若然他真是麻风，又未曾医好的话，照汉人的习俗，他确是要被世人遗弃。

那麻风说完之后，仍然出神地望着冰川天女，冰川天女道：“你上哪儿？”那疯丐道：“我喜欢上哪儿便上哪儿。你上哪儿？”冰川天女道：“我去川西。”那疯丐道：“那么，我也上川西。你认得路吗？”冰川天女虽无意与他同行，但不惯说谎，坦然说道：“问是问过了的，过了此山，没有记认，也许就会走错啦。”那疯丐道：“如此说来，我陪你一同走好不好？”

幽萍大为着急，用眼角瞟看主人，冰川天女缓缓说道：“那么，也好！”她心地慈悲，见那疯丐愤世嫉俗，不愿令他误会是自己讨厌他，故此答允。幽萍道：“出了此山，便有人烟，小公主，咱们怎好与他同走？”冰川天女一片纯真，被幽萍提醒，这才想起，面前这个疯丐，赤着上身，下身穿着用麻袋缝成的裤子，裤管亦已破烂，走到外面，确是不雅。那疯丐哈哈笑道：“你嫌我难看吗？”一转身立即如飞奔走，转瞬之间，没了踪迹。

冰川天女道：“你瞧，无缘无故，又结了怨啦。”幽萍道：“这个怪物，我瞧着他便觉胆寒。”冰川天女道：“幸亏我不知道麻风的症状，若然知道，初初一见，我也难免害怕。”想起这麻风扮成疯丐的诡异行为，心中百思不得其解。正是：

湖海飘零愤俗世，奇行怪迹惹人猜。

欲知后事如何？请听下回分解。

第十九回　浅笑轻颦　花前谈往事
兰因絮果　月下见伊人

雀儿山四周高峰，犬牙交错，人在山中，视界窄狭，颇有一种阴森的感觉。要翻过山顶后，这才豁然开朗，俯视群峰，就像披着雪衣伏在山下的羊群。幽萍精神一振，拍手笑道："好在咱们摆脱了那令人讨厌的麻风。"就好像那"麻风"若在身旁，连这美景也会被玷污似的。冰川天女笑道："他既不是真的麻风，又没有伤害了咱们，你何以对他如此憎恶?"幽萍道："我就是讨厌他那阴阳怪气的行径，你说他哪一点比得上唐相公?"冰川天女听侍女提起唐经天，幽幽地叹了口气。

走了两个时辰，走出南面的山隘，山下人家，已然在望，幽萍舒了口气，更是欢喜，笑道："这几日山路，真把我闷死啦。整天吃烤羊腿，也吃得腻了。"冰川天女微微一笑，遥遥指道："你瞧是谁来了?"幽萍一看，只见半山腰处，突然窜出一人，穿着一身整洁的青布衣裳，长袖临风，头上束着方巾，乍眼看来，似是一个潇洒不羁的书生，看真切时，竟原来就是那个自称"金世遗"的疯丐。

幽萍气得转过了脸，冰川天女却微笑道："你怎么又回来了?"金世遗道："佛要金装，人要衣装，你既然嫌我，我就只好去偷了一身衣裳，好陪你走路呀。"说话神态，甚是滑稽，冰川天女笑道："原来你还会做贼。"金世遗道："不错，我还偷了别的东西呢，你要不要?"在背囊中取出一个红漆饭盒，揭开盒子，里面装的竟是四式精美的小菜，还有喷香的白米饭，冰川天女一片纯真，心无芥蒂，取过来道：“多谢你啦。”要分一半给幽萍，幽萍想起这“麻风”前几日那满身脓疮的丑恶模样，虽然明知他是假装，也不觉恶心，摇摇头道：“我不要。”自己挑路边的野果吃。金世遗看冰川天女毫不介意地将饭菜吃了，露出感激的眼光，不知不觉滴出两颗泪珠。

金世遗陪她们走了两天，故作疯狂的神态已收敛了十之八九，有说有笑，闲时也给冰川天女讲一些江湖上的奇闻怪事，只是每当冰川天女要试探他的来历之时，他就顾左右而言他，冰川天女也就不再多问。

这日到了雀儿山南面的一个小镇，三人走入镇中，幽萍发现路人都好像对他们投以诧异的眼光，心中极不舒服，暗暗埋怨公主要这疯丐同行。金世遗忽道：“这里有我一位朋友，咱们去访一访他。”幽萍道：“我们又不认识你的朋友，你访友自个儿去。”冰川天女好奇心起，却想瞧瞧他的朋友是何等样人，笑道：“咱们既已同行多日，认识一下你的朋友也是应该的。”幽萍气得说不出话，只好同去。

两人随着金世遗走，走到了一家朱漆大门的人家，金世遗唤了几声，没人答应，也不知他用什么手法，那门一下子就给他弄开，里面走出了一个少年。

这少年身穿对襟描金马褂，领上围着一条狐皮披肩，举止安详，的确是大家子弟风度。冰川天女暗暗诧异：金世遗竟有这般朋友。这少年看了他们一眼，对着这些突如其来的客人虽感诧异，却并不现诸声色，他迎着金世遗双拳一拱，微笑道：“素不相识，不知兄台何事过访?”冰川天女吃了一惊，想不到金世遗此来又是胡闹。

金世遗道：“我来拜访唐二先生，谁要见你?”冰川天女心头一动：唐二先生，此名好熟。正在思索，只听得那少年又说：“先祖已去世多年，等不及阁下了。”金世遗说：“什么，唐二先生已经去世了？真可惜、真可惜呀！嗯，那你还有什么长辈?”那少年道：“我祖父伯叔均已弃世，无人招待你了。”金世遗道：“岂有此理，你长一辈的男男女女都死绝了吗?”那少年虽有教养，至此亦不禁愠怒，说道："我长一辈的只有姑姑还在，她年老多病，已有好几年足不出户了。"金世遗道："好，那就请你姑姑出来！"那少年想不到金世遗如此不通情理，冷冷说道："前年冒川生老伯来探望姑姑，姑姑也没有出迎。她实是年老多病，并非有意慢客。阁下尊姓大名，请予赐示，待在下转禀姑姑，说你来过便是。小弟不远送了。"双拳一拱，摆出了送客的姿态。

冰川天女心中一凛，少年所说的冒川生正是她要寻访的伯伯，原来竟是与他们这家相熟的。须知冒川生乃是中原的武林领袖，这少年的语意说得十分明白，试想像冒川生那样的武林名宿到来，他姑姑尚不迎接，金世遗登门求见，岂非太不自量？

只见金世遗面色一变道："你是要逐客了？"那少年道："不敢，不敢，请谅，请谅！"双手张开，仍然摆出送客的姿态。金世遗磔磔一笑，突然伸手在面上一抹，那少年骤见金世遗的面突然变得浮肿，现出红云，手臂上又长出疙瘩，不由得大吃一惊，叫道："你，你！"金世遗"呸"的一口唾涎，吐在那少年的华服上，双手一送，把那少年重重地摔了一个筋斗，哈哈大笑道："你要送客，我偏不走，唐老太婆，看你出不出来？"

只听得一个苍老的声音道："好本事，好本事！"一个白发萧萧的老太婆扶着女仆的肩头颤巍巍地走下庭阶，那少年在地上一跃而起，道："就是这个恶丐，他一定要见姑姑。"那老婆婆道："对付恶狗，该当如何，你也不知道吗？取我的弹弓来！"说话之间，神态完全变了，一个看似体衰力弱的老婆婆，刹那之间，变得英气迫人。只见她在女仆手中接过弹弓，右手如托泰山，左手如抱婴儿，弓弦一张，嗖嗖连声，弹丸疾发！

金世遗哈哈大笑，叫道："终于见着你们唐家的暗器了！"突然一个筋斗，在地上打一个风车，那根铁拐，随着他的身形，也舞得呼呼风响。冰川天女看得不禁骇然，这老婆婆的弹丸打得又狠又准，十二颗弹丸，颗颗方向不同，有的斜飞，有的直射，有的打过了头与另一粒弹子一撞，又折射回来，看似凌乱，却是每一颗弹丸，都奔向人身一处大穴，这种发暗器的手法，真是武林罕见，世上无双。金世遗好像早有准备，成竹在胸，那一个筋斗打得妙到毫巅，上下穴道颠倒，将那飞弹袭穴的凌厉攻势隐隐化解。只听得一阵叮叮当当的繁音密响，火星四溅，十二颗弹丸都给铁拐震飞，但金世遗那根铁拐也给那些弹丸打得似蜂窝一样，点点斑斑，金世遗不由得倒抽了一口凉气，别看这老婆婆年迈苍苍，内劲之强，绝不在他之下。

那老婆婆道了一个“好”字，又道：“不知自爱，可惜，可惜！”弹弓再曳，与上次又全然不同，上次打得弹丸挟风，呼呼作响，一听就知劲力非凡，这一次弹丸飞出，却是悄无声响，每三颗一组，列成品字，四组弹丸，分向四方飞来，竟像她是从四个不同的方向所发。弹丸快慢不一，飞到近身，忽地后列改成前列，有如冰雹乱落，花雨袭人。金世遗叫道：“唐家暗器，确是名不虚传！”手足并用，陡地又在地上连翻两个筋斗，蓦地一声冷笑，怪声叫道：“你也尝尝我的暗器！”一个筋斗翻到了老太婆的面前，“嗤”的一声，张口便吐。

冰川天女大吃一惊，她看了这老太婆的暗器手法，这时已蓦然想起，这老太婆便是唐经天曾对她说过的唐赛花，亦即是数十年前威震江湖，号称天下暗器第一手的唐金峰的独生女儿。唐金峰排行第二，人称“唐二先生”，当年他们父女和唐经天父母有过一段“梁子”，后来得吕四娘之助，才释嫌修好的。龙灵矫是唐金峰的关门徒弟，亦即是这个老太婆的师弟，唐经天这次顺道入川，为了龙灵矫之事，正要寻她。

冰川天女想起了唐赛花的来历，见金世遗张口要吐他那独门的歹毒暗器，不由得大吃一惊，当下不假思索，拔出宝剑，抖起一道冰魄寒光，飞身急上，在两人中间左右一分，寒光剑的剑尖直指到金世遗胸前的“璇玑穴”，要迫他不能伤害唐老太婆。

说时迟，那时快，只听得轰的一声巨响，唐赛花的宝弓已与金世遗的铁拐相接，五根弓弦全都震断，金世遗的铁拐也飞上半天，接着“刷”的一声，金世遗的衣服给冰剑割开，金世遗大叫一声：“好！”一纵身接了铁拐，立刻转身飞奔。冰川天女斥道：“你这个凶残成性的东西，以后永不要再见我。”金世遗一声不响，瞬息之间，身形越过墙头，飞出园外。

冰川天女一片茫然，看着金世遗的背影似惊鸿疾逝，对他也不知是憎恶、是惋惜，还是同情。

唐赛花将断了弦的铁弓掷于地上，道：“好漂亮的小姑娘，你和他不是一路的吗？”冰川天女道：“冒川生正是家伯。”唐赛花颇感惊奇，道：“嗯，你是冒川生的侄女儿？你怎的会与这疯丐在一起？”说话之间，对那疯丐，似乎露出极度鄙夷的神色，冰川天女虽然并不把金世遗认为朋友，但不知怎的，却对唐赛花说话的神气，感到甚不舒服，淡淡说道：“路上碰到的。”眼光一瞥，见唐赛花脸上隐隐笼罩着一层黑气，惊叫道：“唐伯母，你中了他的暗器了！”想起金世遗暗器的歹毒，毛骨耸然，对金世遗的同情化为乌有，恨恨说道：“真想不到他是逢人便咬的恶狗！”

唐赛花冷笑道：“难道你还以为他是什么好东西吗？”冰川天女皱了皱眉，道：“伯母，你要不要试服我的解毒散？”那少年对冰川天女甚是好感，早挨近了来，这时才有机会插口道：“姑娘，真多谢你了！幸得你将他逐走。你有解他暗器的灵药吗？”冰川天女道：“那是我自己配制的，比不上天山雪莲，但对付一般毒药还很有效，对这厮的歹毒暗器，却不知成与不成？”

冰川天女长处冰宫，不知人间世故，既不以小辈之礼与唐赛花相见，对那少年的道谢又不知谦让，更兼她那与生俱来，自然带着的一副高傲的神情，唐赛花心中亦是甚不高兴，冰川天女不知别人对她误会，正想掏出药来，唐赛花双眼朝天，冷冷说道：“不用。”那少年道：“姑姑，试试也好。”唐赛花双眼一睁，道：“端儿，咱们唐家的暗器从无空发，有些孤陋寡闻的外人或许不知道，你难道也不知吗？三天之内，包管那疯丐要将解药乖乖的送来，与我交换。你姑姑虽然年迈，这三日还能挺住。”那少年道：“姑姑，那魔头中了你什么暗器？”唐赛花道：“是三日之内发作，七日之内毙命的白眉针！”冰川天女见唐赛花这样咬牙切齿的神情，想两人的暗器都是这般歹毒，思之不禁骇然。

唐赛花道：“冒川生前年曾到我家中来过，现在青城山隐居。他是一代名宿，怪不得你这样高明，我老婆子一来是走不动了，二来是怕别人说我奉承，恕我不领你去找你的伯伯了。”话中隐有送客之意。冰川天女道："不敢有劳伯母，我自己会去，但有一事却要禀明伯母。龙灵矫在拉萨下狱，此事不知你们知道不曾？"

唐赛花眼皮一翻，叫道："什么？龙灵矫在拉萨被人捉了？"要知唐赛花一生无子，龙灵矫入唐家之时，只有七岁，名义上虽是唐赛花的师弟，唐赛花实则将他当作儿子看待，将他抚养成人，故此分外关怀。冰川天女将龙灵矫下狱之事简单地说了一遍，唐赛花"哼"了一声，道："福康安与赤神子有这么大胆，哼，看来他们是不许我这老婆子安安分分地守在家中了。"那少年道："姑姑，你别动气，养好了伤再说。"唐赛花点点头道："不错，侍儿扶我回去。"不理冰川天女，径自走进屋内去了。

冰川天女哪曾受过如此冷淡，对幽萍道："咱们走吧。"那少年急忙上前施了一礼，道："我姑姑年老糊涂，你不要见怪。令尊是石大侠还是桂大侠？"冰川天女道："家父排行第三，名字上华下生。"那少年听说她是桂华生的女儿，吃了一惊，随即说道："原来是桂姐姐，我叫唐端，请桂姐姐念在我姑姑无人保护，屈驾多留两日。"冰川天女道："你姑姑不是用白眉针将那'疯丐'伤了，现下只等他来交换解药吗？我本事低微，怎能保护你的姑姑？"唐端赔笑说道："我姑姑过于自信，怎知那疯丐在三日之内来是不来？而且若然他不知白眉针的厉害，不肯交换，三日之内，前来行凶，那又有何人能够抵挡？"冰川天女一想，唐端的说话果然并非多虑，心道："那老婆子虽然无礼，到底是位前辈，我若就此走开，她有三长两短，我良心上也说不过去。"慈悲之念一起，便答应在唐家留下。

转瞬过了三日，唐赛花把自己关在静室中，静坐御毒，足不出户，冰川天女见唐端日增愁烦，心中亦是惴惴不安。想那金世遗虽因愤世嫉俗，专与成名的武林人物作对，但用这种歹毒暗器伤害一个老婆婆，总是不能原谅。不知不觉又从金世遗而想到唐经天，两人都是年少翩翩，唐经天的教养与金世遗却是不可相提并论。但冰川天女想起唐经天对她的戏弄，却又觉得金世遗那种游戏风尘的态度，亦有一种坦率之处。其实冰川天女自己不知，她对唐经天已隐隐有了情愫，故此对唐经天的任何缺点，任何误会，都会责备求全；

对金世遗则只是一种好奇，最多杂有怜惜之念，故此反而能从他的怪僻行径中，也看到他有“可取之处”。

这日已是第三日黄昏，金世遗还不见来，冰川天女对唐赛花的伤势甚为挂念，走出卧房，想去探望，唐家甚大，却少婢仆，冰川天女走到唐赛花的静室外面，听得里面有人说话，正是唐赛花的声音，只听她高声说道：“这疯丐今晚必来，他若不向唐家叩头谢罪，这解药不要与他！”

唐端道：“姑姑，咱们也要他的解药。”唐赛花厉声说道：“咱们唐家世代以来，没人敢小觑一眼，如今一个疯丐闯进闯出，传出去还有何面子？非叩头赔罪，这解药绝不能拿出。”唐端道：“可是姑姑，你……”唐赛花斥道：“我拼着不要他的解药，若他不肯赔罪，就教他陪着我一同死。好叫天下人知道，谁敢在唐家放肆的，就得把命儿赔上。”唐端道：“姑姑，这，这……”话声颤抖，显得心情极是惶恐，唐赛花“啪”的一掌击打床沿，又厉声斥道：“你这样不争气，还算得唐家的人吗？”冰川天女在外面听得毛骨悚然，心中想道：“本来双方交换解药，互不输亏，岂非甚好，想不到这老婆婆却如此好强要脸，狠心毒手！”她本来对金世遗绝不同情，如今听了这一番话，对唐赛花也隐隐起了反感。

里面唐端放低声音，想是对姑姑劝说，忽听唐赛花又是“啪”的一声，厉声斥道：“你不听话，我没给这疯丐害死，就先给你气死了！”斥责之声过后，房门一开，唐端走了出来。

冰川天女慌忙一闪，她身法快极，就在这刹那之间，已隐到假山背后。唐端本领虽与她相差甚远，但他自幼练习暗器，听觉却极灵敏，急忙走去，冰川天女缓缓走了出来，只见唐端正张口欲呼，却忽地又放柔声音说道：“呵，原来是桂姐姐，你是找我吗？”冰川天女道：“是呀！”她不惯说谎，顺着唐端的问话说了之后，面孔通红，唐端眼光充满喜悦，深深地看了她一眼，道：“桂姐姐你找我有什么事？”冰川天女讷讷说道：“我找你，找你，想打听一个人。”唐端道：“谁？”冰川天女道：“就是我前日与你说过的那位唐大侠之子、唐经天。想他也定然经过此间，你们是本地人，容易打听。”她本来不想提唐经天，临急之时，为了圆谎，却莫名其妙地自然而然地说了出来。

唐端好生失望，但他幼承家教，素有涵养，却也不在面上表露出来，淡淡说道：“这几日为了照料姑姑，没空出外打听，过了今晚，我一定替姐姐留心。咦，姐姐，你躲一躲!”冰川天女一听，听出半里之外有微风落叶之声，唐端急道：“这是我家之事，待紧急之时，再请姐姐相助。”冰川天女知是金世遗到了，点了点头，躲到假山背后，心中奇怪，唐端前日还坚留自己，怕对付不了金世遗，要自己相助，怎么如今又不要了？继而一想，恍然大悟，想是那老婆婆太过要强，所以坚持要唐家的人自行了结。

冰川天女刚躲进假山，只听得一声怪笑，金世遗已到园中，真是快捷无比。唐端板起面孔，正想说话，金世遗已哈哈大笑，抢先说道：“好厉害的白眉针，我总算见识你唐家的暗器了！这种歹毒的暗器，也亏你们逢人便用，这是你们暗器世家的家风吗?”冰川天女暗暗奇怪，本来是金世遗无缘无故找上唐家，怎么他反而先怪起唐家来？

唐端大约也是同样心思，只见他双眼一睁，怒声斥道：“你的暗器就不歹毒？无缘无故地打伤一个老婆婆，难道这也算得是侠义道的所为吗?”冰川天女正自心中说道：“问得好，责得好!”但听得金世遗哈哈大笑，怪声说道：“我本来就不是侠义道，你这话可是废话!”在江湖上行走的人，即算本是个下三流的宵小之辈，也多以“侠义”两字作为幌子，绝不肯像金世遗那样自承，唐端不觉一怔。

只听得金世遗又哈哈笑道：“我是专门领教侠义道本领的人，你家的姑姑若然是个普通婆子，我自然不会寻她，可她却是自称天下暗器第一的高手！你们唐家也曾世代以侠义标榜，哈哈，如今也领教了。”唐端道：“怎么？我们唐家的人总不至于像你那样鄙劣偷袭!”金世遗又仰天大笑，说道：“我且问你，武林之中，彼此印证武功，可是常事?”唐端道：“不错。”金世遗道：“我本来只是想见识见识你们唐家的武功和暗器手法，你姑姑却先用了剧毒的白眉针，要把我置于死地，你说我该如何？有毒的暗器天下也不只是你唐家独有，哈哈，那我也只好奉陪了！你家的白眉针要七日方能致人死命，我的毒龙钉你的姑姑最多只能挨三天！你要我死，那也容易，只是我可看你哭灵之后，那才会死去哪！”唐端心中发毛，他这才知道原来是姑姑先发了白眉针，这才引出这疯丐的毒龙钉的。

金世遗说的也自有他的一片歪理，按说若然唐赛花知道他只是想印证武功，即算用暗器打伤了他，也不该用喂毒暗器。可是金世遗从山东闯到川北，专以折辱武林中的成名人物为乐，名气太坏，唐赛花想下手除他，也有她的道理。唐端被金世遗一问，怔了一怔，随即怒冲冲地说道：“你这样疯狗一般的东西，谁与你讲江湖规矩？我姑姑才不屑于与你印证武功！”

金世遗面色一沉，喝道：“你再多说一句，我也就不顾江湖规矩，先取你的性命！”双目倏地露出凶光，唐端一噤，只听得金世遗又冷笑道：“你姑姑不屑于与我印证武功，如今可要哀求我给解药了吧？”唐端抗声说道：“你如今也要哀求我们唐家的解药了吧？”金世遗道：“不错。但你可别忘记，你姑姑过不了今晚，我可还要过四日才死。这四日之差，就值得你向我磕三个响头。”唐端怒道：“什么？彼此交换解药，还要我向你磕头赔罪！”金世遗道：“你姑姑现在谅也不能走动，那只有你替她磕了。”唐端大怒道：“你不磕头赔罪，休想得我解药。”金世遗道：“那我只好擦亮眼睛，看你哭灵了！”唐端又气又急，心中忽思：这疯丐中了我姑姑的白眉针，按说如今毒力该已发作，我未必就不是他的对手？正想动手，金世遗竟似知道他的心意，随手一掌，呼的一声，把一枝小树劈倒，冷笑道：“你要用强吗？那也成！”话犹未了，忽见眼前人影一晃，快逾飘风！

唐端大吃了一惊，只道是那疯丐突然发难，左手一招“弯弓射雕”，右手一个“披风横斩”，唐家的暗器天下闻名，掌法上也有独门杀手，这两招为了临危救命，以攻为守，更是唐家掌法的精华所在，左右开弓，但只觉微风飒然，来人从身边掠过，连衣角也捞不着，抬头看时，只见冰川天女衣袂轻飘，拦在两人中间。

唐端叫道：“不敢有劳相助，唐家之事，由我承当。”但见冰川天女面若冰霜，转向那疯丐道：“这个给你，你的解药也拿出来！”唐端吃了一惊，伸手一摸，怀中的解药已在那瞬息之间给冰川天女偷去。唐端只道是冰川天女出来相助，不料她竟然偷了自己的解药送给敌人。不由得张口结舌，半晌才出声道："你，你……"

金世遗也吓了一跳，几乎与唐端同声叫道："你，你……"冰川天女道："把解药拿出来！"金世遗道："你好呵！"冰川天女长剑一指，道："彼此交换，两不输亏。把解药拿出来，从今之后，不要再来见我！"金世遗看了冰川天女一眼，蓦然把手一扬，道："给你！"冰川天女伸手一接，金世遗左手又是一扬，叫道："这个也给你！"冰川天女长袖一卷，只见后来掷来的那宗物事，却是用羊皮纸包裹的一个石头，正自不明其意，金世遗愤然说道："你要见的人在这里面，你好好地去瞧吧。"话声未了，已自翻墙飞出，唐端不由得打了一个寒噤，心道："这疯丐中了姑姑的白眉针，只还有四天性命，居然还是这么了得！幸亏未曾与他真个动手。"

冰川天女把那羊皮纸摊开一看，登时呆了。只见纸上画着两个人像，一个是唐经天，另一个却是美艳的少女，画得非常生动，那少女巧目含笑，眉黛生春，半面脸向着唐经天，手指拈着裙角，活画出一个初解风情的娇痴少女，那羊皮纸上还画着地图，指出怎样去找寻唐经天的道路。冰川天女心道："原来唐经天就在邻县，此去不过两日路程。这少女究是何人？金世遗给我这画又是什么用意？"

只听得唐端叫道："桂姐姐，桂姐姐！"冰川天女把羊皮画收进怀中，心烦意乱，听他连叫了几声这才回转头来。唐端道："呀，这如何是好，姑姑一定怪责我了。"冰川天女突觉心中一阵厌烦，把金世遗的解药塞到唐端手里，冷冷说道："我给他向你赔罪，这成不成？"唐端慌忙避开，冰川天女道："你姑姑吩咐过你，若然他不磕头赔罪，你们唐家的解药就不能交出，是也不是？"唐端道："正是呀！"冰川天女道："你们唐家的解药是我交给他的，与你无关，你姑姑若然怪责也不会怪到你的身上。这一包解药你快拿去给你姑姑，麻烦你替我向她问好！"突然大声叫道："幽萍，幽萍！"

唐端说道："桂姐姐，你做什么？"只见月光之下，幽萍匆匆奔出，冰川天女道："三日来多谢你的招待，再见啦。"唐端道："桂姐姐，你这不是见怪我们吗？"冰川天女道："你姑姑安然无事，我可以放心走了。哪谈得上什么见怪?”与幽萍一个回身反跃，掠过墙头。唐端追出去时，但见明月在天，星河耿耿，哪还有她们二人的影子。唐端叹了口气，想起冰川天女刚才的出手，实是一片苦心，要不然他和那疯丐在怒气头上，大约谁都不会让步，结果姑姑和那疯丐必至两败俱伤。想不到如此萍水相逢，匆匆便散，唯有没精打采地将解药捧回去禀告姑姑。

唐端心情紊乱，却不知道冰川天女更是心事重重。冰川天女本来不解人世的忧愁，但不知怎的，自与唐经天分开之后，总觉得郁郁不乐，今晚见了那羊皮图画，更是触动心头，一忽儿想立刻去见唐经天，一忽儿又想从此避开，永不相见。连自己也不知是爱是恨?所思为何?

冰川天女哪里知道，此时此刻，唐经天也正是心思缭乱，想念着她。

这晚，唐经天大病初愈，在月夜之下，和邹绛霞在屋外漫步，邹绛霞的母亲忽然来找他们，谈起那疯丐伤了唐赛花之事。唐经天听说有两个美若天仙的女子和那疯丐一道，不觉大吃一惊，猜想这两个女子，十之八九必是冰川天女主仆。觉得这事情过于怪诞，难以置信，但既然许多人见到，绘影绘声，又不由不信，心中自是暗暗纳闷。杨柳青见唐经天没精打采，只道他是听得那疯丐出现，心中不安，言道:“这两日咱们且避他一避，待你完全复原之后，咱们再合力斗一斗他。”邹绛霞听母亲说不许她在屋外散步，撅起小嘴儿道:“唐家哥哥刚刚病好，正要到外面走走散散心，关在屋中，那够多闷!”唐经天见她那娇痴的样子，不由得噗嗤一笑，心知邹绛霞好动爱玩，这十多天来，她不离病榻，服侍自己，实是难为了她，便道:“其实也不必如此畏惧，我虽然尚未十分复原，但自问若再遇到那个麻风，他也断不能再伤得我。”邹绛霞听他说得甚为自信，喜道:“唐哥哥，你想出了什么破敌的妙法?”唐经天道:“那疯丐最厉害的是口中所喷的暗器，但不能及远，我的天山神芒可以打到五六丈外，若再见他，我只用暗器拒敌，就教他不敢近身。”

杨柳青微微一笑，道："既然你有把握，那你就和霞儿散散心吧。我不拦阻你们了。"她见唐经天和女儿都欢喜在花下散步，心中必有所思，暗暗欢喜。

邹家屋子倚山而建，屋外邹绛霞所种的茉莉花正在盛开，一片银白，在月光下发散着淡淡的幽香，中人如酒。邹绛霞俨似依人小鸟，紧紧地傍着唐经天。

唐经天在茉莉花下缓缓漫步，许久许久，都不说话。邹绛霞道："唐哥哥，你想什么？"唐经天道："没想什么。"邹绛霞忽地格格一笑，道："我知道啦，你一定是听得我妈说那两个女子美若天仙，心中想见她们啦，是也不是？"邹绛霞本是故意取笑，却见唐经天忽地低下了头，幽幽地叹了口气道："不错，我正是想念她们。"邹绛霞怔了一怔，道："唐哥哥，你真是认识她们的？"唐经天道："不错。她们本来是我很要好的朋友。"邹绛霞道："那么，她们为何不与你一道，却反而与那人憎鬼厌的麻风同行？"唐经天道："我也正想找她们问个明白。"邹绛霞面色一暗，道："我可不想见那麻风。"唐经天道："谁要你去见他？"邹绛霞道："但我却想去见那两位美若天仙的姐姐。"唐经天道："为什么？"邹绛霞道："你欢喜的人我也欢喜，你带我去见她们成不成？"唐经天道："她们是否愿意见我，我也还不知道呢。"邹绛霞道："这却是为何？你不是说她们都是你的好朋友吗？"唐经天又叹了口气，道："霞妹，你年纪还小，许多事情我说你也不明白。"

邹绛霞嗔道："你也比我大不了几年。"忽道："许久许久以前，我刚刚懂事的时候，就想见你了，你知道么？"唐经天笑道："那时你怎知道世上有我这个人？"邹绛霞道："我刚懂事的时候，妈就和我谈起你啦。"唐经天道："我不信，你妈也是半月之前才认识我的。"邹绛霞道："我妈常常和我说起你的父亲，说起他们同学之时的许多有趣之事。这些年来，妈老是想到天山探望你们，她说你父亲不大爱说话，有时还会对她发脾气。嗯，这点好像你不是这样。我妈常说：霞儿，你很像我；唐伯伯也一定有儿女了，不知像不像他？所以我小时候就想，唐哥哥不知长得如何？我未见过你，甚至不知道世上是不是有你？但我既听妈妈时常谈讲，就在心中画出你的形象，想象你是怎样的一个人。现在见到了，你果然像我哥哥一样。”唐经天心中一动，想道：“听绛霞所说，她母亲竟似将我爹当成亲人一般，为何我爹却不大提起她？”邹绛霞道：“唐哥哥，你又在想什么啦？”唐经天道：“我也在想，你也真像我的妹妹。”邹绛霞道：“真的？那你喜欢我么？”侧脸凝睇，活现出一个娇憨的女儿神态，唐经天笑道：“当然喜欢你啦，你就像一个小百灵鸟，我有什么愁闷，给你叽叽咕咕的一叫，就什么愁闷都没有啦。”邹绛霞道：“嗯，我也很欢喜和你玩。”两人都是一片无邪，不知不觉地轻轻携手。

月光透过花树，满地花影扶疏，唐经天忽又想起冰川天女，想起冰川天女也是极爱花草的人，若然她也在这儿，在这茉莉花中同行，这情景该多美妙！偶一抬头，忽见在远处的花丛中，露出一个少女的半边面孔。

透过花丛，但见一双明如秋水的眼睛凝望着自己，似怨如嗔；月光映得那少女的面孔如同白玉，美到极点，也“冷”到极点。这刹那间，唐经天的心头就似有一股电流通过，全身颤抖，蓦然尖叫一声，飞身扑去。邹绛霞叫道：“唐哥哥，你做什么？是那讨厌的人来了么？”她还以为是唐经天发现了那麻风的踪迹，一抬头，见一个秀发并肩的少女从花中奔出，天姿国色，闭月羞花，不觉呆了！

但听得唐经天颤声叫道：“冰娥，冰娥！”那少女回头一望，竟然是那样冰冷的怨恨的眼光！邹绛霞禁不住打了个寒噤。只见那少女回头一望，一声不响，又转过了身，拂柳分花，就好像神话中的素娥青女，冉冉而来，冉冉而没，转瞬之间，就不见了。

唐经天仍是连声叫道：“冰娥，冰娥！桂姐姐，桂姐姐！”飞身急赶，可怜他大病初愈，饶是使尽了吃奶的气力，亦是追赶不上，刚刚追下山坡，勾着一块石头，一个倒栽葱跌倒地上。

邹绛霞气喘吁吁地从后追到，见状大惊，急忙把唐经天扶起，问道：“跌伤了么？”唐经天人如木石，眼如定珠，竟像是魂灵儿早脱离了躯壳，呆呆地靠着邹绛霞，面色如纸，殊无半点生气。

邹绛霞慌道：“唐哥哥，唐哥哥，你怎么啦？”唐经天过了许久，才吁口气道：“她来了，她又走了！”邹绛霞道：“她是谁？”唐经天道：“就是我们刚才说的那位冰川天女，呀，她为什么不肯和我说话?”邹绛霞莫名其妙，心想冰川天女既然是唐经天的朋友，却为何如此？但见唐经天自嗟自叹，竟好像忘记了还有另一个少女在自己的身边。邹绛霞心中一酸，既替唐经天可怜，又为自己难过，两人久久不作一声，过了一阵，邹绛霞轻轻说道：“唐哥哥，咱们回去吧。呀，世间上原来真有这么美丽的女子!”

冰川天女披星戴月，前来寻访，在花丛中恰好见着唐经天与邹绛霞并肩携手，笑话喁喁的亲热模样，与画图中所描绘的毫无二致，冰川天女芳心欲碎，再也不理唐经天的追赶呼唤，一口气奔出了十余里路，幽萍在山脚下小溪旁等候，见冰川天女一个人回来，那失魂落魄的样儿，竟是前所未见，不禁吃了一惊，问道：“怎么只是你一个人?”冰川天女道：“他，他……”回头一望，皓月之下，田野如画，景物悉见，可就只没见着唐经天。冰川天女并不知唐经天受伤初愈，轻功受了影响，所以追不上自己，误会更增，心中想道，原来他的呼唤追赶，都是做作出来的，更觉心酸，哽咽说道：“他，他不来了。”幽萍惊道：“你见到了他，他也不和你同来么?”冰川天女但觉千般情绪，纠结心头，自己也按捺不住，低低地啜泣。

冰川天女想起了唐经天初上冰峰的情景，想起了宫中比剑、园内题联……种种令人难以忘怀的往事，耳边隐隐听得幽萍自言自语地低声说道：“若知尘世是这般烦恼，还不如回冰宫的好。”忽而又想起了唐经天为她所题的那副对联：“月色无痕，绿窗朱户年年绕；仙姝有恨，碧海青天夜夜心。”更觉悲从中来，不可断绝!

忽听得有人纵声长笑，冰川天女抬头一看，只见金世遗撑着铁拐，一跳一跳地从树荫中跳出来，他不知从哪儿偷来了一套儒冠儒服，打扮起来，倒有几分像唐经天的样子，这身服饰，衬着他那撑着铁拐跳跃顽皮的神气，大是不伦不类。冰川天女恼道：“你笑什么?”金世遗嘻嘻笑道：“笑你!”若在平日，冰川天女必然发怒，此刻但觉心神不属，对一切的反应也都似乎麻木了。金世遗续道：“你不是一心一意想见他么？如今见了，不喜反悲，这岂不大是可笑!”冰川天女道:“谁要你管?”金世遗道:“我若不管,你还蒙在鼓里呢。其实也好,迟哭不如早哭,哭个痛快,心里就舒服了!”冰川天女给他一说,眼泪反而忍着不流。金世遗又嘻嘻笑道:“我那画图画得如何,是不是传神之极!”冰川天女一恼,“嗤”的一声,将那羊皮画图撕为两半。金世遗拍掌笑道:“撕了更好,乐得心无牵挂,干干净净。”

金世遗的说话实是句句心存挑拨,连幽萍也听得出来。冰川天女却是心神动荡,觉得他的话也有几分道理:真是一切撇开,让心头干干净净的好。幽萍道:“小公主,咱们走吧。”金世遗道:“是呀,你们还是回转冰宫的好!”冰川天女一怔,心道:“他如何得知我的来历?”只听得金世遗叹了口气,换了一副口吻说道:“我早就说过,这世上的人本来就没有几个好的!宁与鸟兽同群,莫与世人相处,你如今相信了吧?”

冰川天女呆呆不语,金世遗又道:“在这尘世中混,我也厌倦极了。你的冰宫有如世外桃源,丢弃不住,真真可惜。不如咱们都回去,请你借冰宫一角,让我安居。”幽萍按捺不住,叫道:“你这厮简直不知自量,小公主肯让你这臭麻风玷污了我们仙山的胜景!”金世遗面色一沉,蓦地一声怪笑,铁拐一抡,作势欲击,幽萍早有防备,拔出冰剑,却闪在冰川天女身后。冰川天女双眼望天,淡淡说道:“你走吧,回不回去,我自有主张,不必你多管闲事。你说话无礼,我也不与你计较了。”

金世遗望了冰川天女一眼,像个泄气的皮球一样,将铁拐缓缓收回,道:“好,看在你的份上,我也不与这小丫头计较。”忽而又纵声笑道:“其实我们都是被这尘世弃遗之人,彼此正该相惜相怜,如今你反而将我看作对头,真没来由!几时你悟彻世间缘法,再说与我知道吧。”笑声震荡山谷,片刻之间,走得无影无踪。

冰川天女一片茫然,幽萍恨恨说道:“这疯丐就像溺死的水鬼一般。”冰川天女听她说得奇怪,问道:“怎么?”幽萍道:“汉人的传说,说水鬼心肠最毒,他自己溺死了,总想找个替身,一知道有谁受了委屈,便千方百计地去引诱他,叫他也投水自尽。哼,哼,你看他刚才说了那么一大车的话,无非是想你再也不理唐相公,和他一道。这岂不像汉人传说中那种狠毒的水鬼?”冰川天女满腹愁烦，给她一说，也禁不住笑道：“你下山未到一年，这把口却学得这么刁毒了。”幽萍道：“怎么，你不信吗?”冰川天女面色一沉，道：“我心中自有主意，不必你乱嚼舌头。”幽萍摇了摇头，不敢说话。冰川天女柔声说道：“好吧，咱们快去川西，待见过我的伯伯之后，我就回转冰宫，再也不理尘世俗事了。”幽萍叹了口气，默默跟随主人。

唐经天被邹绛霞扶回屋子，一路无言。邹绛霞甚是担心，看他关上房门，自己却不敢回房去睡，悄悄地在他屋外徘徊。眼看明月已过中天，想来已是四更时分，唐经天房中兀无半点声息，邹绛霞渐觉露冷风凉，眼神困倦，心道：“这傻哥哥大约已经睡了。”正想回房，忽见唐经天卧房的窗门倏地打开，一条白衣人影穿窗飞出。邹绛霞飞身上屋，急忙叫道：“唐哥哥，唐哥哥!”唐经天回头说道：“不要吵醒你娘，多谢你们相救之恩，我有事先走了!”邹绛霞叫道：“不成，不成，你不能走!”只见唐经天在屋背飞身掠起，三起三落，箭一般的飞出了围墙。

邹绛霞尖声叫道：“娘，你快来呀！唐哥哥走啦!”杨柳青夫妇住在西面厢房，纵然闻声即起，一时之间，也是难以赶到，唐经天听她叫喊，跑得更快，邹绛霞急了，不等妈妈，立刻便追。

唐经天虽是大病初愈，轻身的功夫还是要比邹绛霞好得多，距离越来越远。邹绛霞急道：“唐哥哥，你真的如此便走了么?”唐经天已跑下山坡，听了此言，不由得心中感动，脚步稍缓，抬头叫道：“霞妹，你回去吧。明年你到天山，咱们还可相见。我有要事，非走不可，不敢有劳你远送了。”匆匆说完，立刻又跑，敢情他是怕再听到邹绛霞带着哽咽的呼唤。

唐经天一口气跑出了十多里地，这才松了口气，放慢脚步，心中却是难过之极。他为了要追踪冰川天女，迫不得已，留书道别，不辞而行，对杨柳青母女的情意殷殷，心中自感歉疚。他也料到冰川天女必是前去川西，寻访她的伯父，但一路追踪，向沿路之人打听，却一点也打听不出冰川天女的踪迹。问起如此这般的两个少女，路人都说没有见过。

唐经天惘惘怅怅，越岭翻山，连行多日，进入了四川西面的巴郎山脉之中。巴郎山脉蜿蜒南走，过了雅安，便连接峨嵋山脉。巴郎山虽不如雀儿山之险，但一路支脉绵延，山路却比雀儿山长得多。而且山岭层叠，有如重门深户，峰回路转，曲折之极，常常一个山头，看似极近，走起来却很远。即使像唐经天这样具有极高明的武功，而且有行山经验的人，每天最多也不过走一百多里。可幸的是，蜀中山水奇丽，峨嵋更是号称“天下之秀”，从巴郎山脉南下，越走越觉山水清幽，倒是可以稍解胸中烦闷。

山中甚少人家，错过宿头，在所难免。这一日唐经天走多了路，到了入晚时分，抬头一望，四处没有炊烟，本来打算寻觅一个岩洞，住宿一宵，但见明月升起，圆如玉盘，眼所及处，山水如画，不觉动了豪兴，踏月夜行。走了许久，忽见面前无数奇峰，好像平地涌起的一片石林，如笋如笔，峰峰相连。每一个石峰都是小巧玲珑，有如盆景。最高的也不过二三十丈，但各具姿态，如虎如狮，如熊如豹。端的是万笏朝天，千岩竞秀。唐经天看惯了西北的大山，即巴郎山一路南来，也是雄伟之极，乍见面前这一片石林，不觉啧啧称异，走近前去欣赏。那片石林，恍如一面屏风，遮着天光，但走近之时，忽见两峰相连之处，中间开了一个大洞，刚刚可以容得一个人通过，月光透过这个洞口，照射下来，里面还有潺潺的流水声。

唐经天好奇心起，爬入洞口一看，只见里面一片空地，杂花盛开，空地四边，仍是无数石笋，其间又各有许多奇形怪状的岩洞，好像石林之中，又有好多门户一般。唐经天捡了一个最大的洞口，爬进去看，越入越深，忽闻得里面隐有人声，不觉大奇，又穿过一个洞口，这洞口在石峰上端，虽不算高，也有二十来丈，唐经天施展“壁虎功”，附身在峭壁之上，向下一望，大为惊诧。

但见下面一片空阔，满谷幽兰，谷中又长出无数小石笋，最高的不过五六丈，怪石嶙峋，如剑如戟，而且隐隐排成阵势，石阵中有两个人东穿西插，似是被困在内，迷了出路，看清楚时，乃是一对中年男女，两人相距甚近，看来只要绕过两枝石笋，便可碰头，但他们绕来绕去，明明彼此都可以从石隙中看见对方身影，却总是走不到一处。

唐经天家学渊源，不仅武功高深，也略懂一些奇门八卦之阵，这时他在高处下望，时间稍长，便给他看出了个所以然来，这石笋虽是天生，但却暗合诸葛武侯的八阵图形势，分成休、生、惊、杜、死、景、惊、开八门，若非找到了“生门”门户，任你如何瞎摸瞎撞，也走不出来。正是：

石阵暗藏生死路，谷中老怪显奇功。

欲知后事如何？请听下回分解。

第二十回　玄功内运　侠士破神招
异境天开　书童有奇遇

唐经天暗暗惊异，正想下去将他们带出阵图，但仔细看时，却又看出有点“不对”，一时间不敢造次。那两人武功很是不弱，时不时跃起一丈多高，手攀石笋，但那些石笋笔直光滑，无可着力，试了几次，都不成功。又有两次两人好像是无意之中偶然走近生门，却忽地有一颗石子打来，石阵之中门户狭窄，那石子又打得非常巧妙，以那对中年男女的身手，竟然没法招架，终于又给迫了回去。唐经天心中一凛，看情形这石林中的幽谷竟似有高人在内，暗中摆布。

那对中年男女也似觉察到了，那男的首先叫道：“晚辈不合动了好奇之念，闯进此间，请主人恕罪。”唐经天一听，声音好熟，正在寻思，忽听得谷中有人“呵呀”叫了一声，尖锐清脆，似是一个刚刚发育的少年。唐经天心中大奇，再看时，只见距离那石阵数丈之地的另一堆乱石后面，突然跑出个人，果然是个十五六岁的大孩子。

只听得他高声叫道：“是萧老师吗？”那中年男子道：“是我，是萧青峰！呀，你是江南？”语气中充满惊诧与狂喜之情。唐经天也是十分惊讶，在西藏之时，他曾见过萧青峰一面，但那时的萧青峰面色枯黄，相貌清瘦，背微佝偻，活像个科场失意的老儒，而现在看来，虽是在月光之下，不似白天的看得真切，但亦可觉出他英姿飒爽，与以前判若两人，年轻何止十岁！唐经天心道：“怪不得我认不出他，别来还未够一年，他怎的却完全变了样子？”唐经天不知，萧青峰是服了铁拐仙的优昙仙花，这才返老还童的。

江南跑到石阵外面，又叫又跳，嘻嘻哈哈地笑道，“真是萧老师，萧老师呀，不是你出声，我简直就不敢认你。你怎么背不驼了，连额上的皱纹也没有了。”“嘻嘻，这位太太是谁？哈，是萧师娘，萧老师，你大喜呀，讨了娘子了，我江南可要叨扰你一杯！萧师娘，萧老师有没有和你提起过我江南的名字？”江南一开口就像连珠炮似的响个不停，那女的禁不住笑道：“大名鼎鼎的江南还会不提起，你是陈公子的书童，衙门之中就数你最爱说话！”唐经天又是一番惊诧，陈天宇的书童跟谁学的武功，路数和陈天宇竟是全不一样。

萧青峰道：“喂，闲话少说，你先把我放出来。”江南哭丧着脸道：“我怎么能将你放出来？”萧青峰道：“为何不能？”江南道：“我也不懂得这古里古怪的石阵。”萧青峰道：“怎么你刚才又拿石头打我？”江南道：“我不知道是你呀。”萧青峰道：“其他人就可以打吗？你年纪也不小啦，还这样顽皮！”江南道：“有人要我这样做的。”萧青峰道：“谁？”江南道：“我的师父，不，是那个一定要做我师父的老家伙。”

萧青峰道：“什么老家伙？你跟了他多久了？天宇呢？他待你有如兄弟，你怎么偷偷逃跑，拜别人为师？你偷跑出来，有多久了？”萧青峰连珠炮似的发问，江南不等他说完，就叫起撞天屈来，叫道：“谁说我偷跑出来？我哪里是要拜别人为师？公子叫我出来的，你不明不白，怎么胡乱冤我！”那中年妇人笑道：“他性急，你也性急，青峰呀，你得一句一句问他，要不然什么也说不清楚。”

萧青峰微微一笑，道：“不错，我倒忘了江南火爆的脾气了。好吧，我一句句问你，陈公子为什么叫你出来？”

江南道：“陈公子，不，不，是老爷叫我出来的。他叫我带一封信给京师的周大人。什么信？他当然不会跟我说。哈，可是我知道，这位周大人是他的姻亲，这是我偷问上房的丫头彩凤，她告诉我的。我还知道他写的是什么呢！喂喂，萧老师，你可知道老爷为什么给我取名江南？原来是他想念他的家乡，西藏这地方，我还觉得好玩，他老爷可受不了，老是想回家。我有一晚偷听他和公子说话，老爷说这次他做了什么迎接金瓶的专使，立下功劳，可惜福大人，哼福康安那小子不肯给他保奏，还是叫他回萨迦去做宣慰使，老爷因此便想到写信给他的亲家周大人，请他转奏皇上，盼皇上念在他这番功劳，赦他回去。老爷说：但万里迢迢，叫谁送信才放心得下？哈哈，萧老师，你猜少爷保举谁？他说叫江南送信最妥当！你们老是说我多嘴，会说不会做，没用！少爷呀，他可看重我！所以我说是少爷叫我出来的，也没有说错！”

萧青峰仅仅问了一句，江南就唠唠叨叨地说了一大车子的话，唐经天躲在石壁的缝隙间，听着也不觉好笑，心道：“这江南果然名不虚传，真爱说话！”萧青峰也忍不住笑道：“少爷怎么这样看重你，他偷偷教了你的武功，是不是？”江南道：“着呀，你猜得一点不错！就是去年的春天，那几个偷马贼火烧衙门，将你赶跑之后，我才知道了你萧老师是身怀绝技的奇人，咱们公子也有一身惊人的武功，于是我就央求公子教我，公子那时一为逃婚，二为要送你这位老师，他没空教我。后来他从拉萨回来，这才教了我一些粗浅的功夫。要不是我懂得一点功夫，你想，他怎么放心让我给老爷送这样一封重要的信件。”

萧青峰忍住笑问道：“你既然知道这信重要，为什么又在此间耽搁下来，还让什么老家伙收你做徒弟？”江南又叫屈道：“谁说我是有意耽搁的？我经过此间，也不过是像你老师一样，心中好奇，所以跑进来瞧，哪知道呀，一跑进来，又像你一样，被困在这石阵之中，走不出来了。”萧青峰面上一红，道：“好，那我不怪责你，后来，你怎么又出来了呢？”

江南道：“我被困在石阵中，走不出来，肚子又饿，我乱骂一通，哈，想不到这一骂，却把人引出来了。”萧青峰道：“是那个老家伙？”江南道：“不错。我骂呀骂的，眼睛一花，一个穿着紫黄道袍的老家伙就到了我的面前了，也不知他是从哪儿出来的。这老家伙道：‘你若肯做我的徒弟，我就带你出去。’”萧青峰道：“于是你就肯了？”江南道：“不愿意也没办法呀。我困在石阵中整整一天，比你们被困的时间还长得多，我不要吃饭吗？我心里虽然一百个不愿意，口头也说肯了。那老家伙眉开眼笑，牵着我的手东一绕西一绕，不知怎的就突然走出来了。我说：对不住，你要收徒弟就另收一个吧，我可要赶路。那老家伙道：你这孩子真是不知好歹，别人给我磕头，求我三天三夜我也不会收呢。如今我立下了誓，要在未死之前收一个衣钵传人，但我又不肯走出此谷，只好等谁走入来，只要他未满十八岁我就收谁，这岂不是你的造化？我说我不要你这个造化，转身便走。这老家伙道：你本事再强百倍，也走不掉，你走走看。我一走，不知怎的腿弯一麻跌倒了，不由自己地倒翻了三个筋斗，直翻到那老家伙跟前，这才自然停止，腿弯也不麻不痛了。那老家伙道：你第二次逃跑，就没这么好过了，我要你全身麻痒疼痛三天，第三次再跑，我就把你打死。他说得很平淡，好像打死个人，根本就不算一回事。但他的目光却是令人不寒而栗。我害怕啦，我说我要给我家少爷送信。那老家伙说：谁管你的什么少爷，我说过的话从不更改。我没办法，只好给他当徒弟。"萧青峰道："你跟了他多久？"江南屈指头说道："只有七天。"萧青峰道："胡说，你又说谎了！"江南叫道："我几时说过谎？"萧青峰道："只有七天，你怎么学会了暗器打穴的功夫？"江南叫道："咦，这就是暗器打穴的功夫吗？我还只道他是教我丢石子玩儿。"

唐经天听了也不由得心中一震，只七天功夫，就居然能教人用石子打穴，这谷中异人的功夫当真是深不可测了。萧青峰又道："是那老家伙预知我们进来，叫你用石头打我吗？"江南道："敢情他是知道。他今晚对我说，有两个人走入谷中，我既然收了徒弟就不欢喜外人到此，你给我去用石头打他。也不必乱打，只要见他向左边转了两转若然又向右方转两转，再想跳起时，你就打他。萧老师，我不知道是你们呀，我觉得这也蛮好玩，我就依他所教来丢石头了。萧老师，你可不能怪我。"萧青峰又好气又好笑，道："那么说，你是没法将我们带出去了。"江南摊开手道："确是没办法，你们若是肚子饿，我偷一点东西给你吃还成。"萧青峰道："好，让我们自己试看。"左转两转，右转两转，转来转去，却仍是走不出来。

萧青峰大为着急，月亮西落，残星明灭，看看又是黑夜将逝，晓色云开。江南道："萧老师，咱们闹了一晚啦，你饿不饿？我回去偷点东西给你。"萧青峰道："不用。"搔头抓耳，无法脱身。唐经天微微一笑，从悬岩上现出身来，朗声说道："萧先生，久违了！”倏如苍鹰展翅，双臂一张，一掠而下。

萧青峰看清楚了，喜出望外，道：“唐相公，你怎么也到了这儿?”唐经天道：“像你们一样，也是动了好奇之念。”口中说话，脚步不停，直入石阵之中。江南叫道：“喂，喂！走进去走不出来的，我不认识你，我可不能给你多偷一份东西。”但见唐经天微微含笑，带着萧青峰夫妇，左边一兜，右边一绕，片刻之间，便已走出石阵。

江南看得睁大了眼睛，道：“原来你是个大有本事之人，你是谁?”萧青峰道：“他曾救过你家公子……”江南截着说道：“哈，我知道啦，你是唐经天。唐相公，少爷和我谈过你，他说你的天山剑法，举世无双。喂，喂，你能不能将我也带出这个幽谷？我刚才的话你都听到了是不是？我要赶着给公子送信呢！你、你、你能不能带我出去?”

唐经天微微一笑，道：“江南，你静一会儿，我自有分数。”转身对萧青峰道：“萧先生，恭喜你呵，几时讨的新娘子?”萧青峰道：“我去年回到成都之后，即重返青城门下。她，她也还在成都，等着我。”给唐经天介绍新妇，原来就是他的表妹吴绛仙。他们二人本是青梅竹马之交，只因当年萧青峰痴恋谢云真，吴绛仙不敢表露心意，后来萧青峰在冰宫之外重遇谢云真，知道谢云真已嫁了铁拐仙，又知道吴绛仙还在等着他，于是遂离开西藏，回到成都，向吴绛仙求婚，自然是一求即允。萧青峰四十多岁始做新郎，说来甚是忸怩。

唐经天道：“你们夫妇欲上哪儿？怎么也经过此间?”萧青峰道：“去年我和天宇上念青唐古拉山，得见冰川天女，知道她就是桂华生的女儿，回来之后，便欲向她的伯父冒川生老前辈报此喜讯，只因俗务耽搁……”江南插口笑道：“萧老师，你成家立业，怎能说是俗务?”唐经天道：“江南，不要打断萧老师的话。”萧青峰道：“只因俗务耽搁，至今未曾拜见。恰好又听到一桩事情，非得查个明白，向冒老前辈禀告不可。”唐经天道：“什么事情?”萧青峰道：“冒老前辈是武当名宿，当今中原武林公认的第一高手，他自己定下，每十年一次，开山结缘，嘉惠后学。如今十年之期又届，再过半月，就是他开山结缘之期了。”唐经天道：“好极了，咱们不是刚好可以赶上吗？”萧青峰道：“但今年他开山之时，可能有人与他为难！”

唐经天睁大双眼，几乎不敢相信自己的耳朵。想那冒川生乃是一代大侠，不只武功已臻化境，而且德高望重，有如泰山北斗，各家各派，无不景仰，有何人敢与他为难？

萧青峰歇了一歇，往下续道：“听说准备领头捣乱的是崆峒派的一个奇人。”唐经天微微一笑，道：“崆峒派的掌门赵灵君，与令高足天宇兄，大概还可以争一日之短长。”言下之意是说，连赵灵君亦不过如此，其余诸子更不足道。凭什么去与中原的第一高手为难？萧青峰却是面色凝重，往下续道：“崆峒派近三十年来人才凋落，前后两辈的掌门人都够不上一流高手之列，所以各大剑派都不把他们放在心上，其实这一派的武功也有其独特之处。”唐经天心中一凛，道：“此话不错，若非有独到之处，就不能成为一家。只是各人禀赋不同，领悟不同，用功的程度不同，这才分出了高下浅深，原不可一概而论，我刚才因赵灵君的功夫尚浅，而贬低了崆峒一派，这是我失言了。”唐经天毕竟是名门高弟，从善如流。

萧青峰续道：“听说这人是崆峒派上一辈的人物，因见本派武功不振，日益式微，因而在三十年前，便选了一个隐僻所在，避世苦修，穷研祖师剑谱，并创新招。几十年来，谁也不知道他的功夫究竟练到了何等程度。最近我在一个偶然的机会中，打听到他有出山之意。”唐经天道：“怎么，他一出山就准备去与冒大侠较量，好闯名立万么？哼，这也是江湖上常见之事，但真正高人却不屑为。”萧青峰道：“他若非与中原第一高手比试，就显不出他的本事，也不能重振崆峒的威风了。不过，除此之外，听说还另有一因。”说至此处，忽地向唐经天微微一笑，道：“这恐怕是因你而起。”唐经天道：“这倒奇了！”萧青峰道：“听说你曾用天山神芒打伤过十三名崆峒高手，有这事么？”唐经天道：“不错，赵灵君也在其内。”萧青峰道：“另外还有一个使冰剑的少女与你一道，是么？”唐经天道：“那是冰川天女的侍女幽萍。另外还有一人，就是令高足陈天宇。崆峒派若因此事记恨，当来找我，何以去找冒大侠？”

萧青峰笑道："你们父子隐居天山，名头比冒川生更大，他自忖未必能胜过令尊。而且与你们比试，在天山之上，谁有本领上去观战，胜负无人得知，比较之下，那自然是找冒川生更上算了。他们把那个侍女幽萍当成冰川天女，不知如何，他们又探听出冰川天女是冒川生的侄女，如此瓜葛牵连，他们便更有借口与冒老前辈为难了。听说他们还准备大约外派能人，到冒老前辈开山结缘之日，去闹个天翻地覆。我一来要去见冒大侠，告知他我曾见过冰川天女之事，二来就是要请他提防捣乱。想冒大侠是何等声望，纵能在事发之后镇压下去，也是不妥。"

唐经天沉思有顷，微微一笑，道："这好极了！"

萧青峰道："崆峒派的那位怪人要去与冒老前辈为难，怎么反而好呢？"唐经天微笑道："咱们可有热闹看了呵！"萧青峰道："你也是要去谒见冒老前辈么？"唐经天道："不错，算来刚好可以及时赶到。但愿冰川天女也能及时赴会，那时我们倒要瞧瞧，这位崆峒派的怪人到底练了些什么奇异的武功？居然敢到冒老前辈面前，图个名闯万！"萧青峰一听，便知唐经天到时有意出手，心中暗喜，想道："冒老前辈出手，那自然是失了身份。唐经天和冰川天女武功极高，却是小辈，有他们二人在场，这确是好极了！"于是说道："那么咱们再等片时，待天色大明，便可一路走了。"

江南满肚皮说话，闷了许久，见两人一停，立刻插口叫道："喂，还有我呢！"唐经天道："你，你什么？你有了一个好师父还要走吗？"江南叫道："亏你是我们公子的好友，你不知道我给他送要紧的信吗？你怎能不带我去？"唐经天笑道："也不迟在这一会，我且问你，你们的公子好吗？"江南鼓起嘴巴说道："怎么不好，一餐吃三碗大米饭！"唐经天道："不是问你这个，那土司的女儿怎么啦？"江南道："怎么啦？天天打扮，像个小娟妇似的，朝早夜晚，出去打猎，都经过我们的衙门，少爷算是怕了她，从早到晚，躲在衙内，简直不敢出来。敢情是怕碰见了她，被她一口咬去。"说着自己笑起来。

唐经天忍俊不禁，微笑道："如此说来，他们的婚事已成定局了。"江南道："没有呀，公子给他一个推字，不过现在说清楚了，是土司迫老爷答允的，到明年春天，那个喇嘛庙造起来了，听说有一个什么白教的活佛要去主持开光大典，那时就要由活佛替他们证婚，再也逃不了。”唐经天心中一动，想道：“陈天宇念念不忘那神秘的藏族少女芝娜，他大约还未知道，芝娜已做了圣女，明年春天，就要跟白教的法王到萨迦去参加开光大典。”

这时天已大白，朝阳透过石林的空隙，洒下满地金光，林中的小湖也闪着金色的水纹，景致奇丽绝俗。萧青峰道：“咱们可以走了吧?”江南道：“喂，你说过要带我走的呀!”唐经天道：“好，烦你带引我们，向你的师父辞行。”江南道：“什么?向那个老家伙辞行，他不许我走的呀!”忽听得一个苍老的声音说道：“哪位高人，看上了我这个不成材的弟子?”声音并不很大，但千峰回响，撞得石林内嗡嗡作声。江南躲到唐经天背后，只见唐经天合十一揖，朗声说道：“后学唐经天，误入仙境，尚望恕罪。”声音高亢而清，好像一把剑刺入石林之中，碰着石壁，发出金属声音。双方各显功力，旗鼓相当。唐经天刚刚把话说完，倏地眼前一亮，湖边已多了一人，穿着紫黄色的道袍，相貌奇古。

江南吓得手颤脚震，躲在唐经天背后，不敢露出头来。那黄袍道士却不理他，径向唐经天说道：“数十年来，能走出我的石阵的，只有阁下一人。能者称强，这有什么恕罪不恕罪的。你既能走出石阵，想必也有能为带我这个不成材的弟子出去，好吧，你就带吧!”唐经天不由得心中一凛，刚才听这道士说话的声音，虽因群峰回响，测不出他的实际所在，但最少也当在百丈之外，他竟然声到人到，这石林中另有洞天，那是不消说了，而这道士身法之快，也委实是不可思议。听他现在的口气，那当然是暗中含有较量的意思了。

唐经天吸了口气，暗运天山正宗的玄功，道：“既然如此，待他事情办了，日后再来请益。”携着江南，缓缓地步出石林。那道士手中拿着一柄拂尘，但见他身形不动，仍是站立原处，拂尘只是轻轻一拂，冷冷说道：“这顽童还没长翅就想飞啦，阁下可得好生管教呵!”唐经天已尽得天山心法，那拂尘虽只是轻轻一拂，他已听出风声，而且不用回头，就知那拂尘已飞出几条幺丝，潜刺他和江南的穴道。想那拂尘丝是极微细之物，那老道竟能轻轻一拂，就射出几条，当作刺穴的飞针使用，这真是防不胜防。唐经天身形一闪，拉着江南道："小心点儿，这儿有块石头。"若不经意地挡了一挡，将本来要射江南的那几条拂尘玄丝，全都挡在自己的身上。唐经天虽然暗运玄功，这刹那间，也觉得身上十几处穴道，同时发麻，好像给许多蚂蚁叮了一口似的，若非早有防备，几乎着了他的暗算，心中暗道："这道士果是功力非凡，虽然还及不上我姨母飞花摘叶，伤人立死的功夫，比起我来，却是深厚得多了。"

江南莫名所以，叫道："哪儿有块石头呀？怎么我看不见！"他一点也不知道，若非唐经天故意这么一挡，他两腿早成残废。唐经天道："江南，快谢师父放行！"他知道像这等异人，一击不中，那就再也不能与一个末学后进，是自己徒弟身份的一个顽童为难。江南也算机灵，虽然不明用意，却仍是恭恭敬敬地作了一揖说道："多谢师父放行！"唐经天放开了手，让江南自己走了。那黄袍道士面色铁青，冷冷说道："从今之后，你我再无师徒名份，你好生去吧。"那声音直刺进江南的耳鼓，江南心头一震，险险跌倒地上，急忙掩耳疾走，只觉身上微微发热，但他急于逃走，却也并不在意。

唐经天正想告辞，只见那黄袍道士眼瞪瞪地盯着自己，发出一种极难听的声音道："好本事，好本事，你师父是谁？说出来让老朽好去请教！"

唐经天微微一笑，道："晚辈所居之地，离此甚远，哪敢有劳前辈出山。"此话明是客气，实是占了身份，即是说自己的师父足可以当得他的"请教"，不过不敢"有劳"罢了。唐经天本来谦下自持，因见那老道说话太过狂妄，所以刺了一句。须知唐经天的父亲乃是当代的武学大宗师，辈分极尊，因此唐经天不必为他的父亲客气。

那黄袍道士怪眼一翻，冷冷说道："我本来此生不想走出这片林子，冲着你这句话，我非找你的师父不行，你师父是谁？"唐经天微微一笑，正想答话，忽听得石林中一阵磔磔的怪笑，倏忽之间，从里面的石洞又蹿出一个人，怪声笑道："黄石道友，你输了眼了。天山派的武功家数，你也看不出来吗？你试想天下后辈，除了唐晓澜的独生爱子，还有谁敢在你的面前如此放肆？我早说过天山派以正宗自居，将一切异派都看作邪魔外道，如今你该相信了吧？”这话显明挑拨，唐经天抬头一看，只见那人又黑又瘦，形如枯竹，面颊深陷，双睛如火，头发似一蓬乱草，狰狞怕人，正是那个被冯琳戏弄个够，赶下慕士塔格山的赤神子。

江南骇叫一声，慌忙钻出外面的石洞，心中暗自奇怪：里面的石窟只有师父一人，这怪物是从哪儿来的？难道在石林中另有通路？

唐经天亦是心中一凛，想道：“这赤神子一来，只怕不容易走出去了。”赤神子说完之后，那黄袍道士果然哈哈大笑，忽地面色一沉，拂尘一举，峭声说道：“我本不欲与后辈为难，但既然是你，我若放你出去，别人只道我怕了天山的唐晓澜夫妇。”唐经天虽知形危势险，仍是气定神闲，微笑说道：“既然两位老前辈都要留我，那么我还有何法走出，只好留下来任你们处置了。”话中隐藏讥诮。黄袍道士怒道：“我要留你，何须别人帮手，赤神子，你在这儿做证人，这小子若接得我七招，我就让这干人出去，你也不许拦阻。好个狂妄的小子，你还不把兵刃亮出，更待何时？”

黄石道人划出道来，只限七招，那即仍是占着老前辈的身份。唐经天又是微微一笑，道：“既然定要赐教，那也不必限定七招，我站在这里，不会逃跑，老前辈你不进招还待何时？”唐经天不肯先亮兵刃，口中虽称他“前辈”，实是将他当作平辈看待罢了。黄石道人勃然大怒，道：“好，那是你自己找死！”拂尘一举，也不见他作势纵跃，身子竟突然移前丈许，呼的一声，拂尘已迎面拂到！

这拂尘一拂，看似寻常，其实却含有两种不同的劲道，先是阳刚之力，那拂尘聚在一起，形如铁笔，呼呼挟风；阳刚之力倘若未能收效，拂尘一到对方面前，尘尾立即散开，化成阴柔之劲，千丝万缕，齐刺敌人穴道，任是如何高手，也难防备。唐经天竟然凝立不动，黄石道人喝道：“你真个要死？”这时拂尘已是迎面散开，黄石道人暗思：“打死了一个手无寸铁小辈，岂不惹人笑话？而且我何必与唐晓澜结这样深仇？”他这第一招本来未用全力，这样一想，劲力又减了二分，但若被他拂中，不死也得成为残废。

拂尘迎面散开，千丝万缕，一齐罩下，就在这间不容发之际，唐经天忽地张口一吹，尘尾飘飘，有如柳絮随风，都拂了开去。本

冰川天女傳
一九八五年十二月 为梁羽生先生画

说时迟，那时快，只见寒光一闪，矫若游龙，唐经天叫道："谨遵命，请接招！"

来黄石道人的功力要远比唐经天为高，但因他有所忌惮，只用了一半力量，而唐经天却是潜神蓄气，用了天山心法“吹云劲”的上乘内功，此消彼长，黄石道人这一记绝招，竟是伤他不得！

黄石道人怔了一怔，拂尘一转，全用了阳刚之力，那千根玄丝，根根竖起，都似利针一样，下刺咽喉，上刺双目。萧青峰是使拂尘的高手，见他使得如此出神入化，也不禁骇然！说时迟，那时快，几乎就在这同一瞬间，只见寒光一闪，矫若游龙，唐经天叫道：“谨遵命，请接招！”唐经天的游龙剑，乃天山派的镇山之宝，非同小可，黄石道人料不到他出剑如此之快，看这剑势，吹毛立断，黄石道人怕剑锋割断他的尘尾，只得硬把那阳刚之劲撤了回来，一转拂尘，避开那游龙剑的锋芒。唐经天这一出手乃是天山剑式中的追风剑法，前招未老，后招续到。黄石道人正想换招，但见他剑锋一颤，银光乱洒，端的是势挟风雷。黄石道人喝声“好小子！”移形换位，尘尾一拂，改用了阴柔之劲，半攻半守，将唐经天的剑势解开。这时黄石道人已使了三招了！

但黄石道人那拂尘的招数确是怪异非凡，唐经天这两记追风剑的杀手，何等威力，看来已迫得他要转攻为守，哪知就在这一转眼间，他已疾奔巽位，转过乾方，封了唐经天的剑路，拂尘起处，遍袭唐经天上半身十三处穴道。唐经天若是仍然依照追风剑的剑势出招，那后心背腹的空门，就立刻要被敌人攻入。黄石道人暗中得意，拂尘正待乘隙刺入，忽见剑光一聚，竟似平地上涌起一座光幢，将唐经天全身包没。这是天山剑法中最深奥的须弥剑式，一定要碰到比自己高明的强敌，这才施展，施展开时，却像铜墙铁壁，无瑕可击。黄石道人攻不进去，这一招用尽心力，竟是白费精神！

江南从外面的石洞中探进头来，叫道：“好呀，只剩下三招了，我数着哩！”黄石道人勃然大怒，忽地强行进招，拂尘一扫，一招之间，同时攻唐经天的奇经八脉。唐经天心中一凛：他明知我这大须弥剑式无隙可乘，何以还敢强攻？心念方动，剑光一绕，拂尘已被削断了数十根，再被剑风一荡，更碎成无数细屑，只见黄石道人张口一吹，那无数尘丝碎屑，都透入剑光层内！

大须弥剑式虽然泼水难入，吹毛立断，但却不能挡着那发屑般的尘丝。唐经天大吃一惊，知道若被这些破屑吹入七窍，那就有再好的武功，也难抵受。迫得身形掠起，斜身一转，衣袖一挥，将那些尘丝碎屑拂开。只是如此一来，大须弥剑式立时现出破绽，黄石道人喝声："着!"倒转拂尘，往前一刺，"嚓"的一声，唐经天的肩头下面三寸已被刺入，衣裳也穿了一孔!

原来黄石道人这拂尘上的招数，一共就只有七招，不过从七招之中又可以生出许多变化，所以黄石道人说"只限七招"，其实已是用了他全部的看家本领。这七招杀手，一招比一招厉害，黄石道人见用了四招还奈何不了唐经天，故此拚着牺牲一撮尘尾，在第五第六招使出了最古怪的杀着，一招破他的大须弥剑式，另一招则倒转尘尾，改作判官笔用，在他不致命的地方使劲一插!

黄石道人这柄拂尘非常特别，尘柄乃是精钢合金所铸，尖端锋利，可以刺穴，可以伤人，还可以破敌人的内家气功。这一插正插在唐经天肩背的"愈气穴"之处，满以为唐经天必将受伤倒地，哪知尘柄所触之处，竟似碰着弹簧一样，忽地反弹起来。唐经天一个转身，笑吟吟道："还有一招!"

黄石道人大吃一惊，自己这一插业已扎破衣裳，插正穴道，即算是练到第一流的金钟罩铁布衫的功夫，亦是难以抵挡。难道这人年纪青青，就练成了金刚不坏之躯?

黄石道人有所不知，原来并非唐经天已练成了那种刀枪不入的上乘内功，而是他身上穿有母亲给他的金丝软甲，这软甲是四十多年之前，无极派的大宗师钟万堂将师祖傅青主遗下的宝物，送给他母亲冯瑛作"抓周"的礼物的。这软甲宝剑也刺不穿，何惧于他的精钢尘柄?

这几下快如电光石火，旁观的赤神子与萧青峰夫妇等人，眼见唐经天从死里逃生，都不禁惊呼，萧青峰是先惊后喜，赤神子则是先喜后惊。萧青峰刚刚伸手拭汗，忽听得黄石道人一声大呼，整个身躯飞起来，倒持拂尘，作最后的凌空一击!

黄石道人这最后一招，拂尘与铁掌一齐施用，拂尘拂穴，铁掌击胸，竟用了十成力量，势道极是骇人，唐经天还来不及运用大须弥剑式防身，黄石道人的拂尘铁掌已凌空击下，周围三丈之内，全被他的威力笼罩，逃亦难逃。唐经天的软甲只能防护上半身，而且也挡不住这种掌力。唐经天见势不好，拼着挨他一掌，急转身躯，将背心迎了上去。

这刹那间，又听到赤神子的怪叫之声。唐经天全力对付黄石道人，已无暇顾及；萧青峰夫妇忽见赤神子也来偷袭，更不禁骇极而呼！

就在唐经天这性命悬于俄顷之际，忽又听得赤神子一声厉叫，黄石道人打了一个寒颤，掌势稍偏，唐经天何等快捷，立刻飞身掠开，反手一剑，刷的一声，把黄石道人的衣袖刺穿了一个窟窿。黄石道人叫道："何方小子，敢施暗算?"

只听得头顶上石林交错之处，一个人哈哈笑道："你这两个老不死，何尝也不是偷施暗算，两个老不死合力欺负一个浑小子，羞也不羞？哈哈哈哈，哈哈!"这笑声入耳刺心，唐经天抬头一望，只见石林上露天光的一块怪石上，端坐着那假装麻风的怪叫花金世遗。而在金世遗的背后，则是冰川天女主仆。敢情是他们当着自己激战之际，悄悄掩来，林中诸人，注目恶斗，所以都没有发现。而赤神子的厉叫，黄石道人的打颤，那当然是冰川天女与金世遗所施的独门暗器，创下的杰作了。

黄石道人大怒，一纵身，就想跃上去抓金世遗，金世遗叫道："你连一个浑小子都打不倒，我何必与你合手?"身形一闪，手足并用，猿猴般地猱升上那笔直如笋的石峰，逃出外面。黄石道人要想追他本亦不难，但这时又听得赤神子叫了一声，回头一看，见赤神子黑气满面，料想已中了剧毒暗器。黄石道人孤掌难鸣，只好回去救赤神子。

唐经天道："七招已满，我走了!"他依照江湖礼节，将说话交代之后，心急如焚，立刻施展绝顶轻功，紧紧追踪。只见冰川天女主仆在前，那疯丐手舞足蹈地紧跟后面。唐经天大叫道："冰娥姐姐，冰娥姐姐!"冰川天女回头看一看他，目光隐含幽怨。唐经天叫道："冰娥姐姐，你停一停，听我说两句话。"冰川天女斜眼一瞥，竟不停留，携着幽萍，如飞疾走。唐经天叫道："冰娥姐姐，你停一停，听我说了再走也不迟。"金世遗忽地哈哈大笑，挡着去路，“呸”的吐了一口唾涎，怪叫道：“谁耐烦听你的说话?”正是：

为求天女秋波顾，疯丐英豪各用心。

欲知后事如何？请听下回分解。